SHEDIR

ist ein gefallener Stern.
Sie besitzt die Gabe, Schicksale zu lesen
und zu lenken. Doch weil ihresgleichen gejagt
und verachtet wird, versucht sie, nicht aufzufallen.
Bis sie dem Kronprinzen begegnet und sein Schicksal sieht. Shedir erkennt, dass sie ihn vor einem
grausamen Tod retten kann. Dafür benötigt sie
ausgerechnet die Hilfe von Lior. Lior, der Bruder des
Kronprinzen, der Blutprinz. Der Mann, der im ganzen
Reich dafür bekannt ist, Sterne zu jagen und zu töten.
Und obwohl er ihren Untergang bedeuten könnte,
bringt er Shedirs Herz ungewollt zum Brennen und
offenbart ihr, was sie wirklich ist: ein Stern der
königlichen Familie des Himmels. Nur wenn alle
Familienmitglieder ihre Mächte vereinen,
können sie das Schicksal des Kronprinzen
und des Königreichs verändern. Doch sind
sie bereit, ihr Erbe anzuerkennen
und Shedir zu folgen?

Dana Müller-Braun

LEGACY OF STARS

Gezeichnetes Schicksal

CARLSEN

Wir produzieren nachhaltig
- Klimaneutrales Produkt
- Papiere aus nachhaltigen und kontrollierten Quellen
- Hergestellt in Deutschland

© der Originalausgabe by CARLSEN Verlag GmbH,
Völckersstraße 14–20, 22765 Hamburg, 2024
Text © Dana Müller-Braun, 2024
Lektorat: Janina Roesberg
Innenklappengestaltung: Dana Müller-Braun
Umschlagbilder: shutterstock © Edge Creative; © Elina Leon
Umschlaggestaltung: Formlabor
Satz: Pinkuin Satz und Datentechnik, Berlin
Produktionsmanagement: Gunta Lauck
Litho: Margit Dittes Media, Hamburg
ISBN 978-3-551-58568-4

MIX
Papier | Fördert
gute Waldnutzung
FSC® C014496

Für Marvin

*und die Sterne, die uns
zueinanderführten.*

Vorbemerkung
für die Leser*innen

Liebe*r Leser*in,

dieser Roman enthält potenziell triggernde Inhalte. Aus diesem Grund befindet sich hier eine Triggerwarnung. Am Romanende findest du eine Themenübersicht, die demzufolge Spoiler für den Roman enthält.

Entscheide bitte für dich selbst, ob du diese Warnung liest. Gehe während des Lesens achtsam mit dir um. Falls du während des Lesens auf Probleme stößt und/oder betroffen bist, bleib damit nicht allein. Wende dich an deine Familie, Freunde oder auch professionelle Hilfestellen.

Wir wünschen dir alles Gute und das bestmögliche Erlebnis beim Lesen dieser besonderen Geschichte.

Dana Müller-Braun und das Carlsen-Team

KAPITEL 1

Mit leisen Schritten schleiche ich durch die Gassen von Asher. Ich habe keine Ahnung, warum ich mich wie eine Diebin oder ein Kind benehme, das hier zu später Stunde nicht draußen sein darf. Aber das Gefühl, beobachtet zu werden, lässt mich nicht los, also sehe ich mich nervös um. Normalerweise ist es bereits Mitternacht, wenn ich nach Ende meines Arbeitstages das übrig gebliebene Essen ins Waisenhaus gebracht habe. Heute war im Burgfried allerdings so wenig los, dass ich noch Zeit bis zur Nachtruhe habe. Und die werde ich in einer Schenke verbringen – in einer, in der nicht ich die Bedienung bin. Einfach nur, um mal etwas anderes zu sehen als das, was ich täglich zu Gesicht bekomme. Als ich allerdings nach einem weiteren prüfenden Blick die Straße hinunter in die Schenke eintrete, wird mir relativ schnell klar, dass das hier nichts anderes ist. Wie auch im Burgfried wird der niedrige Raum von Rauch und lauten Stimmen erfüllt. Die Luft ist stickig und der drückende Gestank nach Alkohol und Tabak beinahe vertraut.

In der Ecke sitzt ein Mann und spielt Lieder auf der Klampfe. Etwas, das es im Burgfried nicht gibt, weil Murra Musik nicht mag. Ansonsten ist auch die Einrichtung ziemlich ähnlich. Die Wände bestehen aus Lehm und Ziegelsteinen, so wie auch die Decke, von der metallene Kronleuchter herunterhängen, an denen Kerzen flackern. Immer wieder tropft etwas von dem Wachs auf die alten Holztische darunter, an denen Männer und Frauen sitzen und Krüge mit Soetbeer trinken. Sie sind nicht ganz so edel angezogen wie die Adeligen, die auf dem Weg in die Hauptstadt Nastras bei Murra einen Trunk nehmen wollen, und benehmen sich ausgelassener. Einige der Frauen sitzen auf dem Schoß der Männer. Ich steuere den Schanktisch an und warte, bis eine junge Frau zu mir tritt. Nachdem ich mir einen Met bestellt habe, steuere ich einen Tisch in der hintersten Ecke an. Als ich mich hingesetzt habe, prüfe ich noch einmal meine innere Barriere.

Viel hat mir Mutter nicht über mein Erbe und meine Mächte beigebracht. Nur das eine: Ich musste lernen, wie ich mein Licht vor anderen verberge. Es ist zwar nicht so, dass jeder das Licht von Asteria sehen kann, aber die Gefahr, auf einen Fengari zu treffen, ist allgegenwärtig. Innerlich fahre ich die Barriere entlang, prüfe, dass es keine Risse oder Schwachstellen gibt.

Als ein Mann an meinen Tisch tritt, werde ich so heftig aus meinen Gedanken gerissen, dass ich erschrocken mein Glas zurückziehe und etwas von dem dunkelroten Met auf mein altes, braunes Kleid tropft.

»Ich wollte Euch nicht erschrecken«, sagt er und hält mir eine Stoffserviette entgegen. Ohne ihn anzusehen, lehne ich ab, damit er nicht auf die Idee kommt, mir Gesellschaft zu leisten. »Ich habe lediglich bemerkt, dass Ihr allein hier seid.«

Genervt ziehe ich die ranzige Luft durch meine Nase ein und hebe dann doch den Blick. Er ist recht stattlich, seine Augen sind allerdings bereits rot unterlaufen. Auch seine Haltung deutet darauf hin, dass er längst einige Mets zu viel hatte.

»Ich warte hier auf jemanden«, lüge ich.

»Ich könnte Euch Gesellschaft leisten, bis Eure angebliche Begleitung erscheint.« Demonstrativ suchend sieht er sich um. »Allerdings sehe ich niemanden.«

Kurz schließe ich die Lider und balle meine Hand unter dem Tisch zur Faust. *Ruhig bleiben, Shedir.* »Danke, nein.«

Es ist nicht so, als wäre ich hergekommen, um allein zu sein. Im Gegenteil. Vermutlich habe ich gehofft, jemanden zu treffen, mit dem ich Spaß haben kann. Jemanden, der mich diese Welt und all die Bilder, die ich tagein, tagaus zu sehen bekomme, vergessen lässt. Auch wenn das damit verbunden ist, dass ich mich konzentrieren muss, um meine Kraft zu unterdrücken. Aber ich weiß relativ schnell, wem ich nah kommen will und wem nicht. Und dieser Kerl hier passt nicht in mein Schema. Mila würde sagen, dass ich ihn nicht riechen kann. Vielleicht liegt es daran. Auch wenn er viel zu weit weg steht, als dass ich wirklich an ihm schnuppern könnte.

Trotz meiner Ablehnung zieht er den Stuhl nach hinten und will sich gerade setzen, als ich mich vorbeuge und ihn fest ansehe. »Ich sagte Nein.«

»Das hier ist ein freier Platz in einer freien Schenke.«

Wütend verdrehe ich die Augen und will mich erheben, um mich an den Tresen zu setzen, da erscheint ein anderer junger Mann hinter dem betrunkenen Kerl.

»Entschuldige, dass ich so spät bin«, sagt er und greift nach der Stuhllehne. Sofort lässt der andere Mann los und sieht seinen Gegenspieler mit erhobenen Brauen an.

»Man sollte eine Dirne nicht allein in einer Schenke warten lassen.«

»Nenn sie noch einmal Dirne und du wirst nie wieder auch nur irgendeine Schenke aufsuchen können«, knurrt er und funkelt ihn böse an. Seine Augen sind fast silbrig glänzend.

Zum Glück sieht der Kerl seine Niederlage ein und zieht sich zurück. Der junge Mann setzt sich mir gegenüber und ich mustere ihn, während er das Gleiche zu tun scheint. Seine schmalen Lippen, die gerade Nase und diese silbrigen Augen, die von dichten schwarzen Wimpern und dunklen Haaren umrahmt werden. Seine Statur ist groß und drahtig. Er passt in mein Schema.

Und wenn ich seinen Blick richtig deute, tue ich das ebenfalls.

»Danke«, sage ich und trinke von meinem Met.

»Willst du heute Abend Gesellschaft?«, fragt er geradeheraus.

Ich nicke.

»Gut, dann hole ich noch Getränke.« Er erhebt sich und geht zum Schanktisch, wo die Schankdame umgehend zwei andere Gäste stehen lässt, um ihn zu bedienen. Als er wiederkommt, stellt er mir einen weiteren Met hin, setzt sich und nippt an dem Whiskey, den er sich bestellt hat. »Wo kommst du her?«, fragt er und sieht sich kurz um, bevor mich sein silbriger Blick wieder trifft.

Ich kann es nicht abstreiten. Er sieht verdammt gut aus und besitzt diese mächtige, fast düstere Aura, die ich schlichtweg ansprechend finde. Mila sagt immer, dass man sich für das, was man anziehend findet, nicht schämen muss. Und vor allem nicht rechtfertigen. Also versuche ich das gar nicht erst.

»Hier aus Asher«, antworte ich, auch wenn ich jetzt nicht mehr hier lebe. Genau genommen gibt es für das, wo ich lebe, keine Bezeichnung außer Burgfried. Und das klingt ziemlich erbärmlich. »Woher stammst du?«

»Aus Nastras. Aber da bin ich nicht oft. Nastras ist langweilig.«

Ich verziehe den Mund. Vielleicht mag es für diejenigen, die dort leben, langweilig sein. Ich hingegen wünsche mir bereits mein ganzes Leben, auch nur ein einziges Mal durch die Gassen unserer Hauptstadt gehen zu dürfen.

»Spielst du gerne?«, wechselt er das Thema und beugt sich ein wenig vor. Sein Mundwinkel zuckt anzüglich. Mein Puls beschleunigt sich.

»Das tue ich, ja«, sage ich langsam und verenge meinen

Blick auf diese anrüchige Art. Ich kenne meinen Körper und ich weiß genau, was ich tun muss, um Männern zu zeigen, was ich will.

»Dann spielen wir ein Spiel«, raunt er und leckt sich über seine Lippen. »Ich weiß, warum du hier bist. Du hast es bereits ausgestrahlt, als du diesen Raum betreten hast. Fast als würdest du etwas Verbotenes tun.« Es ist wirklich etwas Verbotenes oder eher etwas Gefährliches, denn immerhin besteht jederzeit die Möglichkeit, dass ich meine Barriere nicht aufrecht halte und enttarnt werde. Aber das kann er nicht wissen.

»Und warum bin ich hier?«, will ich herausfordernd wissen und frage mich, ob das bereits das Spiel ist.

»Du bist hier, um mit jemandem zu schlafen. Und du hast mich auserwählt.«

»Ach, habe ich das?« Ich setze ein liebliches Lächeln auf und funkle ihn herausfordernd an. Seine Augen leuchten.

»Hast du. Ich weiß, wie mich Frauen ansehen, wenn sie mich vögeln wollen. Abgesehen davon sieht mich fast jede Frau so an.«

»Ist das noch Selbstbewusstsein oder pure Arroganz?«, hake ich lächelnd nach.

»Eine Mischung aus beidem und Erfahrung, würde ich sagen.«

Ich zucke mit den Schultern. »Was für ein Spiel spielen wir also?«

»Meine Wenigkeit schläft nur mit Frauen, die ich auch kenne. Also lernen wir uns kennen. Wir stellen uns Fragen und müssen ehrlich antworten. Aber die Fragen müssen besonderer Art sein.«

»Nenn mir ein Beispiel«, entgegne ich, lehne mich nach hinten und lasse das Glas in meiner Hand kreisen, nachdem ich einen großen Schluck genommen habe. Die Wahrheit kann für jemanden wie mich den Tod bedeuten.

»Warum ich und nicht er?«, fragt er und deutet auf den Kerl, der es zuvor bei mir versucht hat.

»Ich konnte ihn nicht riechen«, antworte ich mit einem Grinsen.

»Die Antworten müssen ein wenig ausführlicher sein«, tadelt er mich mit einem schelmischen Lächeln.

»Er ist nicht die Art Mann, die ich anziehend finde. Sein Bart ist zu lang und seine Augen sahen nicht ehrlich aus. Vielleicht, weil er betrunken war, aber sie sind nicht ansatzweise so besonders wie deine. Außerdem hat er nicht diese anziehende Arroganz ausgestrahlt, die du an den Tag legst. Und das gefällt mir.«

»Das nenne ich mal ehrlich.« Anerkennend verzieht er den Mund.

»Ich bin an der Reihe. Warum hast du dich eingemischt?«

»Weil ich bereits, als du die Schenke betreten hast, entschieden habe, dass ich es sein werde, den du dir krallst. Leider hast du nicht einmal einen Seitenblick auf mich geworfen.« Er deutet auf den Tisch schräg hinter mir. »Dort habe ich gesessen.«

»Und warum …«

»Ich bin dran«, unterbricht er mich und hebt einen Mundwinkel. »Hast du Geschwister?«

Die Frage ist seltsam und meiner Meinung nach nicht wirklich besonders, dennoch schüttele ich den Kopf. »Keine leiblichen Geschwister. Aber da ich hier in Asher in dem Waisenhaus gelebt habe, gibt es den ein oder anderen, der mir ähnlich nahesteht.«

Er nickt, also stelle ich die Frage, die ich gerade schon stellen wollte. »Warum wolltest du, dass ich dich wähle?« Obwohl er unsere Nacht durch dieses Spiel nach hinten schiebt, gefällt es mir, dass er Interesse hat. Es ist schön, begehrt zu werden. Nicht auf die Art, wie es die Männer in der Schenke tun, wenn ich sie bediene. Sondern eine echte, wertschätzende Anziehung.

»Ehrlich gesagt, weil du aussiehst, als könnte man ziemlich

viel Spaß mit dir haben. Außerdem bist du wirklich verdammt attraktiv.«

Ich presse die Lippen aufeinander, als sein Blick über die mit Metflecken besudelten Leinen gleitet, als hätte er nie etwas Betörenderes gesehen.

»Hast du Geschwister?«, frage ich, weil es ihm wichtig zu sein schien.

»Ja, ich habe einen Bruder. Und einen Cousin und eine Cousine, mit denen ich aufgewachsen bin. Sie sind wahrscheinlich so etwas wie deine Freunde aus dem Waisenhaus für dich.« Er räuspert sich. »Wann hast du das letzte Mal mit jemandem geschlafen?«, fragt er und erwischt mich damit kalt. Auf der einen Seite würde ich gerne weiterhin die Frau sein, die er in mir zu sehen scheint. Die wilde Dirne, die mit vielen Männern vögelt. Auf der anderen Seite ist dies hier ein Spiel, das auf Ehrlichkeit beruhen sollte. Doch ehrlich kann ich nur bis zu einem bestimmten Punkt sein. Warum ich so lange niemandem nah war, muss ich für mich behalten. Es hat mich viel Kraft gekostet, heute herzukommen. Immer wieder meine Barriere zu kontrollieren ist anstrengend.

»Es ist lange her«, gebe ich also zu.

»Etwas genauer?«, hakt er nach und reckt seinen Kopf.

»Ich bin dran«, wiederhole ich seine Ermahnung. Er nickt und deutet auf mich, damit ich weitermache. Also wage ich den Sprung nach vorne. »Wie viele Fragen noch, bis du mich zu dir einlädst?«

Ihm entfährt ein heiseres Lachen und er nimmt einen Schluck seines Whiskeys. »Ich habe doch gesagt, dass ich in Nastras lebe, also werde ich dich nicht zu mir einladen. Allerdings habe ich ein Zimmer hier. Wir könnten das Spiel also nach oben verlagern, wenn du das bevorzugst.«

Ich stocke und meine Brust beginnt zu brennen. Nur weiß ich nicht, ob es Verlangen oder Angst ist. Was, wenn ich auf seinem Zimmer bin und meine Entscheidung dann bereue? Wenn ich seinen Tod doch sehe. Ihn spüre. Und einfach nur wegrennen will.

»Bevor du dich entscheidest, hier meine Frage. Warum heute? Warum hast du dich heute entschieden vögeln zu wollen, wenn du so lang darauf verzichtet hast?«

Ich mustere ihn. Eine wirklich gute Frage und genau die, vor der ich Angst hatte, denn die ganze Wahrheit könnte ich ihm niemals sagen. »Es war eine Mischung aus vielem. Ich hatte früh Feierabend und ehrlich gesagt bin ich es leid allein einzuschlafen.«

»Also willst du jemanden, der bei dir liegt, und nicht jemanden, der dich durchnimmt?«

Bei der Ausdrucksweise verziehe ich das Gesicht und ignoriere, dass es bereits seine zweite Frage war.

»Beides. Ich will jemandem wieder auf diese Art nah sein und neben ihm schlafen. Ergibt das irgendeinen Sinn?«

»Ja«, antwortet er ehrlich und sieht mich an, als wäre er aus genau demselben Grund hier. Nur, dass er sich nicht vor grausamen Bildern fürchten muss. »Würdest du mich in mein Zimmer begleiten?« Aus seinen silbernen Augen sieht er mich so intensiv an, als könne er mir bis tief in die Seele schauen. Instinktiv überprüfe ich noch einmal meine Barriere, auch wenn ich weiß, dass sie intakt ist. Wäre er ein Fengari, würde er als Mond mein Sternenlicht reflektieren und mich sofort als Asteri enttarnen, was meinen sicheren Tod bedeuten würde. Innerlich schüttele ich den Kopf über mich. Genau um mal einen Abend diesen Gedanken zu entfliehen, bin ich doch hier. Zudem wissen wir beide, dass das hier nur eine einmalige Sache zwischen zwei Fremden sein wird. Da ändert ein Spiel auch nichts dran. Dennoch fühle ich mich ihm seltsamerweise verbunden.

»Gerne«, sage ich und atme tief durch, bevor ich meinen

Met in einem Zug leere. Er lacht, erhebt sich und hält mir seine Hand hin. Kurz zögere ich und konzentriere mich, meine Macht auszuschalten. Als ich seine Finger dann ergreife, geht er mit mir zum Schanktisch und bestellt eine Flasche Met, die er mitnimmt. Ich atme erleichtert aus, als ich keine Bilder zu sehen bekomme. Wir gehen eine schmale Treppe hinauf und doch lässt er meine Hand nicht los. Erst als er eine Holztür aufschließt und mir die Tür öffnet, lösen sich unsere Finger. Ich trete ein und sehe mich in dem spärlich beleuchteten Zimmer um. Es gibt nicht viel hier. Ein Holzbett, einen Schrank und einen Waschtisch.

»Ich hoffe, das ist ein ausreichender Standard für Mylady.«

Schnaubend drehe ich mich zu ihm um- »Wir wissen beide, dass ich eine Dirne bin, genau wie der Kerl da unten es gesagt hat.«

Lachend schließt er die Tür hinter sich. »Eine Dirne schläft für Geld mit Männern. Und die wäre sicher bereits verhungert, wenn sie lange nicht ihrer Arbeit nachgegangen wäre.«

Er öffnet die Flasche, reicht sie mir und setzt sich dann auf das alte klapprige Bett. Ich trinke einen Schluck und tue es ihm dann nach.

»Wie heißt du?«, fragt er, lehnt sich nach hinten und stützt sich mit seinen Ellbogen ab.

»Ich bevorzuge es, wenn wir anonym bleiben.«

Er lacht. »Warum? Weil dich deine anderen Verehrer sonst immer ausfindig und dir Anträge gemacht haben?«

Ich stimme in sein Lachen ein und nehme einen weiteren Schluck, bevor ich ihm die Flasche reiche.

»Ich finde es einfach spannender«, sage ich halb ehrlich. Seinen Namen zu wissen und meinen Namen aus seinem Mund zu hören würde das hier auf eine andere Stufe heben. Und das ist das Letzte, was ich will. Eigentlich will ich nicht einmal dieses Kennenlernspiel. »Außerdem möchte ich hiernach einfach weiterleben wie zuvor und nicht immer an diesen Hans denken, mit dem ich eine unvergessliche Nacht hatte.«

»Hans?«, fragt er belustigt.

Ich nicke. Hans ist hier kein gängiger Name, aber ich habe als Kind einmal einen Mann kennengelernt, der so hieß. Er war einer der vielen Geliebten meiner Mutter und sie sprach ständig über Hans, der sie verlassen hatte. So etwas will ich nicht.

»Meinst du wirklich, dass dich ein Name davor schützt, sollte klar werden, dass wir unglaublich guten Sex und eine tolle Nacht miteinander haben?«

Ich zucke mit den Schultern. »Einen Versuch ist es wert.« Dann drehe ich mich zu ihm und sehe ihn ernst an. »Was willst du noch wissen, bevor du mich ausziehst und …«

Er hebt die Hand und steht auf. »Langsam«, raunt er beschwichtigend und fährt sich dann durch sein Haar. Ist jetzt etwa er derjenige, der kalte Füße bekommt?

»Was ist los?«

»Ich …« Er zögert.

Auffordernd hebe ich meine Brauen. »Du?«

Er hebt seine Hände und umschließt meine, ohne zu antworten. Wärme zuckt durch meinen Körper. Da sind keine Bilder. Es ist verrückt, wie diese winzige Berührung so viel in mir auslösen kann. Aber wahrscheinlich ist es nur der Tatsache geschuldet, dass ich so lange niemanden berührt habe. Zumindest keinen Menschen, den ich anziehend finde.

»Möchtest du noch ein letztes Spiel mit mir spielen?«, fragt er mit kratziger, düsterer Stimme.

Ich nicke, ohne zu fragen, worum es geht. Aber die Art, wie er spricht, lässt meinen Körper beben.

Siegessicher und auch ein wenig gefährlich grinst er, als er die Flasche abstellt, mich nach hinten schubst und sich über mich kniet.

»Keine Küsse. Keine Berührungen.«

»Was?«, stoße ich irritiert hervor. Natürlich macht es das für mich leichter. Aber deshalb bin ich nicht hier.

Er hebt einen Mundwinkel. »Es wird dir gefallen, ich verspreche es dir.«

Das bezweifle ich. Das einzige Königreich, in dem die Menschen laut Volksmund prüder sind, ist Karrak. In Lishan, Manswek und Nimue ist Sex etwas vollkommen Natürliches. Auch ich bin kein prüder Mensch, aber es hat mich Überwindung gekostet, heute herzukommen. Und ehrlich gesagt auch einiges an Überzeugungsarbeit von Mila. Ich kenne mich ziemlich genau und wenn ich auf dieses Spiel eingehe, werde ich das nächste Jahr ebenfalls ohne jegliche Berührung und Vergnügen verbringen.

»Ich bin wegen etwas anderem hergekommen und mit dir aufs Zimmer gegangen«, sage ich ehrlich, komme mir aber fast vor, als würde ich betteln. Und das fühlt sich beschissen an. Er lehnt sich ein wenig zu mir hinab und fast ist es, als könne ich seine Berührung spüren. Aber das ist nur sein Atem, der meinen Nacken und mein Ohr streift. Ich erschaudere.

»Was würdest du denn lieber machen?«, fragt er leise. Seine Stimme an meinem Ohr ist wie eine zarte, vielversprechende Berührung. Ich schlucke hart.

»Ich würde dich gerne küssen.« Sein Gesicht taucht dicht vor meinem auf, aber kurz bevor sich unsere Lippen berühren, stoppt er und pustet leicht gegen sie. Alles in mir prickelt. Meine Kehle schnürt sich zu.

»Und dann? Lass mich raten … dann soll ich deinen Hals küssen.« Mit den Worten wandert er hinab und pustet sanft gegen meinen Hals und mein Dekolleté. »Dann deine Brüste …«

Mir entfährt ein Seufzen, obwohl er mich nicht berührt. Er achtet sogar peinlich genau darauf, dass sein Unterleib und seine Arme, die neben meinem Körper abgestützt sind, mich nicht einmal touchieren. »Wahrscheinlich soll ich dich dann ausziehen.« Jetzt hebt er doch eine Hand und öffnet die Knöpfe meines Kleides an der Brust, bevor er mein Mieder abstreift und mein Oberkörper entblößt ist.

»Das würde ich als Berührung werten. Und damit gibt es Punktabzug für dich«, sage ich siegessicher.

»Berührungen zählen nur auf der nackten Haut«, kontert er.

»So?«, frage ich und fahre mit meinem Finger seinen inneren Oberschenkel hinauf. »Das zählt also auch nicht?« Sein Gesicht verkrampft sich und die Kraft, die er aufbringen muss, steht ihm ins Gesicht geschrieben. Er wandert weiter hinab.

»Dann würde ich deinen Bauch küssen«, haucht er und pustet einen Kreis um meinen Bauchnabel. Ich schließe die Augen und stelle mir vor, es wären seine Finger, die mich zart berühren und mir so viel mehr versprechen. Plötzlich senkt er seinen Schritt auf meinen und ich spüre seine Härte zwischen meinen Beinen.

Sein Blick senkt sich auf meine Brüste, bis er mir wieder in die Augen schaut. Obwohl in seinen Augen pure Lust, beinahe schon Gier, steht, weiß ich, dass er nicht weitergehen wird. Ich sehe es. Spüre es. Und ein Teil von mir ist froh darüber. Vor allem, weil ich da noch etwas in seinen Augen erkenne. Ehrfurcht, Respekt, Wertschätzung und Bewunderung. Ob und wann ich je zuvor so angeschaut wurde, weiß ich nicht. Aber das ist mehr wert als eine schnelle Nummer zweier Fremder. Vielleicht wäre es besser gewesen, heute Nacht mal loszulassen und Spaß zu haben. Aber ich bin nicht irgendjemandem begegnet, sondern ihm. Ich mag ihn und er scheint auch mich zu mögen. Und genau das würde diese ganze Sache verkomplizieren und am Ende würde ich genauso leiden wie meine Mutter. Wegen irgendeinem Kerl, mit dem ich gerade einmal ein paar Stunden verbracht habe.

Er hebt seinen Körper von meinem und legt sich neben mich. Als ich mich erhebe, setzt er sich ebenfalls auf und sieht mich fragend an. Seinen Blick ignorierend knöpfe ich die Bluse meines Kleides zu und binde dann das Mieder wieder fest.

»Du bleibst doch hier, oder?«, fragt er fast unsicher. Dennoch schwingt da noch diese düstere Arroganz in seiner Stimme mit – als hätte ich ihn durch meine Zurückweisung beleidigt.

»Es ist besser, wenn ich zu Hause schlafe.« Zuhause. Dieses Wort klingt seltsam im Zusammenhang mit dem winzigen, schäbigen Zimmer, in dem ich lebe.

»Bitte bleib.« Er legt seine Finger auf meinen Unterarm. »Du bist doch auch hergekommen, um neben jemandem zu schlafen, oder?«

Ich verziehe den Mund. Das war nicht genau das, was ich wollte, weil es wieder etwas wäre, das mich an ihn bindet. Schon jetzt spüre ich in mir das Verlangen nicht nur seinem Körper nah zu kommen, sondern auch seiner Seele. Es ist, als würden mir die Sterne zuflüstern, dass unsere Schicksale miteinander verwoben sind.

»Ich …« Unsicher stehe ich auf.

»Bitte.« Sein Blick trifft meinen und das ist der Moment, in dem ich entscheide, mich zurück in das Bett zu legen, mir von ihm die Decke überlegen zu lassen und meinen Kopf auf seine Brust zu legen.

»Aus irgendeinem Grund bist du besonders. Und ich werde herausfinden, warum«, raunt er dicht neben meinem Ohr.

Angst, dass er durchschaut, wer ich bin, klettert meine Kehle hinauf. Aber da ist auch ein warmes Gefühl, weil ich mich durch ihn genauso besonders fühle.

KAPITEL 2

»Shedir! Achtung!« Milas Warnung kommt gerade noch rechtzeitig. Völlig abgelenkt von den Reitern des Prinzen, die gerade den Burgfried unten im Hof betreten, habe ich das Tablett in meiner Hand so schief gehalten, dass ich beinahe meinem Gast den Met über den Schoß gegossen hätte. Ehrlich gesagt waren es nicht wirklich die Reiter, die mich unachtsam haben werden lassen, sondern die Erinnerung an ihn. Wohl eher die Hoffnung, dass er dabei sein könnte. Ein naiver Optimismus, schließlich ist er nicht ein einziges Mal hier aufgetaucht, seit ich mich bei Morgengrauen aus seinem Zimmer geschlichen habe. Vor genau einem Jahr und zwei Monaten habe ich auf seinen schlafenden Körper hinabgeblickt und mich entschieden, ihm eine Nachricht dazulassen, wo er mich finden kann. Wie töricht von mir zu glauben, dass er wirklich eines Tages nach mir suchen würde. Und noch einfältiger, nach all der Zeit immer noch darauf zu hoffen.

Rasch stelle ich den Met vor dem alten bärtigen Mann ab, der jeden Tag in der Schenke seine Abende bis tief in die Nacht fristet. Mila und ich fragen uns schon eine ganze Weile, was er hier eigentlich tut, ob er irgendeine Aufgabe im Fried hat. Aber da wir uns außer hier in der Schenke nicht frei bewegen dürfen, habe ich keine Ahnung, was genau er arbeitet.

Schnell werfe ich einen letzten Blick durch das Fenster und sehe, wie weitere Reiter und Königswachen den Innenhof betreten. Doch sie passieren nicht einfach das Tor, das hinein in das Innere der Burg weiter nach Nastras führt, sondern scheinen in der Schenke verweilen zu wollen. Also bei uns.

»Komm schon, hop hop, Shee«, brummt Murra, der Gastwirt.

Ich winke ab und verdrehe die Augen, als ich bei Mila ankomme, die bereits zwei Krüge in den Händen hält und noch einen dritten aufladen will. Ihr blaues Kleid wirkt sauber und gepflegt. Ganz im Gegensatz zu dem braunen, abgewetzten Ding, das ich trage. Selbst die Schnüre, die es an der Brust zusammenhalten, sind so alt, dass sie bald reißen werden. Erst dann mache ich mir Gedanken über Ersatz. Mila hingegen scheint ihren Hungerlohn für bessere Stoffe zu verwenden. Und wahrscheinlich pflegt sie ihre Kleider häufiger als ich. Meines hat seit Wochen keine Seife und Wasser gesehen.

»Lass dich von dem Vollidioten nicht hetzen«, flüstere ich und lege meine Hand auf ihre Schulter.

»Ich bin auf die Anstellung angewiesen, Shee. Das weißt du genau.« Ihre Stimme ist gedämpft und dennoch laut genug, damit ich sie in dem brummenden Lärm hier hören kann. Wir haben das vermeintliche Flüstern über die Jahre zwischen Kriegern, Handelsmännern und einfachen Säufern, die alle gleichermaßen in lautem, tiefem Ton ihre heroischen Geschichten in Form von Monologen von sich geben, perfektioniert. Wird dieses Soliloquium allerdings durch einen Sitznachbarn unterbrochen und somit zu einem Streitgespräch, könnten wir uns die Geheimnisse auch zuschreien, ohne dass uns jemand hört.

»Ich ebenfalls«, gebe ich kleinlaut zurück.

Sie nickt und setzt diesen »Dann solltest du deinen Arsch bewegen«-Blick auf. Wie ich das hasse.

»Ich bin nun mal ein Freigeist.«

»Auch Freigeister brauchen Nahrung und einen Platz zum Schlafen. Außerdem redest du dir das nur ein. In Wahrheit wartest du nur auf ein Abenteuer, das dich mitreißt. Und dann wirst du tun, was das Leben von dir verlangt.«

Ich lächle sie an. Wahrscheinlich ist es genau so. Aber Abenteuer platzen nicht einfach so in ein Leben. Zumindest nicht in meines. Und das, obwohl ich als Asteri geboren wurde. Als Stern. Mit der Macht, Sternenwind zu erzeugen und das Schicksal der Menschen, das in den Sternen steht, zu lesen. Aber seit der Kronprinz weiß, dass er sterben wird und keiner etwas in den Sternen findet, was ihn retten kann, werden wir gejagt. Also halte ich mich von Abenteuern fern. Lediglich ein Mal im Jahr erlaube ich mir eine Ausnahme, damit ich in diesem tristen Wirtshaus nicht den Verstand verliere. Mila ist die Einzige noch lebende Person, die mein Geheimnis kennt.

»Für ein Abenteuer würde es sich lohnen, zu tun, was verlangt wird. Für irgendwelche alten Männer, die denken, sie wüssten mehr als ich, nicht.«

»Genau dieses Verhalten hat dich deine Lehre in der Sternengelehrten-Gilde gekostet, Shee. Irgendwann musst du lernen, dass es so nicht geht.«

Weil sie bereits die zweite Runde verteilen will, nehme ich mir ebenfalls einen Krug Met und schnaufe. »Ich sehe nun mal mehr, als sich die Idioten erklären können. Soll ich lieber so tun, als wäre ich blind?«, flüstere ich so leise, dass nur sie es hören kann. Heute gibt es keine Streithähne unter unseren Gästen.

Mit Absicht wähle ich die Worte, als wäre ich genervt und würde gleichzeitig über allem stehen. In mir sieht es jedoch ganz anders aus. Eine Urkunde und das gusseiserne Abzeichen der Gilde der Sternengelehrten hätten bedeutet, dass ich wenigstens Menschen ihr Schicksal hätte lesen dürfen. Aber ohne dieses Siegel darf ich gar nichts tun. Und es tut weh. Wirklich körperlich und mental.

Ich bin keine Sternengelehrte, die als Mensch einfach nur lernt, die Gestirne zu deuten. Ich bin ein Asteri und spüre sie. Die Sterne im Himmel rufen nach mir, lassen mich nachts nicht schlafen und zeigen mir immer wieder schreckliche Schicksale. Vor allem wenn Krieger auf ihrem Weg hinaus aus der Burg ins Umland des Königreichs hier ihre letzte Stärkung zu sich nehmen und mich berühren. Am Anfang habe ich mich gefreut, dass den Bastarden, die Mila und mich wie Ware behandeln, der man einfach auf den Hintern hauen oder den Rock lüften kann, solch bittere Schicksale bevorstehen. Mittlerweile bin ich müde der Bilder. Müde und hilflos, weil ich nichts dagegen unternehmen darf. Und die Kraft, diese Vorsehungen bei Berührungen nicht zu sehen, kann ich nur mit sehr viel Anstrengung aufbringen. So wie damals, auch wenn mir das Spiel dieses Fremden zugutekam. Ich war vorbereitet. Sonst bin ich das fast nie.

Erst vor zwei Tagen habe ich unabsichtlich den Arm eines jungen Mannes gestreift, dessen Tod ich sofort sehen konnte. Gleichzeitig konnte ich aber auch erkennen, wie leicht er es verhindern könnte. Er hätte sich nur krankmelden müssen. Denn das Gehuste, das er auf die trockene Luft in der Schankstube geschoben hat, ist eine Lungenentzündung, die er auskurieren müsste. Ich weiß, dass er das nicht tut und in ein paar Tagen daran sterben wird. Weil ich nichts machen darf. Weil der Bruder des Kronprinzen eine Hetzjagd gegen uns Asteria heraufbeschworen hat. Weil …

Seufzend schiebe ich die Gedanken beiseite und setze wieder meine kühle Maske auf, um mit ihr zu einem Menschen zu werden, der stark, selbstbewusst, erhaben und abgeklärt zu sein scheint.

Mila stößt mich leicht mit der Hüfte an und deutet mit einem Nicken zur Tür. »Sieh an. Vielleicht stolpert dort gerade dein Abenteuer herein.«

Ich sehe zu dem jungen Mann, der gerade durch die Tür tritt. Sofort spüre ich die Enttäuschung, weil es nicht er ist. Gerade will ich Mila fragen, was das mit einem Abenteuer zu tun haben soll, bis mir das Tier in seinem Arm auffällt. Ein junger Silberluchs. Ich stelle den Met ab und gehe auf ihn zu.

»Er ist verletzt«, erklärt der Fremde und wirft mir einen skeptischen Blick zu. So, als wäre ich nicht die Person, nach der er hier gesucht hat. Er kann nicht wissen, dass ich auch die Lehre in der Heilkunde-Gilde angefangen habe. Bis ich rausgeflogen bin.

»Komm mit«, weise ich an und ziehe ihn mit mir in den kleinen Nebenraum, in dem Murra immer seinen Stammtisch abhält. Hier drin stinkt es nach Pfeifentabak und Cognac, aber es muss reichen. »Leg ihn auf den Tisch.«

Der junge Mann gehorcht und ich untersuche das kleine Wesen. Es wehrt sich kaum. Kein gutes Zeichen.

Sein Nacken ist nass und am Rücken kurz darunter hat er eine Bisswunde, die allerdings nicht so tief ist, dass sie tödlich wäre. Dennoch blutet sie, genau wie einige Kratzer in seinem Gesicht.

»Er wird wieder«, sage ich und deute auf das kleine lederne Täschchen an seiner Hüfte. »Ist das dein Heilkräuterbeutel?«

Jede Königswache ist verpflichtet, einen mit sich zu tragen. Die Gilde der Heilkunde hat es zusammengestellt, damit jeder Krieger sich zumindest im ersten Moment selbst versorgen kann. Der Fremde ist eindeutig ein Wachmann des Königshauses. Seine dunkle Kleidung, die lederbesetzte Brust und der schwarze Umhang, unter dem ich das Emblem von Nimue erkennen kann, verraten es.

»Ja«, gibt er ruhig von sich. Generell hat seine ganze Aura eine entspannende Wirkung auf mich. Sogar so sehr, dass ich keinerlei Unwohlsein verspüre oder Bedenken habe, mit ihm allein in diesem Raum zu sein.

Als er die Tasche abnimmt und mir reicht, achte ich genau darauf, seine Finger nicht zu berühren. Er ist hübsch, in meinem Alter und kümmert sich um verletzte Tiere. So jemand stolpert hier selten herein. Das will ich mir nicht durch die Bilder seines Tods zerstören. Krieger sterben oft sehr grausam. Dadurch, dass ich nicht nur als Zuschauer beiwohne, sondern all die Empfindungen der Sterbenden spüren kann, ist es fast, als würde ich den Tod am eigenen Leib erfahren.

Ich gehe zur alten Vitrine, hole einen klaren Schnaps heraus und beginne die Wunden zu reinigen. Der kleine Luchs faucht und fährt die Krallen aus. Sofort beugt sich der junge Mann vor und streichelt sein kleines Köpfchen.

»Alles wird gut«, raunt er und nickt mir zu.

Blinzelnd wende ich meinen Blick ab und mache weiter. Nehme die Kräuter, die ich brauche, und drücke sie vorsichtig auf die gereinigte Wunde, bevor ich sie verbinde. Die Kratzer im Gesicht tupfe ich nur ganz sanft mit einem in den Schnaps getränkten Tuch ab.

»Er braucht Wärme«, sage ich und deute auf den Kamin. »Wenn du ihn entzündest, kannst du ihn sicher hierlassen und ich kümmere mich morgen um ihn.«

»Ich würde lieber ein Zimmer für die Nacht nehmen. Habt ihr eines mit Kamin?«

Nachdenklich verenge ich die Augen. Hat er keine Pflichten am Hof? Kann er sich wirklich eine Nacht Zeit nehmen, um einen Silberluchs zu retten? Sie sind nicht gerade selten und werden viel gejagt. Dieser Biss stammt bestimmt von dem Hund oder Schakal eines Jägers.

»Ja, aber es ist nicht günstig«, gebe ich zurück und mustere seine Kleidung, die allerdings keinen Aufschluss über sein Vermögen gibt. Die Wachen tragen alle die gleiche schwarze Lederhose mit passender lederner Brustrüstung und einen dunklen Umhang darüber.

»Das geht in Ordnung.«

Ich fixiere ihn. »Wie ist dein Name?«

»Was hat das mit dem Zimmer zu tun?«

»Ich muss ihn eintragen«, antworte ich ruhig und gelassen. Dabei wissen wir beide, dass es eine Lüge ist. Golden reichen aus und das Zimmer gehört für eine Nacht ihm.

Das scheint auch er zu wissen, denn er holt Taler aus seiner Tasche und reicht sie mir. »Das sollte genügen.«

Ich zähle das Geld, nicke dann und reiche ihm eine Decke, die hier für Murras seltsamen Freund liegt, der immer friert. Der Fremde wickelt das Tier darin ein, nimmt es hoch und folgt mir dann.

»Der Gast nimmt das Königszimmer. Ich bringe ihn hin«, rufe ich Murra zu, der nur abwinkt und mir ein »Beeil dich gefälligst« zuwirft.

Ich brumme, stoße dann die Tür zum Gästebereich auf und gehe eine kleine Holztreppe hinauf. Ganz am Ende vom Gang öffne ich die Tür und strecke meinen Arm aus. »Kannst du selbst Feuer machen oder soll …«

»Das kriege ich gerade noch hin«, sagt er und schenkt mir ein überhebliches und doch freundliches Lächeln. Er geht an mir vorbei, legt den Luchs auf dem Bett ab und beginnt dann, Holz im Kamin zu stapeln.

Ich hole eine Kerze aus dem Flur, entzünde ihm das Nachtlicht und ein paar weitere Kerzen, bevor ich sie ihm reiche, damit er den Kamin leichter anfeuern kann.

»Ich bitte dich nur ungern, aber könntest du mir etwas zu essen bringen? Und auch etwas für ihn.« Er deutet auf den Luchs. »Vielleicht verrate ich dir dann auch meinen Namen.« Schelmisch hebt er einen Mundwinkel, was ihn noch attraktiver aussehen lässt.

»Du musst mich nicht mit fragwürdigen Gegenleistungen dazu bringen, meinen Job zu machen. Es ist meine Pflicht, dir

Essen zu bringen, wenn du etwas bestellst. Also, was möchtest du haben?«

Als das Holz Feuer fängt und zu brennen beginnt, steht er auf und kommt auf mich zu. Automatisch weiche ich einen Schritt zurück, damit er mir nicht zu nah kommt.

»Eine Suppe vielleicht? Gerne ohne Fleisch.«

Ich nicke, drehe mich um und gehe. Etwas an ihm zieht mich an, jedoch anders als bei dem Fremden vor einem Jahr. Es ist keine körperliche Begierde, viel mehr flehen mich die Sterne an, sein Schicksal zu lesen. Dass uns etwas verbindet. Aber ich will seine Zukunft nicht sehen. Dieses eine Mal will ich so blind dafür sein wie all die anderen auch. Meine Gabe ist vielmehr ein Fluch. Schließlich war es auch ein Asteri, der vor Jahren den Tod des Kronprinzen vorhersah und so den Hass gegen uns alle schürte. Als wären wir schuld an dem, was für jeden Menschen in den Sternen steht, nur weil wir sie lesen und verstehen können.

Als ich mit einer würzigen Kartoffelsuppe, einer Schüssel Milch und einem Met zurückkomme, sitzt er vor dem Kamin auf dem Boden. Neben ihm liegt der kleine Luchs und schläft.

Vorsichtig, um das Tier nicht zu wecken, stelle ich das Tablett neben ihm ab und hocke mich dann zu ihm. »Warum tust du das?«

»Was? Den Luchs retten? Warum nicht?«

»Es ist nur ein Tier. Und nicht einmal ein seltenes.«

»Also muss etwas selten sein, damit es wert ist, gerettet zu werden? Zu leben?«

»Nein, ich …« Unter seinem eindringlichen Blick suche ich nach den richtigen Worten. »Ich kenne nur niemanden, der das getan hätte.«

»Jetzt kennst du jemanden.« Liebevoll streichelt er das silbrige Fell und nimmt dann einen Schluck Met.

»Shee!«, schreit Murra von unten.

Ich schrecke zusammen und erhebe mich augenblicklich. »Nach mir wird verlangt.«

»Kommst du wieder?«

Ich schaue dem Fremden ins Gesicht und suche in seinen Zügen nach einem Grund. Warum will er, dass ich wiederkomme? Spürt er auch, dass unsere Schicksale irgendwie verbunden sind? Nein, das kann nicht sein. Er kann kein Asteri sein. Nicht, wenn er so nah am Kronprinzen und dessen Bruder, dem Sternenschlächter, lebt. Wahrscheinlich hat er es einfach nur auf eine nette Nacht abgesehen. Es gibt viele Wachmänner des Königs, viele Krieger, die es bei Mila und mir versuchen. Einige haben uns sogar schon Geld geboten, als wären wir Dirnen und das hier ein Bordell. Aber wie einer von diesen Männern wirkt er nicht. Im Gegenteil. Seine Haare sind gewaschen und gepflegt. Genauso wie sein Gesicht und der gestutzte Bart. Seine Finger und Kleidung sind trotz seiner Anstellung sauber. Er scheint also aus gutem Hause zu stammen und dementsprechend auch gute Manieren zu haben. Allein dass er den kleinen Luchs gerettet hat und mir gegenüber höflich war, spricht dafür. Letzteres ist ziemlich rar gesät in dieser Schenke.

»Weil du später noch etwas zu trinken willst?«, frage ich, bevor ich die Tür schließe.

»Genau. Wenn du zwei Getränke mitbringst, könntest du dann sogar zusammen mit mir trinken.«

Zu perplex, um darauf zu antworten, trete ich die Flucht an und verschließe eilig die Tür hinter mir. Völlig abwesend bediene ich den Rest des Abends und antworte nicht einmal Mila, als sie mich fragt, was los ist. Immer wieder gleitet mein Blick zu den Damen, die mit ihren Männern hier sind. Reiche Adelige auf Reisen in die Burg oder von einem Besuch in der Stadt nach Hause. Ihre Kleider sind ausladend und prunkvoll. Seidener, sauberer Stoff mit aufgestickten Ornamenten und Perlen. Trotz des gedämpften Lichts schimmern sie und ich beginne, mich unwohl in meinem Kartoffelsack zu fühlen. Aber warum? Weshalb ist mir das plötzlich wichtig? Will ich diesem Kerl wirklich so sehr gefallen? Auch mein Unbekannter aus der Schenke in Asher damals war edler angezogen als ich und es hat mich keine Sekunde gestört. Aber vielleicht hat mich seine anschließende Ablehnung dazu gebracht, meine Kleidung und meine Stellung in der Gesellschaft dafür verantwortlich zu machen.

Seufzend räume ich einen Tisch ab. Wem will ich etwas vormachen? Ich bin genau das hier. Ein gescheitertes Mädchen, das im Körper einer Frau mit schmutzigem Gesicht, klebrigen Händen von all dem Met und in ranzigen Kleidern gefangen ist und Menschen mit wunderschöner teurer Kleidung bedient. In einer anderen Welt, in der der Bruder des Prinzen nicht entschieden hätte, Asteria zu jagen, hätte ich eine bekannte Schicksalsleserin werden können. Eine, die hoch angesehen und vielleicht sogar zu Festen ins Schloss eingeladen werden würde. So, wie es als Kind mein Traum war: nur ein einziges Mal im Schloss des Prinzen speisen und die Nacht in edlen Kleidern durchtanzen. Doch von diesem Traum weiß niemand etwas. Niemand außer Arvo, meinem besten Freund aus Jugendtagen. Wie jeder andere auf dieser Welt hat er mich eines Tages verlassen und ich stand allein da. Mit all meinen unerfüllbaren Träumen und gebrochenem Herzen.

Erst, als auch der letzte Gast verschwunden ist und Murra zu Bett geht, wende ich mich Mila zu. »Dieser Kerl von vorhin will, dass ich noch mal zu ihm aufs Zimmer komme.«

Sie hebt ihre Brauen und wirft mir einen lasziven Blick zu. »Und, gehst du?«

Ich zucke mit den Schultern und laufe in die Küche, um die Essensreste zu prüfen. Heute gibt es kaum Abfälle. Also werde ich erst morgen Abend zum Waisenhaus gehen, um Essen vorbeizubringen, in der Hoffnung, dass dann mehr übrig geblieben ist. Oder ich verstecke den Tag über Speisen, die ich mitnehmen kann. Heute war ich dafür zu sehr woanders mit meinen Gedanken.

»Warum denn nicht? Er sieht wirklich gut aus und wirkte freundlich. Es ist doch nur eine Nacht, Shee. Und das letzte Mal, wenn man es überhaupt so nennen kann, ist schon wieder ein Jahr her«, pflichtet Mila mir bei.

Meine Kehle gibt einen unschlüssigen Laut von sich. »Ich bin nicht wie du, Mila. Du kannst einfach einen Jungen küssen, mit ihm schlafen und am nächsten Tag deiner Wege gehen.«

»Einen Mann«, verbessert sie mich.

»Wie auch immer. Ich hingegen sehe immer wieder seinen Tod, wenn ich jemandem nahekomme.«

»Du hast es auch schon geschafft, das auszustellen. Außerdem wissen wir beide, dass es viel eher daran liegt, dass du immer noch diesem Kerl nachtrauerst.« Verständnislos schüttelt sie den Kopf.

Mit Ersterem hat sie recht. Aber ich bin mir sicher, dass es bei ihm nicht funktionieren wird. Allein seine Nähe lässt die Sterne auf mich einreden, dass ich seine Zukunft sehen soll. Als hätte ich keine andere Wahl.

»Ich weiß nicht. Und an dem Kerl aus Asher liegt es bestimmt nicht.«

»Na dann, geh hin und rede einfach nur mit ihm. Flirte ein wenig. Auch das ist besser, als jede Nacht allein in unseren Kammern zu hocken.« Sie verzieht den Mund und versteckt ein paar Äpfel ganz oben auf einem Schrank. »Und morgen bringst du dann alles, was übrig ist, und die Äpfel zum Waisenhaus.«

»Mh«, mache ich und sehe zum Krug mit dem restlichen Met.

»Wenn du nicht gehst, gehe ich. Ich bräuchte wirklich mal wieder …« Grinsend stößt Mila mich mit ihrer Hüfte an.

»Ist ja gut, ich gehe«, brumme ich, nehme den Krug und ein weiteres Glas in die Hand und nicke mir und ihr zu.

»Du schaffst das«, flüstert sie belustigt und hebt feierlich ihre Faust vor die Brust.

Lächelnd verdrehe ich die Augen und gehe die schmale Treppe hinauf. Als ich an seine Tür klopfe und nichts höre, bin ich fast dankbar und drehe mich sofort um. Doch bevor ich einen Schritt machen kann, springt die Tür hinter mir auf.

»Hast du plötzlich gelernt, wie anklopfen funktioniert?«, fragt er und lehnt sich lässig an die Tür.

»Keine Hand frei«, erkläre ich und hebe das Glas und den Krug, mit dem ich angeklopft habe.

Er grinst. »Komm rein.«

Als ich eintrete und erkenne, dass er immer noch sein Lager vor dem Kamin aufgeschlagen hat, setze ich mich und stelle alles ab. Mir wird schwindelig von der Wärme und vor allem von dieser Anziehung. Aber es ist keine körperliche, eher, als würden die Sterne mich zu ihm ziehen. Gleichzeitig würde ich am liebsten wegrennen. Was habe ich mir nur dabei gedacht?

Nachdem er die Tür geschlossen hat, setzt er sich zu mir und streift für den Bruchteil einer Sekunde meine Hand mit seinen Fingern. Unwillkürlich halte ich die Luft an, doch da ist nichts. Keine Bilder. Kein Schmerz. Einfach nichts. Ich verenge den Blick und berühre ihn absichtlich erneut, als ich über ihn greife, um sein Glas zu nehmen. Wieder nichts.

Könnte es wirklich sein, dass auch er ein Asteri ist? Das würde erklären, warum ich sein Schicksal nicht lesen kann. Oder ist es wie damals bei dem Kerl, bei dem ich ebenfalls nichts sehen konnte, weil ich all meine Kraft darauf verwendet habe, genau diese Bilder auszublenden? Bisher ist mir das allerdings nur einmal gelungen und wir haben uns kaum berührt.

Dadurch, dass meine Mutter der Meinung war, dass ich mein wahres Wesen verstecken muss, weil unser Ansehen sonst in Verruf geraten könnte, weiß ich fast nichts über meine Kräfte, außer wie ich sie verborgen halte. Nicht einmal Sternenwind kann ich absichtlich heraufbeschwören, geschweige denn, dass ich weiß, was er überhaupt wirklich bewirkt. Meine Mutter konnte es mir nicht erklären, weil sie kein Asteri war. Wir Sterne werden einfach geboren, wenn das Schicksal es so entscheidet.

Als ich uns beiden eingeschenkt habe und einen großen Schluck getrunken habe, sehe ich ihn an. »Warum sollte ich noch einmal wiederkommen?«, frage ich geradeheraus.

Sein Blick streift meinen nur kurz. Als hätte er Angst, mir zu lange in die Augen zu sehen. »Ich begrüße Gesellschaft.«

»Gesellschaft von jungen Frauen?«

Sein helles Lachen hallt durch den Raum. »Keine Sorge, deshalb habe ich dich nicht eingeladen herzukommen. Ich werde dich nicht berühren.«

Beinahe rutscht mir ein »Hast du bereits« heraus. Aber niemand achtet so genau auf flüchtige Berührungen wie ich.

»Also willst du was? Reden?«, hake ich stattdessen nach.

»Ja. Es ist nicht immer so einfach, jemanden am Hof zu finden, der einfach ganz normal mit mir redet.«

»Und warum? Bist du etwa der Kronprinz höchstpersönlich?« Ich lache, er allerdings sieht mich ernst an. Und so wirklich witzig finde auch ich es nicht, dass ich erneut an einen Kerl gerate, der nur reden und vor allem mich bloß nicht berühren will. Wirke ich so abstoßend?

»Nein, aber seine erste Wache.« Geräuschvoll atmet er aus. »Für die Menschen, denen wir begegnen, gibt es nur dieses eine Thema. Nur seinen Tod.«

Ich verziehe den Mund, weil ich offenbar wie immer viel zu unsensibel war. »Magst du ihn?«

»Den Kronprinzen?«, hakt er nach, nickt aber bereits. »Er ist mein bester Freund. Auch ich will nicht ständig die mitleidigen Blicke sehen und dabei zuhören, wie jedes Gespräch spätestens nach ein paar Sekunden auf seine Nachfolge gelenkt wird.«

Wie von allein findet seine Hand das Fell des Silberluchs und streicht leicht darüber.

»Wie geht es ihm damit?«, frage ich und denke darüber nach, wie es für mich wäre, zu wissen, dass ich jung sterben würde und nichts dagegen tun könnte. Wäre es dann nicht vielleicht sogar besser, es nicht zu wissen und unbeschwert zu leben, bis es einfach aus dem Nichts passiert?

»Ich denke, nicht sonderlich gut. Sicherlich würde er sich auch gerne mit einem Menschen unterhalten, der ihn nicht bereits mental begraben hat.« Freudlos lacht er auf.

»Wo ist er jetzt?«, frage ich, um das Thema vom bevorstehenden Tod des Prinzen abzulenken. »Solltest du als seine erste Wache nicht immer bei ihm sein?«

»Er hat mich abgehängt. Dann habe ich den Luchs gefunden und bin hierher.«

»Wäre es da nicht deine Pflicht, nach ihm zu suchen, statt den Luchs zu pflegen?«

Er wiegt den Kopf hin und her und nippt an seinem Met. »Nein, Lunas braucht manchmal Zeit für sich allein. Die sollte ich ihm dann auch gewähren. Aber morgen kann er sich etwas anhören.« Der letzte Satz klingt fast ein wenig bitter, als wäre das eher für ihn statt für den Prinzen unangenehm. Aber ich kann auch die Zuneigung spüren, mit der er seinen Namen sagt. Generell scheint er ein fürsorglicher, empathischer Mensch zu sein. Vielleicht ist das der Grund dafür, dass ich mich derart wohl in seiner Gegenwart fühle. Als würde ich das erste Mal jemandem begegnen, der mich nicht verurteilt. Der mehr von mir und meinem Wesen erfahren will und von dem auch ich alles wissen will. Innerlich strafe ich mich Lügen. Es gab bereits jemanden, der mir dieses Gefühl gegeben hat. Aber mit der Zeit des Wartens hat es sich in Verbitterung gewandelt. Nichts davon kann echt gewesen sein.

Wir reden die halbe Nacht und er hält sein Versprechen,

mich nicht zu berühren. Vor allem frage ich ihn über die Burg aus und wie es im Palast aussieht. Das Schloss befindet sich inmitten Nastras, der Hauptstadt im Inneren der kilometerlangen Burgmauer. Der Fried dient als Schleusentor zwischen dem Umland und der Burg, weshalb ich leider die Stadt noch nie besucht habe.

Als mir immer wieder vor Müdigkeit die Augen zufallen, rapple ich mich auf, um mich zu verabschieden. Nachdem er mich zur Tür begleitet hat, berührt er mich doch. Ganz sanft streicht er über eine lange Narbe an meinem Unterarm. Ich habe sie mir zugezogen, nachdem meine Mutter starb und ich allein auf den Marktplatz gegangen war, um Essen zu klauen. Die Bilder vom Tod der Menschen haben mich so verängstigt, dass ich vom Marktplatz weggerannt bin und mich am Hafen von Asher in einem Fischernetz verfangen habe, das der Bootsmann gerade zum Flicken ausgelegt hat. Er war es auch, der dann meinen Arm nähte. Dass ich keine Sepsis bekam und daran gestorben bin, ist ein Wunder.

Der Fremde, der nach dieser Nacht kein Fremder mehr ist, dessen Namen ich aber noch immer nicht kenne, sieht mich an, als wäre er bei meiner Erinnerung gerade dabei gewesen.

»Wie war das mit den Berührungen?«, frage ich herausfordernd.

»Ich habe von ganz anderen Berührungen geredet«, sagt er leise und hebt einen Mundwinkel.

Mir wird schwindelig und ich spüre, wie mich Bilder erreichen wollen. Die Sterne schreien nach mir, meine Gabe zu nutzen und sein Schicksal zu lesen. Aber ich wehre mich. Ich will seinen Tod nicht sehen.

»Du hast etwas Besonderes an dir.«

Mir wird eiskalt, weil ich das schon einmal gehört habe. Um den Gedanken wegzuschieben, schnaube ich belustigt. »Sagst du das zu allen Frauen?«

Er schüttelt den Kopf. »Du kennst meinen Beruf. Ich lerne eher selten Damen kennen.«

»Dabei wäre es vielleicht sinnvoll, wenn der Prinz sich nach Damen umsieht. Er könnte eine heiraten und ein Kind mit ihr zeugen, um Nimue einen Nachfolger zu schenken. Eine Zukunft. Die Menschen reden nicht ständig über dieses Thema, weil sie ihm wehtun wollen. Sie haben Angst. Angst, dass die Feuerlande in den Krieg gegen uns ziehen, wenn Lunas stirbt und wir keinen König mehr haben.«

»Und ein kleines Kind könnte das ändern?«

Ich zucke mit den Schultern. »Dieses Kind wäre die Zukunft, für die es sich zu kämpfen lohnt. Also ja.«

»Und wie soll ich Lunas dazu bringen, sich innerhalb der nächsten Wochen zu verlieben?«

»Vielleicht reicht Sympathie für den Anfang. Liebe kann sich entwickeln und ich sage es nur ungern … aber er wird früh sterben. Die unsterbliche Liebe würde sie also beide nur zerstören, weil sie nicht unsterblich sind.«

Sein Gesichtsausdruck verdunkelt sich, wird ernst. Nachdenklich. Er brennt sich in meine Brust und damit meine Seele. Ich sehe so viel in seinen Augen. Angst. Tiefes Bedauern und doch einen Funken Hoffnung, nach dem er so gerne greifen würde.

»Danke«, sagt er schließlich und haucht mir einen Kuss auf die Wange. Warm und liebevoll. Obwohl sich mein Körper nicht bewegen will, zwinge ich meine Beine, gehe und fühle mich seit Langem befreit und wie eine ganz normale Frau. Wie jemand, der sich nicht immer selbst im Weg steht.

● ● ● ● ● ●

Nachdem ich wenige Stunden Schlaf in meiner Kammer nachgeholt habe, eile ich wieder die schmale Treppe zum Königszimmer hinauf, um nach ihm und dem Luchs zu sehen. Doch er ist verschwunden. Den ganzen Tag über und auch den nächsten und übernächsten rede ich mir ein, dass es mir nichts ausmacht. Dass ich nicht einmal wollte, dass er sich verabschiedet oder ich ihn noch einmal sehe. Doch das enttäuschte Stechen in meiner Brust verrät mir etwas anderes. Schon wieder wurde ich wortlos stehen gelassen.

Nachdenklich falte ich die frisch gewaschene Decke und lege sie zurück auf das Sofa im Nebenzimmer, da höre ich Schreie von draußen.

»Der Prinz ist verletzt!«, ruft eine männliche Stimme.

Sofort erstarre ich. Wenn der Prinz hier ist, dann sicher auch er.

»Ist hier jemand, der helfen kann?« Es ist nicht seine Stimme. Das würde auch keinen Sinn ergeben, da er ja weiß, dass ich zumindest ein bisschen Heilkunst beherrsche.

Ich löse mich aus meiner Starre und laufe in den Schankraum.

Mein Herz beginnt zu rasen, als ich erkenne, wer da blutend, Arm in Arm mit zwei Königswachen, mitten in der Schenke steht. Er ist es, trägt aber andere Kleidung. Ein anderes Emblem auf seiner Brust und einen goldenen Kranz auf seinem Kopf.

Ich muss mich an der Theke abstützen, da ich befürchte, dass meine Beine versagen. Er ist keine Wache. Kein Fremder, der einfach nur einem verwundeten Tier geholfen hat. Kein normaler Kerl, der mich mochte. Er ist der Kronprinz von Nimue. Der zukünftige König unseres Königreichs. Und er ist verwundet.

KAPITEL 3

Unbedacht eile ich auf ihn zu, remple einen Tisch an, an dem zwei Männer sitzen, und bleibe erst vor dem Prinzen stehen. Mein Blick huscht über seinen Körper und analysiert seine Wunden. Er blutet an der Stirn und der Hüfte. Stark. Sehr stark.

»Die Milz könnte getroffen worden sein«, stelle ich fest, als würde ich eher mit mir selbst reden.

Irritiert sieht mich die Wache an, weil er nicht mal die Chance hatte zu fragen, wer ich eigentlich bin. Dennoch schaut er fragend zum Gastwirt, der hinter seiner Theke stehen geblieben ist.

»Sie ist eure einzige Chance hier in diesem Loch. Das Kind hat zwei Jahre eine Lehre in der Heilkunde-Gilde absolviert.« Genau genommen waren es exakt 716 Tage, bis ich mal wieder meinen Mund nicht halten konnte. Die Bezeichnung »Kind« habe ich also ziemlich wahrscheinlich verdient. Auch wenn ich schon dreiundzwanzig Jahre alt bin.

Jetzt traue ich mich das erste Mal, in das Gesicht des Prinzen zu sehen. In sein Gesicht. Seine dunklen Augen sind wach und interessiert auf mich gerichtet. Vielleicht erkenne ich auch ein wenig Reue für seine Lügen in ihnen.

»Es ist nicht so schlimm«, gibt er gepresst von sich. Seine Stimme klingt zwar jung, immerhin ist er auch kaum älter als ich, gleichzeitig wirkt sie jedoch sicher. Selbstbewusst. Herrisch und liebevoll zugleich. Wie die Stimme eines Königs. Ich hebe die Brauen. Warum ist mir das entgangen?

»Für einen Todgeweihten seid Ihr ziemlich optimistisch«, gebe ich bissig und absolut unangemessen dem Kronprinz gegenüber zurück. Zischend zieht die Wache neben ihm die Luft ein, doch ich ignoriere ihn. Ich bin sauer.

Er blinzelt erschrocken, grinst dann aber. »Mein Vater pflegte stets zu sagen: ›Leide nicht vor der Zeit.‹«

Beeindruckt spitze ich die Lippen. Ein wirklich schlauer Spruch, aber ich will ihn nicht so leicht davonkommen lassen. »Meine Mutter pflegte stets zu sagen: ›Lügen haben kurze Beine.‹«

Schuldbewusst verzieht er den Mund. Immerhin.

»Bringt ihn in mein Zimmer, dort habe ich Mittel, um die Wunden zu reinigen und auszubrennen.«

»Auf Euer Zimmer?« Er hebt lasziv den Mundwinkel. »Sind wir wirklich schon so weit, Mylady?«

Ich bin mir sicher, dass er so mit vielen Frauen redet. Und auch mit vielen von ihnen auf ihr Zimmer geht. Aber mit Sicherheit nicht, um sich verarzten zu lassen. Selbst mich hat er bereits einmal auf sein Zimmer gelockt. Aber heute werde ich ihn nur verbinden und hoffen, dass er dabei Schmerzen erleidet. Mehr werde ich nicht tun. Denn ich habe mir vor langer Zeit geschworen, Abstand zu der Königsfamilie zu wahren.

Zu gern wäre ich ein Teil der Gesellschaft und würde durch Nastras laufen, aber diese Wahl blieb mir nicht. Vielleicht bin ich ein Kind, ja. Weil ich immer gegen den Strom schwimme und meinen Kopf durchsetze. Aber in diesem einen Fall habe ich mich für meine Sicherheit entschieden. Für eine Maske, die ich nie tragen wollte. Angestellt im Burgfried, also nah genug, um alle Neuigkeiten über den Sternenschlächter und den Zustand des Prinzen zu erfahren, und doch weit genug entfernt, um nicht entdeckt zu werden. Nur weil dieser Kerl, der sich als Wache ausgegeben hat, mir sympathisch war, werde ich diese Sicherheit nicht aufgeben.

»Ich bin keine Lady. Also, ja.« Ich zucke mit den Schultern und deute dann auf die dunkle Holztür, die zu einer Treppe führt, über die man zu unseren Zimmern gelangt.

Die beiden Wachen hieven ihn die Treppe hinauf und setzen den Prinzen auf meine Anweisung auf dem Bett ab.

»Ihr könnt unten warten«, sage ich dann, als hätte ich auch nur ansatzweise das Recht so mit königlichen Wachen zu reden.

»Wir ...«, beginnt der eine unsicher, gehorcht dann aber, sobald der Prinz ihm zunickt.

Das Zimmer ist viel zu winzig, als dass wir hier alle Platz finden. Hier passen gerade so ein schmales, altes und vor allem ziemlich ungemütliches Holzbett, ein kleiner Schrank und ein Waschbecken hinein. Und trotzdem kann ich nur zwei Schritte gehen.

»Leg dich hin«, sage ich, während ich mich bücke und meine Kiste mit Heilkräutern unter dem Bett hervorziehe.

»Ich bin der Prinz. Das habt Ihr erkannt, oder?«

»Habe ich.«

»Und doch sprecht Ihr mich per Du an?«

Ich werfe ihm einen bösen Blick zu. »Hat doch vor ein paar Tagen auch gereicht und ich werde *Euch* gleich schreien hören und weinen sehen, Hoheit. Ist da wirklich noch die Höflichkeitsform nötig?«

»Das sage ich Euch, falls ich wirklich schreie und weine.«

Belustigt schüttele ich den Kopf, nehme ein paar getrocknete Kräuter und lege sie neben ihn auf die Matratze. Unbeholfen drückt er sich das Kissen zurecht. Fast so, als würde das sonst jemand anderes für ihn erledigen.

»Wie heißt Ihr?«, fragt er so plötzlich, dass ich kurz vergesse, welches Fläschchen das mit dem Alkohol ist.

»Willst du jetzt wirklich so tun, als würdest du mich nicht kennen?«

Er wirft einen mahnenden Blick zur Tür. Wahrscheinlich will er nicht, dass seine Wachen hören, was er vor einigen Tagen getrieben hat.

»Shedir«, antworte ich also und greife dann nach dem richtigen Flakon. »Aber Freunde nennen mich Shee.« Der Satz kommt mir über die Lippen, bevor ich weiter darüber nachdenken kann. Vielleicht, weil ich den Namen Shedir schon immer etwas seltsam fand. Oder weil wir in dieser Nacht viel geredet haben und er mir nicht komplett fremd ist.

»Und wenn ich schreie und weine, sind wir Freunde und ich darf dich Shee nennen?«, fragt er amüsiert und hat sich nun wohl auch für das Du entschieden.

»Ich überlege es mir«, gebe ich zurück und beginne seine Stirn abzutupfen. Dabei sehe ich ihn wirklich an oder nehme ihn viel eher das erste Mal richtig wahr. Die dunklen Haare, die er ziemlich kurz trägt. Seine braunen Augen und das makellose, aber blutüberströmte Gesicht, das nach heute eine Narbe zieren wird. Ich wundere mich, dass nicht mehr von ihnen sein Gesicht zeichnen. Immerhin ist der Thronfolger dafür bekannt, dass er trotz seines Schicksals keinen Kampf auslässt und immer an der Seite seiner Männer reitet. Oder eben Silberluchse rettet.

»Willst du mich denn gar nicht fragen, wie ich heiße?«, fragt er, während ich den Alkohol auf ein Leinentuch tröpfle und ihn herablassend anlache. »Ich weiß, wie du heißt.« Ohne Vorsicht drücke ich das Tuch auf seine Wunde.

»Ah«, macht er und verzieht das Gesicht.

»Und der Name lautet?«

Obwohl mir diese kleine Neckerei gefällt, verdrehe ich die Augen. »Lunas.« Mit erhobenen Brauen sehe ich ihn an. »Was hat Euch das jetzt gebracht?«

»Ich wollte einfach nur meinen Namen aus Eurem Mund hören. Ein schöner Mund, nebenbei bemerkt.« Dass wir wieder zur höflichen Anrede gewechselt sind, lädt die Situation noch stärker auf.

Meine Brauen bleiben an Ort und Stelle. Hat der Thronfolger von Nimue, unser Kronprinz, mir gerade ein Kompliment gemacht? Wenn er nur wüsste, dass ich das bin, was sein Bruder so unerbittlich jagt, würde er diese Dinge wahrscheinlich für sich behalten.

»Ich muss jetzt die Wunde an Eurem Bauch sehen.« Ohne auf eine Antwort zu warten, hebe ich sein Hemd an und bemerke mit Erleichterung, dass sie kaum noch blutet. »Verdammt«, brumme ich.

»Was ist?«, fragte er wieder viel zu entspannt.

»Ich muss die Wunde nicht ausbrennen, dabei hätte ich Euch gerne weinen gesehen.«

Er lacht. Warm, liebevoll und auf eine seltsame Art verführerisch. In dem Moment wird mir erdrückend bewusst, dass ich mit einem Mann auf meinem Zimmer bin. In meinem Bett. Ich hatte nie Männerbesuch hier. Immerhin ist es Mila und mir verboten, Gäste mitzubringen. Genauso wie es uns eigentlich verboten ist, den Burgfried zu betreten, da er genau genommen zur Burg gehört, wo sich nur Personen aufhalten dürfen, die einer Gilde angehören oder zum Personal des Schlosses. Und natürlich die Adeligen. Da wir allerdings im Fried arbeiten, dürfen wir uns zumindest hier in der Schenke und den Zimmern aufhalten. Ansonsten nur außerhalb von Nastras.

Ich säubere die Wunde und lege dann ein paar Heilkräuter darauf, bevor ich sie verbinde und mich erhebe. »Ihr habt sicher Heiler bei Euch im Schloss, also werden sie die Wunde weiterhin versorgen und eine Entzündung zu vermeiden wissen. Ihr seid ja schließlich der Kronprinz.«

Gerade will ich mich abwenden, da setzt er sich auf und hält mich am Arm zurück. Bilder blitzen vor meinem inneren Auge auf. Grausame, blutige Bilder. Völlig benebelt versuche ich Haltung zu bewahren, ihm nicht zu zeigen, dass ich sein Schicksal lesen kann. Es sehen kann. Es fühlen kann.

Die Visionen jagen förmlich durch meinen Kopf. Langsam drehe ich mich um. Ein Schlag trifft seine Schläfe. Sein Körper wird über dreckigen Schotterboden gezogen. Ein Dolch durchbohrt seinen Körper. Unzählige Male. Er blutet. Schreit. Weint. Und wird schwächer und schwächer und dann endlich löse ich mich aus seinem Griff.

»Was ist?«, frage ich, um zu überspielen, wie schlimm das Gesehene war.

»Es ist nur …« Er zögert, steht dann auf und ist mir damit so verdammt nah, dass ich nach oben schauen muss, um ihm weiter in die Augen sehen zu können. Sanft legt er seine Finger unter mein Kinn, hebt es ein wenig weiter an und ehe ich begreife, was er da tut, berühren seine Lippen bereits meine.

Ich erschrecke, spüre aber etwas und küsse ihn ebenfalls. Die Sterne flüstern mir zu. Sein Schicksal. Ich greife in seinen Nacken und ziehe ihn dichter zu mir. Küsse ihn leidenschaftlicher, aber nur, um herauszufinden, was die Sterne mir zeigen wollen. Zumindest rede ich mir das ein, denn seine Nähe fühlt sich gut an. Wie schon vor zwei Tagen, als er nur über meinen Unterarm strich.

Mit all meiner Kraft verscheuche ich diese Gefühle und suche nach dem, was mir die Sterne zu sagen versuchen. Und dann spüre ich es ganz deutlich: Wärme breitet sich von meinem Nabel über meinen ganzen Körper aus. *Ich kann ihn retten.* Jedoch verraten sie mir nicht, wie. Als wäre meine Macht nicht imstande, es zu greifen. Aber da ist diese eine Gewissheit, nach der die Königsfamilie seit all den Jahren sucht. Er kann gerettet werden. Sein Tod kann verhindert werden.

Paralysiert weiche ich zurück, löse mich von ihm und pralle gegen die klapprige Holztür. Augenblicklich springt sie auf und ich entdecke die beiden Wachen dahinter, die irritiert zu uns in die Kammer blicken.

»Fertig. Er wird es überleben«, sage ich schnell und husche rasch an den beiden Männern vorbei, die Treppe hinunter in den Schankraum. Ich werfe Mila einen alarmierenden Blick zu und sehe meiner besten Freundin an, dass sie sofort begreift, was da gerade passiert ist. Geradewegs geht sie zum Schanktisch, schnappt sich einen Portwein und eilt damit zu mir. Dankbar nehme ich ein paar Züge, beruhige meine Sinne.

Mila wartet, bis ich offenbar wieder Farbe angenommen habe, und fragt erst dann, was ich gesehen habe.

»Seinen Tod. Er ist grausam. Und ...« Meine Stimme klingt wie ein schwaches, kränkliches Wispern.

»Und was?«, hakt sie skeptisch nach.

»Ich bin in der Lage, ihn zu verhindern.«

»Was?«, entfährt es ihr ungläubig, fast panisch.

Natürlich. Sein Schicksal wurde vor zehn Jahren das erste Mal gelesen. Die Königsfamilie hat unzählige Sternengelehrte zu sich gerufen und befragt. Darunter waren auch Asteria, bevor der Blutprinz begann, sie zu jagen. Jeder sagte ihnen dasselbe. Sein Schicksal kann nicht verändert werden.

Noch immer starrt mich Mila an. »Ist das dein Ernst?«

Ich nicke. Sie presst die Lippen aufeinander, reißt mir dann die Flasche aus der Hand und nimmt ebenfalls einen großen Schluck.

»Ich muss es ihm sagen«, gebe ich wie besessen von mir, als der Prinz durch die Tür tritt.

»Das wirst du nicht tun!«, knurrt Mila. »Sie werden dich sofort töten, Shee.« Unentwegt schüttelt sie den Kopf. Auch sie scheint nach einer Lösung zu suchen.

Das hier – das, was ich gesehen, gespürt habe – könnte die

Welt verändern. Uns Asteria reinwaschen. Oder noch mehr ins Verderben ziehen, wenn ich es nicht schaffe. Was, wenn ich die Rufe der Sterne falsch interpretiert habe?

»Du darfst ihm nichts sagen. Noch nicht. Wir brauchen einen Plan.« Ihre Stimme bebt.

»Aber ich kann ihnen doch etwas Gutes sagen. Und ich glaube, er mag mich. Vielleicht kann ich es wieder richten. Vielleicht können wir Asteria wieder frei leben«, zische ich mit rasendem Herzen und pfeifendem Atem, während der Prinz sich beim Gastwirt bedankt und gehen will.

Mila hält mich fest. An die Bilder ihrer Zukunft habe ich mich längst gewöhnt. Manchmal ändern sie sich ein wenig, aber im Grunde sind das nur Details. Der Rest ist, seit ich sie kenne, identisch: Hier im Burgfried trifft sie einen Mann, verliebt sich, heiratet ihn und bekommt Kinder. Die beiden wohnen in einem kleinen Haus am Waldrand und sie stirbt mit einer heißen Suppe in der Hand als alte Frau auf ihrer Veranda. Manchmal auch mit einem Tee und ab und an mit ihrem Ehering, den sie nostalgisch zwischen ihren Fingern reibt.

Ihr habe ich nur gesagt, dass sie sich freuen kann. Auf einen wunderschönen, liebevollen Mann, der eines Tages hier hereinkommen wird. Seitdem beobachtet sie die Männer, die eintreten, besonders ausgiebig. Würde ich einen Golden für jedes Mal bekommen, dass ich »Der ist es aber bitte nicht« höre, wäre ich reich und könnte direkt in den Palast einziehen.

»Danke«, höre ich den Prinzen laut sagen.

Ich wende mich ihm zu. Sein Blick trifft meinen. Aber dieses Mal entscheide ich, auf Mila zu hören und nicht meinem inneren Verlangen nachzugeben. Das hat mir bisher nie Glück gebracht, auch wenn ich weiß, dass mich die Sterne für meine Untätigkeit leiden lassen werden. Und so sehe ich ihm dabei zu, wie er geht. Erst jetzt, da ich sein Schicksal kenne – *wirklich* kenne –, sehe ich die riesige Last, die er mit sich herumträgt.

Ich erkenne es in seinen Augen, seiner strengen Mimik, seiner Haltung.

Sein Schicksal, sein Tod, wiegt Tonnen. Ich könnte es verhindern. Doch tue ich rein gar nichts.

Stattdessen bediene ich die nächsten zwei Stunden, ohne wirklich wahrzunehmen, was ich da mache. Meine Sinne sind benebelt. Mein Geist und Körper geschwächt von den Bildern. Die Gabe ist ein Teil von mir und ich will nicht ohne sie sein, aber sie zerrt an mir und laugt mich aus. Vor allem, weil ich sie nicht wirklich nutzen kann. Die Macht der Asteria besteht nicht nur darin, die Gestirne zu lesen und damit die Schicksale der Menschen. Vor allem wollen die Sterne, dass ich etwas verändere. Dass ich die Ordnung der Welt herstelle, indem ich die Dinge, für die sie mir eine Lösung anbieten, ändere. Die Bestrafung, wenn ich es nicht tue, ist diese lähmende Kraftlosigkeit, gepaart mit schädelspaltenden Kopfschmerzen.

Als ich zusammen mit Mila den letzten Stuhl auf den Tisch stelle, drücke ich ihr einen Kuss auf die Wange und verabschiede mich mit einem »Gute Nacht« in die Küche, um die Reste zusammenzusuchen.

»Meinst du wirklich, dass du heute die Energie dafür hast, Shedir?« Meinen ganzen Namen benutzt sie nur sehr selten. Vor allem dann, wenn sie sich Sorgen macht.

Müde fahre ich mir mit der Hand übers Gesicht. »Sie warten doch auf mich, Mila«, gebe ich schwach zurück und halte mich an der Küchenzeile fest, da meine Beine zittern. Mein Geist hört immer wieder diese Stimmen, die mich anschreien, den Kronprinzen zu retten. Etwas zu suchen. Zu finden, das zu mir gehört.

Trotzdem kann ich mich jetzt nicht ausruhen, wenn ich weiß, dass sie mich im Waisenhaus erwarten. Sie haben mich damals aufgenommen, nachdem meine Mutter starb. Haben mich davor bewahrt zu verhungern, als ich bereits kurz davorstand.

Und Lupin, die damalige Herrin des Hauses, hat mein Geheimnis all die Jahre bewahrt. Als sie vor zwei Jahren schwer erkrankte, schwor ich ihr, für das Waisenhaus und die Kinder zu sorgen. Kurz darauf starb sie, was ich bereits wusste seit dem Tag, an dem sie mich mit sechs Jahren in ihrem Schuppen fand. Abgemagert, schmutzig und voller Läuse, weshalb sie mich eine ganze Woche nicht ins Haus ließ, sondern mir das Essen in den Schweinestall brachte und meine Haare täglich wusch. Es war die erste Berührung, die ich zuließ. Vorher wollte ich andauernd wegrennen, weil ich so viel Angst hatte. Überall wo ich hingegangen war, nachdem Mutter starb, hatte ich immer wieder diese grausamen Bilder von ihren Toden gesehen und es nicht verstanden. Lupin wusste sofort, was ich bin, und sie half mir. Also helfe ich jetzt, ihr Lebenswerk zu bewahren. Zudem ist die letzten Tage nicht genug übrig geblieben, um es ihnen zu bringen. Heute muss ich also los.

Nachdenklich verzieht Mila den Mund. »Dann unterstütze ich dich.«

»Du darfst nicht mitkommen«, entgegne ich, drehe mich um und öffne die Tür zur Speisekammer. Mila folgt mir und gemeinsam beginnen wir, Reste von Braten und Haxen, die wir in dem kleinen Raum versteckt haben, in Papier zu wickeln, um sie dann in einen Korb zu legen.

Das Waisenhaus liegt in Asher. Mila ist dort aufgewachsen, jedoch mit vierzehn Jahren beim Diebstahl erwischt worden, weshalb sie ihr Heimatdorf nicht mehr besuchen darf. Damals hat man eine Kerbe in ihr Ohr geschnitten, um sie als Schlitzohr zu kennzeichnen. Ähnlich wie diejenigen, die einer Gilde oder Zunft angehörten und dort in Ungnade fielen. Bei ihnen wird der goldene Ring, den sie alle am Ohrläppchen tragen, herausgerissen. Anders ist es bei Mila, die den Schnitt am oberen Ohr bekommen hat. Lebenslang ist sie nun als Diebin gezeichnet, die kein Vertrauen verdient hätte. Durch ihre langen Haare ist sie zwar in der Lage, es gut zu verstecken, würde sie jedoch in das Dorf zurückkehren und erwischt werden, drohen ihr härtere Strafen. Im schlimmsten Fall würde sie ihre ganze Hand verlieren.

»Aber ich muss dich begleiten. Du siehst aus, als würdest du jede Sekunde umkippen.«

»Ich schaffe das schon, mein kleines Schlitzohr«, widerspreche ich und gebe mir dabei alle Mühe, stark und belustigt zu klingen.

Wieder verzieht sie den Mund. Sie mag es nicht, wenn ich sie so nenne, weshalb ich es normalerweise auch nicht tue. Aber in diesem Fall ist es nötig, sie daran zu erinnern, was sie schon verloren hat. Unzählige Dienstherren oder Meister untersuchen ihre Arbeiter nach einem geschlitzten Ohr. Selbst Tagelöhner müssen dem Herren beinahe immer ihre Ohren zeigen. Eigentlich ist Mila gelernte Goldschmiedin und besitzt sogar das Abzeichen der Goldschmiede-Gilde. Doch niemand will sie einstellen. Damals war es beinahe schon ein Wunder, dass der Meister sie überhaupt zur Lehre zugelassen hat.

»Pass aber auf dich auf«, sagt sie bedrückt, als ich den Korb nehme und ihr erneut einen Kuss auf die Wange hauche, bevor ich durch die Hintertür nach draußen verschwinde.

Ich steige die Holztreppe hinunter und lande beinahe knöcheltief im Schlick, nachdem ich über die letzte, brüchige Stufe gesprungen bin. Die Natur hat dem Boden schon lange keinen Regen mehr geschenkt und durch die sommerliche Hitze findet sich weit und breit eigentlich keine Pfütze mehr. Allerdings neigt Murra dazu, das übrig gebliebene Bier einfach über die Treppe zu schütten, statt es in die kleine Latrine zu bringen, die sich nur ein paar Meter weiter befindet. Ein klappriger, winziger Holzschuppen, den ich verabscheue. Aber irgendwo muss ich meine Geschäfte erledigen.

Heute jedoch schreite ich mit abgewandtem Gesicht an ihr

und den sich dahinter befindenden Lagerhütten vorbei zum Wald. Der Weg besteht aus weißen kleinen Steinchen, weswegen man selbst bei Dunkelheit gut durch den Wald bis nach Asher laufen kann. Angst habe ich noch nie verspürt, und das, obwohl ich mein eigenes Schicksal nicht sehen kann und ich mir ziemlich sicher bin, dass ich nicht gekonnt mit meinem Sternenwind umgehen könnte. Schon seit ich denken kann, hat meine Mutter mir eingebläut, diese Macht niemals zu nutzen. Und vielleicht ist es für mich so sehr zur Gewohnheit geworden, Tode zu sehen, dass meiner trotz allem unwirklich geworden ist. Nicht vorherbestimmt. Zumindest in meiner kleinen Welt.

Die Käuzchen schreien, während ich durch den Wald gehe. Als würden sie mich wie einen Fremdkörper hinausscheuchen wollen. Doch ich lasse mich nicht vertreiben. Zumindest nicht von jammernden Eulen. Den Meistern der Gilden, in denen ich gelernt habe, konnte ich diese Ignoranz leider nicht entgegenbringen. Mein vorlautes Mundwerk oder, wie Mila es nennt, meine Traute hat mich bereits mein Leben lang in Schwierigkeiten gebracht.

»Der Wirt sagte mir, ich würde Euch hier finden«, höre ich plötzlich eine unbekannte Stimme aus dem Dickicht. Hastig sehe ich mich um und umklammere den Korb fester.

Nein. Ganz so unbekannt ist mir die Stimme nicht. Ich spähe in das Unterholz und als ich den dazugehörigen Mann erkenne, weiß ich auch warum. Es ist eine der beiden Wachen des Königs. Der jüngere, der ziemlich vertraut mit dem Prinzen wirkte.

»Und warum habt Ihr diese Information eingeholt? Soll ich mich bedroht oder geehrt fühlen?« Ich recke mein Kinn.

»Der Prinz hat Gefallen an Euch gefunden.«

»Und Ihr sorgt dafür, dass er Dinge bekommt, die er begehrt?«

»Von Begehren habe ich nicht gesprochen.«

»Doch, das habt Ihr.« Meine Haltung bleibt stramm und mein Gesicht unnachgiebig.

Bis er endlich einknickt und schnaubt. »Ihr würdet Zugang zur Burg bekommen.«

Ich lache auf. »Ist das hier ein Angebot, dem Harem des Kronprinzen beizutreten?« Belustigt, aber auch ein wenig angewidert schüttele den Kopf. Natürlich wirkte Lunas, als hätte er jede Menge Erfahrung mit Frauen. Aber wie einer, der sich seine Mätressen von seinem Leibwächter zusammensuchen lässt … Nein. Das habe ich nicht erwartet.

»Er besitzt keinen Harem«, winkt der Wachmann irritiert ab. »Er redet ja sonst noch nicht einmal mit Frauen. Sie sind ihm zu unterwürfig und mitleidig.«

»Und ich bin das Gegenteil davon? Hat er Euch deshalb befohlen, mir aufzulauern und mich in sein Bett einzuladen? Mit der ach so wunderbaren Gegenleistung, dass das kleine Mädchen dann auch mal in die Burg darf? Vielleicht will ich das ja gar nicht.«

»Er weiß nichts von meinem Besuch.« Seltsamerweise klingt er ehrlich. »Mir ist aufgefallen, wie er Euch ansieht, und ich wollte einfach nur …«

»Was?«

»Dass Ihr anwesend seid. Innerhalb des Dorfes, der Burg und im Palast selbst.«

»Ihr könnt jederzeit die Schenke des Burgfrieds aufsuchen. Dann dürft Ihr gerne auch das Trankgeld dalassen, das Ihr heute vergessen habt, nachdem ich den Prinzen vor einer Infektion bewahrt habe. Gern geschehen.« Ich setze ein süßliches Lächeln auf und mache einen albernen Knicks.

Kopfschüttelnd blickt die Wache zum Himmel hinauf, gleichzeitig reibt er unentwegt die Hände an seiner Hose. Es ist nur zu deutlich, dass es ihm wichtig ist, mich zu überzeugen. Aber ich darf nicht in die Nähe des Prinzen. Auch wenn ich nichts lieber tun würde, um ihm doch noch zu sagen, was ich gesehen habe. Die Gefahr ist zu groß, dass ich von dem Sternenschlächter entdeckt werde.

»Ihr könntet dort ebenfalls in einer Schenke arbeiten oder in der des Burgfrieds bleiben. Ich würde Euch nur eine Unterkunft in Nastras zur Verfügung stellen.«

»Es fühlt sich an, als würdet Ihr mich in ein eigens für den Prinzen errichtetes Freudenhaus stecken wollen«, antworte ich mit bebender Stimme. Vielleicht, weil mich meine überhebliche Art verlassen hat. Oder weil ich das erste Mal in meinem Leben eine Chance von jemandem bekomme. Und das nur, weil der Prinz mich mochte. Nicht, weil ich gut in etwas bin. Nicht, weil man mein Können und mein Talent sieht und schätzt.

»Diese Unterkunft wäre nichts dergleichen. Ich kann Euch nicht einmal sagen, ob der Prinz überhaupt körperliches Interesse an Euch hat.«

»Das hat er«, rutscht es mir heraus.

»Gut. Aber vor allem mochte er Eure Art. Das ist es, was ich bemerkt habe.«

Ich zögere. »Warum tut Ihr das?«

»Weil er mein bester Freund ist. Außerdem ist er traurig. Sein Bruder ist nur unterwegs, um ihn zu retten, statt Zeit mit ihm zu verbringen. Seine Mutter schließt sich in Trauer um ihren Mann und den bevorstehenden Tod ihres Sohnes den ganzen Tag in ihren Gemächern ein. Alle Adeligen und Menschen, denen er begegnet, haben ausschließlich Mitleid mit ihm und versuchen, ihm immerzu nach dem Mund zu reden. Und ich bin nun einmal seine Leibwache.«

Dass er nach dieser kurzen Begegnung wirklich denkt, ich könne etwas ändern, irritiert und überrascht mich. Andererseits hat er als Leibwache des Thronfolgers wahrscheinlich die Macht, mehr als nur eine Behausung für sich zu beanspruchen, und ihn kostet der Versuch, den Prinzen zu beschäftigen, rein gar nichts. Nichts, außer diesen nächtlichen Besuch.

Ich öffne den Mund, will bereits ablehnen. Einfach nur aus Stolz. Doch ich spüre eine Barriere, als ob mir die Sterne einflüstern, dass mein Stolz mir viel zu oft im Weg stand. Diese Abmachung scheint mir nur Vorteile zu bringen und vor allem die Möglichkeit doch mit dem Prinzen reden zu können und dem Ruf der Sterne zu folgen. Auch, damit diese Qualen, die sie mir bereiten, ein Ende finden. Und es besteht die Möglichkeit, den Mann aus Asher wiederzusehen. Er sagte damals, dass er in Nastras wohnt. Vielleicht auch einfach nur, um ihn anzuspucken und endlich damit abzuschließen. Allerdings käme ich zwangsläufig dem Sternenschlächter gefährlich nahe …

»Ich habe Bedingungen.«

»O Wunder«, gibt er kaum überrascht von sich.

»Erstens: Ich will Euren Namen wissen.«

»San«, platzt es aus ihm heraus und er spitzt die Lippen, als hätte er etwas Schwierigeres erwartet.

»Wie kommt Ihr in dieses Königreich, ausgerechnet als Leibwache des Thronfolgers? Ihr stammt eindeutig aus den Feuerlanden.« Normalerweise würde mich diese Tatsache kaum interessieren, aber die Feuerlande sind mit unserem Königreich verfeindet. Natürlich leben hier einige Lishaner. Aber eine solch hohe Stellung erhalten sie nie. Mit einer Ausnahme – und die steht vor mir.

»Aus Lishan genau genommen«, entgegnet er mit erhobenem Haupt. Er scheint stolz auf sein Vaterland zu sein. Das Land des Feuerdrachen liegt im Osten und ist durch ein Schluchtmeer von unserem Königreich getrennt. Im Volksmund nennen wir es »Die Todesfalle des Lishans«. Er war der Drache, der seinem Reich den Namen gab. In den Legenden heißt es, dass er sich zum Schlafen in das Meer neben Nimue legte, seiner versteinerten Gefährtin, nach der unser Königreich benannt ist. Durch die große Hitze des Feuerdrachen sei das Wasser an genau dieser Stelle verdunstet und so ist das drachenförmige Schluchtmeer entstanden. Dass Nimue in ihren Legenden allerdings die versteinerte, goldene Gattin des Lishans war, hat vor Hunderten Jahren zum Krieg mit den Feuerlanden geführt. Sie erhoben Anspruch auf unser Königreich, verloren aber den Krieg. Zumindest fürs Erste. Denn seit der König nicht mehr lebt und sein Erstgeborener dem Tod geweiht ist, ist unser Königreich schwach und angreifbar.

Warum seine Leibwache allerdings ein Lishana ist, erklärt das alles noch nicht, also nicke ich San zu, damit er weiterspricht und meine Frage beantwortet.

»Der Bruder des Königs ist mein Vater. Meine Mutter ist eine Lishana.«

Ich reiße die Augen auf.

»Zu gerne würde ich dir erzählen, welch heroische Liebe es war, die selbst verfeindete Völker überwunden hat. Stattdessen war es der Versuch, Frieden zu schließen. Dass die Tochter eines lishanischen Königs nur den Zweitgeborenen heiratete, hat die Lage dann allerdings kaum besser gemacht.«

Ein bitteres Lächeln legt sich auf meine Lippen. »Kann ich mir vorstellen. Und wenn dann noch der Sohn dieser Tochter zur Leibwache degradiert wird, obwohl du rein rechtlich ein Prinz bist …«

»Das war allein meine Entscheidung«, winkt er ab. »Was sind jetzt also wirklich deine Bedingungen? Ich habe nicht unendlich Zeit. Man erwartet mich.«

»Ich will, dass das Waisenhaus in Asher von euch beliefert wird. Nicht nur mit diesen Resten hier.« Demonstrativ hebe ich den Korb in die Höhe. »Und ich will, dass auch Mila der Zugang zur Burg gestattet wird. Sie kann bei mir leben.«

San verengt seinen Blick, dennoch nickt er. »Das war's? Oder wollt Ihr noch über eine Bezahlung sprechen?« Er sieht mich finster an.

Ich entgegne seinem Ausdruck noch düsterer. »Niemals würde ich mich dafür bezahlen lassen, Zeit mit einem Mann zu verbringen, der nebenbei bemerkt höflich und nett zu mir war. Ansonsten hätte ich kein Wort mit Euch gewechselt.«

»Schön, dann haben wir eine Abmachung.« Er hebt seine Hand an seine Brust. Ich tue es ihm gleich und so verbeugen wir uns beide. Die Macht der Sterne, die unseren Handel besiegeln, das Schicksal neu weben und bestimmen, fließt durch meinen Körper. Als würden sich meine Adern neu verbinden. Mein Körper prickelt und ich spüre die Gewissheit, dass das mein Schicksal ist.

»Eine Frage habe ich noch, wenn Ihr gestattet.«

»Das entscheide ich, wenn Ihr sie gestellt habt.«

»Seid ihr schon einmal im Heimatland Eurer Mutter gewesen?«

»Ihr wollt wissen, ob ich die Todesfalle des Lishan überquert habe, nicht wahr?«

Ich nicke.

»Einmal. Und auch wenn ich es Euch hoch anrechne, dass Ihr diese Frage nicht Euren Forderungen beigefügt habt, darf ich Euch nicht verraten wie.«

»Verstehe.«

San nickt nun ebenfalls und geht mit den Worten, dass er morgen bei Sonnenaufgang im Burgfried auf mich wartet, um mich zu meiner neuen Behausung zu bringen.

Einen Moment bleibe ich noch stehen. Denke nach, ob ich etwas übersehen habe. Aber das habe ich nicht. Diese Übereinkunft bringt nur Vorteile für mich, wenn ich mich vorsehe, und auch für Mila. Also nicke ich mir zur Bestärkung noch einmal zu und führe meinen Weg zum Waisenhaus fort.

Obwohl ich meine Entscheidung für richtig erachte, ist da

trotzdem dieser kleine Teil in mir, den ich zu ignorieren versuche. Mich in der Burg aufzuhalten bedeutet auch, mich in der Nähe des Sternenschlächters zu befinden. Ausgerechnet dem Bruder der Person, der ich Gesellschaft leisten soll.

Das ungute Gefühl in mir wächst: Es birgt nicht nur Vorteile für mich. Vor allem birgt es eine Gefahr, die ich nicht einzuschätzen imstande bin. Aber ich muss es tun. Für mich. Für Mila. Für den Ruf der Sterne. Und vielleicht sogar für den Kronprinzen unseres Königreichs.

KAPITEL 4

Ich laufe weiter durch den Wald bis zu dem Wasserfall am Berg, in dem die Goldtropfhöhlen verborgen sind.

Angeblich gibt es dort magischen Goldstaub, der von Nimue selbst aus Sternen zurückgelassen wurde.

Meinen Sternenstaub habe ich nie wirklich wissentlich benutzt, geschweige denn andere Asteria jemals getroffen, also weiß ich nicht, ob er golden ist. Oder gar keine Farbe besitzt. In den Goldtropfhöhlen war ich auch noch nie. Der Sage nach sind sie ein äußerst gefährlicher Ort, der von Nimue selbst beschützt wird, und nur Wesen mit guten Absichten ist der Zugang gestattet. Da ich mein Leben damit verbringe zu lügen und zu betrügen, eigne ich mich wohl eher nicht für einen Besuch.

Ich springe über die kleinen Bachläufe und versuche, dabei nicht nass zu werden. Das Geräusch des Wasserfalls und des Flusses beruhigt mich, genauso wie der Anblick des riesigen Bergs neben mir. Und das, obwohl es dunkel ist und alles nur spärlich von dem Mond und den Sternen beleuchtet wird. Dieser Ort fühlt sich nach Zuhause an. Gleichzeitig weiß ich, dass ich so schnell nicht wieder hier sein werde. Ich sehe zurück, am Berg vorbei, neben dem der Wald endet, hin zu der beleuchteten Burg und dem Schloss in seiner Mitte auf einem kleinen Hügel. Dort werde ich ab morgen sein und das Waisenhaus wird von San beliefert. Es ist die richtige Entscheidung. Vor allem, weil sie dieses Mal nicht egoistisch ist. Nicht nur. Ich habe die Möglichkeit, dem Ruf der Sterne zu folgen und Lunas zu sagen, dass ich etwas an seinem Schicksal ändern kann. Mila wird in die Burg kommen und kann dort ein besseres Leben führen. Und wenn San recht hat, braucht Lunas eine Freundin wie mich.

Wenn ich aber ganz ehrlich zu mir bin, ist es vor allem mein Traum, der mit diesem Handel in Erfüllung geht. Ich habe so oft im alten Kirchturm des Waisenhauses gesessen und mit Lupins Fernrohr zur Burg geblickt. Manchmal die ganze Nacht. Dann habe ich mir geschworen, dass ich eines Tages zu ihnen gehören werde. Abenteuer erleben werde, auf dem Marktplatz schlendere und einkaufe. Im Palast herumrenne und ja, ich habe davon geträumt, den Prinzen kennenzulernen. Auch wenn ich das nicht einmal vor Mila zugeben würde. Ich will nicht als so ein Mädchen wahrgenommen werden. Und genau deshalb habe ich mir auch immer eingeredet, dass es am Ruf der Sterne liegt. Vielleicht hatte ich ja sogar recht.

Später dann, als ich aus der zweiten Lehre flog, habe ich oft versucht, mit gefälschten Siegeln in die Burg zu gelangen – ohne Erfolg. Also habe ich angefangen im Burgfried zu arbeiten. Und doch habe ich jetzt mein Ziel erreicht.

Morgen früh werde ich nach all den Jahren das erste Mal diese Burgmauern überqueren und den Palast sehen. Vielleicht ist es nur der dumme Kindheitstraum einer Waise, womöglich ist es aber wirklich meine Bestimmung. Wer weiß das schon. Das Einzige, was ich mit Gewissheit sagen kann, ist, dass ich zwar wirklich etwas mit Lunas' Schicksal zu tun habe, aber in mir nicht das Feuerwerk war, das ich mir schon seit meiner Kindheit ausmale. Ja, der Kuss war schön und ich mochte seine Art und seine Nähe. Jedoch war es nicht mehr. Was habe ich auch erwartet? Dass ich mein Leben lang davon träume, einen Prinzen kennenzulernen, und dann wirklich die Sterne über mir explodieren und alles perfekt ist?

»Shee.« Eine vertraute männliche Stimme holt mich aus meinen Mädchenfantasien zurück in die Realität. Und das mit einem emotionalen Schlag in die Magengegend. Irritiert blicke ich zu dem kleinen Schuppen, in dem Lupin mich damals gefunden und gewaschen hat, bis ich zu den anderen Kindern in das alte Kloster durfte, das sie in ein Waisenhaus umgebaut hat. Einer von ihnen war Arvo, der jetzt vor mir steht. Obwohl ich ihn mehrere Jahre nicht mehr gesehen habe und er kein Junge mehr, sondern ein hochgewachsener Mann ist, erkenne ich ihn sofort. Er hat breite Schultern und ein kantiges Gesicht mit einem Dreitagebart. Die obere Hälfte seiner dunkelblonden Haare hat er zu einem Knoten am Hinterkopf gebunden, der Rest fällt ihm bis auf die Schultern.

»Arvo?« Ich blinzle und gehe einen Schritt auf ihn zu. »Was machst du hier?«

»Nachsehen, ob du immer noch dem Prinzen hinterherschmachtest oder endlich mich zum glücklichsten Mann der Welt machen wirst«, lacht er ein wenig zu arrogant und kommt auf mich zu. Ich lasse den Korb fallen und schließe ihn in die Arme. Sein Geruch ist so verdammt vertraut, dass mir das Herz schwer wird. Mit Lupins Tod habe ich die einzige Familie verloren, die ich je hatte. Die anderen Kinder, mit denen ich zusammen aufgewachsen bin, sind nach und nach gegangen, um ihr eigenes Leben zu leben. So wie auch Arvo, der eigentlich in seine Heimat Manswek reisen wollte, um seine Vorfahren zu finden.

Erst, als wir unsere Umarmung lösen, wird mir klar, dass Arvo der Einzige ist, dem ich von meinem Interesse für den Prinzen je erzählt habe. Aber eher, um eine Begründung zu haben, all seine Heiratsanträge abzulehnen. Den Ersten hat er mir mit sieben gemacht.

»Warst du in Manswek? Hast du deine Familie gefunden?«, frage ich und werfe einen Blick hoch zum Waisenhaus. Es brennen noch ein paar Lichter. »Und warum bist du hier in dem alten Schuppen?«

»Nil hat mir erzählt, dass du hier jede Nacht auftauchst, also dachte ich, ich warte in unserem alten Versteck auf dich.« Er schenkt mir ein verschmitztes Lächeln, hebt dann meinen Korb hoch und geht vor. »Was, wenn ich dir sage, dass ich herausgefunden habe, dass meine Eltern die Königin und der König von Manswek sind, was mich automatisch zum Prinzen macht?«

»Dann sage ich dir, dass du endlich ordentlich schreiben lernen solltest, damit du all deine fantasiereichen Geschichten festhalten kannst. So wie früher.«

Lachend öffnet er die Tür und wir treten ein.

»Bis auf die Tatsache, dass sie irgendwelche Piraten waren, die Waren nach Karrak geschmuggelt haben, konnte ich nichts in Erfahrung bringen. Sie sind wohl schon vor Jahren gestorben.«

Karrak, das Land der brennenden Sonne, liegt südlich von Nimue. Um von Manswek dort hinzugelangen, muss man mit dem Schiff an unserem Königreich vorbeifahren. So ist Arvo dann wohl hierhergekommen. Ihn hat Lupin damals am Hafen von Asher gefunden, der nur acht Seestunden von Fenrir, der Hafenstadt von Manswek, entfernt ist.

»Shee!«, ruft Nisha, die neuste Waise hier. Sie habe ich selbst vor einem Jahr in der Nähe des Burgfrieds gefunden und hergebracht. Die Kutsche ihrer Eltern wurde bei der Flucht aus Nastras von Moor-Schakalen angegriffen. Nur ihr gelang es zu fliehen. Als ich dann, wie jede Nacht, herkommen wollte, sprang plötzlich ein gerade vierzehn Jahre altes Mädchen hinter einem Baum hervor und bedrohte mich mit einem goldenen Brotmesser, damit ich ihr meinen Korb mit dem Essen gebe. Im Gegenzug wollte sie mir das Messer überlassen. Kein wirklich guter

Tausch, da das Messer erstens viel wertvoller war und zweitens ich dann die vermeintliche Waffe besessen hätte.

Also nahm ich sie mit. Das Messer verkaufte ich ein paar Wochen später auf dem Schwarzmarkt in Asher und das Geld steckten wir in ein paar haltbare Lebensmittel für das Waisenhaus.

Nisha umarmt mich herzlich, wird aber ganz steif, als Nil neben uns auftaucht. Sie leitet das Waisenhaus mittlerweile und ich weiß, dass sie streng und gnadenlos sein kann. Aber das brauchen die Kinder. Und sie hat das Herz dennoch an der richtigen Stelle. Nil selbst war eines der älteren Kinder, weshalb sie schon ein Jahr nachdem ich ankam, auszog. Allerdings kam sie irgendwann zurück, um Lupin zu helfen, und nach ihrem Tod war es für sie keine Frage, dass sie Lupins Erbe weiterführen würde.

»Du bist spät«, stellt Nil fest, nimmt mir den Korb ab und geht Richtung Küche. Ihre Art uns aufzufordern mitzukommen. Nil hat Nisha nur unter der Bedingung aufgenommen, dass sie mehr Verantwortung übernimmt als die anderen. Denn normalerweise verlassen die Waisen mit dreizehn oder vierzehn das Haus, um ihr eigenes Leben zu führen und ihr eigenes Geld zu verdienen.

Allerdings ist Nisha als Kind zweier Adeliger aufgewachsen, die es sich mit der Königin verscherzt haben. Sie hat keine Ahnung, wie man für sich selbst sorgt. Zumindest hatte sie es vor einem Jahr noch nicht. Mittlerweile spüre ich die Veränderung in jeder ihrer Regungen. In jedem belegten Lächeln und dem verblassten kindlichen Glanz in ihren Augen. Stattdessen ist er einem wahrhaftigen, erwachsenen Leuchten gewichen, das mir Hoffnung für ihre Zukunft gibt.

Nishas Blick wandert kurz zu Arvo, bevor sie schnell und etwas beschämt wegsieht. Dass er wirklich gut aussieht, ist nicht von der Hand zu weisen. Und das weiß er auch. Wahrscheinlich hat er deshalb so lange versucht, mich von unserer nicht existierenden Romanze zu überzeugen. Weil ich wohl die einzige Frau auf dieser Welt bin, die Nein zu ihm sagt.

»Verrat es nicht, aber ich habe ein Haustier«, flüstert Nisha mir ins Ohr, als Nil gerade durch die alte Holztür in die Küche verschwunden ist.

»Oje«, brumme ich und werfe Arvo einen Blick zu, der neben mir kichert. »Und was für eines ist es?«

»Ein Erdlöwe«, sagt sie so leise, dass ich es kaum hören kann.

Aufmerksam suche ich ihren Körper nach dem kleinen Reptil ab, das sich an die Farbe seiner Umgebung anpassen kann.

»Ich habe ihn im Zimmer gelassen.«

»Warum hast du ihn überhaupt?«, zische ich und schicke Arvo vor, damit er Nil ablenkt.

Sie zuckt mit den Schultern. »Weil ich ihn gefunden habe.«

»Und dann hat er dich darum gebeten, ihn mitzunehmen und einzusperren?«

»Ich habe ihn nicht eingesperrt. Er kann jederzeit raus. Er hat sogar Flügel. Ein paarmal ist er nachts in den Wald geflogen.«

»Großer Gott. Und wie heißt er?«

»Sternschnuppe.«

Ich hebe meine Brauen, atme schwer ein und aus und schüttele den Kopf. »Dann pass auf, dass Nil Sternschnuppe nie zu Gesicht bekommt. Sonst kriegst du ihn zum Abendessen serviert. Und das ist kein Witz.«

»Ih«, macht Nisha und verzieht den Mund.

Gemeinsam betreten wir die Küche, wo Nil bereits hinter der alten Holzinsel steht und meinen Korb ausräumt. Über ihr klirren die hängenden Töpfe und Pfannen, während neben der Spüle Geschirr zum Trocknen steht. Die Hängeschränke an der Wand sind schief und krumm, scheinen aber noch zu halten. Neben der Küche führt eine Tür hinaus in den Garten, in dem sie Hühner und eine Kuh halten. Ich bemühe mich, mir alles genau einzuprägen, weil ich mir sicher bin, dass ich eine ganze Weile nicht mehr hier sein werde.

Wie immer ignoriere ich den angeekelten Blick von Nil, während sie die Reste inspiziert, als wären es Abfälle, und räuspere mich.

»Ich muss euch etwas sagen«, beginne ich und spüre bereits in der nächsten Sekunde Nils prüfenden Blick auf mir.

»Darfst du uns kein Essen mehr bringen?«, fragt sie und reckt ihr Kinn, als würde sie mich jede Sekunde angreifen.

»Nein. Also doch, darf ich. Aber ich konnte einen Handel mit …« Ich verziehe den Mund. »Einer königlichen Wache machen und arbeite ab jetzt für sie. Im Gegenzug beliefern sie euch mit Essen.«

»Mit echtem Essen oder auch nur mit dem Müll der Barbaren, die in deinem Schankhaus einfallen?« Demonstrativ hebt sie die Haxe in die Höhe. Nil mag kein Fleisch, für sie sind das Leichenreste. Was genau genommen auch stimmt. Ich esse sowieso fast nur pflanzliche Produkte, weil mir der Rest nicht gut bekommt. Es ist beinahe so, wie wenn ich den Ruf der Sterne ignoriere. Seit meiner Kindheit bin ich mir sicher, dass das allen Asteria so geht. Als würden die Sterne uns zuflüstern, dass wir uns von Pflanzen und nicht von Lebewesen ernähren sollen. Nil tut es aus Überzeugung und weil ihr Glauben es verbietet, Tiere zu essen. Ursprünglich kommt sie aus Lishan. Dort gibt es mehrere Glaubensgemeinschaften, die größte von ihnen allerdings sieht Tiere als Gottheiten an, weil Lishan, der Feuerdrache, als König der Tiere über den Menschen steht.

»Sans Mutter ist ebenfalls aus Lishan. Ich kann mir vorstellen, dass er euch viel Gemüse und Kräuter bringen lässt.«

»San?«, hakt sie mit gerunzelter Stirn nach. »Ein hohes Tier im Königshaus? Aus Lishan?«

Ich nicke nur. Nil allerdings verschränkt skeptisch die Arme vor der Brust. Glauben wird sie es erst, wenn das Essen da ist.

Und dann erst wieder, wenn es am nächsten Tag erneut da ist und so weiter und so weiter. So ist eben Nil.

»Was genau arbeitest du dann dort?«, fragt nun Arvo. Seine Stimme hat die Lockerheit verloren.

»Ach, dasselbe wie jetzt. Menschen bedienen«, lüge ich und zucke mit den Schultern. »Ich habe dir auch ein paar Äpfel eingepackt, Nil«, sage ich schnell, um abzulenken, und deute auf ein Tuch, in das ich die Äpfel bereits am frühen Morgen eingewickelt habe.

»Ah«, macht sie und nimmt sich einen heraus, um direkt hineinzubeißen. Ein Danke würde ihr wohl nie über die Lippen gehen.

»Besuchst du uns dann trotzdem noch?« Nisha sieht mich mit großen Augen an. In solchen Momenten ist es, als wäre sie neun und nicht bereits fünfzehn Jahre alt.

»Ich versuche es, sooft es geht.«

»Wenn es dir recht ist, kann ich dich begleiten, ich habe sowieso morgen ein paar Termine in Nastras.« Als ich Arvos Worte höre, suche ich ihn sofort nach einem Siegel ab. Als er begreift, wonach ich suche, schlägt er seinen Kragen um und zeigt mir den kleinen metallenen Anstecker, der sich darunter verbirgt. Ein Schwert und ein Hammer, die sich kreuzen. Mir fällt die Kinnlade hinunter.

»Du gehörst der Gilde der Waffenschmiede an?« Ich kann es kaum fassen. Sein Leben lang war Arvo noch sturer und aufmüpfiger als ich. Und doch hat er es geschafft.

»Ja, nachdem ich mit fünfzehn von hier weg bin und relativ schnell bemerkt habe, dass ich nicht nach Manswek passe, bin ich zurückgekommen und habe bei Meister Urus angeheuert.«

Ich halte den Atem an, um das Brennen in meiner Brust zu unterdrücken. Arvo ist schon so lange wieder hier und hat mich nie aufgesucht? Stattdessen hat er acht Jahre auf ein Wiedersehen gewartet. Meister Urus' Schmiede befindet sich nicht weit entfernt von Nastras, in Buswar, dem südlichsten Dorf von Nimue. Buswar liegt unterhalb eines großen Bergpasses, an dessen Spitze die Kathedrale der goldenen Nimue steht. Viele Menschen aus unserem Königreich pilgern dorthin, um ihr Ehre zu erweisen und Geschenke zu bringen. Vor allem junge Frauen, die schwanger werden wollen, reisen zu der heiligen Stätte, um Nimue Früchte darzubieten, die sie fruchtbar machen sollen.

»Und Meister Urus braucht etwas aus der Hauptstadt?«, frage ich beiläufig.

»Ich habe eine eigene Schmiede hier in Asher.«

Mein Mund wird trocken. Aber was habe ich erwartet? Ich habe auch nie nach Arvo gesucht. Und da ich wegen Mila kaum noch in Asher bin, konnte ich ihm auch nicht begegnen.

»Begleiten wird dennoch schwer. Die Wache des Prinzen holt mich und meine Freundin morgen früh ab. Und da sie noch nichts von ihrem Glück weiß, muss ich auch bald los.«

Arvo tritt näher. »Dann komm, wenn du fertig bist, *Im goldenen Bullen* vorbei. In Ordnung?«

»Ich …«

»Ich muss mit dir reden, Shee.«

Von weit entfernt höre ich die Kirchenglocken dreimal schlagen. »Verdammt, ich muss los«, sage ich. Eilig ziehe ich Nisha in meine Arme und ignoriere die Bilder ihrer Zukunft. Das hier muss schnell gehen. Die Sonne geht bereits in drei Stunden auf und eine Stunde brauche ich noch für den Weg zurück. Dann muss ich Mila die Neuigkeiten mitteilen und wir müssen packen.

Nachdem ich mich verabschiedet habe und durch den Wald gehetzt bin, klopfe ich vorsichtig an Milas Tür und trete ein. Verschlafen hebt sie ihren Kopf und sieht mich erst irritiert, dann ernst an. Als wäre sie augenblicklich bereit, das Beil unter ihrem Bett hervorzuziehen und gegen Feinde zu kämpfen.

»Was ist los?« Sie setzt sich auf und sieht mir mit zusammengekniffenen Augen dabei zu, wie ich die Tür ganz vorsichtig und leise schließe.

»Ich bin einen Handel eingegangen.«

»Und dafür weckst du mich, Shee?«, brummt sie und will sich gerade wieder hinlegen, doch ich trete vor und knie mich neben ihr Bett.

»Wir kommen in die Burg, Mila. Wir bekommen sogar eine Wohnung, in der wir leben können.«

Ihre Brauen schießen in die Höhe. »Ich bin müde. Mach deine Witze morgen.«

»Ich meine es ernst. Der Wachmann des Prinzen hat mich im Wald abgefangen und mir einen Handel angeboten. Wir dürfen in der Burg leben und dafür soll ich Zeit mit Lunas verbringen.«

»Du sollst seine Hure werden?«, fragt sie entsetzt und viel zu laut.

»Psst«, mache ich und werfe einen panischen Blick zur Tür. Murra wäre nicht gerade begeistert, seine beiden Schankdamen zu verlieren. Vielleicht wird Mila weiter hier arbeiten. Ich allerdings werde nie wieder einen Fuß in diesen Drecksschuppen setzen und daran wird er mich sicher zu hindern versuchen. »Ich soll nur als Freundin Zeit mit ihm verbringen.«

Sie sieht nicht überzeugt aus und schmatzt, als wäre ihr Mund vom Schlafen trocken.

»Du musst packen. Wir werden bei Sonnenaufgang abgeholt.«

»Shee, ich …«

»Ich verspreche dir, dass es dieses Mal nicht wie sonst laufen wird. Ich habe einen Plan.« Ich hole tief Luft. »Lunas und ich lernen uns kennen und wenn ich ihm vertrauen kann, werde ich ihm sagen, dass ich sein Schicksal verändern kann. Wir Asteria werden wieder rehabilitiert, indem ich ihn rette.«

»Und wie willst du das anstellen?«, fragt sie genervt, steht aber auf und beginnt Sachen in ihre Tasche zu packen. »Du hast nicht gespürt, wie du ihn retten kannst, Shee, sondern nur, dass du damit zu tun hast. Das klingt mir nicht nach einem ausgeklügelten Plan, der die Asteria wieder reinwäscht. Und selbst wenn du ihn retten kannst – die Asteria werden weiter gehasst. Das ist nun mal so.«

»Ich muss es versuchen«, flüstere ich eher zu mir selbst als zu ihr. Es ist wie ein Versprechen, das ich dem Ruf der Sterne gebe, den ich so laut und schmerzhaft in mir spüre. Dieses Mal muss ich etwas ändern. Ich muss meine Bestimmung erfüllen. Außerdem kann ich wie bisher einfach nicht weitermachen. Ich will es nicht. Tagein, tagaus in dieser Schenke meine Tage fristen, meine Identität geheim halten und angesehen werden, als wäre ich Dreck. Da ist mehr. Dieses Leben hält Größeres für mich bereit. Und ich werde es mir holen. Wenn ich dabei auch Mila ein besseres Leben verschaffen kann, ist das nur ein Gewinn mehr.

»Ich muss auch packen. Wir treffen uns, so schnell es geht, im Innenhof.«

»Im Innenhof?« Panisch weiten sich Milas Augen. Ihre Stimme ist höher als sonst. »Da dürfen wir nicht hin.«

»Jetzt schon.« Mit diesen Worten verlasse ich ihr Zimmer und gehe in mein eigenes. Mein Blick fällt auf meine Heilkräuter und die Bandagen. Erst als ich die Berührung spüre, bemerke ich, dass meine Finger an meine Lippen gewandert sind. In meinem Magen kribbelt es unruhig, als ich an den Kuss denke. Was, wenn ich mich doch in Lunas verliebe? Auch wenn da nicht das Besondere zwischen uns war, was ich mir immer gewünscht habe. Was, wenn es noch kommt? Wenn so was nicht sofort da ist und er dann stirbt?

Ich schüttele den Kopf, packe die Kräuter wieder ordentlich in den langen Stoff und drehe ihn zusammen.

Im kleinen Schrank befindet sich nur wenig Kleidung, die ich zusammen mit den Kräutern und zwei Büchern in ein Leinentuch lege und es zusammenbinde. Ich sehe mich um. Mehr besitze ich nicht. Zumindest nichts, was wirklich mir gehört oder ich mitnehmen würde.

Als ich gerade den Raum verlassen will, greife ich nach meinem Kapuzenumhang, lege ihn mir um und ziehe die Kapuze tief in mein Gesicht. Rasch greife ich in die Tasche des Mantels und prüfe, ob mein Messer noch da ist. Ich habe es seit der Zeit zwischen meinem Rausschmiss aus der Lehre und der Anstellung bei Murra nicht mehr gebraucht. Wobei es auch nicht wirklich ein Messer ist, vielmehr ein Stein, den ich scharf geschliffen habe.

Nachdenklich atme ich tief ein und aus. In Nastras muss ich wachsam sein. Vor allem wegen des Sternenschlächters. Wenn die Gerüchte stimmen, dann ist er ein Fengari, ein Mond, und reflektiert somit das Licht der Asteria. Und nicht nur, dass Symbole an ihm zu leuchten beginnen würden und er damit sofort wüsste, was ich bin – auch in meinem Gesicht würde sich das Sternbild meines Sterns abzeichnen. Ich weiß nicht, welches es ist, da meine Mutter nie darüber reden wollte, und auch in der Gilde der Sterngelehrten habe ich nie von einem Stern namens Shedir gehört. Aber ich würde es erkennen, sollte er mir begegnen.

Zumindest ist es das, was man sich im Volksmund über die Fengari erzählt. Über sie wird offener gesprochen als über uns Sterne. Als wären sie etwas Besseres. Aber ich werde dafür sorgen, dass ich mich nicht mehr verstecken muss. Dass wir Asteria frei sein können, wie auch dieser blutrünstige Prinz. Auch wenn meine innere Barriere stark ist, muss ich mich wirklich in Acht nehmen und darf ihm niemals begegnen. Das würde meinen Tod besiegeln und damit vielleicht auch den seines Bruders.

Als ich die hölzerne Treppe hinunterschleiche, höre ich Geräusche von draußen. Außerhalb der Burgmauern. Ich laufe einen Umweg zu der Hintertür, durch die ich gerade erst wiederkam, und spähe auf die vom rötlichen Licht der aufgehenden Sonne beleuchtete Rasenfläche hin zu den Schuppen. Verdammt. Dort erkenne ich Murra, dessen Hand Milas Arm umklammert hält. Er zerrt sie mit sich. Unbemerkt springe ich die Stufen herunter und nähere mich ihnen. Aber was soll ich machen? Hat er sie erwischt?

»Du warst zu lange nicht mehr bei mir«, höre ich Murras alte raue Stimme. Aber sie klingt anders, als er mit mir spricht. Es ist mir schon ein paarmal aufgefallen, dass er fast schon lüstern klingt, wenn er mit Mila redet, aber ich habe mir nie mehr Gedanken darüber gemacht.

»Heute ist es schlecht. Ich blute«, höre ich Milas ängstliche Stimme und plötzlich begreife ich mit Entsetzen, was hier vor sich geht. Was offenbar schon lange vor sich geht, ohne dass ich etwas bemerkt habe.

»Das ist mir egal. Du hast diese Anstellung nur unter der Voraussetzung, dass du mir Freude bereitest. Wenn …«

»Lass sie los!«, brülle ich und trete vor. Murra und Mila zucken fast zeitgleich zusammen.

Der Hüne legt den Kopf schief, kurz bevor er laut und dröhnend zu lachen beginnt. »Verschwinde, du Drecksweib!«

Erschrocken öffne ich den Mund. Murra ist nie nett mit uns umgegangen, aber Angst hatte ich nie vor ihm. Das hier ist etwas anderes. Und er ist betrunken.

»Lass sie los!«, wiederhole ich und balle meine Hände zu Fäusten. Wie Murra sterben wird, habe ich schon ein paarmal gesehen, wenn er mich berührt hat. Ich bin es nicht, die ihn tötet. Es ist ein Wesen, das ich nicht kenne. Aber allein die paar Bilder, die ich gesehen habe, haben eine Angst in mir hinterlassen, die nicht beschreibbar ist.

»Was sonst?«, lacht Murra und zieht Mila weiter mit sich zum Schuppen. Panik breitet sich in mir aus.

»Es ist in Ordnung. Es geht schnell«, sagt Mila mit Tränen in den Augen und in mir zerbricht etwas. Wie oft ist das bereits passiert? Und warum hat sie nie etwas gesagt? Aber vor allem: Warum habe ich es nicht selbst bemerkt? Die Antwort ist einfach. Weil ich ein egoistisches Miststück bin. Ja, vielleicht bringe ich Essen zu einem Waisenhaus, das mich aufgenommen hat. Aber ansonsten denke ich nur an mich. Nur an meine Bedürfnisse und mein Schicksal. Das muss ein Ende haben. Es wird ein Ende haben. Und wenn ich nicht beim Prinzen damit anfange, dann jetzt und hier.

In mir wächst der Zorn auf Murra und auf mich immer weiter und wird zu feuriger, heißer Macht. Ich spüre die Sterne. Merke, dass mein Körper fast schwerelos wird, als würden sie für mich übernehmen. Und dann öffne ich meine Hände. Goldglänzender Sternenstaub verlässt meine Handflächen und kriecht auf Murra zu.

»Nein, Shee!«, schreit Mila panisch. Aber es ist zu spät. Ich muss Murra töten. Denn wenn ich es nicht tue, wird er mich an den Sternenschlächter verkaufen.

Seine Augen weiten sich. Er rückt zurück und lässt Mila los, die sofort zu mir rennt.

»Stopp das!«, fleht sie.

»Ich weiß nicht wie. Und … ich kann es nicht.« Verzweifelt deute ich mit meinem Blick auf Murra und Mila versteht.

Sie wird blass, während Murra sich entscheidet, auf uns loszugehen. Ich spüre, dass mein Sternenstaub nicht stark genug ist, um ihn aufzuhalten. Mein Körper ist nicht bereit, seine volle Macht auszuschöpfen, und ehrlich gesagt weiß ich nicht einmal, was er bewirkt. Oder wie ich ihn einsetze. Also versuche ich die Macht, die ich in mir spüre, dieses Feuer, zu bündeln und auf ihn zu schicken. Doch da ist er bereits bei uns angekommen und packt Mila an den Haaren. Er reißt sie zu Boden.

»Ich wusste schon immer, dass du abartig bist«, spuckt er mir entgegen und zieht ein Messer aus seiner Hose. »Beende das oder ich schneide ihr die Kehle durch.« Murra drückt ihr die Klinge an den Hals. Augenblicklich rinnt Blut über ihr Dekolleté. Ich atme tief durch, versuche die Wut, die sich bereits wieder als prickelnde Macht in meinen Handflächen sammelt, zu beruhigen. Nach und nach verschwindet das Glänzen um mich herum. Sofort fühle ich mich leer und isoliert.

»Mit dir werde ich ein schönes Sümmchen machen.« Geifernd leckt er sich über die Lippen.

»Leider erhebe ich bereits Anspruch auf sie.« Ich reiße die Augen auf und wirble herum. San. Er kommt auf uns zu und mustert Murra ein paar Sekunden. »Lass das Mädchen los!«

»Und warum?«, lacht Murra. »Weil du das Wappen eines untergehenden Königs trägst?«

San verdreht die Augen. »Ich wollte es friedlich klären«, brummt er, packt sein Schwert und knallt Murra den Griff seiner Klinge gegen die Schläfe. Er ist so schnell, dass Murra umfällt, bevor er sich auch nur regen kann.

Ungläubig starre ich San an.

»Das war sehr unbedacht«, knurrt er und sieht sich um. Sein Blick verharrt einen ganzen Moment lang auf dem Wald hinter mir. »Sternenstaub lockt Novas an. Wie kannst du ihn nutzen, wenn die Sonne noch nicht ganz aufgegangen ist?«

»Ich … was?« Warum geht er so selbstverständlich mit der Tatsache um, dass ich ein Asteri bin? Warum nimmt er mich nicht augenblicklich fest und bringt mich zum Bruder des Kronprinzen? Und was zum Henker ist eine Nova?

»Kommt«, sagt er und hilft Mila auf.

Ich zögere, bevor ich ihnen zum Burgfried folge. Einen Moment zu lange, denn plötzlich höre ich ein hohes Kreischen hinter mir, das mir eine Gänsehaut über den Körper schickt. Alle meine Sinne schreien mich an, wegzurennen. Stattdessen drehe ich mich um. Als würde diese Kreatur, der ich plötzlich ins schwarze Gesicht starre, mich dazu zwingen. Ich bin wie versteinert.

»Shedir!«, schreit San. Die Gestalt blickt zu ihm und ich kann mich noch immer nicht rühren, obwohl ich wegrennen will. San kommt auf mich zu, wird aber von einem heftigen Luftstoß des Wesens zurückgeschleudert. Mila und er landen auf dem Boden, während mich diese unsichtbare Macht wieder zu der Gestalt zieht. Mit weit aufgerissenen Augen starre ich sie an. Panik, Angst und die Gewissheit, dass ich gleich sterben werde, mischen sich in mir zu einem schweren Klumpen, der mich am Atmen hindert. Mein Körper bebt. Die Kreatur kommt näher. Ich höre ihr Kreischen. Spüre ihren Atem und dann beugt sie sich über mich. Zerrt an mir. Reißt an dem Licht, das schon seit meiner Geburt in mir existiert. Mein Körper brennt, als würde ich verglühen. Als würde ich … versteinern. Meine Haut wird zu etwas Hartem, Festem.

Nein. Ich muss etwas dagegen tun! Es saugt mich aus, während ich einfach nur dastehe und mich nicht wehren kann. Schmerzen überfluten meinen Körper. Ich …

Plötzlich ist der Sog verschwunden und ich knalle hart auf den Boden. Erst als ich benommen aufschaue, sehe ich Pfeile, die in dem Leib dieser schwarzen Gestalt stecken.

»Los!«, schreit San.

Unter Schmerzen rapple ich mich auf. Mein Körper fühlt sich hart und steinern an. Metallen. Trotzdem schaffe ich es aufzustehen und renne zu San, der mit seinem Bogen neben dem Eingang steht und einen Pfeil nach dem anderen auf das Ding abfeuert. Als ich Mila hinter ihm erreiche, ergreift sie meine Hand und sprintet mit mir zur Hintertür. San schießt noch einen letzten Pfeil ab, bevor er uns folgt und wir zusammen in den Burgfried stürzen. In dem Moment, in dem San die Tür schließt, verstummt das bestialische Kreischen. Die Bilder von Murras Tod überrennen mich und ich weiß, dass es jetzt geschehen wird.

»Was war das?«, keucht Mila atemlos und rennt weiter in den Schankraum. Ich huste und berühre mein brennendes Gesicht. Etwas Hartes, Kaltes überzieht meine Schläfen und meine Stirn. San kommt auf mich zu, nimmt mein Kinn und sieht sich mein Gesicht hat.

»Verdammt. Sie hat dich gezeichnet.«

»Sie?«, frage ich entsetzt darüber, dass er von diesem Ding spricht, als wäre es eine menschliche Frau. Dabei sollte ich viel eher fragen, was es bedeutet, dass ich gezeichnet bin.

San flucht auf einer anderen Sprache. Ich nehme an, dass es Lishan ist. »Warum bist du so fahrlässig mit deinem Sternenstaub umgegangen? Jeder Asteri weiß, dass das Novas anlockt und die sich gerne in Wäldern in der Nähe von Städten aufhalten. Ist dir eigentlich klar, was hätte passieren können, wenn sie dich zum Implodieren gebracht hätte?« Er ballt seine Hände zu Fäusten, während er unruhig auf und ab geht. »Wir wären jetzt alle tot. Genauso wie Hunderte Anwohner der Burg.«

»Ich …«

»Ich was?« Kopfschüttelnd fährt er sich durch sein Haar. »Wie soll ich dich als Gezeichnete in die Burg schleusen, ohne dass es jemand bemerkt, Shedir?«

»Ich weiß von alledem nichts«, platzt es endlich aus mir heraus. »Ich weiß nicht, was das für ein Ding war, und ich weiß nichts über meinen Sternenstaub. Und ich habe keine Ahnung, was es bedeutet, dass ich jetzt gezeichnet bin.«

Ohne ein Wort geht er hinter mir auf die Treppe zu, nimmt einen alten, kleinen Spiegel von der Wand und reicht ihn mir. »Eine Nova ernährt sich von Sternenlicht. Sie saugt Sterne aus, bis sie zu Eisen werden und dann implodieren. Wenn das geschieht, wird alles um sie herum zerstört und zurück bleibt Sternennebel, den Menschen nicht überleben können. Noch Jahrtausende nach deinem Tod.«

Ich blicke in den Spiegel und entdecke auf meiner Stirn die

eisernen Striemen, die fast wie kleine Äste ein Muster ergeben.

»Während die Nova dich aussaugt, wird dein Blut zu Eisen«, erklärt er. »Dein Körper erholt sich davon, aber die Linien bleiben.«

Ich nicke nur.

»Du bist ein wenig zu entspannt, wenn du mich fragst«, knurrt er. Mila tritt aus der Schenke und mustert mein Gesicht.

»Ich bin nicht sonderlich eitel«, gebe ich knapp zurück.

»Bist du wirklich so ahnungslos, wie du tust?« Ungläubig sieht er mich an. »Du bist *gezeichnet*. Nur Asteria können so gezeichnet werden. Genauso gut könntest du durch die Gassen Nastras laufen und herumschreien, dass du ein Asteri bist.«

Mila quietscht ängstlich und nun begreife auch ich, was das für mich bedeutet.

»Warum scheinst du so gar nicht überrascht, dass ich ein Asteri bin? Und warum willst du, dass es geheim bleibt, statt mich auszuliefern?« Ich lasse den Spiegel sinken und sehe ihn voller Argwohn an.

Kurz schaut er zur Decke. »Ich wusste, dass du ein Asteri bist. Meinst du wirklich, dass ich ein Mädchen im Wald aufsuche und ihr eine Behausung anbiete, weil ich dem Prinzen Freunde suche?«

»Entschuldige, dass ich Menschen vertraue, wenn sie mir genau das erzählen«, zische ich wütend, fühle mich aber auch beschämt, weil ich so naiv war.

San baut sich vor mir auf. »Ich bin zur Hälfte Lishaner, Shedir. Mehr noch: ein Nachkomme der königlichen Familie.«

»Und weiter? Sind die etwa für ihre Lügen bekannt?«

»Du weißt wirklich gar nichts.« Er schnalzt mit der Zunge. »Die königliche Familie stammt direkt von Lishan, dem Feuerdrachen, ab. Ich erkenne Feuer, wenn ich es sehe.«

Ich schlucke. Also sieht er mein wahres Ich. Das Feuer des Sterns, der ich bin. »Und warum hast du mich nicht verraten?«

»Zuerst wollte ich wissen, ob etwas passiert, wenn du Lunas berührst. Ob du etwas siehst.«

Ich halte seinem Blick stand, zeige aber keine Regung. »Wie hättest du das sehen wollen? Ist das noch so eine Fähigkeit der großen Lishan-Familie?«

»Dafür brauchte ich keine besonderen Fähigkeiten. Du hast es förmlich herausgeschrien. Alles an dir war angespannt. Ich war mir nur unsicher, ob es vielleicht einfach nur daran lag, dass du seinen Tod gesehen hast. Einige Asteria wurden bei diesem Anblick aschfahl. Du allerdings warst nervös und wolltest ihm etwas sagen, hast dich aber zurückgehalten.«

Ich atme tief ein und aus. Seine Menschenkenntnis ist überwältigend.

»Du hast etwas gesehen oder gespürt, was ihn retten kann, nicht wahr?« Sein Blick wird hoffnungsvoll. Die Härte weicht ganz kurz aus seinen Zügen.

Einen Moment überlege ich, was ich tun soll. Aber lügen würde mich hier nicht weiterbringen. »Ich habe gespürt, dass sein Tod verhindert werden kann und ich dabei eine Rolle spiele. Aber nicht welche oder wie.«

»Das ist mehr, als in all den Jahren gesehen wurde.« Seine stockende Stimme lässt mein Herz zusammenziehen. Er setzt sich in Bewegung Richtung Tür. Die Tür, die in die Burg führt und für uns immer undurchdringbar schien. »Zieh deine Kapuze weit über dein Gesicht. Erst einmal bringe ich euch in eure neue Behausung«, befiehlt er hastig, fast als würde er keine Sekunde mehr verstreichen lassen wollen, um seinen besten Freund zu retten.

Mein Magen verkrampft sich zu einem Knoten, denn ich habe keine Ahnung, ob ich wirklich die Person bin, für die er mich hält. Zwar bin ich fest entschlossen, den Prinzen zu retten, um frei sein zu können. Aber ich dachte, ich hätte mehr Zeit, einen Weg zu finden wie. Dennoch gehorche ich. Eine andere Wahl habe ich eh nicht. Murra ist sehr wahrscheinlich tot und bald werden die ersten Gäste eintreffen. Wenn sie eine Leiche und uns hier vorfinden, werden Mila und ich für den Mord an ihm gehängt.

Also tue ich wie geheißen, ziehe den Stoff tief in mein Gesicht, schultere unsere Taschen, bevor ich Milas Hand nehme und sie drücke. Sie hat das hier nicht verdient.

Als wir hinaus in den Hof treten und durch das Tor in das Innere der Burgmauern gelangen, wird mir schmerzlich bewusst, dass gerade mein größter Traum wahr wird. Sich allerdings anfühlt wie ein Albtraum.

KAPITEL 5

Die Gassen sind noch leer und nur vereinzelt treffen wir auf Menschen. Jedoch interessieren sie sich nicht großartig für uns, sondern verbeugen sich und gehen aus dem Weg, wenn sie San erkennen.

Dennoch fühle ich mich beobachtet. Als würde durch jedes Fenster ein gieriges Augenpaar durch den Stoff sehen können, der mein nun gezeichnetes Gesicht verbirgt. Ich versuche mir den Weg einzuprägen, bis wir eine lange Straße betreten, die zum Schloss führt. Meinen Blick fest auf Sans Fersen gerichtet, folgen wir ihm Richtung Palast. Nur vereinzelt erlaube ich mir, meinen Kopf zu heben, und bewundere das steinerne Gemäuer und die vielen Erker, die es noch imposanter wirken lassen. In meiner Vorstellung sah es anders aus. Vergoldet vielleicht oder besetzt mit Edelsteinen. Eine kindliche Vorstellung, denn der dunkle Stein und die hohen Türme wirken viel eher wie etwas, in dem ein Prinz leben würde. Ein König. Eine Königin.

»Hier lang«, raunt San und biegt kurz vor dem Palast in eine winzige, dreckige Gasse ab, in der überall alte unbestückte Blumentöpfe und Säcke herumstehen.

Er geht auf das letzte kleine Haus zu, das schief und schräg und seltsam verwinkelt aussieht. Wie die restlichen Hütten wirkt es heruntergekommen. Mein Eindruck bestätigt sich, als San die blau bemalte Holztür mit der Schulter aufstößt.

»Da fühlt man sich ja richtig sicher«, gebe ich ironisch von mir und hebe die Brauen. Mila schüttelt nur den Kopf über meine Undankbarkeit, wohingegen San mich komplett ignoriert.

Hinter San betreten auch Mila und ich das Häuschen und gelangen in einen winzigen Flur, der wie die Tür mit blauer Farbe bemalt wurde. Sie hat einen leichten Lilastich, also wurde die Farbe wahrscheinlich mit Flieder hergestellt. Eine gute Wahl. Flieder wirkt beruhigend und kann sogar fiebersenkend sein.

»Das hier ist eure Küche«, erklärt San und schwingt die erste Tür links auf. Der Raum ist relativ klein, besitzt aber alles, was man braucht. Einen Ofen mit runden Gussplatten zum Kochen und ein Spülbecken. Daneben stehen zwei Eimer und ein großer Topf aus Eisen, um das Wasser auf dem Herd zu erwärmen. Rechts wird eine weitere Tür von Holzregalen eingerahmt, in denen ein paar Lebensmittel und Geschirr stehen.

San geht vor, öffnet die Tür und wir gelangen in ein kleines, gemütliches Wohnzimmer. Die Sofas sind mit dunklem Stoff behängt und pusten Staub in die Luft, als ich auf eine Lehne klopfe. Zwei große, bodentiefe Fenster geben den Blick frei auf einen kleinen Garten, der von gemauerten Häuserwänden eingerahmt wird. Keine Fenster, also sind wir dort unbeobachtet.

»Da draußen ist auch die Kloake«, erklärt er und deutet auf eine winzige Hütte in der Ecke des Gartens.

Wir gehen zurück und folgen San die knarrende Treppe hinauf, wo zwei Schlafzimmer und ein Waschraum auf uns warten.

Beide Zimmer sind nur sporadisch eingerichtet und trotzdem um einiges besser als die bei Murra im Burgfried.

Ein Schauer überkommt mich, als ich an diese Gestalt und seinen Tod denke. Auch wenn ich ihn nicht in dem Moment gesehen habe, so habe ich es schon Monate zuvor in den Sternen gelesen und gespürt.

»Ich muss jetzt gehen. Ich war viel zu lang weg. Lior wird Fragen stellen. Aber heute Abend komme ich zurück.«

»Lior?«

Ausdruckslos sieht er mich an, antwortet allerdings nicht. Ich bin mir ziemlich sicher, dass Lior Lunas' Bruder ist. Er ist also hier. »Bitte bleib einfach hier.« Er legt seine Hand auf meine Schulter. Vielleicht, weil er denkt, dass das eine Art Bindung zwischen uns schafft, die mein achtloses und selbstzerstörerisches Wesen dazu bringt, still zu sein.

»Ich …« Was auch immer ich sagen wollte, wird von einem fürchterlichen Schmerz in meinem Kopf ausgelöscht. Ich zucke zusammen. Krümme mich. Und dann sehe ich es. Sehe Sans Schicksal. Augenblicklich lässt er mich los, womit auch die Bilder verschwinden. Nach und nach werde ich wieder klar und blicke in seine dunklen Augen. Er weiß, dass ich sein Schicksal gesehen habe. Aber er weiß nicht, was genau. Sein Kiefer mahlt. Ich berühre meine Stirn. Sie schmerzt.

»Bis später«, sagt er schnell und verschwindet. Es dauert nicht lange, bis ich Milas Umarmung spüre.

»Geht's?«

Ich nicke, würde aber am liebsten den Kopf schütteln. Die Bilder waren noch nie so unklar. Als wäre San selbst blind, wenn er stirbt. Jedoch war da Licht. Schmerzendes, glühendes Licht. Neben diesem schrecklichen Kopfschmerz pulsierten schreckliche Schmerzen in meiner Brust. In meinem Herzen. Meiner Seele. Jemand hat sein Herz gebrochen. Aber wer?

»Mal schauen, was wir an Getränken dahaben«, sagt sie und geht die Treppe hinunter. Ich sammle mich noch einen kurzen Moment, bevor ich ihr folge. Als ich in der Küche ankomme, ist sie bereits dabei, Rotwein in zwei Gläser zu schütten. Wir setzen uns an den kleinen Tisch in der Küche und trinken. Mein Fuß wackelt unruhig unter dem Tisch. Es dauert eine ganze Weile, bis Mila das Schweigen bricht.

»Was ist los? Warum bist du so nervös?« An ihrem Blick erkenne ich sofort, dass sie mich durchschaut. »Wo willst du hin? Und warum? Du hast San gehört.«

»Ich muss, Mila. Ich habe es gestern einem Freund versprochen.«

»Welchem Freund?«

»Arvo.«

»Arvo?« Sie setzt sich auf und sieht mich mit weit aufgerissenen Augen an. »Der Arvo, in den du verliebt warst, es aber nie zugeben wolltest?«

»Ich war nie verliebt in ihn. Ich habe nur gesagt, dass ich ihn hätte heiraten sollen.«

Irritiert schüttelt sie den Kopf. »Wie auch immer. Bist du ihm im Waisenhaus begegnet? Warum will er dich treffen?«

»Er ist wohl Waffenschmied und heute hier in Nastras. Arvo sagte, er müsse mit mir reden, und es schien wichtig zu sein.«

»O nein.« Sie schließt die Augen, atmet tief durch und nimmt einen großen Schluck Wein, als sie ihre Lider wieder hebt. »Ich gehe«, sagt sie dann sicher.

»Nein.«

»Doch, Shee. Du bist gezeichnet. Ich würde dir gerne sagen, dass es nicht so schlimm ist, aber du siehst aus, als wärst du von eisernen Adern überzogen. Das geht eindeutig nicht als normal durch.«

»Ich muss das selbst machen, Mila.«

Sie schnaubt. Wahrscheinlich, weil sie weiß, dass es nicht mehr lange dauert, bis ich dieses Haus wieder verlasse. Mila meint es nur gut und würde mich gerne vor mir selbst beschützen. Aber das kann sie nicht. Niemand kann es.

Langsam strecke ich meine Hand aus und ergreife ihre. Bilder zucken durch meinen Kopf, doch sie haben sich verändert. Ich sehe keinen Mann mehr in der Schenke. Und auch keine

Hütte. Keinen Ehering. Stattdessen sieht Mila aus wie … eine Kämpferin. Ich bin an ihrer Seite und drücke meine Hand auf eine Wunde an ihrem Bauch.

Rasch unterbreche ich die Berührung und sehe sie fest an, damit sie nichts bemerkt. Mir wird übel. Ich habe ihre Zukunft verändert. Vielleicht sogar zerstört.

»Wie wäre es, wenn wir das Eisen übermalen?«, schlage ich vor.

»Übermalen? Mit was?«

Ich zucke mit den Schultern, stehe auf und gehe auf das Regal zu. »Kirschen?« Grinsend hebe ich den kleinen Korb in die Höhe.

»Du meinst also, dass du weniger auffällst, wenn deine Zeichnungen wie frische Wunden aussehen?«

»Ich sähe zumindest nicht wie ein gezeichneter Asteri aus.«

Sie schüttelt den Kopf. »Warum nimmst du nichts ernst, Shedir? Nicht einmal, dass du jetzt für immer diese Male im Gesicht trägst, interessiert dich auch nur im Geringsten.«

Ich verziehe den Mund, weil es mich interessiert. Nicht, weil ich jetzt vielleicht keinem Schönheitsideal mehr entspreche, sondern viel eher, weil ich jetzt nicht mehr unentdeckt herumstreichen kann. Ich wollte in die Hauptstadt kommen, um frei sein zu können. Mich innerhalb der Burg bewegen zu können. Das wurde mir genommen. Von diesem Ding.

»Es bringt nichts, mich darüber aufzuregen, oder?« Schließlich habe ich schon weitaus schwierigere Situationen in meinem Leben überstanden.

Mila wirkt noch immer nicht überzeugt, nickt aber. Dann erhebt sie sich und sieht im Regal nach. Als sie Mehl und irgendein anderes Pulver herausnimmt, begreife ich, was sie vorhat. Nach einer ganzen Weile, in der sie immer etwas Wasser, Mehl und Pulver mischt, kommt sie auf mich zu und schmiert mir etwas davon ins Gesicht.

»Nicht perfekt ... aber es könnte funktionieren, wenn du es ein bisschen trocknen lässt.«

Ich nicke und lasse mich von ihr einschmieren. Wie lange ihr Zeug wirklich auf den metallenen Stellen halten wird, ist eine andere Frage. Aber das Pulver, das sie dazugegeben hat, gibt der Masse eine klebrige Konsistenz, weshalb es fürs Erste an meinem Gesicht haftet.

»Ich finde es trotzdem nicht gut. San hat dir geholfen. Du solltest auf ihn hören«, sagt sie, als sie fertig ist und mir die Kapuze über meinen Kopf zieht.

»Ich bin ganz schnell wieder zurück. Versprochen.« Mit diesen Worten verlasse ich das Haus und schreite die Gasse entlang, bis ich kurz vor dem Palast stehe.

Mittlerweile sind die Straßen viel belebter, fast schon vollgestopft und ich frage mich, ob das immer so ist. Ich biege nach rechts ab, um zur Schmiede zu kommen, an der wir vorhin vorbeigelaufen sind. Obwohl ich den Kopf gesenkt halte, mustere ich die Frauen in ihren Kleidern – manche edel, manche eher zweckmäßig – und die Männer in Rüstungen oder normaler Kleidung. Als ich gerade einer wunderschönen Frau in einem roten Kleid nachsehe, prallt etwas gegen meine Brust. Ich erschrecke mich so sehr, dass ich mein Messer ziehen will, bis ich einen Jungen mit schiefer Schiebermütze vor mir erkenne.

»Verzeihung«, brummt er und drückt mir einen Zettel in die Hand, bevor er weitergeht und sich durch die Massen an Menschen schlängelt. Um mich herum drängen sich immer mehr Menschen. Nach einer Erklärung muss ich nicht lange suchen. Mein Blick gleitet mühsam über die Buchstaben auf dem Pergament.

Lesen gehörte noch nie zu meinen Stärken, aber nach und nach verstehe ich, was dort geschrieben steht. Eine Verkündung am Marktplatz um zehn Uhr. Ich schaue mich um, entdecke den Kirchturm und sehe meinen Verdacht bestätigt: Es ist kurz vor zehn. Deshalb also die Menschenmassen. Mit der Kapuze weiter ins Gesicht gezogen, lasse ich mich vom Strom mitziehen. Es hätte auch keinen Sinn, jetzt in eine andere Richtung zu gehen. Sie würden mich anrempeln und ich würde unnötig auffallen. Eine Verkündung scheint wohl ein wichtiges Ereignis zu sein.

Als ich am Marktplatz ankomme, husche ich an die Seite und finde eine kleine Treppe, die hinauf zu einem offenen Säulengang führt. Ähnlich wie ein Balkon. Bei dem Menschenauflauf da unten wird niemand dort hochsehen, wohingegen ich sie beobachten kann. Entschlossen schleiche ich hinauf und positioniere mich hinter einer der Säulen. Vielleicht ist es ja Lunas, der die Verkündung abhält. Machen die Prinzen so etwas? Oder wer ist dafür zuständig?

Ich sehe mich auf dem Marktplatz um. Auch die Verkäufer und Händler haben sich zu der kleinen Bühne in der Mitte des Platzes gewandt und warten gespannt. Sie wurde aus Holzbrettern erbaut und ragt nur eine Elle über dem Boden. Vor der Schmiede, rechts von mir, erkenne ich Arvo. Er sieht skeptisch aus und seine Körperhaltung ist angespannt. Seine Hand ruht am Griff des Schwertes, das er um die Hüfte trägt. Und erst als ich das bemerke, fallen mir auch die anderen bewaffneten Männer auf. Überall sind königliche Wachen postiert, bereit einzuschreiten, sollte es einen Tumult geben. Aber was hat Arvo damit zu tun?

Ich kneife die Augen zusammen, um ihn besser erkennen zu können. Vor allem das Abzeichen, das nun neben seinem Siegel an seiner Brust prangt. Gestern war es noch nicht da. Es scheint ein Wolf zu sein. Aber genau erkennen kann ich es nicht.

Als es plötzlich noch lauter als zuvor wird, ziehe ich meine Kapuze weiter in mein Gesicht und sehe mich unruhig um. Und dann entdecke ich ihn. Lunas. Der Kerl, den ich erst gestern in meinem Zimmer verarztet und dann geküsst habe. Aber jetzt steht da auf dieser Bühne kein Kerl. Kein junger Mann, der

Witze macht. Da steht ein zukünftiger König. Seine Haltung, die dunkle Uniform und sein Blick. All das ist so herrschaftlich, dass mir ganz anders wird. Fast schon schäme ich mich, so frech gewesen zu sein.

Das Pfeifen und Schreien verstummt augenblicklich, als er ganz sanft die Hand hebt.

»Ich bin hier, um euch die neuen Erlasse des Königshauses mitzuteilen.«

»Und wer ist unser König?«, schreit ein Mann weit hinten. Zustimmendes Gemurmel wird laut. Wieder hebt Lunas seine Hand.

»Ich bin Interimskönig, habe also die volle Befugnis.« Seine Stimme klingt zwar laut, aber doch schwach. Als wäre er müde.

»Der erste Erlass«, spricht er dann aber unbeirrt weiter und sieht zu San, der ihm eine Pergamentrolle reicht. Schuldbewusst drücke ich mich weiter an die Säule heran. »Eine neue Gilde wird gegründet mit Gustav Karlsund als Meister. Seine Gilde der Schiffsbauer wird in Asher errichtet. Man kann sich ab heute dort bewerben.«

Ich verenge meinen Blick. Gustav Karlsund. Das klingt, als würde er aus Manswek kommen, was auch die Schiffbaukunst erklären würde. Dass Lunas allerdings dafür sorgen will, dass ein Land wie Nimue, das nicht für die Schifffahrt bekannt ist, dort verbessert wird, hat sicher einen Grund. Steht uns etwa ein Krieg bevor?

»Außerdem wird es eine neue Abteilung bei der Königswache geben, damit ebendiese Schiffe auch besegelt werden können. Hierfür kann sich jeder bei San melden, der Interesse hegt.« Er deutet auf seine Leibwache. »Der letzte Punkt betrifft die Verpflegung. Mir ist zu Ohren gekommen, dass nicht genug Brot da ist. Das liegt daran, dass die Felder in Karrak von einem Feuer heimgesucht wurden. Zumindest wurde uns das so zugetragen.«

Fast wirkt er, als würde er die Geschichte nicht glauben. Kein Wunder, immerhin ist Karrak eng mit Lishan verbunden und die stehen uns nicht gerade wohlgesonnen gegenüber.

»Wir haben Getreide in Manswek erworben. Es wird in den nächsten Tagen eintreffen und dann erhält jeder Bürger einen Laib Brot.«

Ich lache, halte mir aber sofort die Hand vor den Mund. Mit »jeder Bürger« sind nur diejenigen gemeint, die hier in Nastras leben. Vielleicht noch einige Adelige und Gildenmitglieder aus Asher und Buswar. Aber jemand wie ich oder Mila hätten sicher nie einen Laib Brot zu Gesicht bekommen.

Ich richte meinen Blick wieder auf Lunas, doch jemand in seiner Nähe zieht meine Aufmerksamkeit auf sich. Als mich die Augen einer Wache treffen, schrecke ich zurück. Hat er mich etwa lachen hören? Ich senke mein Gesicht, beobachte ihn aber weiter. Seine Augen sind seltsam und gruselig. Fast grau und so … ausdruckslos. Und dann erkenne ich ihn. Nein. Das ist er nicht. Er darf es nicht sein. Obgleich mein Herz weiß, dass ich ihn aus Tausenden erkennen würde.

»Kommen wir nun zu einem anderen Thema«, stöhnt Lunas, als würde ihm das Folgende nicht gefallen.

Mit wild schlagendem Herzen schaue ich hinab. Der Mann in der schwarzen Kleidung des Königshauses hat seinen Blick abgewandt und sieht nun Lunas an. Ich muss sie noch einmal sehen – die silbrigen Augen –, um sicherzugehen. Vorsichtig trete ich einen weiteren Schritt vor und wieder sieht er zu mir hinauf. Ich erstarre. Alles in mir wird gleichzeitig zu Feuer und Eis. *Er ist es.* Der Mann aus Asher, der …

»Mein Bruder will noch etwas verkünden.«

Nein. Ich reiße die Augen auf, will wegrennen, kann mich aber nicht bewegen, während ich fassungslos dabei zusehe, wie der junge Mann mit den grauen Augen vortritt. Der Mann, den ich vor einem Jahr und zwei Monaten traf und neben dem ich geschlafen habe. Auf dessen Brust ich gelegen habe. Er ist der Bruder des Königs. Der Sternenschlächter.

Als er sich zur Menge wendet, gleitet sein eiserner Blick erneut zu mir und er … lächelt. Grausam. Tödlich. Wissend. Aber er kann es nicht wissen. Zumindest nicht, was ich bin. Ich trete einen Schritt zurück. Ich werde von etwas Glänzendem abgelenkt. Zitternd hebe ich meine Hand. Dort glitzert etwas. Mein Leuchten kommt zum Vorschein. Nein. Er ist wirklich ein Fengari. Und …

Ich sehe wieder hinab. An ihm leuchten keine Symbole, was bedeutet, dass ich weit genug entfernt bin. Er kann mein Licht so nicht reflektieren. Aber ich beginne zu leuchten, also versuche ich, mein Zittern unter Kontrolle zu bringen und mich zu konzentrieren. Ich muss mein Licht verbergen.

»Heute Morgen gab es an unserer Stadtmauer einen Angriff.« Seine Stimme löst Wellen von Schmerz auf meinem Körper aus. Angst packt mich. Er klingt so … kalt. Und doch weiß ich, dass da noch etwas anderes ist. Der Mann von damals, der mir Fragen stellte und auf meine ehrlich antwortete. Mir wird übel und meine Kehle schnürt sich zusammen.

Trotzdem kann ich meinen Blick nicht von dem Blutprinzen nehmen, als er den Kopf schief legt und erneut zu mir hochsieht. Wie lange habe ich mir gewünscht, wieder in diese Augen sehen zu können … und jetzt? Wie konnte ich mich nur so sehr in ihm täuschen? Er ist ein Monster.

»Eine Nova hat den Wirtsherrn des Burgfrieds getötet. Gott sei Dank war er kein Asteri, weshalb der Ort weiterhin sicher für uns Menschen sein wird.«

Am liebsten würde ich laut schreien, dass auch er kein gewöhnlicher Mensch ist. Er ist ein Fengari. Ein Mond. Und er hat mich in dieser dummen Schenke in Asher nur belogen und benutzt. Das schmerzt, auch wenn ich nichts anderes getan habe.

Durch die Menge geht ein Raunen. »Allerdings war ein

Asteri dort. Sein Sternenstaub wurde gefunden. Das, was die Nova angelockt hat.« Mir wird übel, als seine Stimme diesen vorwurfsvollen, angewiderten Unterton bekommt. »Ein Asteri hat uns alle in Gefahr gebracht und eine Nova so nah wie nie zuvor an Nastras herangebracht. Ich will, dass ihr alle Ausschau haltet. Und falls mir jemand diesen Asteri bringt, erhält er ein Kopfgeld von zwanzig Golden.«

Mein Blick wandert über Lunas, der entnervt wirkt, zu San, dessen Körper angespannt und starr ist. Dann sehe ich zu Arvo, der sich umsieht. Nicht normal. Nein. Er beobachtet jeden Menschen hier genau. Nicht nur er, auch die anderen bewaffneten Männer mit diesem Wolf auf ihrer Brust mustern die Menge. In dem Moment sieht einer von ihnen zu mir. Töricht wie ich bin, weiche ich einen weiteren Schritt zurück und er setzt sich sofort in Bewegung.

Mein Herz beginnt zu rasen. Was soll ich jetzt tun? Wenn ich weglaufe, wirke ich verdächtig. Wenn er mich aber zu fassen kriegt und in mein Gesicht sieht, dann hilft auch das Mehlgemisch nicht mehr, um zu verbergen, was ich bin. Wie dämlich bin ich eigentlich, dass ich mich ausgerechnet hier oben versteckt habe? Ich kann mich nicht einmal unter die Menschen mischen und verschwinden. Aber ich wollte ja unbedingt etwas sehen und hab mal wieder nicht ausgiebig nachgedacht. Jetzt ist es allerdings zu spät, sich darüber Gedanken zu machen, ich muss hier verschwinden.

Also entscheide ich mich für eine stille Flucht. Ganz vorsichtig, und als wäre mir langweilig, gehe ich die kleine Treppe hinunter in die Menschenmenge. Links von mir erkenne ich den Wachmann, der sich durch die Leute zu mir drückt.

Ich gehe in die andere Richtung, den Kopf gesenkt. Der Blutprinz sagt noch etwas, aber ich höre nicht zu. Ich bin zu benebelt. Von der Angst und den Bildern, die mich übermannen. Es sind viel zu viele Menschen hier, die mich unabsichtlich an meinen nackten Fingern berühren, mit denen ich mir einen Weg bahne. Als sich die Menge endlich lichtet, beschleunige ich meinen Schritt, bis ich schließlich renne. Die große Straße entlang, hinein in eine Gasse, die durch einige Treppenstufen hinabführt. Hier ist wieder mehr los, weshalb ich wieder langsamer werde. Ich schlängle mich durch die vielen Abzweigungen und bleibe erst stehen, als ich an einer Art Schenke ankomme. Ohne zu zögern, gehe ich hinein. Leise Musik und eine dunkle Behaglichkeit ummanteln mich.

Irritiert sehe ich mich um und begreife, wo ich hier gelandet bin. Leicht bekleidete Frauen und Männer tanzen mitten im Raum auf Erhöhungen. Na klasse. Ein Bordell.

Dennoch gehe ich weiter, versuche den Eingang und damit die Bedrohung hinter mir zu lassen und erreiche einen Raum mit Chaiselongues, Vorhängen und Betten.

Ich schnappe mir eine Maske, die auf einem kleinen Tisch liegt, und ziehe sie mir über mein geschundenes Gesicht. Dann lasse ich die Kapuze fallen und öffne mein langes dunkelblondes Haar. Eilig binde ich mir den Stoffgürtel des Umhangs fester um die Taille, um es wie ein Kleid wirken zu lassen, schnappe mir ein Glas mit gelblichem Inhalt und setze mich auf eines der Betten.

Der Mann, diese Wache mit dem Wolfssiegel, betritt den Raum und sieht sich um. Innerlich bin ich wie erstarrt, rein äußerlich spiele ich meine Rolle, lächle anzüglich und versuche ihn mit meinem Finger zu mir zu locken. Einige angstvolle Momente sieht er mich an. Wägt ab, doch dann dreht er sich um und geht fluchend hinaus.

Erst als er verschwunden ist, traue ich mich wieder zu atmen. Ich keuche, nehme einen Schluck von dem Getränk, das neben mir auf dem kleinen Tisch steht, und sehe mich kurz um. Hier in diesem Raum ist kaum jemand. Nur ein Pärchen, das einige Betten weiter eng verschlungen liegt und sich zu küssen scheint. Zumindest hoffe ich, dass das alles ist, was sie gerade tun.

Ich leere das Glas und will gerade aufstehen, als sich eine Hand auf meine Schulter legt. In Erwartung grausamer Bilder verkrampfe ich mich, aber da ist nichts. Und dann sehe ich wieder dieses Leuchten auf meiner Haut. Sofort verstecke ich meine nackte Hand. Nein. Nein. Nein. Das darf nicht passieren. Ich bete innerlich, flehe die Sterne und meine Macht an, mich zu schützen. Mich und mein verräterisches Licht zu verstecken.

Dann drehe ich mich um, sehe in die grauen Augen, die selbstgefällig auf mein Gesicht gerichtet sind. Allerdings flackert etwas wie Irritation durch seine Züge, sein Gesicht, das nicht leuchtet. Dort sind keine Mondsymbole. Kein Licht, das reflektiert wird. Die Sterne haben mich erhört.

Ich habe keine Ahnung, ob die Irritation an der Tatsache liegt, dass ich nicht leuchte oder weil er mich erkennt.

»Warum bist du weggelaufen?«, fragt er mit kratziger Stimme. Aber in ihr liegt keine Vertrautheit. Hat er mich etwa vergessen? Meine Brust krampft sich zusammen. Wie dumm kann man eigentlich sein? Er ist der Sternenschlächter, der Blutprinz, und ich fühle mich gekränkt, weil er mich nicht wiedererkennt?

»Bin ich das?«, entgegne ich gelangweilt.

»Ja, bist du.«

»Und wenn ich einfach nur gegangen bin?«

»Um was zu tun? Dich hier zu verkriechen?« Er hebt seine Brauen. »Wovor versteckst du dich?«

»Womöglich vor dem Sternenschlächter.«

Seine Lider zucken. »Weil du ein Stern bist?«

Ich lächle. »Müssten wir beide dann nicht leuchten, Hoheit?«, schnurre ich, in der Hoffnung, dass er mir meine Maskerade als Kurtisane abkauft.

»Also wisst ihr, wo sich der Asteri befindet?«

»Nein.« Ich hebe meinen Kopf. Er darf mir meine Unsicherheit nicht anmerken.

»Das Kopfgeld ist beachtlich. Du könntest dir ein richtiges Kleid kaufen und eine eigene Maske.«

Ich schlucke. »Und der Preis für ein hübsches Kleid und eine Maske ist einfach nur ein Menschenleben?«

»Menschenleben«, wiederholt er. »Wir reden von einem Asteri.«

»Wie dem auch sei. Ich weiß nichts.«

»Du könntest dir auch bessere Schminke leisten, wenn du ihn verrätst.«

»Könnte ich das?«, stelle ich eine Gegenfrage.

»Ja. Sie würde viel besser zu deinen wunderschönen Augen passen.«

Ich schnaube. Das ist der Moment, in dem ich normalerweise unachtsam werde. In dem ich zu dem bockigen Mädchen werde. Nur dass ich das jetzt nicht darf, weil ich es ansonsten mit meinem Leben bezahle.

»Ich bin verlobt. Mit einem Eurer Männer«, lüge ich.

»Wer ist der Glückliche? Ich sollte ihm eine Gehaltserhöhung versprechen, damit er das Gesicht seiner Frau richten lässt.«

Innerlich knurre ich, reiße mich aber weiter zusammen. »Arvo.« Meine Lüge wird gefährlich, aber er ist die beste Tarnung. Vielleicht spielt Arvo mit, wenn er danach gefragt wird, um mich zu beschützen.

Der dunkle Prinz hebt seine Hand und nimmt mir die Maske ab. Auch wenn mir das Herz gleich aus der Brust zu springen scheint, wehre ich mich nicht. Aus Angst ihn zu berühren. Aus Angst, dass nicht nur ich dann etwas zu sehen bekomme, sondern auch er. Ich kenne die Macht der Fengari nicht. Und wenn ich ganz ehrlich bin, will ich, dass er mich erkennt. Alles in mir ist angespannt. Als sein Blick über mein Gesicht wandert. Ich sehe hinab auf seine Lippen. Seine gerade Nase. Den dunklen, kurzen Bart. Hinauf zu seinen schwarzen Haaren, die wild und ungestüm sind, so wie die Geschichten, die um ihn kreisen. So wie damals, als er nur ein junger Mann war, mit dem ich diese besondere Nacht verbracht habe.

»Habt Ihr Narben?«, fragt er und sieht mich intensiv an. In mir regt sich etwas. Und das ist keine Angst mehr. Es ist etwas anderes. Etwas Gefährliches. Sehnsüchtiges. Jetzt, da er denkt, dass ich die Verlobte einer seiner Männer sei, spricht er mich höflich an.

»Ja«, sage ich stark und sicher.

»Und das, womit Ihr versucht habt, sie zu kaschieren, ist …« er berührt mein Gesicht ganz sanft und riecht dann an seinem Finger. »Mehl und Flohsamen?«

Meine Kehle schnürt sich zu. »Ja«, presse ich hervor.

»Woher stammen die Narben?«

Mir ist so verdammt schlecht, dass ich beinahe würge. Hitze breitet sich in meiner Brust und in meinem Hals aus. Am liebsten würde ich wegrennen, doch er würde mich auf der Stelle töten. Es ist, als könnte ich das erste Mal in meinem Leben mein eigenes Schicksal sehen. Meinen Tod durch seine Hand. Des dunklen Prinzen. Des Sternenschlächters.

Ganz langsam und sinnlich beginne ich den Mantel zu lösen und von meinem Körper zu ziehen, bevor ich das Mieder aufschnüre. Ich brauche eine Tarnung, die er mir abnimmt und ihn ablenkt, also muss ich weiter die Kurtisane spielen, die vom Marktplatz gegangen ist, um ihrer Arbeit nachzugehen.

Er berührt mein Kinn und in mir erwacht etwas anderes. Etwas, das ich mir so lange ersehnt habe. Spannung. Aufregung. Lust. Dieses allumfassende Gefühl, was bei Lunas nicht da war. Aber warum fühle ich es bei ihm? Ausgerechnet bei dem Mann, der mich töten würde, wüsste er, wer ich wirklich bin. Warum verändert die Tatsache, dass ich jetzt weiß, wer er ist, nichts?

»Ich hatte keine schöne Kindheit«, sage ich zögerlich. Seine

Nähe macht etwas mit mir. So dumm und naiv das auch ist, in diesem Moment werde ich zu einer Frau, die ihm gefallen will. Die kein Asteri ist und keine Eisenschlingen in ihrem Gesicht trägt. Mein Körper prickelt, weil ich seinen Blick auf mir spüre, während ich das Mieder abnehme und mir die Bluse aufknöpfe. Es fühlt sich verboten an. Falsch.

Macht erfüllt mich. Aber dieses Mal ist sie kontrollierter als noch heute Morgen, während ich Mila schützen wollte. Obwohl ich meine Kraft bis in die Fingerspitzen spüre, leuchtet noch immer kein Licht an mir. Innerlich schicke ich ein Dankesgebet an die Sterne.

Seine Finger wandern an meine Schläfe und ehe ich es begreife, wischt er das Mehlgemisch ab. Ich erstarre.

»Deshalb schmiert ihr dieses bröckelige Zeug auf Euer hübsches Gesicht?«, fragt er lachend. »Die Narben sind ganz fein.«

Was? Ich weiß nicht, was ich sagen, fühlen oder denken soll. Aber eins weiß ich mit voller Sicherheit: Der Prinz sieht gerade nicht das, was da wirklich zu sehen ist. Meine Macht, mein Licht zu verschleiern, muss gerade die Eisenspuren verdecken. Wie auch immer ich das schaffe. Nur habe ich keine Ahnung, wie lange es noch hält. Gleichzeitig durchfließt mich dieses tiefe Vertrauen zu den Sternen und zu mir selbst. Als würden sie mir zuflüstern, dass ich mich auf meine Macht verlassen kann. Weil sie unendlich ist. Ich bin stark.

Ahnungslos wischt der Prinz weiter über mein Gesicht und ich lasse es geschehen, weil ich dummes Ding will, dass er mich sieht. Mich … hübsch findet.

Er lehnt sich zurück. Betrachtet mich. Meinen nackten Oberkörper. Ich kann sehen, wie seine Muskeln sich unter seinem Shirt leicht anspannen. Und dann entdecke ich auch auf seinem Mantel einen eisernen Wolf.

»Was ist das?«, frage ich, bevor er etwas sagen kann.

»Ein Siegel.«

»Von welcher Gilde? Ich kenne sie nicht.«

»Sie ist geheim. Genau wie offenbar eure Schönheit.«

Ich verdrehe die Augen und komme endlich wieder zu Verstand. Was soll das? Will er mich gerade wirklich verführen? Alles wirkt so.

»Warum lügt Ihr wegen Eurer Narben?«

»Ich habe nicht gelogen«, sage ich schnell, weil mich die Frage überrumpelt, und erhebe mich, um mich wieder zu bedecken. Doch er zieht mich am Arm zu sich zurück, erhebt sich so schnell, dass ich überrascht zusammenzucke, als ich gegen seine Brust gedrückt werde.

»Du hast gelogen. Ich erinnere mich sehr gut, dass die Narben beim letzten Mal noch nicht da waren.«

Mir wird heiß. Er hat mich also doch erkannt. Warum dann dieses blöde Spiel?

»Ich weiß nicht, wovon Ihr sprecht, Hoheit«, presse ich hervor und drücke meine Arme an meine Brüste, um sie zu verbergen.

»Ich erkenne Frauen, mit denen ich die Nacht verbracht habe. Vor allem jene, die ich halb nackt gesehen habe.«

»Die Nacht verbracht, ist etwas übertrieben, dafür, dass du nur herumgelegen und nichts gemacht hast«, fauche ich. »Was würden deine Männer sagen, wüssten sie, dass du nicht wirklich der große Hengst bist, für den du dich hältst?«

»Ach, wir erinnern uns jetzt also plötzlich doch?« Er grinst erhaben. Und ich hasse mich dafür, dass er immer noch diese Anziehung und Lust in mir auslöst. »Aber deine Verbitterung, weil ich dich nicht vögeln wollte und auch auf deine Einladung in den Burgfried nicht eingegangen bin, steht dir nicht, Narbenmädchen.«

Ich balle meine Hände zu Fäusten. »Du bist ein Mistkerl.«

»Und doch willst du mich immer noch.«

Genervt verdrehe ich die Augen und rufe mir wieder in Erinnerung, wer er ist und wie gefährlich das alles hier ist. Gleichzeitig habe ich nur diese eine Möglichkeit, um Antworten zu bekommen.

»Warum? Warum wolltest du mich nicht berühren und warum hast du mich nie aufgesucht?«

Er stutzt, weil er mit dieser Ehrlichkeit wohl nicht gerechnet hat. Ich mache mich verwundbar, ja. Aber er hat keine Ahnung, wie verwundbar ich wirklich bin. Und das nur, weil ich geboren wurde. Ganz plötzlich ändert sich seine Miene wieder und er setzt diese kühle herablassende Maske auf. »Ich hatte bessere …«

»Stopp!«, gehe ich ihm dazwischen. »Wir waren damals ehrlich, also sind wir es jetzt auch.«

Er verengt seinen Blick und berührt meine Schultern. Keine Bilder. Wie damals.

»Ich fand, dass du etwas Besonderes bist. Zu wertvoll, um dich in irgendeinem ranzigen Zimmer zu vögeln. Außerdem habe ich unsere Gespräche genossen.«

»Und doch wolltest du dieses besondere Mädchen nicht weiter kennenlernen«, zische ich zornig, obwohl ich den Sternen und den Göttern dafür danken sollte. Wäre er vorbeigekommen und wir hätten uns wirklich kennengelernt, hätte er irgendwann sicher durchschaut, was ich wirklich bin. Genau deshalb sollte ich das hier schleunigst beenden und ihn nie wieder sehen.

»Ich wollte nicht, dass du mich als den erkennst, der ich bin. Im Burgfried hätte mich sicher jemand erkannt. Trotzdem war ich ein paarmal bei Nacht dort und habe gehofft, du würdest zu dem Waisenhaus gehen, von dem du erzählt hast.«

»Du warst beim Burgfried?« Die Hoffnung, die ich in mir spüre, ist so unangebracht, dass ich den Kopf schüttele und von ihm zurückweiche.

»Wie dem auch sei, jetzt, da du hier lebst, könnten wir unsere Nacht ja nachholen.«

Ich erstarre und schüttele weiter den Kopf. »Das ist Vergangenheit.« Eilig knöpfe ich mir meine Bluse zu und befestige mein Mieder. Wie damals sieht er mir dabei zu.

»Wärst du wirklich derart abgeneigt?«

»Ja.«

»Dann beweis es mir.«

Ich blinzle. »Wie bitte? Wie soll das gehen? Ich sage es dir. Es ist zu spät. Das muss reichen.« Unruhig sehe ich mich um. Das Pärchen ist verschwunden. Es ist viel zu still hier. Ich muss weg. Wer weiß, wie lange ich mein wahres Gesicht noch vor ihm verbergen kann.

»Ich werde dich küssen, wenn du erlaubst. Es wird dir dann ja nicht schwerfallen, aufzuhören.« In seinen grauen Augen glitzert es, doch ich schüttele den Kopf.

»Was soll das werden? Wieder eines deiner Spiele? Dieses Mal spiele ich nicht mit.«

»Und ich dachte, du hättest deine Dürre aufgegeben und würdest jetzt doch als Dirne arbeiten. Oder was sollte das Schauspiel dann sonst?«

Als er den Abstand aufholt, den ich gerade zwischen uns gebracht habe, und sein Gesicht zu meinem senkt, bin ich kurz davor ihn zu schlagen.

»Was hast du davon?«

»Ich beweise mir gerne, wie unwiderstehlich ich bin.«

O Mann. Spätestens in diesem Moment sollte ich ihn auslachen und gehen. Stattdessen will ich ihm nur umso mehr beweisen, dass ich sehr wohl aufhören kann. Obwohl ein kleines Stimmchen in mir zweifelt, ob ich mir das eigentlich selbst glaube. Wenn ich ehrlich bin, will ich ihn einfach küssen, die Nähe spüren, die er letztes Mal nicht zugelassen hat.

Ich könnte mir jetzt einreden, dass unsere Schicksale verbunden sind und wir unser Leben lang nur aufeinander gewartet haben. Aber in Wahrheit ist es einfach nur ein menschlicher

Trieb. Körperliches Verlangen, das gestillt werden will. Die Sterne haben damit nichts zu tun. Höchstens mit der Art, wie sie mich erschaffen haben. Denn eine Frau wie Nil wäre längst weg gewesen. Ihr hätte dieses überhebliche Verhalten und die Tatsache, dass er ein mächtiger Prinz ist, nicht imponiert. Im Gegenteil. Mir schon. Ich könnte mich dafür schämen, aber im Endeffekt sind wir zwei Erwachsene und allein hier.

»Schön, dann küss mich«, fordere ich ihn heraus und in dem Moment, in dem ich es ausgesprochen habe, greift er mir in den Nacken und zieht mich an sich. Unsere Lippen schweben voreinander, aber er küsst mich nicht. Noch nicht. Ich giere nach dieser Berührung, als ich seinen Atem auf meinen Lippen spüre. Seit mehr als einem Jahr sehne ich mich genau hiernach. Doch er wendet sich ab, lässt seine Lippen ganz langsam über meine Wange streichen hin zu meinem Hals. Meinem Nacken. Meinem Ohr.

Mir entfährt ein ganz leises Stöhnen. Mein Körper brennt. Ich wurde noch nicht oft geküsst. Aber das hier … ist besser. Und seine Lippen haben meine noch nicht einmal berührt. Ein leises, raues Lachen dringt an meine Ohren und streift meinen Nacken.

»Damit habe ich meine Antwort«, schnurrt er und lässt plötzlich von mir ab. Benebelt blinzle ich und versuche eigenmächtig zu stehen. Er richtet seinen Mantel und wirft mir ein schelmisches Lächeln zu. »Hab ein schönes Leben, Narbenmädchen«, sagt er und … geht.

Mir wird bitterkalt, als ich begreife, was ich getan habe. Was ich *wollte*. Zu was ich mit diesem Monster bereit gewesen wäre. Er ist nicht der Mann, den ich in Asher kennengelernt habe. Das muss ich begreifen, wenn ich überleben will. Er ist der Blutprinz, der Sternenschlächter. Und ich … ich bin ein Stern.

KAPITEL 6

Trotz allem, was passiert ist, habe ich beschlossen, Arvo aufzusuchen. Also gehe ich zurück zum Marktplatz und hinein in die Schmiede. Er steht ganz hinten am Ofen und mustert mich, als hätte er nur auf mich gewartet. Ansonsten ist niemand hier.

Meine Kapuze habe ich mir wieder weit ins Gesicht gezogen, obwohl in mir immer noch diese Macht ist, auf die ich auch zugreifen kann. Sie fließt durch meine Adern und pulsiert an meinen Schläfen.

»Ich weiß, zu wem du gehörst«, sage ich, ohne ihn zu begrüßen. Ich musste nicht lange überlegen, um eins und eins zusammenzuzählen. Egal was der Wolf bedeutet. Arvo kämpft für den dunklen Prinzen.

»Und genau aus diesem Grund kannst du ziemlich froh sein, dass ich dich herbestellt habe.«

»Wie bitte?« Ich weiche einen Schritt zurück.

»Denkst du wirklich, ich bin blind und dumm? All die Jahre?« Meine Kehle verengt sich. »Ich weiß, was du bist. Und als ich erfahren habe, dass du in Nastras wohnen wirst, dachte ich wirklich, du hast den Verstand verloren, Shee.«

Meine Hände ballen sich zu Fäusten. »Ich habe mich geschützt.« Das ist nur die halbe Wahrheit. Das Haus, das San uns überlassen hat, wäre vermutlich sicher gewesen. Aber hier in der Öffentlichkeit, in der Nähe des Sternenschlächters, bin ich alles andere als geschützt.

»So schützt du dich? Nach all den Jahren, in denen ich dir den Hof gemacht habe, um auf dich aufpassen zu können?«

»Du wusstest nicht …«

»Ich wusste es immer, Shee. Wir kennen uns, seit wir klein sind. Ich liebe dich, weil du meine Familie bist. Meinst du wirklich, ich habe es nicht bemerkt?«

Ich presse meine Lippen aufeinander.

»Aber da dein Plan herzukommen eher keinen Schutz geboten hat …« Er stockt.

»Was? Heiratest du mich?« Ich lache bitter. »Nein. Du bist einer von ihnen.«

»Ich bin einer von ihnen geworden. Für dich. Wir sollten zusammen durchbrennen. Ich habe gespart und eine Hütte auf dem Land gekauft. Wenn wir heiraten, können wir dort leben und ich kann dich beschützen.«

»Was?« Kopfschüttelnd gehe ich weiter zurück, bis ich gegen Metall stoße. In meinem Kopf klirrt es. Die Sterne schreien. Als wollten sie mir zurufen, dass ich auf keinen Fall weglaufen darf. Dass ich bleiben muss und … Wieder sehe ich die Bilder von Lunas' Tod. Nein. Nicht jetzt. Ich greife in meine Haare. Versuche mich zu konzentrieren.

Sie wollen, dass ich mein Schicksal erfülle, indem ich seins ändere. Ich … Weitere Bilder prasseln auf mich ein. Gesichter, die ich nicht kenne, mir aber vertraut sind. Einer von ihnen trägt ebenfalls die Male im Gesicht.

»Was ist los?«

»Ich kann nicht mit dir weg.«

»Du musst. Zumindest raus aus der Burg. Aus Nastras. Es ist viel zu gefährlich, solange er hier ist.«

Ich höre ihn kaum. Da sind Stimmen in mir. Die Sterne re-

den mit mir, als hätte ich den Zugang zu mir für sie weit geöffnet. Sie rufen mich. Zwingen mich rückwärts zu gehen. Weg
von Arvo und hin zu meiner Bestimmung. Weitere Schwerter
und Schilder fallen scheppernd zu Boden. Arvo folgt mir.

»Bleib, wo du bist!« Ich hebe meine Hand, drehe mich um
und stürme hinaus. Er ist nicht der Böse, auch wenn er sich
gerade so fühlen muss. Obwohl es auch für ihn gefährlich wäre,
will er mich retten und mir beistehen. Aber er ist nicht mein
Schicksal.

Der Marktplatz ist zwar leerer als zuvor, aber immer noch
muss ich mich durch Menschenmassen drücken. Ich renne.
Renne zurück zum Palast, doch statt in die Gasse einzubiegen,
in der unser Haus liegt, trete ich direkt auf die Palastmauern
zu. Folge nur noch dem Ruf und der Linderung der Schmerzen
mit jedem Schritt.

Ich will an den postierten Wachen vorbeigehen, aber sie halten mich auf. Dabei will ich doch einfach nur, dass es endlich
aufhört. Kaum anwesend schreie und winde ich mich in ihren
Griffen.

»Lasst sie los!« Lunas.

Erleichtert keuche ich und knalle kurz darauf auf den kalten
Steinboden.

»Shedir?«, fragt er liebevoll und beugt sich über mich. Seine
Augen weiten sich panisch, als er in mein Gesicht sieht. Sofort
greift er nach meiner Kapuze und zieht sie mir ins Gesicht.

»Lunas. Ich muss dir etwas sagen.«

»Du bist gezeichnet, Shedir«, flüstert er fassungslos und
ängstlich. Beinahe panisch.

»Ruft San her!«, befiehlt Lunas und die beiden Wachen verschwinden im Inneren des Palastes. Währenddessen ruht seine
Hand über dem Stoff auf meiner Wange.

»Was machst du da, Bruder?«

Der Klang seiner Stimme zuckt durch meinen Körper wie

eine vertraute Melodie, die mit Angst und Verlangen verbunden ist. Auch ohne dass er Lunas Bruder nennt, hätte ich sie sofort erkannt. Wie sehr ich mir wünschte, dass ich in ihr nur den Mann aus Asher und nicht auch den Sternenschlächter erkennen würde.

»Kuscheln«, entgegnet Lunas. Meine Sinne sind immer noch benebelt, aber nach und nach legt sich der Schmerz. Mit Lunas in meiner Nähe wird es besser.

»Kuscheln«, wiederholt der dunkle Prinz.

Ich öffne meine Augen und kann durch den Stoff sehen, wie er über Lunas und mir aufragt, den Kopf schief gelegt.

»Ist das etwa das Narbenmädchen?«, lacht er und beugt sich zu uns.

Lunas hebt seine Hand und schubst ihn weg. »Verschwinde, Lior! Oder ich zwinge dich.«

»Du zwingst mich?« Er schnalzt mit der Zunge. »Nicht dass du dann noch früher stirbst, Brüderchen.«

»Lass das, Lior«, knurrt Lunas genervt.

»Lunas? Was ist los?«, erkenne ich nun Sans Stimme. »Wer ...« Aus der Stille, die folgt, höre ich all seine Enttäuschung heraus.

»Shedir hatte einen kleinen Zusammenbruch. Sie verträgt gerade das Licht nicht. Wir sollten sie nach Hause bringen.«

»Shedir?«, hakt Lior skeptisch nach.

»Lior, geh bitte. Und tu es, solange es noch eine Bitte ist.«

»Ich könnte euch helfen.«

»Nein«, widerspricht Lunas herrisch und tatsächlich verschwindet Lior aus meinem Blickfeld und Lunas nimmt mich auf seinen Arm, als wäre ich so leicht wie der Silberluchs, den er in die Schenke gebracht hat. Wie konnte sich mein Leben innerhalb so weniger Tage dermaßen verändern?

»San, wie kommt sie nach Nastras?«

»Ich ...«

Lunas atmet schwer durch. »Wo hast du sie untergebracht?«

San scheint ihm den Weg zu zeigen, denn wir setzen uns in Bewegung. Als wir ankommen, öffnet Mila die Tür. Ich nehme den Stoff von meinem Gesicht und lasse mich noch von Lunas auf das Sofa legen.

Sekundenlang starrt er mich einfach nur an. Ich weiß nicht, ob ich Enttäuschung, Ekel oder Hass in seinem Blick erkenne. Aber nett wirkt er nicht.

»Wusstest du, dass sie ein Asteri ist?«

San nickt betreten. Zusammen mit Mila steht er hinter Lunas, der sich ihnen jetzt zugewandt hat.

»Ich bin Lunas«, stellt er sich dann Mila vor und reicht ihr seine Hand. Sie verbeugt sich überfordert, bevor sie dann doch seine Hand nimmt.

»Ich muss mit dir reden, bevor ihr mich tötet«, krächze ich, immer noch schwach. Aber Lunas' Nähe besänftigt die Sterne.

»Hat es auf dich so gewirkt, als wolle ich dich dem Tod überlassen? Dann hätte ich dich sicher nicht vor Lior versteckt.« Er schüttelt den Kopf und fährt sich durch seine Haare.

»Aber was soll ich jetzt tun? Ich muss …«

»Sie kann Euren Tod verhindern!«, platzt es aus Mila heraus. Sofort schlägt sie sich die Hände vor den Mund und es dauert eine gefühlte Ewigkeit, bis Lunas' Blick von ihr auf mich fällt. Hoffnung blitzt dort auf und mir wird ganz schlecht.

»Was?« Seine Stimme ist nur ein Hauchen. »Ist das wahr?«

»Ich habe gespürt, dass ich etwas bewirken kann, ja. Nicht allein und ich weiß auch nicht wie. Aber dein Schicksal kann verändert werden, Lunas.«

Er zuckt, als ich seinen Namen sage, fängt sich jedoch schnell und dreht sich zu San. »Wir könnten es Lior sagen. Er würde aufhören …«

»Nein, Lunas.« San geht auf ihn zu und legt die Hände auf seine Schultern. »Lior ist wahnsinnig.«

Ich schlucke hart, als ich daran denke, wie nah ich diesem Wahnsinnigen noch vor einer Stunde war. Wie töricht es von mir war, mich meinem Verlangen derart hinzugeben, obwohl ich da bereits wusste, wer er ist.

»Er hat sich nur verrannt, San.« Sein Blick wandert zu mir. »Der Vorschlag, den du mir in unserer ersten Nacht gemacht hast …« San und Mila sehen beschämt zur Seite. *Unsere Nacht* ist auch wirklich eine fragwürdige Bezeichnung. »Dass der Prinz sich verloben soll. Was, wenn …«

»Ich bin ein Asteri, Lunas«, unterbreche ich ihn.

»Noch besser. Ich könnte ein Zeichen setzen und dich schützen.«

Ich atme tief ein und aus. Eigentlich ist es genau das, was ich will. Die Asteria reinwaschen. Und eine Verlobung hat für mich nichts mit Liebe zu tun. Lunas scheint kein schlechter Mensch zu sein, ich mag ihn wirklich. Aber ich bin mir unsicher, ob er damit keinen Fehler machen würde. Was, wenn es das Land und die Menschen nur noch mehr spalten würde? Auf der anderen Seite könnte ich helfen, die Asteria wieder zu rehabilitieren. Mit dem zukünftigen König an meiner Seite wäre ich sicher. Selbst vor dem Sternenschlächter.

»Es ist deine Entscheidung«, sage ich also, setze mich auf und nicke.

»Lior wird nie …«, beginnt San, wird allerdings von einer scharfen, düsteren Stimme unterbrochen.

»Redet ihr über mich?« Ich bin wie erstarrt, als Lior eintritt und mich ansieht. Auch dann noch, als ich meinen Körper leuchten sehe. Und dann seinen. In dem Moment, in dem ich ihn gehört habe, wusste ich schon, dass ich gerade nicht in der Lage bin meine Barriere aufrechtzuerhalten. Monde und Striche leuchten wunderschön in seinem Gesicht und an seiner Brust, beinahe wie der echte Mond. Wie die Spiegelung der Sonne. Eines Sterns. Meine Lippen beben. Die Trauer über mich und meine Dummheit drückt auf meine Augen und befeuchtet sie.

»Sie kann etwas ändern, Lior!«, fleht Lunas. Mila weint.

San stellt sich zwischen mich und den dunklen Prinzen. »Lass sie in Frieden.«

»Glaubt ihr das?«, lacht er bitter. Doch da ist noch mehr. Schmerz überzieht seine Stimme. »Glaubt ihr, dass sie es tut, selbst wenn sie es kann?«

»Deshalb ist sie hier. Deshalb kam sie zu mir.«

Lior geht einen Schritt zur Seite, um mich wieder ansehen zu können. »Du bist eine Gezeichnete. Ich nehme an, das war die Nova vor der Stadtmauer?« Er wirft einen flüchtigen, aber eindeutigen Blick auf San, der eine Wunde an der Stirn hat.

»Du fasst sie nicht an, Bruder«, warnt ihn nun Lunas und hat wieder diese königliche Sicherheit angenommen.

»Sonst was?«

»Sonst tötest du die Person, die mir vielleicht noch helfen kann, und damit dir und diesem Königreich, Lior. Es geht längst nicht mehr nur um mein Überleben. Unser ganzes Reich steht am Abgrund.«

Lior sieht mich feindselig an. Es schnürt mir die Brust zusammen, dass er keinen Hehl daraus macht, was ich für ihn bin. Abschaum. »Was genau hast du gesehen, Asteri?«

Ich schiebe das Gefühl beiseite, befeuchte meine Lippen und rufe mir die Bilder wieder in den Sinn. »Seinen Tod. Er wird gefangen genommen und gefoltert.«

Liors Miene wird zornig. »Das wissen wir bereits, kleine Sternschnuppe. Wie willst du es verhindern?«

»Ich spüre nur … habe nur gespürt, dass ich etwas damit zu tun habe. Aber ich brauche noch andere. Ich glaube, es sind Asteria.«

Nun scheint er hellhörig zu werden. Fast, als wüsste er davon. Aber das ist nicht möglich. Sonst würde er die Asteria nicht töten lassen.

»Sprich weiter!«, fordert er mich auf. In diesem Moment erkenne ich die Ähnlichkeit zwischen den beiden. Zwar sehen sie sich nur wenig ähnlich, aber diese starke, königliche Art gleicht sich.

»Ich hatte keine Zeit, um mehr zu sehen.«

»Warum? Berühr ihn jetzt und schau hin.«

»Weil ich nicht zusammenbrechen wollte«, zische ich. »Ich muss meine Identität ja deinetwegen überall geheim halten.« Endlich hat sich mein Zorn über ihn und diese Welt durch die Schmerzen und die Starre gekämpft. »Unzählige Männer und Frauen sind mir begegnet«, sage ich geschwächt und doch stark, während ich aufstehe und mit zittrigen Beinen auf ihn zugehe. »Von allen habe ich den Tod gesehen. Auch die, die nicht hätten sein müssen. Aber ich durfte nichts sagen. Ich musste die Sterne ignorieren und sie sterben lassen. Und das sind Schmerzen, die du nicht kennst.«

»Erzähl mir nichts von Schmerzen, Narbenmädchen.« Unsere Blicke verhaken sich ineinander. Wieder spüre ich eine Anziehung ihm gegenüber, die nicht da sein darf. Und obwohl ich sein Schicksal nicht gesehen habe, weiß ich, dass diese Zuneigung auch in ihm existiert. Sie war schon damals da. Aber jetzt muss ich sie abschütteln und mir bewusst werden, was für ein Monster er ist.

Also wende ich meinen Blick ab und gehe zu Lunas, umschließe sein Handgelenk mit meinen Fingern. Wieder tauchen nur diese schrecklichen Bilder auf. Mir wird übel. Mein Kopf schmerzt. Er wird so viel Leid erfahren, wenn ich es nicht verhindern kann.

»Und?«, knurrt Lior.

»Ich sehe nichts«, gebe ich erschöpft von mir. Mila kommt mit einem Glas Rotwein und reicht es mir. Ich nehme einen

Schluck. Es ist einige Jahre her, dass wir herausgefunden haben, dass Wein hilft, wenn die Sterne mich schwächen. Dennoch muss ich mich an einem Regal mit alten Büchern abstützen.

»Lior, ich bitte dich«, erhebt nun San das Wort. »Sie ist zu schwach.«

»Ist sie nicht. Sie soll es noch einmal lesen!«

Ich stoße mich von dem Holzbrett ab und wende mich wieder Lunas zu. Seine blauen Augen sind so liebevoll. Kein Vergleich zu denen von Lior. Und wenn ich das hier nur tue, damit dieser Bastard da hinter mir niemals den Thron besteigt, dann ist das Belohnung genug. Jetzt allerdings muss ich mich beweisen, damit er mich nicht tötet. Ich denke an die Bilder und dieses Gefühl, als ich Lunas' Schicksal und die Verflechtung mit meinem gesehen habe. »Ich muss dich küssen.«

»Küssen?«, spottet Lior. »Sie soll es machen wie beim ersten Mal.«

Ich schließe die Augen und als ich sie öffne, sieht mich Lior wissend an. Fast bin ich mir sicher, dass er etwas sagen wird. Einen Spruch wie, dass ich ein lüsternes Miststück bin. Eine Hure, die sich an beide Prinzen ranschmeißt. Die Dirne, als die mich der Kerl damals in Asher bezeichnete. Allerdings bleibt er dieses Mal stumm. Stattdessen verfinstert sich sein Blick, als Lunas mir zunickt und mir liebevoll die Hand an meine Wange legt. Fast so, als würden wir uns kennen und der Kuss wäre nicht nur ein einmaliges dummes Ding zwischen uns gewesen. Als wären wir schon immer füreinander bestimmt. Aber das sind wir nicht. Auch wenn er sich das einzureden versucht.

Als seine Lippen meine berühren, schließe ich die Augen und zucke zusammen. Sein Arm legt sich um meine Taille und hält mich fest.

Und dann sehe ich Sternbilder. Vier Stück, aber ich kenne sie nicht. Ich beobachte, wie sie sich vereinen und aus ihnen eine Krone wird. Dann erkenne ich Lunas. Nein, ich sehe ihn nicht. Ich spüre nur, wie all der Schmerz von ihm genommen wird. Er frei ist. Er …

»Das reicht«, unterbricht Lior unseren Kuss. Benebelt öffne ich die Augen und sehe in sein zorniges Gesicht. Warum ist er so wütend? Oder ist das Ekel, weil er Asteria so sehr hasst?

»Was ist los, kleiner Bruder?«, spottet Lunas in einem überheblichen Ton, der nicht zu dem passt, wie ich ihn bisher kennengelernt habe. »Würdest du sie lieber küssen?« Er lacht. Lior verkrampft sich.

»Wie sieht mein Sternbild aus?«, frage ich nicht Lunas, der direkt vor mir steht, sondern Lior und unterbreche damit ihr Blickduell. Ich weiß, dass es außer uns beiden niemand sehen kann. Auch seine Zeichen nicht.

»Es ist Cassiopeia. Du weißt nicht, wessen Alphastern du bist, Shedir?«

Ich schüttele den Kopf. Ein Teil von mir will ihm vorwerfen, warum ich es nicht weiß. Denn es ist seine Schuld. Er hat uns verbannt. Uns gezwungen im Verborgenen zu leben. Aber es wäre nicht fair, denn nicht nur ihm kann ich mein Unwissen anlasten. Meine Mutter hat entschieden, mich geheim zu halten. Mich kleinzuhalten. Mir nichts zu erzählen. Natürlich waren Asteria auch schon vor Lior nicht besonders beliebt. Aber meine Mutter hasste, was ich bin, weshalb ich nichts über mein Erbe weiß. Mit geschlossenen Augen sammle ich mich wieder und denke an die Bilder. Dann sehe ich ihn fest an. »Was ich da gesehen habe … Ich weiß nicht, was es bedeutet. Aber da waren mehr …«

»Ich glaube ihr«, unterbricht Lior mich plötzlich und hebt die Hand, als wolle er nicht, dass ich weiterrede. »Aber ich werde sie jetzt mitnehmen, einsperren und sehen, ob sie morgen noch dasselbe sagt.«

»Was?« Lunas dreht sich um und schüttelt ungläubig den Kopf. »Das wirst du nicht. Was bei den Göttern sollte eine Nacht im Gefängnis ändern?«

»Du wirst eines Tages mein König sein, Lunas. Dafür gebe ich seit Jahren mein Leben. Aber jetzt und in dieser Sache werde ich dich nicht um Erlaubnis bitten. Ich habe meine Mittel, die Wahrheit aus Asteria zu bekommen. Mehr musst du nicht wissen.«

»Ich werde das nicht zulassen.« Lunas stellt sich zwischen seinen Bruder und mich.

»Das werden wir sehen«, sagt Lior grinsend, legt den Kopf in den Nacken und … jault. Wie ein verdammter Wolf. Es klingt fast nicht menschlich. Bereits in der nächsten Sekunde stürmt mindestens ein Dutzend schwarz bekleidete Männer und Frauen das Haus. Alle tragen das silberne Wolfssiegel. Arvo ist zum Glück nicht unter ihnen.

»Geh mir aus dem Weg!« Lior sieht Lunas ernst an. »Dann wird ihr nichts passieren.«

Lunas wirft mir einen entschuldigenden Blick zu, dann gehorcht er, so wie auch San, der Mila zu sich zieht, damit Lior auf mich zugehen kann. Direkt vor mir macht er halt. Kurz ist es, als würden sich unsere leuchtenden Symbole zwischen uns verbinden.

»Und jetzt schlaf, Narbenmädchen.« Er muss nichts tun, außer das zu sagen, und sofort verschwindet die Welt um mich herum.

· · · · · ·

Als ich die Augen öffne, ist es dunkel, nass und kalt. Ich zittere. Mein Körper verkrampft sich.

»Schön hier, nicht wahr?« Liors Stimme klingt weit weg und trotzdem nah.

»Wo sind wir?«

»In deinem Kopf, Narbenmädchen.«

Warum sollte das hier mein Kopf sein? So düster sieht es nicht in mir aus.

»Doch in einem Teil von dir schon. Einem sehr großen.«

»Und was machst du in meinem Kopf?« Ich lache, weil das hier absurd ist. Und wahrscheinlich nur eine Masche, um mich verletzlich zu machen. Mich gefügig zu machen.

»Du weißt nicht viel über Fengari, nicht wahr?«

»Nein. Über so etwas zu reden, hat der Sternenschlächter allen Menschen verboten.«

Er lacht leise. »Ich kann in deine Träume eindringen, wenn deine Barriere nicht stark genug ist. Und da ich dich, solange du so schwach bist, zum Schlafen bringen kann, heißt das übersetzt, dass ich Zugriff auf deinen Kopf habe.«

»Dann wirst du wissen, dass ich die Wahrheit gesagt habe«, entgegne ich fest und versuche mich aufzurichten. Aber ich weiß nicht einmal, ob ich sitze oder liege. Bis sich plötzlich um mich herum das Bild eines Raumes abzeichnet. Es ist das Bordell, in dem wir uns begegnet sind. Ich sitze auf dem Himmelbett.

»Hier hast du uns hergebracht?«, fragt Lior, der plötzlich aus dem Nichts vor mir auftaucht. Sein Blick wandert über meinen Körper. »Und du hast zumindest in deinen Träumen meinen Rat angenommen, dich ein wenig herzurichten.«

Ich sehe an mir hinab und erkenne, dass ich das rote Kleid trage, das ich am Morgen an dieser wunderschönen Frau gesehen habe. Mir wird heiß vor Scham. »Das hat nichts mit dir zu tun.«

»Ach nein?«, hakt er nach, tritt näher zu mir und sieht auf mich hinab. »Weil du lieber meinen Bruder küsst?«

»Wen ich küsse, geht dich nach meinem Kenntnisstand nichts an. Sternenschlächter.«

»Ich schlachte keine Sterne.«

»Nein?« Ich lache laut. Mein Echo tönt von irgendwoher zurück.

»Das ist nur ein Aberglaube. Ein Gerücht. Ein Märchen.«

»Du jagst also nicht schon seit Jahren Asteria?«

»Wenn du es als jagen bezeichnen willst, bitte. Geschlachtet habe ich keinen von ihnen.«

»Sondern? Gerüchte haben bekanntlich immer einen wahren Kern. Was hast du mit ihnen gemacht?«

»Sie gehen lassen, wenn sie nicht nützlich waren. Du allerdings bist nützlich, Shedir. Wenn du wüsstest, wie lange ich schon nach dir suche. Nur deshalb haben die Menschen angefangen, Lügen zu verbreiten. Sie haben gesehen, dass ich die Asteria mitnehme, und daraus geschlossen, dass ich sie töte. Ich weiß auch nicht. Vielleicht habe ich eine böse Ausstrahlung. Wer weiß das schon.« Er lacht abfällig, so als würde ihn nicht im Geringsten interessieren, dass er als Monster wahrgenommen wird. Oder als würde er tief im Inneren glauben, dass er es verdient hat. Als würde er sich selbst für dieses Monster halten.

»Nach mir?« Ich blinzle und stehe auf, auch wenn ich ihm gerade mal bis zu seinen Schlüsselbeinen reiche.

»Nach dir«, bestätigt er.

»Warum ich? Was willst du von mir?«

»Ich weiß von dir, weil ein Asteri, den ich vor Jahren befragt habe, es in den Sternen gelesen hat. Ein Asteri namens Shedir aus dem Sternbild Cassiopeia wird mit mir zusammen und weiteren Asteria Lunas' Leben retten.«

Bis vor einer Sekunde dachte ich noch, dass er lügen muss. Woher auch sollte er genau meinen Namen kennen? Wer bin ich schon? Doch alleine beim Gedanken daran spüre ich die Verbindung zu den Sternen. Sie schreien mir förmlich entgegen, dass er die Wahrheit sagt. Aber was seine Absichten sind, können sie mir nicht verraten.

»Warum hast du es damals nicht erkannt?« Ich presse meine Kiefer zusammen.

»Weil deine Barriere in dieser Schenke stark war und ich deinen Namen nicht erfahren durfte.« Er lächelt böse. »Vielleicht hätte ich dich doch berühren sollen. Oder dich vögeln, bis du dich mir so sehr hingegeben hättest, dass ich dein Licht gesehen hätte.«

Ich schnaube.

»Wie auch immer. Wir brauchen uns gegenseitig. Deshalb habe ich dich hergebracht, in deinen Traum.« Er hebt seine Finger an mein Kinn. »Damit du in mir liest.«

»Das kann ich nicht.« Es gibt nicht viel, was ich über die Fengari weiß. Das allerdings schon. Wir können nicht in ihnen lesen.

»Hier kannst du es.«

Ich greife nach seinen Fingern an meinem Kinn. Nichts passiert.

»Mh …«, raunt er wissend. »Dann musst du mich wohl auch küssen.«

»Nein.«

»Weil du in Lunas verliebt bist? Warum dann die Nummer hier in diesem Bordell? Du wolltest mich in dem Moment und du hast mich damals schon gewollt. Ehrlich gesagt bin ich ein wenig enttäuscht, dass du mir nicht etwas mehr hinterherweinst.«

Genervt schüttele ich den Kopf. »*Du* hast mich stehen lassen.« Dazu, dass er mich nie gesucht hat, obwohl ich ihm in Asher eine Nachricht hinterlassen habe, sage ich nichts. Die Genugtuung, wie sehr ich es mir gewünscht habe, werde ich ihm nicht geben.

»Also ist das die Rache?« Er lacht und obwohl ich es nicht

will, zieht ein Schauer über meinen Nacken den Rücken hinunter, als dieses kratzige, raue Geräusch aus seiner Kehle ertönt.

»Sag mir warum. Warum bist du mir gefolgt? Warum hast du mit mir geredet und wolltest mich dazu bringen, dich küssen zu wollen, nur um es dann doch nicht zu tun? Wenn du mir das beantwortest, lese ich in dir. Und ich hoffe, ich sehe einen grausamen Tod.«

»Makaber«, winkt er ab. »Weißt du, was lustig oder ebenfalls makaber ist? Wenn du als Monster, als Blutprinz, als Sternenschlächter und was sonst noch bezeichnet wirst, dann gibt es unzählige Frauen, die dich wollen. Genau deshalb wollen. Sie kennen dich nicht und haben kein Interesse daran, dich wirklich kennenzulernen. Alles, was sie wollen, ist die Dunkelheit, die sie sich von mir versprechen. Und glaub mir: In mir ist viel davon. Sehr viel. So viel, dass ich mein Leben opfere, um das von Lunas zu retten, nur damit dieses Königreich nie einen König wie mich haben muss.«

»Und weiter?«

»Als ich deinen Blick wahrnahm, dort auf dem Marktplatz, habe ich etwas in deinen Augen gesehen. Eine Art Angst, die nicht mit der sonst zu vergleichen ist. Eine respektvolle Angst. Keine, die gleichzeitig Begierde zeigt.«

Ich beiße die Zähne zusammen, weil ich langsam weiß, worauf er hinauswill. »Als wir hier waren, war das anders«, sage ich, um es ihn nicht aussprechen zu lassen. »Ich habe deine düstere Ausstrahlung begehrt. Ja. Das hat dich gekränkt?«

Er lächelt abschätzig. »Es hat dich gewöhnlich gemacht, Narbenmädchen. Und auf *gewöhnlich* lasse ich mich nicht ein.«

Liebend gerne würde ich etwas erwidern, aber dieser Schlag saß zu tief. Wir wissen beide, dass ich ihn schon damals in Asher begehrt habe. Leider war es auch damals seine dunkle Aura. Zumindest am Anfang. Dann aber habe ich mehr in ihm gesehen.

»Umso mehr beeindruckt war ich, dass du dann aber Lunas geküsst hast. Und sogar nicht das erste Mal. Was dich wiederum auf eine ganz andere Art gewöhnlich macht.«

»Ich bin gewöhnlich. Können wir es einfach dabei belassen?«

»Warum wolltest du mich küssen und warum ihn?«

Ich verenge meinen Blick. Mustere sein kantiges, hartes Gesicht. Seine grauen Augen leuchten, wenn er mir so nah ist.

»Ihn wollte ich küssen, weil er ein respektvoller und liebevoller Mann ist. Und er ist witzig.«

»O ja, das ist er.« Er lächelt und dieses Mal wirkt es wirklich ehrlich. Er liebt seinen Bruder.

»Ich wollte ihn küssen, weil mein Herz es wollte, auch ohne ihn zu kennen. Dich wollte ich küssen, weil mein Körper es wollte.« Ich grinse ihn zuckersüß an. Soll er doch ruhig wissen, dass er für mich nicht mehr ist als ein Körper, den ich attraktiv finde. »Ich denke nicht, dass ich von deiner Dunkelheit verschluckt werden wollte.«

»Ich denke schon. Du begehrst die Dunkelheit.« Er sieht sich um, als würde er durch etwas von außerhalb gestört werden. »Hast du deine Antwort bekommen?«

Ich nicke, stelle mich auf die Zehenspitzen und küsse ihn. Seine Lippen sind kalt und brennen sich gleichzeitig in meine Haut. Er riecht gut. Angenehm. Anziehend. Süchtigmachend. Meine Hand wandert in seinen Nacken, während mein Herz laut und stark gegen meine Brust pocht. Ich wollte kühl und gelassen bleiben, aber in mir erwacht all die Sehnsucht nach seiner Berührung, die ich schon so lange in mir trage.

Er intensiviert den Kuss. Ich spüre seine Zunge und berühre sie mit meiner, obwohl das hier kein echter Kuss werden sollte. Es ist nur da, um …

Bilder prasseln auf mich ein. Bilder und Empfindungen von so viel Schmerz, wie ich ihn noch nie zuvor gespürt habe. Meine Beine geben nach. Er hebt mich hoch. Küsst mich weiter. Berührt mich. Greift in meine Haare. Ich stöhne. Spüre, dass mein gesamter Körper von Lust erfüllt wird und auch seiner.

Und dann sehe ich mich. Mich, immer nur mich. In jeglicher Form und durch Augen eines Mannes, der mich begehrt. Ich erlebe seinen Tod, sehe, wer ihn tötet. Als auch er es erkennt, bricht sein Herz.

Ich erwache wieder. Lior legt mich gerade auf das Bett, als ich ihn ein wenig von mir drücke.

»Alles in Ordnung?«, fragt er fast atemlos. Aber er scheint zu wissen, dass tief in ihm viel Schmerz verborgen liegt und in seiner Zukunft noch mehr Schmerz sein wird.

Doch das Einzige, woran ich denken kann, ist die Art, wie er mich angeschaut hat. Wie ich mich durch seine Augen gesehen habe. Und wie sehr sein Herz brach, als er erkannte, dass ich es war, die ihn tötete. Die ihn töten wird.

Ich greife in seinen Nacken. Eher um mich an irgendetwas festzuhalten, als wirklich um ihm nah zu sein. Sein Blick richtet sich wild und lustvoll auf mich und dann ziehe ich ihn zu mir. Er stützt sich neben mir auf dem Bett ab und küsst mich wieder.

Das hier sollte ich nicht tun. Aber es ist nicht echt. Wir sind in meinem Traum. Alles passiert nur in meinem Kopf.

Seine Fingerspitzen tanzen über mein Kinn, meinen Hals. Er drückt leicht zu und mir entfährt ein lustvolles Keuchen. Sein Körper presst sich gegen meinen, während seine Hand an meine Brüste wandert.

Ich will ihn mehr als alles andere. Nein, nicht ihn. Ich will die Person, deren Zukunft ich gerade gesehen habe. Will, dass er mich nur noch einmal so ansieht wie gerade, aber … das passiert erst in der Zukunft. Jetzt bin ich eine Fremde, die er einst in einer Schenke traf, aber nicht wiedersehen wollte. Jetzt hat das hier keine Bedeutung. Jetzt denkt er, dass ich gewöhnlich bin. Wie all die anderen Frauen, die er sonst vögelt, weil sie es ihm gestatten. Und sosehr ich ihn gerade auch will, so eine Frau will ich nicht sein.

Erneut drücke ich ihn von mir. Er sieht mich an. Durchdringend. So tief, dass ich seinen Blick überall in meinem Körper und vor allem zwischen meinen Beinen spüre.

»Ich helfe dir, die anderen Asteria zu finden.«

»Und ich beschütze dich im Gegenzug vor all deinen Feinden.« Er steht auf, als wäre seine Arbeit damit getan. Mein Magen krampft sich zusammen. Ich bin enttäuscht, egal wie sehr ich es nicht sein will. Außerdem habe ich Angst. Von welchen Feinden spricht er?

Ich setze mich auf und sehe ihn fest an, während er dorthin geht, wo der Raum in Dunkelheit verschwimmt. Dann aber dreht er sich noch einmal um.

»Du bist es, nicht wahr?«, fragt er scharf, fast vorwurfsvoll. »Das Mädchen, die Frau, die all die anderen Asteria immer in meiner Zukunft gesehen haben.«

Ich schlucke, denn wenn sie mich gesehen haben, haben sie ihm gesagt, dass er mich lieben wird. Aber auch, dass ich ihn töten werde.

»Ja, die bin ich.«

»In Ordnung«, ist alles, was er dazu sagt, bevor er in die Finsternis verschwindet und der Raum damit verblasst.

Ich werde in dem Bett im Haus wieder wach. Neben mir sitzt Lunas und am Fenster stehen San und Mila. Ihre Blicke sind ernst auf mich gerichtet. Vor allem der von Lunas ruht nachdenklich auf meinem Unterarm.

Ich sehe hinab und erkenne, was ihnen Sorge bereitet. Dort ist etwas in meine Haut gebrannt. Ein kleiner Stern und eine Linie, die zu einem Mond führt. Sie bluten noch, verkrusten aber schon.

Erst einmal habe ich davon gehört, dass Asteria und Fengari einen Bund eingegangen sind. Einen, der den Mond dazu verpflichtet, den Stern zu beschützen, dem er dieses Symbol schenkt.

Die anderen wissen, dass ich ihm im Gegenzug etwas versprochen habe. Doch anders als sie weiß ich, dass nicht ich es bin, die damit eine schlechte Vereinbarung eingegangen ist. Es ist Lior, der mit diesem Schwur sein Todesurteil unterschrieben hat. Für die Rettung seines Bruders.

KAPITEL 7

Das Gesetzbuch von Nastras sieht vor, dass ein jeder neuer Bürger sich dem Hofstab vorstellen muss. Da ich gezeichnet bin und eigentlich kein Recht besitze, hier zu sein, kommt das für mich nicht infrage. Mila allerdings gestattet Lunas, als Teil ihrer Gilde ein Siegel zu erhalten und eingebürgert zu werden.

Selten habe ich ihre Augen so sehr glänzen sehen. Beinahe wie das Gold, was sie nach der Verleihung des Siegels in der Goldschmiede von Meister Desos bearbeiten darf.

»Wenn das erledigt ist, reiten wir Richtung Süden zu unserem Lager.«

Ich sehe über die Schulter zu Lior, der sich wie ein gefährliches Tier vollkommen lautlos angeschlichen hat. Vielleicht liegt es aber auch daran, dass ich gerade zu abgelenkt vom Inneren des Schlosses bin, in das Lunas uns eingeladen hat, um Mila die Zeremonie zu erläutern und zu planen.

Im Palast ist es dunkler, als ich erwartet hatte, was vor allem an den mächtigen roten Vorhängen liegt, die das Tageslicht draußen halten. Kerzen und Fackeln spenden ein warmes Licht, das all die Steinverzierungen im Gemäuer und die Landschaftsbilder an den Wänden schwach beleuchtet.

Mein Blick wandert zum Thron, wo Lunas sitzt und Mila zeigt, wo sie sich vor ihm hinknien muss.

»Und was ist mit Lunas?«, wende ich mich wieder Lior zu.

»Er muss hierbleiben und das Königreich führen.«

Ich drehe mich vollends um und sehe hinauf in Liors silbrige Augen. Nur zu gerne würde ich behaupten, dass sich durch den Kuss, mag er auch nur im Traum stattgefunden haben, etwas verändert hat. Dem ist aber nicht so. Diese Anziehung, die in diesem schummrigen Licht stärker denn je erscheint, schwebte von Beginn an zwischen uns.

Um mich abzulenken, mustere ich die Sicheln, die auf seinen Wangen leuchten. In mir wächst ein mulmiges Gefühl heran.

»Ich denke, dass ich nicht ohne ihn kann.«

Lior hebt seine Brauen. Sein Blick und mein Unvermögen, ihn zu deuten, zeigen mir nur zu deutlich, wie fremd er mir ist.

»Wie meinst du das?«, hakt er ganz sachlich nach.

»Ich bin nicht einfach töricht, naiv und blind zum Palast und in seine Arme gerannt. Die Sterne zwingen mich, bei ihm zu sein.«

»Inwiefern?«

»Sie fügen mir Schmerzen zu. Ich weiß nicht, ob es jetzt immer noch so wäre, weil ich ihm nun gesagt habe, was ich gesehen habe, aber … da ist etwas erwacht. Im Himmel. In den Sternen. Ich spüre ihn und auch die anderen Asteria, deren Sternbilder ich gesehen habe. Wie ein Ruf.«

»Wie wär's, wenn wir es herausfänden?«

Ich runzle die Stirn. »Weil du mich gerne leiden siehst?«

»Heute ist die Eröffnung der Schiffsbaugilde. Lunas bat mich, nach Asher zu reisen und das zu übernehmen.« Kurz sieht er zu Mila, San und Lunas, die laut diskutieren. »Da es nicht weit weg ist, könntest du mich begleiten und wir testen es so aus.«

»Und wenn es nicht funktioniert?«

»Dann haben wir ein Problem. Wir können Lunas nicht durch die Weltgeschichte reisen lassen, während hier kein Herrscher für Ordnung sorgt.«

Ich atme tief ein und aus: »Gut.«

»Du solltest dich aber wieder schützen.« Er deutet auf mein Gesicht und sieht dabei beinahe etwas angewidert aus.

Ich schnaufe. »Ich kann das offenbar nicht mehr vor dir kontrollieren.«

»Natürlich kannst du es.« Er schüttelt den Kopf. »Ich habe in meinem Leben wirklich sehr viele Asteria kennengelernt, Gezeichnete. Eines haben sie alle gemein. Die Mächte, die sie besitzen, weil sie Sterne sind, sind ganz natürlich. Sie müssen nicht geübt oder ausgebildet werden. Oder musstest du je üben, Schicksale zu lesen? Damals hast du dich auch ohne Probleme vor mir verborgen.«

Ich kaue auf meiner Lippe herum und denke nach. Er hat recht. Schon als ich klein war, konnte ich Schicksale sehen, ohne je etwas dafür getan zu haben. Und mein Licht konnte ich bisher auch immer zurückhalten.

»Sieh aus, wie du aussehen willst. So wie du es in diesem Bordell getan hast.«

»Wenn das so einfach ist, ist es dann überhaupt so gefährlich, eine Gezeichnete zu sein oder einem Fengari zu begegnen?« Schließlich habe ich bei unseren ersten Zusammentreffen auch verhindert, dass er mein Licht entfacht und es reflektiert.

»Im Grunde genommen schon. Ich war abgelenkt. Fengari sind auch mächtig und können Asteria dazu zwingen, ihr Licht zu zeigen. Im Übrigen werden Gezeichnete von Novas erkannt. Deine Male locken sie an, ohne dass du dafür Sternenstaub nutzen musst. Wenn du es verdeckst, wird die Spur schwächer, dennoch können sie dich aufspüren.« Er sieht sich um, als einige Wachen den Thronsaal betreten und zu Lunas vorschreiten. Sie wirken angespannt.

»Außerdem sind da noch die Seher. Sie können hinter jede Fassade sehen. Und die direkten Nachfahren von Lishan, so wie San einer ist. Sie erkennen das Feuer.« Noch immer sieht er mich nicht an. Stattdessen verengt er seinen Blick und legt kurz seine Hand auf meine Schulter. »Entschuldige mich, Narbenmädchen.«

Er schreitet zu Lunas und den Wachen und ich tue es ihm nach.

»Was soll das heißen, sie machen uns für die Brände verantwortlich?« Lunas' Stimme ist voller Zorn. Seine Augen funkeln.

»Die Bauern in Karrak haben eine Bande von Brandstiftern festgehalten. Sie alle stammen aus Nimue«, sagt eine der Wachen.

»Aber warum sollten sie das tun? Ihre eigenen Leute hungern deshalb.«

»Es handelt sich wohl um eine Gruppe Aufständische, die …«

»Die was?«, knurrt Lunas und ballt seine Hand zur Faust. Eigentlich wirkt er wie ein hübscher junger Mann mit seinen dunkelblonden Haaren, die ihm ein wenig lockig in die Stirn hängen, und diesen blauen Augen, gegen die nicht einmal der Himmel eine Chance hätte. Im Gegensatz zu Lior ist er glatt rasiert, aber in diesem Moment bemerke ich die harten Kanten seines Kinns und Kiefers. Rein körperlich sind Lior und er sich ziemlich ähnlich. Beide groß, drahtig, aber dennoch stark.

»Die Euch stürzen wollen, Hoheit.«

»Wie ist der genaue Wortlaut?«, fragt Lunas entnervt, da er zu ahnen scheint, dass die Wache es beschönigt hat. Zudem blitzt da plötzlich noch etwas anderes in seiner Stimme und seinen Augen auf. Es wirkt fast wie Trotz.

»Den Totgeweihten. Sie wollen den Totgeweihten absetzen.«

Lunas schüttelt belustigt und wütend zugleich den Kopf. »Sie wollen also dafür sorgen, dass das Volk unruhig und unzufrieden wird. Schön.« Er leckt sich über seine Lippen. »Lasst sie herbringen. Ich will mit ihnen sprechen.«

»Das geht nicht«, stammelt die Wache.

»Warum nicht?« Langsam scheint Lunas die Geduld zu verlieren. Ein Instinkt in mir will zu ihm gehen. Als hätte er meine Gedanken gespürt, wandert sein Blick kurz zu mir.

»Die Bauern sagen, dass sie die Brandstifter auf ihrem Land geschnappt haben und sie deshalb in Karrak festhalten, bis sie ihre gerechte Strafe erhalten«, druckst die Wache herum. »Sie scheinen Angst zu haben, dass sie von ihrem eigenen König nicht ausreichend bestraft werden, weil …«

»Weil was? Nuri, sprich gefälligst deutlich, ich habe nicht unendlich Zeit, wie wir alle wissen.« Betretenes Schweigen tritt ein.

»Ich kann nicht«, sagt der Soldat und wird ganz rot.

Einem Impuls folgend, trete ich vor ihn. Sein Blick wird panisch, als er meine Male sieht. Ich ignoriere es und lege meine Finger um sein Handgelenk. Zuerst sehe ich die Bilder seines Todes, aber ich blende sie aus. Dann spüre ich, was er nicht sagen will … und warum.

Ich lege den Kopf schief und schließe meine Augen, um das Bild zu schärfen. Wer ist das?

Es scheint, als würde mir der Wachmann antworten. Aber es ist nur sein Wissen, das mir antwortet. Schlagartig lasse ich ihn los und drehe mich zu Lunas. Mein Blick ist vorwurfsvoll. Ich will es verhindern, kann mich aber nicht zügeln.

»Kara ist ihre Anführerin«, sage ich, als würde ich sie kennen, als wäre ich die betrogene Freundin. Denn Lunas liebt Kara. Das konnte ich in Nuris Bewusstsein lesen.

Ausdruckslos, beinahe ungläubig sieht mich Lunas an. Es dauert einige Sekunden, bis ich dort in seinen Augen Verständnis einsetzen sehe.

»Ich habe sie geliebt«, antwortet er auf meine unausgesprochene Frage, als würde er sich entschuldigen. Dann wendet er sich wieder den Wachen und seinem Bruder zu. Liors Augen sind voller Argwohn auf mich gerichtet.

»Ich muss da hin. Kann ich mich auf dich verlassen?« Lunas wirkt skeptisch, als er seine Stimme an Lior richtet. Ich runzle die Stirn. Man kann Lior vieles vorwerfen, aber für seinen Bruder scheint er immer da zu sein.

»Sicher. Ich werde heute Abend in Asher dafür sorgen, dass alles glattgeht, und dann wieder herkommen.«

Lunas nickt. »San«, sagt er dann und geht, ohne mich noch einmal anzusehen.

»Sieht so aus, als würdest du früher als erwartet herausfinden, ob du ohne ihn kannst«, raunt Lior mir zu und mustert mich von oben bis unten. Erst jetzt erkenne ich, dass er nicht mehr mein Licht reflektiert. Ich bin geschützt. »Es ist passiert, als Nuri dir diesen ängstlichen Blick zugeworfen hat«, erklärt er und tritt dann zu Mila. »Willst du uns nach Asher begleiten?«

Mir gefällt nicht, wie er mit ihr redet. Und ich habe keine Ahnung, ob es ist, weil ich sie schützen will oder … ja … oder.

»Ich kann nicht nach Asher gehen.« Sie zögert kurz, dann schiebt sie ihr dunkles Haar zur Seite und zeigt ihm ihr eingeritztes Ohr. Warum tut sie das? Sonst versteckt sie es um jeden Preis. Lior ist doch nicht vertrauenswürdig. Oder sieht sie das anders?

»Ich bin der Prinz dieses Königreichs. Ich denke, dass uns das nicht aufhält.« Er zwinkert ihr zu und sie kichert. Mist. Jetzt mache ich mir tatsächlich eher Sorgen um sie.

Mila ist ernsthaft, strukturiert und erwachsen. Aber bei einer gewissen Art von Männern setzt leider all das aus. In den letzten Jahren habe ich sie das ein oder andere Mal über eine weitere Liebe ihres Lebens hinweggetröstet, obwohl der Kerl von Anfang an nur ein Arschloch war. Genau so einer ist auch Lior. Aber sie weiß, wer er ist. Ich habe nicht nur einmal im letzten Jahr über ihn geredet. Das würde sie mir nicht antun.

»Dann komme ich gerne mit«, sagt sie lieblich. Ich räuspere mich und beide sehen mich an, als hätten sie vergessen, dass ich noch da bin.

»Können wir da so hingehen?« Ich deute auf unsere zerfetzten, alten Kleider. Der Angriff der Nova hat daran allerdings die geringsten Spuren hinterlassen. Viel mehr ist es Portwein, Met, Fett und jahrelange Arbeit.

»Die Prinzessin hat sicher ein paar Kleider für euch. Vielleicht ist ja auch ein rotes dabei.«

Ich verkrampfe meinen Kiefer, während er lässig einen Mundwinkel hebt.

»Eins zu null für dich«, sage ich, bevor mir bewusst wird, was er davor gesagt hat. »Prinzessin?« Ich blinzle. Von einer Schwester wusste ich nichts.

»Sans Schwester Kaori.«

Mila klappt der Mund auf. »San ist ein Prinz?«

»Natürlich. Er ist der Sohn eines nimuenischen Prinzen und einer lishanischen Prinzessin.«

»Und seine Schwester lebt hier im Schloss?«, hake ich nach.

»Zumeist lebt sie in der Kaserne bei ihrer Truppe. Aber ja, sie hat auch hier ein Zimmer. Ihr könnt euch sicher bedienen. Kleider mag Kaori sowieso nicht sonderlich.« Lior winkt eine Dienstmagd zu sich.

»Lebt die Mutter noch?« Dass der Bruder des Königs sich kurz nach dessen Tod das Leben nahm, ist bekannt. Aber was mit seiner Frau geschah, weiß ich nicht.

»Ihr Wunsch war es, nach Lishan zurückzukehren. San brachte sie damals dorthin.«

Ich erinnere mich, dass er mir sagte, er sei einmal über die Meeresschlucht nach Lishan gereist. Er hat also seine Mutter nach Hause gebracht.

»Zeig ihnen doch bitte Kaoris Zimmer und hilf ihnen beim Ankleiden«, wendet er sich an die junge Frau und nickt uns dann zu. Als Mila bereits ein paar Schritte entfernt ist, drehe ich mich noch einmal zu ihm um.

»Bitte, brich ihr nicht das Herz. Sie verliebt sich schnell. Sehr schnell.«

Er fährt sich über sein Kinn. »Ich könnte dasselbe über Lunas sagen.«

»Also was war das gerade? Rache, weil ich deinen Bruder mag?«

»Mögen …« Er lacht. »Du kennst ihn doch gar nicht. Aber er ist manchmal sprunghaft. Vor allem wenn es um Gefühle geht. Er öffnet sich zu schnell und übersieht Dinge.«

»War es so bei Kara?«

Lior nickt abwesend. »Kara war seine Jugendliebe.«

»Und was ist dann passiert?« Ich kann mir nicht vorstellen, was er so Schlimmes getan haben sollte, dass sie jetzt gegen ihn kämpfen will. Ihn sogar absetzen will.

»Ich bin passiert, Gezeichnete. Ich habe sie … wie sagst du so schön … gevögelt.«

Mir klappt der Mund auf. »Seine Jugendliebe?«

»Wir hatten schon immer denselben Frauengeschmack.« Anzüglich grinsend sieht er auf mich hinab. Ich hebe meine Brauen.

»Du bist ein Arschloch. Das weißt du, oder?«

»Stets zu Diensten.« Er salutiert. Ich schnaufe, drehe mich um und will gehen, doch er hält mich an meinem Arm zurück. Ich wirble herum und spüre wieder, wie die Luft zwischen uns eng und drückend wird. Mein Körper bebt.

»Kara war ein kleines Miststück. Ist sie offenbar immer noch. Ich war nicht der Einzige, aber Lunas vertraut bis zum Schluss. Ich habe diesen Schluss vorverlegt, um ihn zu schützen. Das Gleiche würde ich, ohne mit der Wimper zu zucken, auch bei dir tun. Denn glaub mir: Nichts und niemand auf dieser Welt bedeutet mir so viel wie er. Auch kein kleines Narbenmädchen.«

Wortlos reiße ich mich von ihm los und eile hinter dem Dienstmädchen und Mila her. Vor allem, um mich nicht dem stellen zu müssen, was er gesagt hat. Und wie ehrlich es klang.

Sie bringt uns in ein Zimmer, das kaum nach dem einer Prinzessin aussieht. Eher wie die Gemächer eines Kämpfers. Überall liegen Waffen und Kampfkleidung herum. Das Himmelbett ist zwar gemacht, wirkt aber unbenutzt und lieblos hergerichtet. Genauso wie der Schreibtisch und der riesige Schrank.

Als wir von dem Dienstmädchen, das sich uns als Jamika vorstellt, angezogen werden, sehe ich aus dem Fenster. Ich versuche Asher und das Waisenhaus in der Ferne zu erkennen. So wie ich es früher andersherum getan habe. Wie oft saß ich im alten Kirchturm und habe mich gefragt, ob auch sie im Schloss mich sehen können. Sie konnten es nicht. Ich war unsichtbar für sie.

Am Ende des großen Gartens erkenne ich die äußere Burgmauer, die auch hier ein kleines, aber mächtig bewachtes Tor hat. Davor erkenne ich Stallungen, vor denen Lunas steht und mit San redet. Selbst auf diese Entfernung spüre ich den Sog der Sterne, wie sie mich zu ihm drängen. Ich folge ihrem Ruf, sage Mila und Jamika, dass ich vorgehe, eile durch die Schlossgänge, die Treppe hinunter und hinein in den Garten.

Ich schreite auf Lunas zu, der immer noch vor den Stallungen steht. Mila und Jamika sind noch mit Frisieren beschäftigt, also habe ich noch einen Moment, bevor Lior bemerkt, dass ich bereits fertig bin und meine Zeit mit Lunas verbringe.

»Shedir«, stellt er erfreut fest, als ich bei ihnen ankomme und das Kleid, das ich zum Laufen hochgehoben habe, fallen lasse. Er lächelt und auch aufs Sans sonst so strengem Gesicht macht sich ein Grinsen breit.

»Es ist ein Vergehen, dass Kaori nie ihre Kleider trägt. Mutter hat wirklich die besten Schneiderinnen des Landes kommen lassen.« Sans Blick driftet ab und ich mag es, dass er mich ansieht. Vor allem jetzt, da ich ein sauberes und hübsches Kleid trage. Es gibt mir eine Sicherheit, die ich so bisher nicht gespürt habe.

»Ist noch etwas?«, fragt Lunas, nachdem San in den Stall gerufen wird und verschwindet. Ich trete unsicher von einem Fuß auf den anderen.

»Da ich etwas mit deinem Schicksal zu tun habe, drängen mich die Sterne zu dir.«

»Oh«, macht er fast ein wenig traurig.

»Ich weiß nicht, wie mein Körper und auch mein Geist reagieren, wenn du weit weg bist.«

»›Ich werde dich vermissen‹, hätte ich lieber gehört.« Er lacht halbherzig.

»Ich werde dich vermissen«, sage ich lächelnd, stelle mich auf die Fußspitzen und hauche ihm einen Kuss auf die Wange. Was ich allerdings eine Sekunde später bereue, als ich ein Bild aus seiner Zukunft sehe. Als ich mich sehe.

»Bitte wähle nicht ihn, Shee. Er wird dir das Herz brechen. Und das würde ich nicht überleben.« In der Vision ist sein Blick liebevoll auf mich gerichtet, aber da ist noch etwas anderes. Wie zuvor im Thronsaal. Geht es hier wirklich um mich oder darum, dass sein Bruder mich nicht bekommt? So sanft und einfühlsam Lunas auch scheint, ab und zu wirkt er, als hätte er sich nie wirklich mit Gegenwehr auseinandersetzen müssen. Wie jemand, der denkt, ihm steht alles zu, weil er bisher immer alles bekommen hat. Mein Gesicht dagegen ist von Schmerz verzerrt und ich erkenne, welche Wahl ich treffen werde. Ich sehe es an meinem bebenden Kiefer. Meinen blutigen, zu Fäusten geballten Händen und den Tränen in meinen Augen. Auch mein Ich in dieser Zukunft weiß, dass es falsch ist, mich für Lior und gegen Lunas zu entscheiden. Und trotzdem werde ich es tun.

Ich löse mich von Lunas und versuche mir nichts anmerken zu lassen. Er wirkt freudig und unbelastet. Zumindest was mich betrifft.

Warum sollte ich das tun? Warum sollte ich zulassen, dass sie mich beide lieben? Warum sollte ich Brüder gegeneinander ausspielen? Ich bin vielleicht schon immer etwas egoistisch gewesen und denke nicht genug nach – aber das würde ich nie tun.

Habe ich aber nicht längst damit angefangen? Mal wieder, ohne mir darüber klar zu sein? Ich habe sie beide geküsst und ich gehe meinen Instinkten beiden gegenüber nach. Als mir das klar wird, weiche ich einen Schritt zurück.

»Alles in Ordnung?«, fragt Lunas und holt den Abstand wieder auf, um mir seine warmen Finger an die Wange zu legen. Sanft streicht er mir über eines der Male. »Es glitzert in der Sonne.«

Ich runzle die Stirn und berühre mein eigenes Gesicht. Es fühlt sich ganz normal an, so wie es sein soll. Ich bin geschützt. Und da begreife ich es: Lunas ist ein Seher. Deshalb dachte ich im Thronsaal ein paarmal, dass er mich spüren kann.

»Ich kann mich vor dir also nie in hübsch zeigen?«

Er lächelt schief. »Ich habe dich im Burgfried ohne die Zeichnungen gesehen. Du bist genauso hübsch wie zuvor.«

»Was siehst du noch?«

»Ich spüre nur ab und zu Dinge. Vor allem dann, wenn sie mit mir zu tun haben. Emotionen, die sich auf mich beziehen. Und wie du richtig erkannt hast, sehe ich hinter Mauern. Also eine solche, wie du sie gerade errichtet hast, um deine Male zu verdecken.«

Ich nicke und will mich gerade abwenden, doch da ist noch eine Sache. »Warum hast du mich geküsst? Im Burgfried?«

»Habe ich dir das nicht bereits gesagt?« Er beginnt, sich sein Schwert eng um die Brust zu binden, und schließt seine Stiefel. Hinter ihm tritt San mit zwei Pferden aus den Stallungen. »Abgesehen davon wollte ich es. Es ist dumm, sich Dinge zu versagen, die man will. Merk dir das, Shedir.«

Mir wird eiskalt, als ich daran denke, dass er mich in seiner

Zukunft Shee genannt hat. Nennen wird. Aber wieder löst die Art, wie er das gerade gesagt hat, etwas wie Vorsicht in mir aus.

»Wir sehen uns, wenn ich zurück bin.« Er setzt auf und spornt sein Pferd an.

»Kannst du mir einen Gefallen tun?«, fragt San, der ebenfalls bereits auf einem großen Rappen sitzt.

Ich nicke. »Kaori wird heute Abend mit ihrer Truppe für die Sicherheit in Asher sorgen. Richte ihr aus, dass sie herkommen muss.«

»Und warum?«

»Sag ihr einfach, es ist wichtig.«

Er reitet davon und ich gehe zurück zum Schloss. Mila und Lior warten bereits. Mit verschränkten Armen lehnt er an einer Säule und schnalzt mahnend mit der Zunge, während Mila mich kaum wahrnimmt, weil sie viel zu beschäftigt damit ist, Lior anzusehen. Ich kann es ihr nicht einmal verdenken. In dieser offiziellen komplett schwarzen Königsuniform sieht er unwiderstehlich aus. Nachdem ich ihn in seiner Kampfausrüstung gesehen habe, hätte ich niemals damit gerechnet, dass er noch anziehender werden konnte. *Falsch gedacht.*

Das Poltern der ankommenden Kutsche reißt mich aus meinen Gedanken. Mila steigt augenblicklich ein. Als ich ihr gerade folgen will, räuspert sich Lior.

»Habe ich dir schon gesagt, dass deine Jugendliebe heute auch da sein wird?«, fragt er herausfordernd. Ich ziehe die Augenbrauen zusammen »Fehlt nur Lunas und dein Männerharem wäre heute versammelt.«

»Du bist nicht witzig«, brumme ich.

»War auch nicht witzig gemeint.«

»Woher weißt du überhaupt von Arvo? Hast du nichts Besseres zu tun, als mit deinen Männern über mich zu sprechen?«

Er hebt einen Mundwinkel. »Weißt du, Arvo erzählte eines Abends, dass er im Waisenhaus in Asher groß geworden ist, also habe ich ihn gefragt, ob er das Mädchen aus der Schenke kennt.«

Ich presse meine Lippen aufeinander. »Und wieso? Schließlich wusstest du, wo ich bin.«

Lior stößt sich von der Säule ab, schreitet auf mich zu und bleibt erst verdammt nah vor mir stehen. Ich recke meinen Hals, um ihn fest ansehen zu können.

»Ich sagte dir bereits, dass ich dich ein paarmal treffen wollte, aber diesen Burgfried nicht betreten würde. Also habe ich gefragt, zu welchen Zeiten du das Waisenhaus aufsuchst. Er wusste es allerdings auch nicht, da er, wie er mir sagte, dich seit Jahren nicht gesehen hat.«

Ohne es mir anmerken zu lassen, begreife ich jetzt auch, warum Arvo im Stall war, um auf mich zu warten. Warum er überhaupt nach all den Jahren zum Waisenhaus kam.

Aber an Arvo kann ich kaum denken. Die Tatsache, dass er sogar einen seiner Männer nach mir gefragt hat, löst etwas in mir aus. Wollte er mich also wirklich wiedersehen?

Ohne darauf einzugehen, drehe ich mich um und will Mila folgen, als er mich erneut mit seiner Stimme aufhält.

»Ich habe Arvo gesagt, es sei dein Wunsch, dass er heute Abend kommt.«

»Was?« Ich wirble herum. »Was bildest du dir ein, Lior?«

»Sag einfach Danke, Narbenmädchen, und steig in die Kutsche.«

Mir liegt bereits eine böse Antwort auf der Zunge, aber ich entscheide mich tatsächlich zu diesem Thema zu schweigen. Dennoch setze ich ein »Allerdings werde ich reiten« hintenan.

»Ich habe keine Lust, dass mich zwei kleine Mädchen, die nicht reiten können, aufhalten.«

»Aber ...«

»Ach, Shee«, brummt Mila genervt aus der Kutsche heraus. »Mach doch einmal, was man dir sagt.«

Lior sieht von ihr zu mir und nickt grinsend. Ich verdrehe die Augen und steige in die Kutsche. Durch das Fenster sehe ich dabei zu, wie Lior selbstgefällig auf eine weiße Stute steigt und losreitet.

»Lass bitte die Finger von ihm«, sage ich, als die Kutsche losfährt.

»Warum?«

»Weil er dir wehtun wird, Mila.« Ich sehe sie an, erkenne die gleiche bockige Härte wie auch sonst, wenn sie sich wieder irgendeinen Sittenstrolch in den Kopf gesetzt hat. Es ist fast dasselbe, was Lunas in der Vision zu mir gesagt hat. Und unsere Reaktionen sind ebenfalls ähnlich.

»Na und?« Sie zuckt mit den Schultern. »Besser, als so zu werden wie du: Nähe suchen, aber nie zu fühlen.«

»Ich fühle.« Wut und Enttäuschung kochen in mir hoch. »Außerdem habe ich dir von ihm erzählt. Dennoch würdest du ...«

»Nein, Shee. Genau das ist dein Problem. Genau deshalb siehst du auch nicht, wenn du andere verletzt oder mit ihren Gefühlen spielst. Du magst Lunas und küsst ihn? Lior hat es dir aber auch angetan? Kein Problem. So denkst du. Wo sind da die Gefühle? Hättest du mir gesagt, dass ich mich von ihm fernhalten soll, weil er dir etwas bedeutet, wäre ich die Erste gewesen, die ihn nicht einmal mehr ansieht. Aber darum geht es dir nicht.«

»Gefühle sind nicht immer etwas Gutes. Wie oft wurden deine schon verletzt?«

»Ja, und?«, fragt sie, schmeißt die Arme in die Höhe und lässt sie wieder fallen. »Dann leide ich eben ein wenig. Davor habe ich aber geliebt.«

»Geliebt? Du kanntest keinen von ihnen wirklich.«

»Nimm doch nicht immer alles so eng, Shee. Wenn man jemanden mag und verknallt ist, ist das schön. Diese Schmetterlinge im Bauch und die Aufregung. Dieses Gefühl, das dir den Atem stocken lässt. Meinetwegen ist es am nächsten Tag wieder weg und tut nur noch weh. Aber das ist es wert. Und ich erinnere mich, dass es bei dir lang gehalten hat, als du ihn damals in Asher kennengelernt hast. Wenn du ehrlich bist, hast du noch ein Jahr später bei jedem Gast, der eingetreten ist, gehofft, er sei es.«

Ich schweige, während die Kutsche rumpelnd durch Nastras fährt. Weil ich keine Ahnung habe, wovon sie da spricht, und weil diese Fahrt Übelkeit in meinem Magen auslöst. Ich kenne Zuneigung ja. Auch kenne ich dieses Gefühl, das Lior in meinem Körper auslöst. Jedoch löst er nichts in meiner Brust aus. Schon gar keine Schmetterlinge. Natürlich wollte ich ihn wiedersehen. Aber doch nicht, weil ich verliebt in ihn bin.

»Sag mir nicht, dass du noch nie verliebt warst.« Sie mustert mich.

»Nicht so, wie du es gerade beschreibst.«

»Sondern?«

»Ich wollte schon ein paarmal Nähe und …«

»Sex?«

»Ja«, brumme ich, weil mir das Thema unangenehm ist.

»Und warum wolltest du Sex?«

»Weil mein Körper es wollte.«

»Und deine Seele?«

Ich schlucke und denke an das, was ich durch Liors Zukunft und auch in Lunas gespürt habe. Mir war bewusst, dass es Liebe ist, aber selbst kannte ich es zuvor nicht. Ich habe es noch nie gefühlt.

»Vielleicht kann ich nicht lieben. Nicht so.«

»Vielleicht«, sagt sie ehrlich und ich muss gestehen, dass diese Aussicht wehtut. »Aber ein bisschen liebst du mich. Und ich weiß, dass du Nisha liebst.« Sie zwickt mir in die Wange und ich lächle, obwohl ich mich nicht danach fühle.

Den Rest der Fahrt erzählt Mila mir, wie wunderschön und tiefsinnig Liors Augen sind. Nicht zu schweigen von seinem muskulösen Körper und diesen wilden dunklen Haaren. Am Ende habe auch ich verstanden, dass Lior rein optisch eine Schönheit ist. Was das Innere betrifft, scheint sie sich nicht viele Gedanken gemacht zu haben. Seine hochcharmante Art hat gereicht, sie völlig in seinen Bann zu ziehen. Und ja, charmant ist er. Wenn er es will. Vor allem zu ihr. Mich beschleicht die Vermutung, dass sie durch all die Schwärmereien eine Reaktion aus mir herauslocken will. Ich zwinge mich aber, kühl zu bleiben.

Als wir endlich in Asher ankommen und uns zwei Wachen beim Aussteigen helfen, bin ich heilfroh, die Fahrt überstanden zu haben, ohne mich zu übergeben. Der Marktplatz ist fast wie leer gefegt, unsere Ankunft scheint nicht wirklich wichtig zu sein. Forschend sehe ich mich um. Lior redet mit dem Stadtwart. Ich erkenne ihn an dem Siegel auf seiner Brust – eine Krone, vor der sich zwei Schwerter kreuzen. In jeder Stadt unseres Reichs, außer in Nastras, gibt es diese von der königlichen Familie eingesetzten Stadtwarte, die sie im Namen des Königs beherrschen. Lior deutet auf Mila, die sofort knickst, als der Blick des Stadtwarts auf sie fällt. Er nickt und gibt dann Lior die Hand.

»Das wäre geklärt, du darfst wieder ein- und ausgehen«, sagt Lior, als er zurückkommt. »Ich habe erfahren, dass du hier groß geworden bist. Wir haben noch ein wenig Zeit – sollen wir dein Elternhaus besuchen?«

Unverhohlen starre ich ihn an. Ist das sein Ernst? Wer macht so was, nur um eine Frau ins Bett zu bekommen? Oder mag er sie wirklich? Erst als ich Milas leuchtende Augen sehe, weise ich meinen Kindskopf zurecht. Ihr wird es die Welt bedeuten, ihre Familie wiederzusehen. Dieser Kerl hat eine schlechte Wirkung auf mich. Nein. Ich bin es. Und ich muss daran arbeiten, nicht immer impulsiv und egoistisch zu handeln und denken.

»Gerne«, quiekt Mila und geht voran. Sie ist so aufgeregt, dass sie nicht einmal bemerkt, dass Lior und ich uns ein Blick-duell leisten, bevor wir ihr mit Abstand folgen. Die Gassen sind leer, wie damals, als ich bei Nacht zur Schenke geschlichen bin. Wahrscheinlich sind die Bewohner Ashers alle am Hafen ver-sammelt.

»Du bist wirklich widerlich.«

»Trügt mich meine Menschenkenntnis, oder bist du eifer-süchtig, Gezeichnete?«

Ich verdrehe die Augen. »Das ist bloß Sorge um meine Freundin.«

»Warum? Vielleicht will ich sie ja eines Tages heiraten.«

»Sie heiratet jemand anderen«, sage ich und halte kurz da-rauf die Luft an. Falsch. Das wird sie nicht. Denn ich habe ihre Zukunft verändert, indem ich den Handel mit San eingegangen bin. Mila wird eine Kämpferin sein.

Ich sehe zu ihr, wie sie über die staubige Gasse eilt, und kann mir nicht vorstellen, dass das wirklich passieren wird.

»Sei einfach ehrlich mit ihr. Das würde mir schon reichen.«

»Ich sehe mal, was sich da machen lässt.«

Es ist bereits komplett dunkel, als wir bei einem alten Bau-ernhaus ankommen und Mila den hölzernen Zaun mit ihren Fingern entlangfährt, wie sie es sicher schon als Kind getan hat.

»Wenn du reingehen willst, dann …«, beginnt Lior.

»Ich …« Unsicher bleibt sie vor dem geöffneten Gartentor stehen.

Dort lebt zwar ihre Familie, nicht aber ihre Eltern. Die sind früh gestorben.

»Wir müssen zur Eröffnung. Du hast die Wahl.«

»Mila?« Ein junger Mann tritt aus der Tür.

»Aaron!«, ruft sie erfreut und rennt ihm in die Arme.

»Was machst du denn hier? Du darfst doch nicht …« Über die Schulter von Mila blickend entdeckt er Lior und sofort verkrampft sich seine Umarmung. Damit hat er aber auch die Antwort, warum es ihr wieder erlaubt ist, hier zu sein. Er löst sich von ihr und deutet eine leichte Verbeugung an, schaut dann aber wieder zurück zu seiner Schwester. »Möchtest du mit reinkommen?«

Mila sieht uns an und deutet zur Tür. »Ich werde dann …«

»Komm einfach zum Hafen, wenn du so weit bist«, sagt Lior und wendet sich zum Gehen. Ich folge ihm, muss dabei aber fast rennen, weil er so schnell läuft.

»Lior!«

»Wir haben es eilig«, sagt er gehetzt und marschiert noch schneller.

Als ich ihn endlich einhole, werfe ich ihm einen irritierten Blick zu.

»Ich wollte, dass sie ihre Familie sieht. Also habe ich gelogen. Eigentlich hat die Eröffnung bereits begonnen, als wir eingetroffen sind.«

Ich konzentriere mich darauf Schritt zu halten und das zu verstehen. Aus seinem Verhalten werde ich einfach nicht schlau.

»Warum hast du das getan?«, frage ich außer Atem.

»Du wirst noch genug Zeit haben, das herauszufinden. So wie es aussieht, kannst du ohne Lunas sein und wir können problemlos auf Reisen gehen«, sagt er, als wir am Hafen ankommen, wo Lior bereits vom Stadtrat und den Wachen erwartet wird.

Neben einem Podest, vor dem sich mehrere Dutzend Menschen versammelt haben, erkenne ich Arvo, der seine Hand zum Gruß hebt. Unsicher, ob ich mich freue, ihn zu sehen, nicke ich ihm nur zu. Es ist, als hätte die Zeit einen Spalt zwischen uns errichtet, den ich nicht überwinden kann. Er ist mir fremd. Mein Blick wandert von Lior, der nun etwas erhöht steht, hoch zum Himmel. Er hat recht. Die Sterne lassen es zu, dass ich hier mit ihm bin. Weit weg von Lunas. Vielleicht, weil es mein

Schicksal ist, seines zu verändern. Als würden sie wissen, dass ich nicht bei ihm sein muss, um meine Bestimmung zu erfüllen und ihn zu retten.

»Als Zeichen der Ehrerbietung unseres Hauses, der Nachfahren von Nimue, bin ich heute hier, um die Gilde der Schiffsbaukunst zu eröffnen«, sagt er geschäftig und deutlich. Aber er muss nicht laut werden, damit ihm jeder hier aufmerksam lauscht.

Ein paar Stimmen werden laut, die den König verlangen. Den Kronprinzen. Ich höre sie fragen, warum Lunas nicht längst gekrönt wurde und ob die Gerüchte stimmen, dass er stirbt.

Beschwichtigend hebt Lior die Hände. »Euer Kronprinz wollte bei euch sein, musste aber nach Karrak reisen, um nach den abgebrannten Feldern zu sehen.« Lior winkt ein paar Männern hinter sich zu. »Er hat Brot aus Manswek erworben, um es euch als Geschenk zu bringen.«

Sie wirken immer noch nicht beruhigt. Die Fragen über ihre Zukunft sind wichtiger als das Brot, von dem sie sich nur ein paar Tage ernähren können.

Jeder in diesem Land weiß, dass Lior an dem Tag vor zehn Jahren dem Thron abschwor, als bekannt wurde, dass sein Bruder sterben wird. Lunas hat seine Abdankung angenommen und ihn dennoch als seine rechte Hand und Sprachrohr eingesetzt, sollte er nicht anwesend sein.

Damals, als ich ihn nur für den Sternenschlächter hielt, dachte ich, dass er diese Verantwortung einfach nicht wollte und stattdessen als Schrecken durch die Länder ziehen will, um Asteria zu töten. Jetzt nehme ich an, dass er es tat, weil das seine Art war, Lunas' Tod nicht zu akzeptieren. Es nicht hinzunehmen und sollte es doch geschehen, niemals seinen Platz einzunehmen.

»Kronprinz Lunas hat mir noch ein weiteres Geschenk mitgesandt, um zu zeigen, dass eure Zukunft und sein Erbe gesichert sind.« Abwartend verstummt die Menge und ich sehe mich um, bis ich an Liors auffordenden Blick hängenbleibe. »Seine Verlobte.«

Das kann nicht sein Ernst sein. Fast glaube ich, dass ich mir Liors Worte nur eingebildet habe, werde aber eines Besseren belehrt, als sich die Menschen hier am Hafen alle zu mir drehen. Zu der Person, auf die Lior deutet. Er hat es wirklich gesagt. Aber ich bin nicht Lunas' Verlobte.

»Komm zu uns, Shedir.«

Die Menschen um mich herum beginnen zu tuscheln. Hinter mir drückt jemand sanft gegen meinen Rücken.

Kurz schließe ich die Augen und wappne mich vor den Bildern der Menschen hier, wenn ich mich durch sie quetschen muss, aber das erste Mal in meinem Leben wird mir Platz gemacht.

Als ich taub und leer auf dem Podest neben Lior stehe, sehe ich die Zuversicht und Hoffnung in den Blicken – vor allem in denen auf meinen Bauch. Ja, Liors Aussage könnte beinahe so klingen, als würde ich bereits ihren neuen König in mir tragen. Wie konnte er nur?

»Weiß Lunas davon?«, zische ich ihm zu.

»Was denkst du denn?«, fragt Lior schnurrend. Natürlich weiß er es nicht. Lior hat sich offenkundig zu seinem persönlichen Entscheider gemacht. Bei Kara, bei der Jagd auf die Asteria, bei mir und sicher auch bei tausend anderen Dingen. Dafür, dass er kein König sein will, trifft er aber ziemlich viele Entscheidungen für ihn.

»Ich werde dich umbringen«, flüstere ich, während die Menge unter uns jubelt und sich in die Arme fällt. »Das war etwas Privates zwischen Lunas und mir.«

»Ich habe euch gehört. Ihr tauscht vermeintliche Geheimnisse wohl etwas zu laut aus«, sagt er herablassend und vielleicht auch ein wenig enttäuscht.

»Es tut mir leid.«

»Was tut dir leid?«

»Dass du …«

»Was? Dass ich dich begehre?« Sein Lachen lässt meinen Körper beben. »Ich begehre viele Frauen, Shedir. Mein Bruder darf sich verloben, mit wem er möchte, und ich darf es verkünden, vor wem ich will, wenn es unserem Königreich hilft. Du bist also nichts anderes als ein Mittel zum Zweck.« Er deutet auf die Menschen. »Sieh es dir genau an, Narbenmädchen.«

Ich halte meinen Blick starr geradeaus gerichtet, um ihn nicht noch einmal ansehen zu müssen. Um die Tränen zurückzuhalten, die mir beweisen würden, wie sehr mich seine Worte treffen.

»Das ist es, was Hoffnung mit Menschen macht. Das, worum Lunas sich gerade kümmert, ist das, was Angst und eine ungewisse Zukunft mit Menschen machen. Ich sorge dafür, dass sie nur noch Ersteres spüren. Und wenn Lunas es nicht schnell genug macht, dann tue ich es.« Er zieht mich von der Bühne herunter und durchschneidet das Band vor einer großen Halle, in der Holz und Barken stehen. Die neue Schiffsbauerei. Mir ist schwindelig. »Und ich habe nicht irgendwen gewählt. Ich habe dich gewählt.«

»Warum?«, frage ich, während wir immer noch am Eingang stehen und die Menschen bereits in das Innere geströmt sind, um sich alles anzusehen.

»San hat es dir bereits gesagt. Du bist anders. Anders für ihn. Du tust ihm gut.«

»Wir kennen uns nicht, das hast du selbst behauptet.«

»Das ist nicht von Bedeutung. Morgen kann jemand in dein Leben treten, der bis zum Ende deiner Tage die wichtigste Rolle für dich spielen wird. Die Zukunft ist manchmal ungewisser, als du und deine Macht glauben.«

»Für mich und mein Leben ist sie festgeschrieben.«

»So?«, hakt er mit erhobenen Brauen nach. »Warum habe ich dann gerade eben, vor meiner Rede, dafür gesorgt, dass Mila wieder das Schicksal erwartet, das du ihr zuvor genommen hast? Warum sollte das für dich nicht gelten?«

»Was?«, frage ich atemlos. »Ihr Bruder wird sie jetzt, da sie wieder hier sein darf, überreden zu bleiben. Dann wird sie hier dem Mann ihrer Träume begegnen. Dem, den auch du schon in ihren Sternen gesehen hast.«

Ich starre ihn an. »Woher weißt du das? Du bist kein Asteri.«

»Ich habe dein Licht reflektiert, Gezeichnete. Und damit weiß ich, was du in dem Moment über die Schicksale der anderen wusstest.«

Mir stockt der Atem. Plötzlich verkrampft sich etwas in mir. Ein so unendlicher Schmerz, dass ich panisch meine Finger in Liors Oberarm ramme.

»Lunas …«, keuche ich, weil ich ihn spüre. Schmerz spüre. Ich.

»Du musst … Er …«

»Was?«, knurrt Lior und schüttelt mich.

Schwindel packt mich und dunkle Punkte tanzen vor meinem Gesicht. Immer wieder verlässt mich mein Bewusstsein, doch ich wehre mich. Kralle mich an der Gegenwart fest. Aber mein Geist driftet immer wieder ab und zwingt mich in die Knie.

»Es ist ein Hinterhalt.« Meine Augen drehen sich weg, alles wird nebelig und dunkel. Lior schüttelt mich, bis ich ihn wieder ansehe, aber diese grausamen Bilder und dieser Schmerz gehen nicht fort. »Sie sind es. Sie sind die, die ihn töten.«

KAPITEL 8

»Shedir!« Immer wieder höre ich Lior meinen Namen sagen. Ich weiß nur nicht, ob das in Wirklichkeit oder nur in meinem Kopf passiert. Es kommt nicht oft vor, dass er ihn ausspricht. Wieder ruft er nach mir. Wie ein Mantra. Kurz bevor ich seine Stimme deutlicher vernehme. »Shedir, du musst zu dir kommen.«

Ich blinzle und bemerke erst jetzt, dass mir Wind ins Gesicht peitscht. Und viel später, dass Liors Körper meinen wärmt.

Dann begreife ich, dass ich hinter ihm auf einem Pferd sitze. Sein Arm schlingt sich ungelenk um mich.

»Kannst du dich halten?«, fragt er laut gegen den tosenden Wind an. Unter mir donnern die Hufe seiner weißen Stute auf den Boden und ich brauche einen Moment, um mich sicher zu halten, bevor ich ihm ein »Ja« zurufe.

»Was ist passiert?«, frage ich und beobachte die anderen Reiter neben und hinter uns.

»Du hast das Bewusstsein verloren. Wir sind fast an der Grenze zu Karrak«, ruft er über seine Schulter und doch verstehe ich ihn kaum.

»Du musst deine Zeichnungen verbergen. Die Nova ist uns auf den Fersen.« Er spornt sein Pferd weiter an, aber nicht mit seinen Beinen oder den Zügeln. Stattdessen redet er mit ihr. In einer mir unbekannten Sprache. Vielleicht ist es Nimuenisch. Es wird kaum noch gesprochen.

Ich sammle mich und sehe dann dabei zu, wie das Leuchten, das mich und ihn umgeben hat, verschwindet.

»Die Felder von Karrak sind noch ein paar Stunden entfernt. Kannst du Lunas noch spüren?« Seine Stimme klingt ängstlich.

In mir suche ich nach ihm und seinem Schmerz. Aber alles, was ich spüre, ist die Linderung meiner Qualen, weil ich ihm näher komme.

»Ich fühle mich besser, je näher wir kommen«, sage ich also und klammere mich fester an ihn. Liors Wärme ist angenehm und hüllt mich ein. Nimmt mir ein wenig die Angst.

»Keine Sorge. Nenja kennt den Weg.«

»Nenja?«, hake ich nach.

»Meine Stute«, antwortet er abwesend und scheint sich immer noch umzusehen.

»Was ist der Plan?«, frage ich nach einer ganzen Weile.

»Das werden wir gleich erfahren.« Er zügelt das Pferd und steigt in der gleichen Sekunde ab. Dann hebt er mich hinunter und winkt sofort einen seiner Männer zu sich. »Wie ist die Lage?«

»Sie haben Lunas in eine alte Scheune gebracht. Aber San ist nicht bei ihm«, sagt der junge Mann mit dem Wolfsemblem auf der Brust.

Lior sieht sich um. Ich tue es ihm gleich. Es dämmert bereits. Plötzlich zuckt er und späht dann angespannt in das Gestrüpp neben uns, als hätte er etwas gehört oder gespürt.

»Was ist?« Auch ich wende meinen Blick zur Seite, voller Panik, dass dieses schwarze Wesen mich wieder aussaugen will. Die Nova.

Doch Lior winkt ab und wir positionieren uns etwas abseits der Scheune am Waldrand und beobachten zwei bewaffnete Männer, die vor dem Scheunentor patrouillieren.

Auf einmal spüre ich eine weiche Berührung an meinem Arm und wirble herum. Ich falle aus der Hocke auf meinen Hintern und weiche im Sitzen zurück, bis ich begreife, dass es Lior war. Was mich daran so erschreckt, ist, dass es viel eher der Mann aus Asher war, dessen Berührung ich da gerade gespürt habe. Zart, sanft, einfühlsam. Ich dachte, dieser Mann würde nicht existieren.

»Entschuldige, ein Reflex«, sagt Lior, sieht aber nicht zu mir, sondern behält die Scheune im Blick. Seit wann ist es ein Reflex, mich zu berühren? »Ich werde die beiden angreifen und uns damit den Weg frei machen«, richtet er sich an seine Männer. Sein Blick verdunkelt sich. »Alle werden getötet.«

»Was?«, frage ich viel zu entsetzt. Ich weiß, wer hier neben mir sitzt. Und auch, wenn er die Asteria nicht wirklich abgeschlachtet hat, so kommt sein Ruf sicher nicht von ungefähr.

»Wenn du die Wahrheit gesagt hast, Gezeichnete, dann sind das die kleinen Bastarde, die meinen Bruder töten werden. Ich komme ihnen zuvor.«

»Du wirst also auch Kara töten?«

»Wenn sie da ist, ja. Und das wird mir sogar ein Vergnügen sein.«

Ich kenne sie nicht und doch tut es mir um Lunas leid. Er scheint sie wirklich geliebt zu haben und so wie ich ihn einschätze, liebt er sie immer noch.

»Kannst du kämpfen?«

Ich sehe hinab auf meine Hände und erinnere mich an all die Stunden Kampftraining, die mir Arvo damals im Waisenhaus gegeben hat. Aber ob man das wirklich kämpfen nennen kann? Strategisch? Nein. Keiner hatte wirklich eine Ausbildung.

»Ich weiß, wie man überlebt, wenn man niemanden hat, der einen beschützt.«

»Mehr, als ich erwartet habe.«

Ich pruste. »Was hast du denn erwartet, Lior? Dachtest du,

der alte hässliche Stoff und die Flecken auf ihm wären eine Tarnung gewesen, weil ich eigentlich als gut gehütetes Kind von Adeligen aufgewachsen bin?« Ein gebrochenes Lachen kommt mir über die Lippen. »Ich musste schon als Kind lernen, mich durchzuschlagen. Aber spätestens als ich angefangen habe, euch Männer in Schenken zu bedienen, musste ich mir auch noch aneignen, wie man einen rechten Haken verteilt.«

»Ich fang gleich an zu weinen, Narbenmädchen.« Er tut so, als würde er sich die Augen reiben. »Ich hatte so eine schlimme Kindheit und war immer allein.«

Schnaubend verdrehe ich die Augen und strecke meine Hand aus. »Gib mir eine Waffe und ich tue, was ich kann.«

»Geht doch.« Mit einem überheblichen Grinsen reicht er mir eines seiner Kurzschwerter. Er trägt zwei an seiner Brust und ein großes an seiner Hüfte. Wer braucht drei Schwerter?

»Während ich die Wachen angreife, schleichen sich meine Männer von hinten an. Du wartest hier, bis sie tot sind, und rufst, wenn du irgendetwas in den Sternen siehst. Und du kommst erst zur Scheune, wenn ich es dir befehle.«

»Aye, aye, Chef.« Ich salutiere.

Er ignoriert mich, steht auf und schleicht sich zusammen mit den Wachmännern am Waldrand entlang. Anders als in Nimue ist die Vegetation hier viel karger, was es schwieriger macht, sich zu verstecken. Der Boden unter mir ist rötlich, rissig und sandig. Kein Wunder, schließlich wird Karrak auch das Land der brennenden Sonne genannt. Es ist bekannt für seine farbintensiven Sonnenuntergänge und Hitze, die selbst jetzt vor dem Anbruch des Tages spürbar ist.

Als ich ein Geräusch höre, blicke ich wieder hinab zum Eingang der Scheune. Langsam geht die Sonne auf und erleuchtet den rötlichen Sandstein, aus dem sie erbaut wurde. Blinzelnd denke ich an die Bilder in meinem Kopf. In der letzten Vision war es genau dieser Ort. Aber als ich Lunas das erste Mal geküsst habe, sah es anders aus. Es war kalt. Lunas hat fürchterlich gefroren. Aber egal wie verletzt man ist … in dieser Hitze kann man nicht frieren.

Ein Schrei ertönt. Ich zucke zusammen und sehe dabei zu, wie Lior auf die Wachen zurennt. Er hebt sein Schwert und durchtrennt einem von ihnen im Laufen die Kehle, kurz bevor er dem anderen mit seiner linken Hand das Kurzschwert in die Brust rammt. Meine Augen weiten sich. Und da spüre ich es. Obwohl wir gerade die Überhand gewinnen, wird sich Lunas' Schicksal nicht ändern. Ich treffe eine Entscheidung, stehe auf und renne die Böschung hinab zur Scheune.

Immerhin bin ich es, die sein Schicksal ändern kann. Also muss ich zu ihm.

Die Leichen am Boden ignorierend, trete ich zur Scheunentür und schiebe das Tor zur Seite. Stille schlägt mir entgegen. Fast eine unnatürliche Lautlosigkeit. Haben sie hier wirklich nur die zwei Wachen postiert oder haben Liors Männer die anderen bereits getötet? Vorsichtig trete ich ein. Meine Finger umklammern schwitzig den Griff des Schwertes, das ich vor mich halte.

Warum ist es hier so leise? So … Eine kalte Klinge legt sich von hinten an meinen Hals. Im selben Moment geht die Hintertür auf und Liors harter Blick trifft meinen.

Hinter mir ertönt eine weibliche Stimme. »Keinen Schritt weiter oder ich schneide ihr die Kehle durch.«

»Und was bringt dich zu der Annahme, dass mich das auch nur im Geringsten interessiert, Kara?« Lässig hebt er seine Brauen und verschränkt die Arme. Er zückt nicht einmal eines seiner Schwerter.

»Ich weiß, wer sie ist, Lior.«

»So?«, hakt er nach. Immer noch mit dieser Engelsruhe. »Töte sie, mir egal. Ich will wissen, wo mein Bruder ist.« Sein Blick richtet sich fordernd auf mich. Ich weiß, dass er lügt. Aber solange er nicht weiß, wo Lunas ist – ob er hier ist –, wird er sie nicht angreifen. Kara wird es ihm nicht sagen, also muss ich herausfinden, wo er ist.

Voller Angst schließe ich meine Augen, um nach den Sternen und ihrem Willen zu horchen. Es ist vielleicht seltsam, aber für mich ist es, als würde ich nach meinem eigenen Bauchgefühl, nach meinem Instinkt suchen. Nur dass es in meinem Fall immer die Sterne sind, die mir den Weg weisen.

Verschwinde. Als ich das Wort höre oder spüre, reiße ich die Augen auf und starre Lior an.

»Das ist eine Falle.«

»Ach, wirklich?«, knurrt Kara genervt, entreißt mir das Schwert und nimmt ihres von meiner Kehle. Die Klinge richtet sie allerdings weiterhin auf mich. »Unser König wird sich freuen.«

»Welcher König, du kleines Miststück?« Lior tritt näher.

»Der wahre König.« Sie grinst und lässt ihr Schwert kreisen. Ich mustere die Frau, mit der beide Brüder etwas hatten. Sie ist groß und hübsch. Hat dunkle Haut und dunkle lange Haare, die sie zu einem Zopf gebunden hat.

»Also lebst du jetzt wieder in Karrak? Nach allem, was deine Eltern auf sich genommen haben, um zu flüchten?« Warum spricht Lior mit ihr, statt sie anzugreifen?

Sie holt Luft, als wäre ihr dieses Gespräch zu anstrengend. »Ich rede nicht von dem König von Karrak. Ich rede vom wahren König. Ihr solltet mitkommen, wenn ihr nicht möchtet, dass er sein Haustier auf euch hetzt. Vor allem Ihr, Königin.« Ich blicke hinter mich, als sie zu mir sieht. Doch dort ist niemand. Hat sie mich gerade wirklich Königin genannt? Was denkt sie, wer ich bin?

»Wo ist mein Bruder, Kara?«, fragt Lior, ohne sich zu bewegen. Ganz langsam und bedrohlich dreht sie sich wieder um. »Er ist nicht hier.« Wieder schaut sie mich an. »Der König hat ihr falsche Bilder geschickt.« Sie zuckt mit den Schultern. Soll das etwa eine Art Entschuldigung sein? »Dein Bruder ist bei dem Bauern und spricht mit ihm über die zukünftige Ernte. Und jetzt komm. Er wartet nicht gerne. Ihr anderen bleibt hier.«

»Warum sollte ich das tun, statt dich augenblicklich zu töten? Wir sind eindeutig in der Überzahl.«

»Versuch es. Dann wirst du aber nie erfahren, wer der König ist und was er von euch will. Vielleicht verrät er dir ja auch, wie du deinen Bruder retten kannst.«

Lior ballt seine Hände zu Fäusten und kommt auf uns zu, bis er direkt vor Kara steht. »Nach dir.«

Wir folgen ihr, ohne weiter zu widersprechen. Lior muss etwas wissen oder einen Verdacht haben, wenn er das hier so einfach hinnimmt. Oder sein Verstand hat in dem Moment ausgesetzt, als sie sagte, der König könne ihm etwas über Lunas' Tod sagen.

Während wir durch den Wald marschieren, ändert sich nach einiger Zeit die Botanik. Immer dichter stehen die Bäume mit Stämmen dick wie zwanzig Mann, nach oben verwinkelt und so reich mit Blättern bestückt, dass die Sonne kaum hindurchkommt. Dadurch wird es immer dunkler, sodass mir fast mulmig wird. Der Boden ist von grünem Moos und kleinen weißen Blumen bedeckt. Sie schlängeln sich an den gigantischen Stämmen hinauf und direkt vor uns bildet sich in einem dieser Stämme eine riesige, mit Wurzeln verzierte Tür. Kleine Lichtmotten fliegen um uns herum hin zu dem Eingang, als würden sie uns den Weg weisen. Und dann sehe ich das Schloss oder den Tempel, der mitten zwischen diesen Bäumen herausragt, als wäre er wie die Pflanzen hier ganz natürlich gewachsen. Über den kleinen, hellen Türmchen ragt ein riesiger Ast, der so dick ist wie einige der anderen Stämme, und schirmt den kleinen Waldpalast damit ab. Dahinter erkenne ich einen Wasserfall, der silbern glitzert. Was ist das hier für ein Ort?

»Kommt!«, befiehlt Kara und geht auf den Eingang des

Schlosses zu. Augenblicklich öffnet sich das hölzerne Tor und wir treten ein. Gelangen in einen Saal, dessen Wände und die Decke, wie es scheint, nur aus Bäumen bestehen. Als wären sie zueinandergeneigt gewachsen, um sich oben in der Spitze zu treffen. Von dort hängen Lilien mit weißen und lilafarbenen Blüten hinab. Der Boden ist mit Stein bedeckt, auf dem grünes Moos sich einen Weg gebahnt hat. In der Mitte befindet sich ein Brunnen, in dessen Wasser sich die Baumdecke und rosa- und lilafarbenes Licht reflektieren. Die Farben bewegen sich in ihm, als würden sie schwimmen.

Noch nie in meinem Leben habe ich etwas so Wunderschönes wie diesen Ort gesehen.

»Shedir«, raunt Lior, doch ich kann meinen Blick nicht abwenden.

»Hast du diese Farben gesehen?«, frage ich abwesend und bestaune sie weiter.

»Das sind Wasserfische«, erklärt er leise und lauernd. »Sie bestehen nur aus Wasser und sie haben eine hypnotisierende Wirkung, also sieh mich an!«

Ich will nicht und das beweist mir, dass er recht hat, also wende ich meinen Blick ab und sehe stattdessen in seine jetzt fast blauen Augen.

»Kommt weiter!«, befiehlt Kara in bissigem Ton und geht durch die immer kleiner werdenden Baumbögen in einen weiteren Raum, der aus steinernen Mauern besteht. Dennoch sind sie mit den schönsten Blumen und Ranken bewachsen und auch hier befindet sich ein Brunnen in der Mitte. Dieser hier ist aber noch größer und wirkt fast wie ein Badeloch.

»Macht euch sauber«, sagt Kara und löst ihren Waffengurt, den sie um die Taille gebunden hat. Irritiert sehe ich dabei zu, wie sie ihr Gewand fallen lässt, ihre Stiefel und die Lederhose abstreift, um dann komplett nackt in die Wanne zu steigen.

Kurz taucht sie unter und sieht uns an, nachdem sie sich die

Haare nach hinten und das Wasser von den Augen gewischt hat. »Los. Oder ich zwinge euch. Den Thronsaal darf man nur gereinigt betreten.« Sie nickt zu den Wänden, an denen steinerne Statuen von Kriegern stehen, die sich nun aber leicht bewegen.

Ich gehorche, ziehe mein Kleid und die Schuhe aus und trete vor. Als ich kurz zu Lior sehe, sehe ich Überraschung in seinem Blick. Ich habe kein Problem mit meiner Nacktheit. Das hatte ich nie. Also ignoriere ich ihn und steige ebenfalls in das Wasser, nachdem Kara hinausgeklettert ist. Es ist warm und fühlt sich beinahe nicht nass an. Eher wie ein samtiger Film, der sich über meinen Körper und vor allem über meinen Geist legt und ihn reinigt. Auch hier schwimmen die bunten Wasserfische und berühren meinen Körper, schicken kleine Blitze, wohlige Schauer durch mich hindurch.

Lior stöhnt genervt, doch dann zieht auch er sich aus und kommt auf das Becken zu. Ich wage einen kurzen Blick auf seinen nackten Körper. Er ist muskulös und seine Haut natürlich braun. Jedoch ist auch sein Körper nicht von Narben verschont geblieben, wie Krieger sie nun einmal haben. Ich schwimme zum Beckenrand, steige aus, wobei mir währenddessen Liors intensive Blicke nicht entgehen. Ich genieße es so von ihm angesehen zu werden.

Während auch er einmal untertaucht, ziehen Kara und ich uns wieder an. Lior tut es uns nach und so gehen wir weiter.

Am Durchgang zum nächsten Raum steht eine weitere Steinfigur, aber sie scheint eine Göttin oder Königin darzustellen. Ihre Stirn ziert ein goldenes Kettchen und auf dem Kopf trägt sie eine steinerne Krone.

Kara verbeugt sich leicht vor ihr und tritt dann in den dahinterliegenden Gang. Zur Sicherheit tue ich es ihr nach und öffne begeistert den Mund, als ich den riesigen Thronsaal sehe, der dahinterliegt. Mitten in der Kapelle steht ein riesiger, uralter Baum.

Seine Blätter glitzern silbern wie Sternennebel. Sanft bewegen sie sich hin und her und scheinen dabei eine wunderschöne Melodie zu erzeugen.

Unter meinen Füßen ranken sich Wurzeln des Baumes, die zu den Wänden führen und dort bis hoch zur Decke klettern. In ihnen sitzen weitere Lichtmotten und Vögel. Neben mir erkenne ich einen kleinen weißen Affen.

Ein Leuchten zieht meine Aufmerksamkeit auf sich. Liors Symbole glühen förmlich. Heller, als ich sie je gesehen habe. Was daran liegt, dass es nicht mein Licht ist, was er da reflektiert. Denn ich leuchte nicht.

Mein Blick wandert zu dem Thron, hinter dem ein grauhaariger, aber junger Mann hervortritt. Auch er ist gezeichnet. Die silbrigen Spuren setzen sich glänzend von seiner dunklen Haut ab und ergeben mit den geflochtenen Haaren ein passendes Gesamtbild.

Im Kontrast dazu steht das hellrote Fell, das er um seinen Nacken und über seine Schultern trägt. Sein Oberkörper ist nackt und so erkenne ich das Sternbild, das dort durch Liors Kraft leuchtet. Es ist der Löwe, der auch als König des Himmels bezeichnet wird.

Lior legt den Kopf schief. »Regulus«, sagt er dann, als würde er den jungen Mann kennen, der jetzt ein breites Grinsen zeigt.

»Du hast das Sternbild des Löwen erkannt, Sternenschlächter. Möchtest du, dass wir dir applaudieren?« Er spricht ganz langsam und bedacht, so als wäre er schon Jahrtausende alt.

Der Mann, der vor uns steht, ist also der Alphastern des Löwen.

Regulus' Blick richtet sich auf mich. Vorwurfsvoll, fast schon zornig. »Und du bist Shedir.«

Ich nicke nur. Kara setzt sich auf eine der Wurzeln, die wie eine Bank weit in die Luft ragen.

»Warum wolltest du uns hier haben?« Lior geht einen Schritt

vor und mir entgeht nicht, dass er sich so positioniert, dass er zwischen mir und Regulus steht.

»Mir ist zu Ohren gekommen, dass du die Königin des Himmels gefunden hast. Und das wollte ich mir mit eigenen Augen ansehen.« Er geht ein paar Stufen von der Thronempore hinunter und kommt auf mich zu. Lior stellt sich vor mich. »Ich werde ihr nichts tun«, versichert Regulus und Lior tritt tatsächlich zur Seite. Dabei finde ich, dass dieser Mann nicht gerade vertrauenswürdig wirkt. Und was will er von mir? Ich bin mit Sicherheit nicht die Königin des Himmels.

»Zeig dich mir.«

»Nein«, entfährt es mir ein wenig zu schnell.

»Warum nicht?«, fragt er und sieht auf mich hinab, auch wenn er nicht ganz so groß ist wie Lior und Lunas.

»Weil ich Angst habe.«

»Angst davor, du selbst zu sein?«, fragt er und seine Miene wird weich, als könne er mich gut verstehen. Als wäre er ein Verbündeter. Aber das ist er nicht. Ich spüre seine bösen Absichten nur allzu deutlich. Wie ein Instinkt.

»Ja«, gebe ich dennoch zu, weil es der Wahrheit entspricht. Und das ist nicht nur Liors Schuld. Meine Mutter hat mir von Anfang an beigebracht, mein wahres Ich zu verstecken und es zu hassen. Sie mochte nicht, was ich bin. Auch Lupin gefiel es nicht wirklich, als sie mich aufnahm. Aber sie akzeptierte es als Teil von mir und lernte es zu lieben. Auch wenn dieser Mann nicht gerade wie mein Freund wirkt, muss ich ihm zeigen, wer ich bin. Vielleicht sieht er dann, dass ich nichts bin. Nur ein Stern ohne Bedeutung.

Ich denke an Lupin und ihre liebevolle Strenge, als ich die Barriere aufgebe und mein eigenes Licht sehe und spüre.

Interessiert sieht mich Regulus an. Fast als wäre ich ein exotisches Tier.

»Meine Nova hat dich also erwischt«, stellt er dann fest.

»Nicht, dass ich das nicht wusste – nur deshalb habe ich Kenntnis von dir. Aber mir war nicht klar, dass sie dich gezeichnet hat. Es sieht hübsch aus. Sehr symmetrisch.«

»Deine Nova?«, knurrt Lior. »Wie soll das gehen?«

»Sie hat versucht mich auszusaugen.« Er deutet auf seine silbernen Male. »Ich war stärker, also gehorcht sie mir.«

»Und du schickst sie, um deine eigenen Leute zu töten?«

»Wie mir scheint, lebt Shedir hier noch, oder nicht?«

»Bestimmt nicht deinetwegen.«

Regulus lacht leise. »Und wenn sie gestorben wäre, hätte ich ihr Licht bekommen. Es ist schön. Ich hätte es gemocht.«

Liors Hände ballen sich zu Fäusten.

»Was willst du?«, frage deshalb ich. Lior ist kurz davor die Fassung zu verlieren und das können wir uns nicht leisten.

»Von dir, meine Schönheit, will ich nichts.« Er hebt die Hand und streicht mir über die Wange, ehe ich reagieren kann. »Er ist es, der die Königsfamilie vereinen will. Und das gefällt mir so gar nicht. Es ist sogar so, dass ich es verhindern werde, solltest du nicht aufgeben. Und wenn ich das tue, gibt es Tote.«

Von welcher Königsfamilie redet er? Lior meinte doch nur, er sucht nach den anderen Asteria, die ich gesehen habe.

»Warum? Weil du dann nicht mehr herumrennen kannst, um zu erzählen, dass du der König bist? Nur weil man den Löwen im Volksmund so bezeichnet, macht dich das noch lange nicht zu einem.« Lior lacht.

»Das belustigt dich. Aber es wird nicht gut gehen, Lior. Nicht für dich. Und ich werde mich rächen. Ich werde sie und die anderen vernichten.«

»Das ist mir egal.« Seine Worte treffen mich, auch wenn ich mir sicher bin, dass er diese kühle Gelassenheit nur spielt.

»Stimmt«, sagt Regulus abwertend. »Weil dir Lunas mehr als alles bedeutet. Glaub mir. Nicht mehr als sie.« Er wirft mir einen flüchtigen Blick zu, bevor er zu Lior tritt und ihn berührt.

Seine Lippen formen sich zu einem überlegenen Grinsen. »Du reflektierst ihr Licht. Das wirst du immer. Du wirst es brauchen.«

»Mir ist egal, was du sagst. Du kennst mich nicht und kennst sie nicht. Genauso wenig wie Lunas.«

Regulus atmet tief durch. »Wenn du so sicher bist, wie wäre es mit einem Spiel?«

»Ich spiele nicht.«

»Du kennst dieses Spiel nicht. Für dich könnte sich einiges zum Guten wenden. Außerdem werde ich euch nicht gehen lassen.« Fast um das zu unterstreichen, knarren die Bäume und verschließen die Eingänge. Stattdessen öffnen sie einen Ausgang hinter dem Thron und lassen einen Blick auf ein wunderschönes, verwunschenes Dorf zu.

»Wir feiern heute die Nacht der Sternschnuppen. Es werden viele von uns geboren.« Er sieht mich an. »Seid meine Gäste und morgen lasse ich euch gehen.«

»Was bringt dir das? Was soll sich durch ein Fest verändern? Ich werde sie suchen, zusammen mit ihr. Und ich werde sie finden und meinen Bruder retten.«

»Tu das. Doch früher, als du denkst, wird dir klar, dass das, was du da vorhast, nicht nur deinen Bruder rettet, sondern auch deinen Untergang bedeutet. Und ihren.«

Lior mahlt mit dem Kiefer.

»Wir machen es. Dieses eine Fest und morgen gehen wir«, entscheide ich.

Regulus lächelt teuflisch.

»Was daran ist das Spiel?«, fragt Lior und tritt zu mir. Vielleicht, um mich zur Vernunft zu bringen.

»Das wirst du sehen. Die Wetten stehen.«

Ich versuche mich zu erinnern, worum es ging. Darum, dass ich ihm mehr bedeuten werde als Lunas? Und er mein Licht braucht? Das wird er bei einem Fest nicht herausfinden können.

»Das ist eine sehr dumme Idee«, raunt Lior mir zu, als Regulus zusammen mit Kara durch die Öffnung in dem Dorf verschwindet.

»Wo sollen wir sonst hin?« Im Thronsaal wird es dunkel und der Baum singt nun eine bösartige, donnernde Melodie, während er seine Wurzeln immer enger schnürt und damit den Raum verengt. Er will uns nicht mehr hier haben und würde uns zerquetschen.

»Er spielt mit uns.«

»Das wissen wir. Er hat es gesagt.«

»Aber wir kennen die Regeln nicht, Shedir.«

Ich zucke mit den Schultern, kurz bevor ich an Mila denke, die mir dieses Verhalten so oft vorgeworfen hat. Ja, ich gehe blind durch die Welt und ich denke oft zu wenig nach. Aber hier und jetzt haben wir keine andere Wahl. Es ist nur eine Nacht. Was sollte die schon verändern? Außerdem wird uns dieser Baum töten, wenn wir den Saal nicht verlassen.

Also gehe ich vor, während Lior immer noch dasteht und unentschlossen wirkt. Nachdem ich all meinen Mut zusammengenommen habe und durch das Tor trete, atme ich die süßliche, frische Waldluft ein und dann begreife ich.

Ich drehe mich um. Will Lior warnen, aber da vergesse ich bereits wovor und bin nicht mehr die, die ich war. Sondern nur Shedir. Eine Frau, die den wunderschönen Mann ansieht, den sie in Asher getroffen und die Nacht mit ihm verbracht hat. Den Erstgeborenen und einzigen Sohn des Königs. Den Kronprinzen von Nimue. Ich lächle ihn an. Und dann folgt er mir.

KAPITEL 9

Fröhliche Musikklänge dringen an mein Ohr, als Lior bei mir angekommen ist und ich mich umdrehe. Das Dorf ist hier mitten in diesem urigen Wald verwachsen und so wunderschön. Über uns lassen Baumkronen einen Blick zum noch dämmernden Himmel zu.

»Hey ihr!«, ruft uns eine stämmige Frau zu. »Packt mit an.«

»Alles in Ordnung bei dir?«, fragt Lior und sieht mich argwöhnisch an.

»Ja, was soll sein?« Ich hebe den Tisch an, den die Frau gerne in der Mitte des Platzes aufgestellt haben will.

»Ich hatte Angst, dass Regulus etwas mit uns macht.«

»Warum sollte er?«

»Es ging ihm schließlich darum, mir zu beweisen, dass du mir mehr bedeuten wirst als Lunas.« Zusammen mit mir stellt er den Tisch ab.

»Lunas?«, hake ich irritiert nach.

»Ja, Lunas.« Lior runzelt die Stirn.

Irritiert schüttele ich den Kopf, doch dann lenken mich ein paar Kinder ab, die meinen Namen rufend auf mich zukommen. »Hey!«, entgegne ich erfreut und setze mich zu den kleinen Bengeln aus meinem Dorf. »Das ist der Kronprinz von Nimue«, flüstere ich ihnen gespielt heimlich zu.

»Shedir.« Lior tritt zu mir und kniet sich vor mich. »Du weißt, dass Lunas der Kronprinz ist. Lunas, mein Bruder?«

Ich grinse belustigt und auch ein wenig verwirrt. Seit ein paar Tagen besucht uns Lior ziemlich häufig. Genau genommen, seit wir uns in Asher begegnet sind, als ich Essen in das Waisenhaus gebracht habe. Wir sind nebeneinander eingeschlafen und ich habe ihm eine Nachricht dagelassen, wo er mich finden kann. Er kam her. Aber so hat er sich noch nie benommen.

»Ist das eines deiner Spielchen wie in diesem Bordell?« Auch dort musste ich etwas von einer Frau abholen, die früher hier gelebt hat. Als ich da war, konnte ich nicht verstehen, wie sie das hier hinter sich lassen konnte. Nastras ist hässlich, dreckig und ungemütlich unpersönlich …

Die Musiker spielen ein aufgewecktes Lied und die Kinder beginnen zu tanzen. Ich lache und sehe dann wieder Lior an. Manchmal verstehe ich ihn nicht. Was genau will er von mir? In diesem Bordell wollte er mich küssen. Ich habe ihn abgewiesen und seitdem kommt er ständig zu Besuch. Dieses Fest wollte er sich auf keinen Fall entgehen lassen. Er sagte, er wolle mit der ungewöhnlichsten Frau tanzen, die ihm je begegnet sei. Doch jetzt wirkt er abwesend und seltsam.

»Ich muss kurz mit Regulus sprechen.«

»In Ordnung«, sage ich und setze mich zu Martha, die gerade Blumenkränze für die Haare flicht.

Nach ein paar Minuten kommt Lior ziemlich wütend zurück. »Ich hasse diesen Bastard jetzt schon.«

»Red nicht so über ihn.« Ich stupse ihn an. Dann setze ich mir den Blumenkranz auf und sehe ihn fragend an. »Was sagst du?« Ich spüre, dass er ernst bleiben will, aber ein Lächeln kämpft sich an die Oberfläche.

»Du siehst glücklich aus.«

»Damit kann ich leben.«

Wir helfen noch weiter, bis es zu dämmern beginnt und Regulus das Fest eröffnet.

»Ich bin sehr froh, dass ihr alle da seid und dass wir heute einen besonderen Gast bei uns haben.« Er deutet auf Lior und all die Mädchen beginnen zu kichern. Verübeln kann ich es ihnen nicht. Ich will ihn schon seit unserer ersten Begegnung.

»Und als Rat, damit du verstehst, wie die Dinge in unserem Dorf so sind, Lior: Je mehr du etwas willst, desto eher vergisst du, was dir dabei im Weg steht, und wirst Teil einer Welt, in der es möglich wäre.« Er grinst liebevoll. Aber Lior scheinen seine Worte nicht zu erfreuen.

Auch den Rest des Abends verhält er sich seltsam und entzieht sich mir. Stattdessen trinkt er Met und redet mit anderen Frauen aus dem Dorf.

Als ich mir einen Platz ein wenig abseits auf der Wiese suche und mich hinlege, um die Sternschnuppen zu beobachten, steht er plötzlich über mir.

»Darf ich?«

»Klar«, sage ich und klopfe neben mich auf das Moos. »Du warst heute anders.«

Er schweigt kurz, dann räuspert er sich und ich drehe meinen Kopf. Sehe direkt in seine stählernen Augen.

»Wie bin ich denn sonst?«, fragt er, als hätte er es selbst vergessen.

»Na ja ich kann nicht sagen, dass du sonderlich nett bist. Um Sprüche bist du nicht verlegen. Und dass du meiner Freundin schöne Augen gemacht hast, war auch nicht gerade nett.«

»Mila?«

Ich nicke. Was ist denn heute mit ihm los?

»Du erinnerst dich also an die letzten Tage und magst mich trotzdem?«

»Ich weiß noch nicht, ob ich dich mag«, entgegne ich ehrlich und lache. »Aber ich finde dich anziehend.«

»Das könnte tatsächlich der Wahrheit entsprechen.«

»Warum sollte es auch nicht? Es hat mir viel bedeutet, dass du hergekommen bist. Ich hatte Angst, dich nie wieder zu sehen.«

Sein Gesicht verkrampft sich. Aber warum?

Ich räuspere mich. »Du musst mir vielleicht ein bisschen mehr von dir erzählen, damit es nicht nur bei dieser Anziehung bleibt. Wie war deine Kindheit?«

Er hebt die Brauen, kurz bevor er sich wieder zum Himmel richtet. Ich sehe ihn weiter an. Seine strengen Gesichtszüge und die gerade Nase, seine langen Wimpern.

»Meine Kindheit war ... wie jede andere auch, würde ich sagen.«

»Ich wette, meine war anders.«

Er grinst. »Ich war nicht wirklich existent. Für mich selbst schon und für einige Bedienstete im Schloss. Aber für meine Eltern ... für sie nicht. Ich war einfach nur da. Es gab immer jemand anderen, der wichtiger und kränklicher war als ich. Also wurde er auch das Wichtigste für mich.«

»Wer?«

»Lunas, mein jüngerer Bruder«, antwortet er, lässt es aber wie eine Frage klingen.

»Ging es ihm nicht gut als Kind? Hat er es überlebt?«

»Ja«, sagt er zögerlich. »Aber diese Krankheit könnte ihn jederzeit töten.«

»Gut, dass er dich hat und weiß, dass du eines Tages König wirst und für das Volk da bist.«

»Ich glaube nicht, dass ich ein sonderlich guter König wäre.« Er schnaubt.

»Warum nicht?«

»Erzähl du mir etwas von deiner Kindheit. Vor diesem Dorf.«

Ich reibe meine Lippen aufeinander. »Meine Mutter wuchs in dem Glauben auf, dass Asteria etwas Böses und Schlimmes sind. Später gab es dann noch diesen Mann, der die Sterne verfolgen ließ und sie in ihrer Abneigung bestätigte. Also musste ich mich immer verdeckt halten.«

»Das tut mir leid.«

»Du kannst nichts dafür«, entgegne ich bitter. »Es war verdammt schwer nicht zu wissen, was da mit mir passiert. Immer wenn Menschen mich berührt haben, dann habe ich sie sterben sehen. Sie lieben und leiden sehen. Ich habe so viele Emotionen gesehen, die nicht meine waren, dass ich mich irgendwann verschlossen habe.« Ich atme tief ein. Noch nie habe ich das hier zugegeben. Nicht einmal vor mir selbst. »Mila sagt immer, dass ich keine Gefühle habe. Und vielleicht ist es so. Vielleicht habe ich sie spätestens ausgestellt, als Mutter starb und ich mich allein durchschlagen musste. Allein und gefangen zwischen all den Menschen, die mich berührten und mir damit ihr Schicksal in die Seele brannten. Vielleicht hatten meine eigenen Emotionen da einfach keinen Platz mehr.«

»Das wusste ich nicht.«

»Woher auch?«, frage ich irritiert. »Ich bin dann aus dem Dorf, aus dem ich komme, abgehauen und habe mich in einer Scheune in der Nähe von Asher versteckt. Dort gab es ein paar verfaulte Äpfel für die Schweine, die ich mir nahm. Und dann fand Lupin mich.«

Ich mache eine kurze Pause und denke an sie. Denke daran, wie sehr sie mein Leben gerettet hat. »Sie nahm mich in ihrem Waisenhaus auf. Aber erst nachdem sie mich entlaust hatte. Ich bringe ihnen immer noch Essen vorbei. Das habe ich dir ja bei unserer ersten Begegnung erzählt. Leider ist sie bereits gestorben. Wahrscheinlich wollte sie einfach nicht mehr mitansehen, wie ich mir mein Leben versaue, indem ich eine Lehre nach der anderen geschmissen habe.«

»Du bist also aufmüpfig.« Er lacht heiser und mir fährt es durch meinen gesamten Körper.

»Ich denke ja. Ich lasse mir ungern etwas vorschreiben. Nur, dass das manchmal zum Leben gehört – das habe ich nie richtig begriffen.« Ich entdecke eine Sternschnuppe am Himmel. »Hast du sie gesehen?«, frage ich aufgeregt und setze mich auf.

»Habe ich«, sagt Lior mit einem Lächeln in der Stimme und richtet sich ebenfalls auf. Dann treffen sich unsere Blicke. Kurz flackert etwas in meiner Brust, aber dieses Gefühl bleibt nicht. Als könne mein Körper mittlerweile von selbst Gefühle löschen, bevor sie wirklich aufflammen.

Er legt seine Hand an meine Wange und meine Barriere fällt. Ich erkenne die Sicheln und kleinen Sterne in seinem Gesicht, an seinem Hals, seiner Brust, die sich schneller hebt und senkt als zuvor. »Ich hatte keine Ahnung, wer du eigentlich bist.«

»Wir kennen uns doch auch kaum.«

»Aber ich habe mir ein Bild über dich erlaubt.«

»Warum?« Meine Stimme bebt, während mein Körper brennt. Regelrecht in Flammen steht. Seine Nähe fühlt sich richtig an. Lior hat diese Wirkung auf mich. Schon damals in Asher, obwohl wir uns nicht wirklich berührt haben.

»Weil ich wollte, dass du ein egoistisches Miststück bist.«

»Das wolltest du?«, frage ich überrascht. Sein Daumen wandert zu meiner Unterlippe und lässt sie prickeln.

»Weil …« Er stockt. »Ich weiß es nicht. Vielleicht um mich selbst zu schützen.«

»Vielleicht weil ein zukünftiger König keine Waise lieben darf. Und erst recht keinen Asteri.«

»Vielleicht«, gibt er zurück und sieht mich noch durchdringender an. Dann verkrampft sich sein Gesicht. Er schließt die Augen und schüttelt den Kopf.

Ich rücke näher an ihn heran und er hält den Atem an.

»Ich bin nicht gerade nett.«

»Ich weiß«, sage ich ehrlich. »Ich will das hier auch nicht, weil ich dich so gern hab oder mich in dich verliebt habe.« Seine Lider zucken. »Das könnte ich nämlich nicht.«

Er nickt, als wüsste er bereits sein Leben lang, dass er nicht liebenswert sei. Aber das hat nichts mit ihm zu tun. Ich rücke noch näher. So nah, dass sich unsere Lippen beinahe berühren.

»Das darf ich nicht«, knurrt er.

»Warum?«

»Wegen …« Wieder fehlen ihm die Worte.

Ich nutze die Stille und küsse ihn. Seine Lippen sind kühl. Als auch er mich küsst, bebt mein Körper.

»Shedir. Lass das bitte.«

»Warum?« Er sagt so vieles, was er nicht begründen kann. »Hier sind nur wir beide. Und wir wollen es.«

Kurz sehe ich ihm in die Augen. Aber es fühlt sich wie eine Unendlichkeit an. Eine, in der ich so viel in diesen grauen Iriden lesen kann. Vor allem eines: unbändiges Verlangen.

Dann packt er meinen Nacken und küsst mich. Er lehnt sich über mich, bis ich wieder im Gras liege und er sich über mich beugt. Ich spüre seinen Körper an meinem. Sein Kuss wird leidenschaftlicher. Intensiver. Einnehmend. Er fasst mich an. Berührt mich überall. Und alles brennt noch Sekunden nach dem Kontakt. Seine Hände wandern unter mein Kleid, meine Beine hinauf.

»Das ist es, was du willst, nicht wahr?«

Ich nicke, weil es die Wahrheit ist.

»Wurdest du schon einmal berührt?«, fragt er und lässt seine Finger Kreise über meine Schenkel ziehen.

»Nicht von einer Hand«, sage ich, weil es bisher immer eher nur reiner Sex war. Da ging es nicht um mich.

Er grinst und lässt seine Finger weiter oben zwischen meinen Beinen tanzen. Ich keuche. Ein atemraubendes Gefühl packt mich und drückt mir auf die Kehle. Seine Finger bewegen sich und jede Berührung fährt mir in den gesamten Körper. Währenddessen umschließt seine andere Hand ganz sanft meinen Hals. Er sieht dabei zu, wie ich mir vor Lust auf die Unterlippe beiße.

»Gefällt dir das?«, schnurrt er.

Ich nicke. Nicke und nicke, während ich mir weiter auf die Lippe beiße, um nicht zu schreien.

»Und das?« Seine Finger fahren in mich. Ich stöhne. Er lässt meinen Hals los und legt mir seine Hand über den Mund, während er schelmisch grinst. »Psst, Gezeichnete.«

Ich schlucke. Seine Berührung ist wie eine Droge. Sein Duft wie ein Rausch. Kurz verharrt er, bevor er seine Finger wieder kreisen lässt. Fester nun und ein wenig schneller. Ich weite meine Beine, spanne meine Schenkel an.

»Ich will dich«, sage ich und beginne, an seiner Hose herumzunesteln.

Er sieht sich um. »Hier?«

Ich nicke, während sich seine Finger weiterbewegen. Mir stockt der Atem, als das Gefühl kurz davor ist in mir zu explodieren. Während ich meine Hände in sein Hemd kralle, sieht er mich an. Da ist etwas in seinen Augen. Etwas Ungezähmtes, als er mir dabei zusieht, wie ich die Kontrolle verliere.

Doch plötzlich ist da eine Erkenntnis. Er stoppt.

»Nein, Lior!«, flehe ich. Seine Augen sind panisch auf mich gerichtet. Von weit weg höre ich ein Lachen. Liors Oberlippe zuckt.

»Bitte«, flüstere ich, weil ich keine Ahnung habe, was das soll. Er kämpft mit sich selbst und dann bewegen sich seine Finger wieder.

»Das darf ich nicht, er …«

Ich stöhne, kralle meine Finger in seinen Nacken und ziehe sein Gesicht zu meinem. Küsse ihn. Er zögert, doch dann erwidert er meinen Kuss. Als ich ablasse, sieht er mich wieder an. Sieht mir zu. Sieht mich. Ein allumfassendes Gefühl ergreift mich und ich fühle mich einige Sekunden schwerelos, bevor meine Muskeln sich wieder anspannen und ich die Beine leicht zusammenkneife.

Noch immer schaut mich Lior an. Da ist etwas, das er in mir zu erkennen scheint. Oder in sich. Und dann ist es, als würde ich erwachen. Aus einer Starre erwachen, in die Regulus mich versetzt haben muss.

»Was …?« Erschrocken weite ich meine Augen, als ich begreife, was wir hier gerade getan haben. Und dass wir ihn einfach vergessen haben. »Lunas«, flüstere ich. Lior entzieht sich mir und steht auf. Ich setze mich und ziehe meine Knie an.

»Verdammt!«, knurrt Lior und tritt gegen etwas, bevor er sich zu mir hockt. »Ist alles gut bei dir? Es tut mir leid.«

»Nein. Es ist alles in Ordnung. Da ist nur …«

»Das schlechte Gewissen?«

»Wir wussten nicht …«, versuche ich mich rauszureden. Doch aus was eigentlich? Lunas und ich haben uns als Fremde kurz geküsst. Der andere Kuss war nur, um sein Schicksal zu sehen. Wir lieben uns nicht. Sind kein Paar, auch wenn Lior verkündet hat, dass wir Verlobte sind. Und doch fühlt es sich falsch an. Weil ich weiß, dass Lunas mich mag und ich auch ihn. Ihn mögen könnte. Mehr als Lior, der so gar nicht in meine Welt passt.

»Wir müssen gehen. Wenn du bereit bist.«

Ich nicke und erhebe mich. Da tritt Regulus auf uns zu.

»Tolles Spiel«, faucht Lior und rammt ihn, als er mich an der Hand an ihm vorbeizieht.

»Du willst mich nicht zum Feind, Lior. Such nicht nach ihnen.«

»Warum hältst du mich nicht hier und jetzt auf? Dein Spiel ändert nichts. Ich werde meinen Bruder retten.«

»Und sie damit verlieren?«

Lior erwidert nichts. »Noch einmal. Warum hältst du mich

nicht auf?« Ein wissendes Lächeln spielt um Liors Lippen, während er meine Hand fester drückt. »Weil du es nicht kannst.« Lachend schüttelt er den Kopf. »Du bist an einen Fengari gebunden.« Er zieht mich weiter hinter sich her. Hinein in den Thronsaal, an dem gigantischen Baum vorbei in die Vorräume und weiter in den Wald, wo Lunas, San und die anderen stehen und uns irritiert mustern.

»Kamt ihr gerade aus diesem Baum?«, fragt San und legt den Kopf schief.

»Nein, wir …« Ich drehe mich um, doch der Palast, das Tor … alles ist verschwunden. Als wäre es nie da gewesen. Als hätten wir das alles nur geträumt. Dann sehe ich Lunas' Blick auf unsere ineinander verschränkten Finger und unser zerzaustes Äußeres und ich wünschte, es wäre ein Traum gewesen.

Aber es ist passiert. Egal ob Regulus mir die Erinnerungen an Lunas genommen und mir andere eingepflanzt hat. Zwischen Lior und mir ist etwas. Wieder einmal habe ich egoistisch gehandelt.

Rasch lasse ich Liors Hand los und gehe auf Lunas zu. »Wir dachten, du wärst in Gefahr«, ist das Erste, was mir über die Lippen kommt. Und selbst in meinen Ohren klingt es wie eine dumme Rechtfertigung. Ich hätte mich nie auf Regulus einlassen sollen. Dabei hat mich Lior gewarnt.

»Wie kommt ihr hierher?«, fragt Lior, der sie skeptisch mustert.

»Die Männer von Kara sagten, dass wir hier warten sollen. Wir sind seit Stunden hier«, erklärt Lunas kühl. »Wir sollten nach Nastras reiten und dort könnt ihr uns alles erzählen.«

San holt die Pferde, auch ein eigenes für mich. Wir sprechen kaum, während wir bis ins Morgengrauen reiten.

Als wir endlich in Nastras ankommen, verabschiede ich mich und gehe in die Gasse zu Milas und meinem Haus. Keiner sagt etwas dagegen. Lior kann Lunas erzählen, dass nun auch Regulus auf dem Plan steht und was er eigentlich will. Wirklich wissen können wir das beide nicht. Aber von ihm geht eine große Gefahr aus. Vor allem, weil diese Nova ihm gehorcht.

Als ich eintrete, mir einen Wein nehme und mich an den Küchentisch setze, knurrt mein Magen. Ich schnappe mir einen Apfel, schneide mit meinem Messer ein Stück ab, stecke es mir in den Mund und höre mir selbst beim Kauen zu. Ich bin nicht gut darin allein zu sein. So wie ich mich rein emotional manchmal abschotte, könnte man meinen, dass ich am liebsten immer allein wäre. Aber das ist nicht wahr. Im Gegenteil. Meine Gefühle werden laut, wenn es um mich herum leise ist. Emotionen, die ich nicht hören will.

In der Hoffnung, dass Mila noch nach Hause kommt, sitze ich einige Stunden einfach nur da und starre den Stiel des Apfels an, den ich übrig gelassen habe. Arvo hat selbst den immer mitgegessen. Er sagte, es sei in Manswek so üblich, was ich für ein Gerücht halte, das er sich selbst ausgedacht hat. Schließlich ist er schon als Kleinkind zu Lupin in das Waisenhaus gekommen.

Ich nehme die Kerze vom Esstisch und gehe hinauf in mein Zimmer. Die Treppe knarrt und hinterlässt ein mulmiges Gefühl in mir. Auch so etwas, was ich durch die Gesellschaft von Menschen zu vermeiden versuche. Angst. Sie begleitet mich schon mein Leben lang. Vor allem in Momenten, in denen die Sterne leise sind. Und heute sind sie verdammt still.

Als ich die Tür schließe, die Kerze abstelle, meine Schuhe ausziehe und mich auf das Bett lege, umfängt mich ein ungewohnter Geruch, der alles noch schlimmer macht. Ich würde nicht sagen, dass sich mein kleines Zimmer im Burgfried nach Zuhause angefühlt hat, aber es war das, was dem Gefühl, das ich bei Lupin hatte, am nächsten kam.

Jetzt ist alles neu. Auch die Gerüche. Und vor allem die Einsamkeit. Selbst im Burgfried wusste ich immer, dass Mila in der Nähe ist. Auch Murra und meist einige Gäste in den Zimmern.

Ich schließe die Augen. Mir ist fast schon übel vor Müdigkeit und doch bin ich zu unruhig, um zu schlafen.

Und dann höre ich ein Geräusch. Ein Knarren. War das die Tür? Angst klettert meine Kehle hinauf. Ja, ich bin ein Asteri, habe gegen eine Nova gekämpft und mich Regulus gestellt. Aber ich habe gerade panische Angst, weil jemand dieses Haus betritt. Ich bete, dass es Mila ist.

Ein weiteres Knarren. Endlich erhebe ich mich und schleiche zur Tür. Ein kalter Lufthauch zieht darunter hinein und streift meine Beine. Das da draußen ist nicht Mila. Ich spüre es. Verdammt. Mit aller Kraft versuche ich gegen diese Angst anzukämpfen und mich zu bewaffnen. Aber ein Schwert habe ich nicht hier und mein Messer habe ich in der Küche liegen lassen. Also greife ich nach einem Buch. Keine sonderlich gute Waffe, aber der alte Wälzer ist schwer und könnte den Einbrecher zumindest so lange außer Gefecht setzen, bis ich aus dem Haus gerannt bin.

Den Einband fest umklammert positioniere ich mich neben der Tür und warte, bis sie aufgeht. Ich will gerade zuschlagen, als ich eine junge Frau dort stehen sehe. Überrascht reiße ich die Augen auf. Mein Blick wandert über die silbrigen Eisenmale auf ihrer dunklen Haut. Sie muss aus Lishan stammen. Vor allem aber ist sie eine Gezeichnete. Wie ich. Und damit ein Asteri.

Ihre silbrigen Augen glänzen in der Dunkelheit. Genauso wie der Sternenstaub, der sich um ihre Hände ihre Arme hinaufschlängelt. Ich weiche einen Schritt zurück.

»Wer bist du und was machst du hier?«, frage ich mit bebender Stimme. Warum sagt sie nichts? Warum steht sie einfach so in meinem Schlafzimmer und starrt mich an?

»Du bist es doch, die nach mir sucht.«

»Was?«, frage ich verwirrt und sehe hinab zu ihrer Hüfte, an der sie zwei kleine Dolche und ein Schwert trägt.

»Keine Sorge, ich werde dir nichts tun«, sagt sie und mustert das Buch, das ich immer noch angriffsbereit über meinem Kopf halte. »Das kannst du runternehmen, es könnte nicht einmal eine Fliege abwehren, so sehr wie du zitterst.«

»Was zum Henker machst du in meinem Haus?«

Sie schnuppert. »Das hier ist nicht dein Haus.«

Hat sie das gerade etwa gerochen?

Nur weil es ziemlich schwer wird, nehme ich das Buch wirklich runter und lege es zurück in das Regal.

»Willst du mir nicht etwas zu trinken anbieten? Macht man das hier in Nimue nicht?«

»Doch, aber …«

»Aber?«

»Es ist nicht so, als hätte ich dich eingeladen, mein Gast zu sein.«

»Und doch bin ich hier. Glaub mir, du willst hören, was ich dir zu sagen habe.«

Ich atme tief durch, gebe dann auf und gehe vor in die Küche, wo immer noch der Krug mit dem Wein und mein Glas stehen. Verächtlich hebt sie ihre Brauen. Bevor ich etwas Dummes erwidere – sie ist eindeutig besser bewaffnet als ich –, stelle ich ein weiteres Glas dazu und schenke in beide Wein ein.

Sie nickt dankbar und setzt sich dann.

Diese Situation ist seltsam und doch nehme ich ebenfalls Platz. Ich spüre eine Verbindung zwischen uns. Eine, die darüber hinausgeht, dass wir beide Sterne sind.

»Du musst aufhören, nach uns zu suchen.«

»Nach euch?«

»Nach den anderen Alphasternen.«

Ich verenge den Blick und spüre in mich hinein. Versuche eine Beziehung zwischen ihr und dem zu finden, was ich in Lunas' Zukunft gesehen habe. Eine andere Erklärung dafür, dass sie der Meinung ist, ich hätte nach ihr gesucht, gibt es nicht.

Mit bebender Brust mustere ich ihre blauschwarzen Haare, die seidig über ihre Schultern auf ihre Brust fallen, die mit blauen Tattoos bemalt ist. Um den Hals trägt sie eine breite silberne Kette. Und auch an ihren Ohren hängt Schmuck. Dennoch sieht sie aus wie eine Kämpferin.

»Wer bist du? Und wie konntest du spüren, dass ich nach dir suche?«

»Ich habe es gemerkt, als du von deinem wahren Erbe erfahren hast. Du hast quasi nach uns gerufen. Ich würde meine Hand darauf verwetten, dass die anderen es auch gespürt haben.«

Ich runzle die Stirn. Sie würde ihre Hand verwetten? Kopfschüttelnd blicke ich sie an. »Welches Erbe?«

Sie legt den Kopf schief. »Du weißt wirklich nicht, wer du bist und wer ich bin, oder?«

»Wir sind Asteria. Und wir haben etwas mit dem Schicksal des Kronprinzen zu tun«, sage ich, obwohl ich nicht sicher bin, ob sie wirklich einer der Asteria ist, die ich brauche.

»Du weißt aber schon, welches Sternbild du verkörperst?«

»Cassiopeia.« Ich erwähne nicht, dass ich erst seit Kurzem Kenntnis von etwas so Wichtigem habe.

»Und weißt du auch, wer Cassiopeia ist? Kennst du dein Erbe?«

Ich atme tief durch, weil sie mich behandelt, als wäre ich ein Kind, das belehrt werden muss. »Sie war eine Königin, die Gattin von Kepheus und die Mutter von Andromeda, die wiederum Perseus geheiratet hat.«

»Und alle zusammen bilden die königliche Familie des Himmels.« Sie lächelt mich wissend an. »Und du bist die Königin.«

»Dann bist du ...«

»Sirrah, der Alphastern von Andromeda. Also deine Tochter.« Sie lacht. Mir allerdings ist speiübel und so gar nicht nach Lachen zumute. Ich bin keine Königin.

»Aber das ist nur eine dumme Geschichte«, versuche ich das herunterzureden, was sie gesagt hat. Königliche Familie des Himmels. Das sind nur Volksmärchen.

»Sag das denen, die die königliche Familie schon seit Jahrhunderten suchen. Wir sind eine Bedrohung für ihre Herrschaft. Und genau deshalb verstehe ich nicht, warum du nach uns rufst.« Sie räuspert sich. »Ich weiß, was du tun willst und vor allem mit wem. Das darfst du nicht.«

»Warum nicht? Wir könnten den Kronprinzen retten.«

»Das weißt du nicht. Keiner von uns weiß es. Und wie gesagt: Nicht alle wollen, dass wir zusammenfinden und uns verbinden.«

»Aber die Möglichkeit besteht, einen Menschen zu retten.«

»Ist das mein Problem?« Sie wirkt unsicher, fast meine ich so was wie Angst in ihr zu erkennen.

»Das ist es, wenn dieses Königreich den Bach runtergeht, weil Lior abgedankt hat. Das wäre für uns alle nicht gut. Die anderen Reiche würden Nimue einnehmen wollen und gegeneinander kämpfen. Auch dein Königreich würde in den Krieg ziehen, um mehr Land sein Eigen nennen zu können und Nimues Reichtümer zu bekommen.«

Sie atmet schwer, nimmt einen Schluck und sieht sich dann unruhig um. »Lior ist nicht der, für den du ihn hältst, Shedir.«

»Er ist kein Sternenschlächter.«

Sie schnauft. »Und das glaubst du weshalb? Weil er es dir gesagt hat? Er hat dir nicht einmal gesagt, wer du wirklich bist, obwohl er es weiß.« Sie schüttelt den Kopf. »Bist du wirklich so naiv? Was, wenn wir seinen Bruder nicht retten können? Meinst du wirklich, er gibt dann auf? Oder wird er uns zwingen, unsere Mächte zu vereinen, um ihn zu retten? Weißt du eigentlich, was wir für eine tödliche Magie besitzen würden, wären wir alle zusammen?«

Ich schlucke und schüttele den Kopf. Ich habe bisher nicht

darüber nachgedacht, dass die Vereinigung auch eine Gefahr darstellen könnte. Warum auch? Bis gerade eben wusste ich nicht einmal, dass es eine königliche Familie des Himmels gibt und ich dessen Königin sein soll. Ich kann nicht einmal meinen Sternenwind kontrollieren.

»Das, was ich dir jetzt sage, darfst du niemandem erzählen.«

Ich hebe meine Brauen. »Wir kennen uns nicht. Ich würde lügen, wenn …«

»Es geht auch um dich und dein Überleben. Einer von uns ist nicht so wie wir. Er ist ein Monster.«

»Wer ist es?«, frage ich, als würde ich die anderen bereits kennen.

»Das ist es, was du niemals jemandem sagen darfst, Shedir. Es würde diese Welt zerstören. Da ist ein königloses Königreich das geringste Problem.«

Ich verziehe den Mund. Ihre Hand schnellt vor und ergreift meine. Nun spüre ich noch deutlicher als zuvor diese Verbindung zwischen uns. Als wären wir wirklich Familie.

»Du weißt zumindest, dass von den Sternbildern nur die Alphasterne auf die Erde kamen, aber trotzdem die komplette Macht und das Schicksal des Sterns besitzen?«, fragt sie.

Ich nicke. Das ist etwas, was jeder über die Asteria weiß. Sie sind zwar nur nach einem Stern benannt, stehen aber für das gesamte Sternbild. Die übrigen Sterne aus einem Sternbild werden nicht als Menschen wiedergeboren.

»Der Alphastern von Andromeda ist kein gewöhnlicher Stern.«

»Also du?«, frage ich zögerlich. Sie schüttelt den Kopf und nickt dann doch.

»Er ist ein Doppelstern. Wir sind zwei. Zwillinge. Und … Sie ist ein Monster. Dennoch stehen wir beide für das Sternbild und tragen das Erbe der Andromeda in uns.« Die blanke Panik steht ihr ins Gesicht geschrieben. Dann lässt sie meine Hand los und fingert an ihrer Kette herum, bis sie sie löst und so einen Blick auf ihren Hals zulässt. Dort prangt eine riesige Narbe.

»Das war sie. Da war sie zehn.«

»Sie hat versucht dich zu töten? Deine Schwester? Mit zehn?«

Sirrah nickt. »Um die königliche Familie des Himmels zusammenzubringen, bräuchten wir auch sie, was keiner außer uns beiden und ihr weiß. Und das muss so bleiben, denn sie würde uns alle töten und unsere Macht nutzen, um diese Welt zu zerstören.«

»Aber warum?«

»Weil sie böse ist. Einfach deshalb. Sie wurde schon böse geboren. Ich kam mit Wunden und Würgemalen auf die Welt.«

Entsetzt starre ich sie an. Dieser Zwilling, von dem sie spricht, hat bereits im Leib ihrer Mutter versucht, sie zu töten? Das klingt wie ein gruseliges Ammenmärchen.

»Sie kann nicht einfach so böse sein.«

»Kann man schon. Außerdem hat unser Doppelstern einst zu Pegasus gehört. Ein geflügeltes Pferd, das aus Medusas Kopf erschaffen wurde. Sie sagt dir etwas, oder?«

Ich nicke. Die Geschichte der Sternbilder haben wir am Anfang der Lehre durchgenommen. Aber ich war mir sicher, dass diese Geschichten nichts mit mir zu tun haben – nur Geschichten sind.

»Glaub mir, Medusa würde vor meiner Schwester davonrennen. Sie jagt die königliche Familie seit Jahren. Und das macht dein Vorhaben noch gefährlicher.«

»Aber wir können Lunas helfen.«

»Können wir das wirklich? Ich habe es gespürt, als du ihn berührt hast. Ich habe gesehen, was du gesehen hast, und seitdem ziehen mich die Sterne zu dir. Alles, was die Sterne sagen, ist, dass wir etwas mit seinem Schicksal zu tun haben. Nicht aber, dass wir ihn retten. Was, wenn wir es sind, wegen denen er stirbt?«

Ich fahre mir durch mein Gesicht und mein Haar. Das sind einfach zu viele Informationen. Die Option, dass wir Lunas nicht retten, sondern seinen Tod bedeuten könnten, habe ich nie in Betracht gezogen. Was, wenn es das ist, was unser Schicksal für uns bereithält? Das würde mein Versprechen und meinen Plan zerstören.

Sirrah greift über den Tisch und nimmt wieder meine Hand. »Wir sind eine Familie, Shedir. Du, Alderamin, Mirfak und ich. Und sogar meine Schwester.« In mir regt sich etwas bei ihren Worten. *Familie.* Das ist alles, was ich je wollte. Was, wenn es mir bei den anderen so geht wie mit ihr? Da ist eine urtümliche Verbindung. Eine, wie Mila sie zu Aaron hat oder Lior zu Lunas.

Draußen knackt etwas und Sirrah sieht sich augenblicklich kampfbereit um. Sie erhebt sich und zieht einen Dolch.

»Schwesterchen«, erklingt eine grausam melodische Stimme von draußen. Mir wird eiskalt. Mein Blick gleitet zum Fenster und ich erkenne einen Schatten hinter den vergilbten Gardinen.

»Sie hat uns gefunden«, wispert Sirrah und zieht mit der anderen Hand ihr Schwert. »Sie muss deinem Ruf gefolgt sein. Verdammt.«

»Das ist eine wirklich dumme Idee!«, höre ich plötzlich eine männliche Stimme von draußen und der Schatten huscht davon. Es ist Sans Stimme. Sie klingt unbeschwert, also scheint sich Sirrahs Schwester versteckt zu haben. Oder sie ist gegangen. Fürs Erste.

»Ich muss mit ihr reden.« Lunas. Ich sehe zu Sirrah, die mich skeptisch mustert. Mein Blick wandert zur Tür.

Nach ein paar Sekunden klopft es.

»Wer ist das?«, fragt sie ruhig. Viel zu ruhig.

»Lunas und sein Wächter San.«

Genervt verdreht sie die Augen, geht dann zur Tür und öffnet sie. Ich folge ihr und sehe direkt in die irritierten Gesichter von Lunas und San.

»Wer bist du?«, fragt San scharf und umgreift den Griff seines Schwertes.

»Eine Freundin von Shedir«, entgegnet sie knapp. »Wir trinken Wein, wollt ihr auch?« Sie versucht lässig zu klingen, ich allerdings höre die Angst in ihrer Stimme, dass ihre Schwester immer noch draußen lauern könnte.

»Was zum …« San sieht von ihr zu mir. Ich schnaufe, hebe beide Hände in die Luft und winke sie dann herein.

Das kann nur seltsam werden. Bevor ich die Tür schließe, sehe ich mich noch einmal in der Gasse um, finde aber niemanden. Doch noch immer prickelt diese subtile Angst unangenehm auf meiner Haut, als könnte ich spüren, dass Sirrahs Schwester immer noch in der Nähe ist.

Sirrah setzt sich und trinkt von ihrem Wein, während ich San und Lunas zwei Gläser reiche und sie sich an die Theke in der Küche stellen.

Ich beuge mich zu Sirrah. »Was machen wir mit deiner Schwester?«, flüstere ich so unauffällig wie möglich.

»Sie wird nicht angreifen, solange die beiden hier sind.«

Als ich Lunas' und Sans erwartungsvolle Stimmung spüre, wende ich mich ihnen zu.

»Was macht ihr hier?«

»Zuerst würde ich gerne wissen, wer sie ist«, sagt San herrisch, fast so, als dürfte ich in dieses Haus nur angemeldete Gäste mitbringen. Ich schaue zu ihr, um das ihr zu überlassen. Sirrah zögert kurz, schnalzt dann aber mit der Zunge, als wäre es jetzt auch egal.

»Sirrah, Alphastern der Andromeda.«

Lunas verzieht sein Gesicht. »Du bist eine der Asteria, die

mein Bruder sucht?« Er weiß also auch von meinem Erbe. Warum haben sie mir das nicht gesagt?

»Sucht«, lacht sie abschätzig. »Wohl eher jagt. Nur dass er bisher keinen von uns als Hilfe hatte.« Sie wirft mir einen bösen Blick zu.

»Und weshalb bist du hier?«, fragt Lunas scharf. Er scheint zu bemerken, dass sie ihm nicht helfen will.

»Ich will Shedir mitnehmen. Weg von euch und vor allem deinem Bruder.«

»Er ist nicht das Monster, für das ihn alle halten«, entgegnet er matt. Fast enttäuscht.

»Also kennt ihr die Lager, in denen er Asteria gefangen hält und foltern lässt?«

Betretenes Schweigen setzt ein.

»So etwas würde er nie tun.« Lunas' Stimme klingt belegt.

Sirrah lacht. »Na dann kommt mit und ich zeige sie euch. Es gibt eines hier in Nimue.«

»Ist das wahr?« Meine Frage ist an Lunas und San gerichtet.

»Es sind keine Lager und sie sind nicht gefangen.«

»Du wusstest es also?« Fassungslos sehe ich Lunas an.

»Er hat einen Platz für sie geschaffen, Shedir.« Er will meine Hand ergreifen, doch ich ziehe sie zurück. »Sie können dort lernen und in den Sternen lesen. Sie sind wie eine eigene Gilde. Er hat das für solche wie euch möglich gemacht.«

»Solche wie wir?« Er sagt es, als wären wir keine Menschen, sondern irgendwelche Dinge.

»Du weißt, was ich meine.«

»Weiß sie das?«, fragt Sirrah und erhebt sich. »Wo ist dein Bruder jetzt, hm?«

»Zurück nach Asher geritten.«

»Um von dort aus nach Astras zu gelangen, nicht wahr?«

»Astras?« Von einer Stadt mit diesem Namen habe ich nie gehört.

»Eine Insel. Nur mit Asteria. Und natürlich Wachen, damit sie nicht abhauen.«

Wieder schweigen San und Lunas.

Meine Kehle schnürt sich zu. »Ist das wahr?«

»Es ist nicht unwahr«, versucht San sich wenigstens irgendwie zu äußern. Besser macht es das allerdings nicht.

»Bring mich dahin. Und ihr kommt mit. Ich will es sehen. Bevor ich mit Lior durch die Königreiche reise, um meine Familie zu suchen.« Es fühlt sich richtig an, dieses Wort zu benutzen. Das erste Mal in meinem Leben.

»Ach, jetzt sind sie deine Familie?« San schüttelt den Kopf. »Sie ist eine Fremde.«

»Genau wie du. Wie ihr alle. Ich kenne euch seit ein paar Tagen. Lunas bin ich zwar früher begegnet, aber nicht als der, der er ist. Er hat mich belogen. Also zählt das nicht.«

»Ich habe nur nicht gesagt, was ich bin. Wer ich bin, hast du kennengelernt.« Er tritt näher und ein Teil in mir wünscht sich, ihm nah sein zu wollen. Aber das will ich nicht. Ich wollte es mal, aber …

»Du kennst mich, Shedir. Diese Insel ist gut für die Asteria.«

»Dann zeigt sie mir und ich mache mir ein eigenes Bild davon.«

»Schön«, brummt er und winkt San zu. »Sattel die Pferde.«

»Ich bringe uns nach Asher«, sagt Sirrah gelassen und hochmütig zugleich. Dann erscheint Sternenstaub an ihren Handflächen. Sie wirbelt ihn um uns herum und meine Sicht verschwimmt. Mein Körper fühlt sich schwerelos an. Bis er heftig und schmerzhaft auf steinernen Boden knallt.

Ich blinzle und reibe mir mein Steißbein, während ich aufstehe und den Marktplatz von Asher erkenne.

»San?« Eine junge Frau in der Kleidung der Königswache tritt zu uns und sieht auf uns hinab. Sirrah ist die Einzige, die steht.

»Kaori«, stöhnt San schmerzhaft, richtet sich aber schnell auf und nimmt seine übliche stramme Haltung an.

Seine Schwester wirkt verdutzt, bevor sie Lunas erkennt und sich augenblicklich verbeugt. »Hoheit.« Als sie sich wieder erhebt, tritt sie zu ihm und hilft ihm auf.

»Nenn mich nicht so, Kaori«, gibt er liebevoll zurück und nimmt sie in den Arm.

»Was macht ihr hier?«

»Wir wollen nach Astras«, erklärt Lunas.

Sie fixiert Sirrah und mich, aber offenbar sind die Wachen hier über die Insel eingeweiht. Meine Male sind wahrscheinlich versteckt, Sirrah wirkt allerdings nicht wie jemand, der sein Äußeres verändert, um nicht aufzufallen. Stattdessen tritt sie vor und schenkt Kaori einen intensiven Blick.

»Hübsch«, quittiert sie und wendet sich dann wieder ab. Sichtlich aus dem Konzept gebracht, schüttelt Sans Schwester den Kopf und sieht zur Werft.

»Lior ist vor einer halben Stunde abgefahren. Warum seid ihr nicht mit ihm zusammen gekommen?«

»Weil er ein sternschlachtender Bastard ist«, sagt Sirrah zuckersüß. Kaoris Augen weiten sich. »Kleiner Spaß unter Freunden«, winkt Sirrah dann ab. Ich schließe die Lider und atme durch.

»Okay. Dann … nehmt mein Schiff. Ich wecke Tor und Hain.«

»Das musst du nicht«, sagt Lunas und schenkt ihr ein Lächeln.

»Genau genommen muss ich, Lunas. Auch wenn du der zukünftige König bist, unbemannt dürft ihr nicht nach Astras übersetzen. So will es das Gesetz.«

»Ernannt von …« Sirrah legt den Finger an den Mund, als würde sie überlegen. »Von wem nur … mh.« Sie streckt den Finger in die Höhe. »Ah. Ich hab's! Von Lior.«

Alle blicken sie an. Ich frage mich, ob alle aus Lishan so sind. Vielleicht ist ihr Humor einfach anders.

»Wir haben nicht die ganze Nacht Zeit, also weck diese beiden Kerle, die auf eine verstörende Weise beide Namen haben, die etwas mit Holz zu tun haben.«

Kopfschüttelnd macht sich Kaori auf den Weg.

»Du bist echt ziemlich komisch«, sagt San.

»Und du bist verklemmt.« Sie sieht an ihm hinab. »Nein. Ehrlich. Du könntest dich der Gruppe der Hölzernen anschließen. Vielleicht fragst du Tor und Hain mal, ob du mitmachen darfst. Auch wenn der Stock bei dir nicht im Namen, sondern in deinem A–«

»Es reicht«, unterbricht Lunas und hebt die Hand. San ballt seine Hände zu Fäusten. Lunas tritt zu mir und senkt seine Stimme. »Du wirst dort nicht sehen, was du erwartest, Shedir.«

»Was erwarte ich denn?«, fordere ich ihn heraus.

»Ein Gefangenenlager. Etwas, das dich an Lior zweifeln lässt. Das dich von ihm entfernt. Aber das wird dir nicht so leicht gemacht.« Er klingt betrübt. Wahrscheinlich, weil er ahnt, dass da etwas zwischen Lior und mir ist.

Ein lautes Lachen von Sirrah zieht meine Aufmerksamkeit auf sich. »Das ist echt urkomisch!«, quietscht sie und deutet dabei auf die beiden Männer, mit denen Kaori gerade zurückkommt. Sie sind groß und stämmig. Und ja, mir ist auch klar, dass das wieder etwas mit Holz zu tun hat.

Ich grinse. Sirrah ist wirklich komisch, aber es ist schön, jemanden um sich zu haben, der über die kleinsten Dinge lacht.

Als wir zum Anlegeplatz über den Steg gehen, sehe ich ein Licht in weiter Ferne.

»Ist das Astras?«, frage ich Lunas und als ich gerade an den Horizont deuten will, explodiert dort etwas. Ein Leuchten, bunt und grell. Und unnatürlich. Schatten legen sich in Sekundenschnelle darüber.

»Pegasi«, höre ich Sirrah mit angstverzerrter Stimme hauchen.

Ich sehe zu ihr. Mein Herz stolpert. Und ich weiß sofort, wer Pegasi ist. Ihre Schwester.

»Sie muss uns belauscht haben. Ich habe ihr nie etwas von der Insel erzählt. Wir müssen dahin. Sofort!« Der Klang ihrer Stimme verrät mir, wie viel Furcht wir haben müssen. Und wie viel Tod uns erwartet.

KAPITEL 10

Tor und Hain rudern so schnell und stark, dass mir bereits nach ein paar Schlägen ein verbrannter Geruch in die Nase steigt.

Die Insel kommt immer näher und ich wünsche mir, dort Asteria zu sehen, die in ihrem friedlichen Zuhause angegriffen wurden. Und nicht freudig sind, weil sie befreit werden.

An einem felsigen Ufer legen wir an. Hier ist weitestgehend alles ruhig. Vor uns ragen riesige Bäume aus dem steinigen Boden. Ihre Äste hängen in das Wasser hinein und hinter ihnen erstreckt sich ein großer Mischwald aus Laub- und Nadelbäumen. Der Rauch kommt von der anderen Seite.

Ich springe vom Boot und bemerke kaum, dass meine Stiefel durchnässt werden. Schnell wate ich durch das Wasser und halte nur für Sirrah an, bevor wir zusammen durch das Dickicht in einen Wald treten.

Lunas und San holen auf und beginnen zu rennen, als ein lauter Knall die Erde beben lässt. Kurz sieht Lunas zu mir zurück und ich erkenne die Panik in seinen Augen. Die Angst um seinen Bruder.

»Sie müssen bei der Festung am See sein«, ruft Kaori hinter mir und deutet nach rechts. Hektisch rennt sie an mir vorbei und stößt mich dabei an. Für den Bruchteil einer Sekunde berühren ihre Finger meine und Bilder blitzen vor meinem Auge auf. Sie sind so deutlich wie nie zuvor. Dort ist eine Frau, die beinahe wie Sirrah aussieht. Wären da nicht die weißen Augen und die schwarzen Adern in ihrem Gesicht. Das muss Pegasi sein. Sie lächelt und rammt dann ihre Hand in Kaoris Brust, reißt ihr das Herz heraus und … beißt in es. Ich zucke zusammen. Bleibe stehen und würge.

»Wie können wir es verhindern?«, fragt Sirrah sofort. Es ist das erste Mal in meinem Leben, dass ich jemandem begegne, der mich so gut versteht.

»Kaori!«, rufe ich. Zögerlich dreht sie sich mir zu. Natürlich. Wir kennen uns nicht. Und normalerweise mische ich mich nicht in das Schicksal von Menschen ein. Aber ich muss es nicht mehr verstecken. Also eile ich auf sie zu und umklammere ihren Oberarm. Die Verwirrung in ihrem Gesicht wird noch stärker und lässt meine Brust brennen. Diesen Blick kenne ich. Die Art, wie man Verrückte ansieht. Verrückte, wie man mich für eine hält, weil ich mehr sehe als normale Menschen. »Du musst hierbleiben.«

»Was?« Sie schüttelt den Kopf und sieht dann fast angewidert zu San und Lunas, die ebenfalls stehen geblieben sind. Lunas wirkt verdutzt, während San mich durchdringend mustert. »Ich werde ganz sicher nicht …«

»Doch, wirst du!«, mischt San sich ein und tritt zu seiner Schwester.

»Spinnst du jetzt vollkommen, San?«

»Sie ist ein Asteri«, flüstert er, als wäre es ein verbotenes, böses Wort. Kaori wirft mir einen verstohlenen Blick zu.

»Bitte hör auf mich«, flehe ich. Auch wenn sie mir fremd ist, erkenne ich Liebe und Loyalität in ihr. Natürlich sehe ich den Tod von Menschen. Aber in diesen winzigen Sequenzen kann ich auch sie und ihre Seele spüren.

»Ich soll also einfach hier herumstehen und was tun? Däumchen drehen, während mein König sich in Gefahr bringt?« Sie wirkt fassungslos und gleichzeitig angsterfüllt, denn sie weiß, dass ich recht habe. Aber sich selbst zu schützen widerspricht ihrem Kodex.

»Ich befehle es dir. Geh zurück zum Boot und wartet dann am Ostufer auf uns«, ertönt nun Lunas' Stimme, die wieder viel mehr nach dem König klingt, der er ist.

Sie presst die Lippen aufeinander und ballt widerwillig die Hände zu Fäusten. Nickt dann aber und rennt zurück, ohne sich zu verabschieden.

»Los!«, ruft dann San, weil wir ihr alle nachsehen. Wir laufen weiter, bis wir das Licht des Feuers erkennen. Ich spähe durch die Bäume auf einen See, in dessen Mitte eine kleine Burg steht. Sie ist nur durch eine blumenbewachsene Landzunge zu erreichen. Hinter dem See brennen Bäume und auch aus einem Turm der Burg steigt Rauch.

Die Bilder, die ich von Kaoris Tod gesehen habe, haben mir steinerne Wände und Fackeln gezeigt. »Sie ist in der Burg.«

Ich konzentriere mich auf meine Macht, auf den Sternenstaub. Und als ich sie nicht sofort spüre, sehe ich Sirrah an. Die silbernen Strähnen in ihren schwarzen Haaren reflektieren das rötliche Licht des Feuers und auch in ihren hellen Augen erkenne ich die Spiegelung der lodernden Flammen.

»Wie benutze ich meinen Sternenstaub? Und was kann er?« Ich hoffe auf eine schnelle Antwort. Dass es genauso einfach ist, wie Lior es beschrieben hat, denn für eine Lehrstunde bleibt keine Zeit. Sirrah legt den Kopf schief. Wie bei unserer ersten Begegnung tanzt der Sternenstaub bereits um ihre Finger und ihre Unterarme. Bei ihr wirkt es, als wären sie und ihre Macht eins.

»Die Antwort lebt in dir, Shedir.«

Ich atme tief ein. Wenn ich einen Golden bekommen würde für jedes Mal, wenn mir jemand so kryptische Antworten gibt, wäre ich reich.

»Sag es mir. Vielleicht finde ich es dann auch in mir selbst«« , sage ich im Gehen. Der Rauch kommt immer näher.

»Sternenstaub ist die Vorstufe des tödlichen Sternennebels. Das ist es, was übrig bleibt, wenn eine Nova einen Asteri zum Implodieren bringt. Der Nebel setzt die Schwerkraft außer Gefecht und tötet damit die Menschen. Sternenstaub entsteht, wenn du deinen Körper herunterkühlst und dein Licht zum Strahlen bringst. Es ist ganz einfach, weil es deine Natur ist. Du kannst damit Stoßwellen erzeugen. Sogar tödliche. Und deine Lichtenergie kann Menschen verbrennen.«

Mein Herz pocht laut und rhythmisch. Als würde sich mein Körper darauf einstellen, das zu tun, wofür ich bestimmt bin. Je ruhiger meine Atmung wird, desto kühler wird mein Körper. Und dann finde ich mein Licht in mir und versuche es zu verstärken. Ich denke an Regulus. An diese enorme Leuchtkraft, mit der Lior sein Licht reflektiert hat. Wenn er doch entscheidet, mein Feind zu sein, muss ich ihn und seine Nova besiegen können. Muss etwas ändern können, wenn er mich und die anderen vernichten will, um selbst zu herrschen. Sollte dieser Tag kommen, muss mein Licht eines Tages heller strahlen als seines.

Ich nicke Sirrah zu, blicke danach zu San und Lunas. »Dann greifen wir jetzt an.«

Es ist keine Frage. Auch wenn Lunas der König ist. In der Burg sind Asteria und ich bin die Königin des Himmels. Egal ob ich das wirklich glauben oder begreifen kann, es ist meine Bestimmung. Mein Schicksal. Sirrah glaubt an mich, also tue ich es auch.

Wir schleichen uns die Böschung hinunter. Die Luft wird rauchig und kratzt in meinem Hals. Die Äste der Büsche und kleineren Bäume streifen meine Arme, aber es wäre zu riskant den kleinen steinernen Weg entlangzugehen. Wir riskieren schon genug, da wir über die Landzunge zur Burg müssen. Aber Pegasi erwartet uns sicher bereits.

»Halt!«, höre ich Sans Stimme hinter mir, bevor wir die geschützte Böschung verlassen. »Was ist der Plan? Und warum ist diese Pegasi so gefährlich? Woher kennt ihr sie?«

»Ich kenne sie nun einmal, und sie ist ein Monster. Sie benutzt ihren Sternenwind für das hier …« Sie deutet auf die Feuer, die immer größer werden.

»Und wir marschieren da zu dritt rein, in der Hoffnung, dass wir sie schlagen? Wie soll das gehen? Ich werde Lunas nicht einer solchen Gefahr aussetzen.«

»Dann soll dein komischer König eben hierbleiben.« Sie winkt ab, als wäre ihr dieses Gespräch lästig. Aber ich erkenne in ihren Augen, dass sie Angst hat. Dass auch sie weiß, dass wir ohne einen vernünftigen Plan keine Chance gegen ihre Schwester haben. Aber was sollte uns einen Vorteil verschaffen?

»Du bist ein Nachfahre des Lishans. Du siehst also mein Feuer und wie stark es ist«, erwidert Sirrah sicherer, als sie aussieht.

»Und das reicht, um sie zu besiegen? Deine Körperhaltung sagt etwas anderes.«

Sirrah zischt.

Ich berühre ihren Arm und ziehe so ihre Aufmerksamkeit auf mich. »Was will sie?«

»Ich habe keinen blassen Schimmer.«

»Dann denk nach. Niemand kennt sie so gut wie du.« Ich nicke ihr aufbauend zu. Sie presst die Lippen aufeinander und bewegt sie hin und her.

»Ich weiß es wirklich nicht. Wenn jemand etwas davon hat, dass wir unsere Mächte vereinen, dann sie. Ihr gesamtes Wesen ist nur darauf ausgerichtet, so viel Macht wie möglich zu besitzen.«

Ich denke nach. »Wie hast du mich so schnell gefunden?«

»Das sagte ich dir bereits. Ich habe deinen Ruf gespürt. Das Versprechen, dass du uns suchen willst.«

»Und dann bist du einfach hergekommen? Von wo? Lishan?«

Sie nickt. »Warum hattest du dieses Bedürfnis? Nur um mich aufzuhalten?«

»Ich habe gemerkt, dass du in Gefahr bist.« Sie sieht zu Boden. »Und du bist nun einmal meine Königin. Meine Familie.«

»Und dieses Gefühl hattest du vorher nie?« Ich frage, weil es viele Momente in meinem Leben gab, in denen ich mir gewünscht habe, jemand würde mein Flehen nach Hilfe erhören. Oder auch einfach nur diese Einsamkeit beenden, die mich seit jeher auffrisst.

»Diese Gefühle habe ich erst, seit ich dein Versprechen dem Sternenschlächter gegenüber gespürt habe.«

»Also will sie was? Dass die anderen der Himmelsfamilie ebenfalls herkommen? Um mich zu schützen?«

Sirrah verengt ihren Blick. »Das darf nicht passieren.«

»Warum nicht?«, mischt sich San ein. »Es würde all unsere Probleme lösen und Lior müsste nicht zusammen mit ihr auf die Suche nach den anderen gehen.«

»Nein. So einfach ist das nicht. Wir wissen nicht, wie Alderamin und Mirfak sich verhalten. Wir haben keine Ahnung, ob sie ebenfalls nur Macht wollen. Also müssen wir sie erst beobachten und ausspionieren, damit wir sicher sein können, dass sie auf unserer Seite sind.«

»Und du? Bist du auf unserer Seite?«, hakt San mit zusammengepressten Zähnen nach. Er vertraut ihr nicht. Aber er kennt sie auch nicht. Er fühlt nicht diese Verbindung zu ihr wie ich.

»Ich bin auf Shedirs Seite.«

»Ich weiß, wie wir das hier beenden«, sage ich und blicke zur Burg. Der einzige Trumpf, den ich besitze, ist mein Leben. Wenn ich sterbe ... bekommt sie nie die Macht, die sie will. Also kann ich sie damit erpressen, auch wenn ich nicht wirklich vorhabe, meinem Leben ein Ende zu setzen. Doch wenn es sein muss, würde ich es dann tun? Sterben? Für die Asteria und

Sirrah? Für sie alle? Vielleicht. Auch wenn ich panische Angst davor habe, nie meine wahre Bestimmung zu finden und etwas zu ändern. Dennoch treffe ich eine Entscheidung, streiche einen Ast zur Seite und gehe auf die Landzunge zu. Dort liegen einige tote Körper. Mit aller Macht versuche ich ihre verbrannten Gesichter zu ignorieren. Es nicht an mich heranzulassen. Vom Inneren des Schlosses ertönen Schreie und auch aus dem brennenden Wald erklingen bestialische Schreie. Ich bemühe mich, durch den Mund zu atmen, um dem Gestank zu entfliehen.

»Shedir!«, knurrt San, folgt mir aber. »Ich hoffe wirklich, dass du weißt, was du tust.«

Ich werfe ihm einen Blick zu. Versuche ihm stumm zu zeigen, dass ich gerade nicht handle wie das Mädchen, das er kennengelernt hat. Aber es wäre zu viel verlangt, wenn er nur dadurch plötzlich an jemanden glaubt, der ihn bisher immer nur enttäuscht hat. Nicht einmal ich selbst tue es. Und mit jeder Leiche, über die ich steige, weniger.

Ich habe die Nova angelockt und damit für Murras Tod gesorgt. In der Burg bin ich gegen Sans ausdrückliche Bitte hinausgegangen und lag am Ende halb bewusstlos vor Schmerz am Eingang des Palastes, wodurch auch Lior erfahren hat, was ich bin. Dann war ich mit Lior verschwunden. In irgendeinem Baum und schließlich habe ich Sirrah in mein Haus gelassen, die damit ihre Schwester und all das hier auf den Plan gerufen hat. Ich bin nicht vertrauenswürdig. Aber ich weiß, dass Pegasi alles will. Nur meinen Tod nicht.

Also gehe ich weiter. Der Rauch wird dichter und das Atmen fällt mir immer schwerer. Die Schreie fahren mir durch den Körper und nur mit größter Mühe schaffe ich es weiterzugehen. Gleichzeitig versuche ich meinen Puls zu beruhigen und mein Blut herunterzukühlen. Nach dem Licht in mir zu suchen und es in Energie umzuwandeln.

Ich trete durch das riesige Holztor, das offen steht. Asche und

Rauch blasen uns entgegen. Kurz wende ich mein Gesicht ab und erkenne dabei Sirrah, San und Lunas hinter mir. Sirrahs Sternenstaub tanzt um ihren gesamten Körper. Lunas und San halten ihre Schwerter angriffsbereit in die Höhe. Konzentriert schließe ich meine Augen, öffne sie wieder und lasse Sternenstaub aus meinen Händen fließen. *Er gehört zu mir.* Das sage ich mir immer wieder und es hilft. Er verfestigt sich, wird fast eins mit mir. Und auch wenn er lang nicht so dicht und hell ist wie der von Sirrah, so ist er dennoch da und kann etwas bewirken.

Mein Magen krümmt sich ein wenig und lässt mich Übelkeit verspüren. Die Anstrengung hat einen Preis. Ich schlucke dagegen an und gehe weiter, bis ich durch eine weitere Tür in einen riesigen Saal gelange. Am Boden sitzen Menschen. Nein, keine Menschen. Es sind Asteria. Ich spüre es. Sie sind gefesselt und beobachten uns mit Argwohn, als wir eintreten. Mein Blick gleitet über sie bis hin zu einem Thron, auf dem eine Frau sitzt, die ich bereits in Kaoris Schicksal gesehen habe. Neben ihr steht Lior, dessen Zeichnungen und Male hell leuchten. Doch die grauen Augen wirken benebelt und apathisch. Sein Körper schlaff und zittrig. Diese Burg scheint so etwas wie der Zweitsitz des Königs gewesen zu sein, bevor Lior ihn übernommen hat.

Ich sehe wieder zu Pegasi, die mich breit anlächelt. Ihr Haar weist mehr von den silbrigen Strähnen auf als das von Kaori und ihre Augen sind grell weiß statt silbrig. Die Zeichnungen in ihrem Gesicht sind nicht eisern, sondern schwarz. In ihrer Hand hält sie einen kleinen Dolch. Seine Spitze drückt auf die Lehne des Throns und sie lässt ihn zwischen ihren Fingern tanzen.

»Schön, dass ihr auch zum Fest erscheint.«

»Das hier soll ein Fest sein?«, frage ich herablassend und hebe meine Brauen.

»Na ja, oder nennen wir es doch einfach Befreiungsaktion.«

Sie lacht hoch und schallend. Ihre Stimme ist generell ein wenig heller als die von Sirrah. Allerdings hat sie denselben lishanischen Akzent wie sie.

»Sehen diese Asteria hier befreit für euch aus?«, frage ich an San, Lunas und Sirrah gerichtet und lege den Kopf schief, als würde ich wirklich darüber nachdenken. Pegasi wirft mir einen zornigen Gesichtsausdruck zu. Fast wie ein Kind, das sauer ist. Und ja, genau das ist sie. Ein Kind. Ich erkenne es, weil ich selbst viel zu lange so ein Balg war.

Ganz kurz wage ich einen Blick auf Lior und meine Brust zieht sich seltsam zusammen. Ein ungewohntes Gefühl. Ich habe Angst um ihn.

»Was hast du mit ihm gemacht?«, ich deute mit meinem Kopf auf Lior, als wäre es nur eine Nebensache.

»Ich habe ihn« Sie bewegt ihre Finger wie eine Hexe. »Verzaubert.«

Ich sehe zu Sirrah.

»Sieh gefälligst mich an!«, schreit Pegasi. Offenbar ist Sirrah die Gelassene von den beiden.

»Was willst du?«, frage ich also direkt heraus.

»Ich will, dass wir eine große, glückliche Familie werden.« Sie lacht, aber ich höre auch ein winziges bisschen Ehrlichkeit aus ihren Worten heraus. Egal wie böse sie ist, auch sie sehnt sich danach, zugehörig zu jemandem zu sein. So wie auch ich.

»Du willst unsere Macht.«

»Das auch.« Sie wirft eine Hand über ihre Schulter, als wäre das nur nebensächlich. »Mir ist langweilig, fesselt sie.«

Gerade will ich lachen, weil hier niemand ist, doch dann werde ich bereits von hinten gepackt. Ein Geruch steigt mir in die Nase, den ich fast so gut kenne wie meinen eigenen. Ich drehe mich um. Arvo. Er muss mit Lior hier gewesen sein, als Pegasi angegriffen hat. Seine Augen sind ebenfalls benebelt. Ich will Sternenstaub auf ihn schicken, aber er gehorcht mir nicht. Und da Sirrah sich ebenfalls nicht wehrt, bin ich mir sicher, dass Pegasi unsere Macht unterbindet.

»Was macht sie mit ihnen und uns?«, frage ich leise an Sirrah gerichtet, während sie sich kampflos und genervt die Hände hinter den Rücken binden lässt. Auch ich wehre mich nicht. Das würde nichts bringen. Pegasi ist kein normaler Asteri. Sie ist ein bockiges Kind, das uns bestrafen wird, wenn wir nicht genau das machen, was sie will.

»Was ist jetzt mit deinem tollen Plan?«, zischt San. Er ist der Einzige, der sich wehrt, aber sofort ein Knie im Rücken hat und auf dem Boden liegt.

Die Männer, die uns fesseln, tragen alle das Emblem des Wolfs. Es sind Liors Männer.

»Sie erhitzt ihr Gehirn.«

Wieder dieses beißende Gefühl in meiner Brust. »Und …«

»Sie werden wieder.« Ich weiß nicht, ob ich das glauben kann. »Es ist wie ein schlimmes Fieber oder ein starker Sonnenstich.«

Ich schaue über die Schulter zu Arvo, doch er erkennt mich nicht und zieht die Fesseln nur noch strammer. Also versuche ich mich auf das Wesentliche zu konzentrieren.

»Was bringt dir das hier? Warten wir jetzt, ob die anderen Asteria der königlichen Himmelsfamilie auftauchen?« Ich will einen Schritt vorwärts machen, doch sofort zieht Arvo mich zurück.

Pegasi nickt ihm zu. »Lass sie ruhig zu mir.«

Ich trete vor, bis ich bei ihr ankomme und sie direkt ansehe. Aus der Nähe wirkt ihre mörderische Ausstrahlung noch angsteinflößender. Aber diese Angst darf ich nicht empfinden. Ich denke zwar, dass die beiden anderen Alphasterne längst aufgetaucht wären, würden sie so empfinden wie Sirrah, dennoch will ich ihnen keinen Anlass geben, doch noch hier zu erscheinen. Sirrah hat recht. Wir kennen sie nicht. Und Pegasi könnte sie davon überzeugen, dass Macht alles bedeutet.

Plötzlich zerreißt ein lauter Knall von draußen die einge-kehrte Stille. Kurz zuckt etwas durch Pegasis Augen, was mir zeigt, dass sie keine Ahnung hat, woher diese Explosion kommt. Verdammt.

Wie soll ich gefesselt meinen Plan umsetzen, sie mit meinem eigenen Tod zu bedrohen? Das war eine dumme Idee. San wuss-te es, nur wollte ich es mal wieder nicht glauben. Aber einen letzten Trumpf habe ich noch.

»Wir haben die anderen bereits.«

Sie verengt ihren Blick und steht auf. Es ist seltsam, dass sie wie eine richtige Frau aussieht, obwohl sie sich so kindlich be-nimmt. »Du lügst.«

»Gut.« Ich zucke mit den Schultern. »Glaub mir nicht und warte, bis sie hier auftauchen.«

»Sie werden nicht kommen«, knurrt sie hinter mir.

Ganz langsam und bedacht wende ich mich ihr wieder zu. »Ich könnte dich zu ihnen bringen.«

»Warum solltest du das tun?«

»Warum nicht? Warum sollte ich diese Macht nicht auch wollen? Wir wären frei. Unaufhaltsam.«

»Ich habe gespürt, was du willst«, sagt sie ruhig, aber der Zorn brodelt schon wieder an der Oberfläche. »Ihn retten.« An-gewidert deutet sie auf Lunas.

»Töte ihn jetzt, dann gibt es niemanden mehr, der gerettet werden muss.«

»Nein!«, schreit San. Einige der gefesselten Asteria beginnen zu tuscheln.

»Das kann ich nicht.«

»Warum nicht?« Ich lächle. Denn ich kenne die Antwort. Die Sterne würden sie bestrafen. Ihr derart schreckliche Qualen be-reiten wie die, die ich gespürt habe, als ich dachte, er wäre in Gefahr. Ich will mir nicht ausmalen, was die Sterne mit mir machen würden, wenn ich versuchen würde, ihn zu töten. Wir fünf stecken da zusammen drin. Das habe ich deutlich gespürt. Die gesamte königliche Himmelsfamilie wird von den Sternen dazu gedrängt, sein Schicksal zu ändern.

»Wo sind sie?«

Offenbar hat sie den Köder geschluckt. Jetzt muss ich nur besonnen bleiben und mir einen Ort aussuchen, an dem wir die Überhand haben. Aber wie sollten wir das schaffen, wenn sie derart mächtig ist? Das einzige Wesen, das mir einfällt, was es mit ihr aufnehmen könnte, ist Regulus. Aber der will verhindern, dass wir Lunas' Schicksal ändern, und würde sie wahrscheinlich töten. Doch wir brauchen sie lebend. Lior wäre auch jemand, der eine Chance gegen sie hätte, auch wenn er nur Sterne in den Schlaf versetzen kann, die zu dem Zeitpunkt schwach sind. Er würde sicher einen Ort kennen. Aber mit ihm kann ich nicht reden. Er … Mein Blick wandert zu ihm. Was, wenn ich mit ihm reden könnte? Was, wenn sein Kopf zwar benebelt, seine Macht aber intakt ist und er mich in meinem Traum besuchen könnte? Ich muss es riskieren. Liors Finger zucken ganz leicht.

»Warum sollte ich dir das sagen?« Ich lache und schreite vor ihr auf und ab. »Du benimmst dich wie ein verzogenes Kind.« Sie ballt ihre Hände zu Fäusten. »Sirrah erzählte mir, wie mächtig du seist.« Ich lache lauter. »Davon sehe ich nichts.«

»Leg es nicht darauf an!«, knurrt Pegasi und schlägt mir Sternenstaub ins Gesicht. Es fühlt sich an wie eine Ohrfeige. Ich fasse mich und sehe sie fest an.

»Warum nicht, mh?« Langsam drehe ich mich um und hebe meine Hände. »Befrei mich und beweis mir, was du ohne deinen Sternenstaub bist. Ein Kampf. Frau gegen Frau. Nur unsere Fäuste.« Ich sehe über die Schulter zu ihr. Überrascht und auch ein wenig belustigt öffnet sie den Mund. Natürlich. Wir wissen beide, nein, jeder in diesem Raum weiß, dass ich keine Chance habe. Pegasi ist muskulös, wohingegen ich ein dürres Etwas bin.

»Du wärst innerhalb von Sekunden bewusstlos.«

Und genau das ist es, was ich will.

»Beweis es mir!«

»Es reicht!«, ruft Lunas von hinten. Aber er hat hier nicht das Sagen. »Hör damit auf, Shedir.«

Ich grinse Pegasi frech an. »Doch nur ein kleines armseliges Mädchen, das Krieg spielen will.«

Innerhalb von Sekunden lösen sich meine Fesseln durch ihren Sternenstaub und sie hebt ihre Fäuste. Ich tue es ihr gleich und stelle mich kampfbereit hin. Sie greift nicht an, weshalb ich aushole und ihr meine Faust entgegenschmettere. Mit Leichtigkeit fängt sie diese ab, zieht mich zu sich und rammt mir ihr Knie in den Magen. Schmerz explodiert in meiner Körpermitte. Ich ringe nach Luft, stelle mich aber wieder aufrecht hin. Bevor ich erneut versuchen kann zuzuschlagen, trifft mich ihre Faust mitten im Gesicht. Meine Nase knackt und beginnt zu bluten. Tränen schießen mir in die Augen und da landet sie bereits einen weiteren Schlag gegen meinen Hinterkopf. Sterne tanzen vor meinen Augen, aber ich bleibe bei Bewusstsein. Also stelle ich mich erneut aufrecht hin und hebe die Fäuste. Trete und schlage in die Luft wie ein verwundetes Tier. Sie lacht laut und dann rammt sie mir ihren Fuß in die Brust. Wie ein gefällter Baum stürze ich nach hinten und lande auf meinem Hinterkopf. Ein pulsierender Schmerz breitet sich in mir aus.

Pegasi erscheint über mir. »Schlaf schön, Königin des Himmels.« Das Letzte, was ich sehe, ist ihr Schuh über meinem Gesicht.

Dann ist da nur noch Schmerz und Leere.

KAPITEL 11

Ich blinzle. Die Dunkelheit benebelt mich und obwohl ich nicht bei Bewusstsein bin, spüre ich die pochenden Schmerzen in meinem Kopf.

»Lior?« Mein Ruf hallt von den unsichtbaren Wänden wider. Dieses Mal erkenne ich keinen Raum. Alles ist schwarz. »Lior!«, schreie ich wieder. Nichts. Oh, bitte, bitte.

»Warum hast du das getan?« Ich spüre Liors Hand, die sich auf meine Wange legt. Erst da bemerke ich, dass ich liege. Nach und nach erkenne ich sein Gesicht. Er streicht mir sanft über die Haut.

»Wo kann ich sie hinlocken? Wo haben wir eine Chance?« Irritiert sieht er mich an. Als wüsste er nicht, wovon ich rede. »Pegasi«, erkläre ich und hoffe, dass sein Verstand irgendwie wahrnehmen kann, was da gerade um ihn herum in der echten Welt passiert. Vielleicht hilft es ihm, zu erwachen.

»Du musst deinen Körper herunterkühlen. Können Fengari das?«

»Ja«, sagt er abwesend und mustert weiter mein Gesicht.

»Lior!«, versuche ich ihn aus seiner Starre aufzuwecken.

Benommen schüttelt er den Kopf. »Ich … ich dachte, ich sehe dich nie wieder.« Er klingt ehrlich und der Sarkasmus, der sonst immer da ist, ist verschwunden.

»Lior!«, wiederhole ich, statt darauf einzugehen, und sehe ihn fest an. »Was soll ich machen? Ich brauche dich.« Es fällt mir nicht leicht, das auszusprechen. Aber es ist die Wahrheit. Er ist ein Kämpfer. Und hat sein Leben lang trainiert, um Feinde in die Flucht zu schlagen. Auch wenn Pegasi sehr mächtig ist, muss er eine Lösung haben. Ich war im Gegensatz zu ihm nie eine Kadettin, also ist es nur logisch, dass ich seine Hilfe brauche.

Er denkt kurz nach. »Wo hält sie uns gefangen?«

Meine Brauen heben sich. Ist er wirklich so abwesend, dass er nicht einmal das weiß?

»Im Thronsaal.« Mir liegt die Frage auf den Lippen, ob er hier wirklich die Asteria gefangen hält, aber das ist nicht der richtige Moment.

»Die Burg hat eine Schutzvorrichtung. Wahrscheinlich sind sie alle deshalb hier. Sobald Astras angegriffen wird, sollen sie sich in die Burg begeben und ihre Mächte bündeln.« Nach und nach verlieren seine Augen den grauen Schleier. »Die Burg wurde von Asteria gebaut und kann ihren Sternenstaub in sich aufnehmen.«

»Und was passiert dann?«

»Du musst sie zuerst hier herunterlocken.«

Nach und nach bildet sich ein Raum um uns herum. Ich erkenne steinerne nasse Wände, auf denen die Spiegelung der Fackeln tanzen. Weiter hinten befinden sich Kerker. Wir müssen im unterirdischen Bereich der Burg sein.

»Wenn sie dann oben im Thronsaal ihre Mächte bündeln und dabei das Sternbild berühren, das ich in den Boden gemeißelt habe, dann wird sie durch die Wucht der Lichtmagie zurückgestoßen. Sorg dafür, dass sie vor einem der Kerker steht und du … dich schnellstmöglich in Sicherheit bringst.« Er greift nach meiner Hand und drückt kurz zu. »Verstanden?«

»Und sie kann sich aus einer Zelle nicht befreien? Sie schmilzt gerade die Köpfe von mehreren ausgebildeten Wachen.« Ich entziehe ihm meine Hand und gehe zu einem der Kerker. Mir ist warm und meine Finger prickeln. Warum macht seine Berührung das mit mir? Natürlich ist er verdammt attraktiv und hat diese starke, sichere Ausstrahlung. Gepaart mit der düsteren Aura und dem harten Willen ist er das Abbild von einem Mann, dem man verfällt. Und ja, auch ich bin davor nicht gefeit und oberflächlich gesehen zieht er mich an. Aber mein Blut sollte nicht derart kochen. Und auch mein Herz sollte nicht springen, nur weil er mich berührt. Da sollte nicht dieses Gefühl sein, was über das Körperliche hinausgeht. Wann ist das passiert? Vielleicht wollte ich damals in Asher mehr für ihn empfinden. Aber da wusste ich auch noch nicht, wer er ist. Ich will es nicht.

»Warum sollte sie nicht innerhalb von Sekunden die Eisenstäbe schmelzen?«

»Das kann sie nicht. Das kann kein Asteri, weil die Gitter aus Sternmaterie bestehen und mit Sternenstaub versiegelt wurden. Sie ist dann gefangen, bis wir sie rauslassen.«

»Du könntest hier also Asteria einsperren und für immer dort lassen? Zum Beispiel mich?«

»Ich werde dich hier niemals einsperren, Shedir. Und auch keine anderen unschuldigen Asteria. Versprochen.« Ruckartig sieht er sich um, als würde er etwas hören. »Du wirst wach. Lock sie hierher. Lock sie in den Kerker. Sobald sie eingesperrt ist, wirkt ihre Magie nicht mehr und ich bin sofort bei dir.«

Ich nicke und in der nächsten Sekunde spüre ich einen dumpfen Schmerz. Blinzelnd erkenne ich Pegasis bösartige Augen über mir.

»Na endlich. Willst du noch eine Runde oder bist du überzeugt, dass ich stärker bin?«

»Ich bin überzeugt«, brumme ich und setze mich langsam auf. Mein Kopf schmerzt so bestialisch, dass ich befürchte, mich gleich zu übergeben.

»Dann sag mir, wo sie sind.«

»Sie sind hier.« Ich schlucke hart, als würde es mir nur schwer über die Lippen gehen. Um das alles noch zu unterstreichen, funkle ich sie böse an, als würde sie gerade all unsere Pläne durchkreuzen.

»Warum kann ich sie nicht spüren?« Misstrauisch verschränkt sie die Arme.

»Weil ich sie geschützt habe.«

Sie mustert mich noch immer argwöhnisch, klatscht dann aber in die Hände, wobei ihr Sternenstaub herumgewirbelt wird. »Welch Zufall, na dann. Führ mich zu ihnen.«

Im Raum ist es still. Die gefesselten Asteria schweigen. Ich versuche jemanden zu finden, der meinen Blick erwidert. Der Erste, der mich direkt ansieht, ist ein älterer Mann. Mir entgeht nicht, dass er wohlgenährt und braun gebrannt ist. Sie alle sehen gesund aus. Nicht wie Menschen, die in Gefangenschaft leben und in Lager gesperrt wurden. Trotzdem ist allein diese Insel wie ein Gefängnis.

Ich sehe kurz zu Boden und nicke ihm dann zu. Mein Blick gleitet wieder hinab zu dem Sternbild, das ich nicht ganz sehen kann, weil Asteria darauf sitzen. Dennoch begreife ich sofort, welches Sternbild es ist. Meines. Das der Cassiopeia. Mir wird schwindelig, aber ich drücke diese Gefühlsregungen augenblicklich weg.

»Der hier kommt mit«, reißt mich Pegasi aus meiner Trance und schubst Lior nach vorn. Er fällt und stürzt ohne Halt mit dem Gesicht auf den Boden. Meine Hand ballt sich zur Faust, als sie genervt mit der Zunge schnalzt und einer der Wachen befiehlt, ihn aufzuheben. Sein Gesicht ist blutverschmiert und genauso ausdruckslos wie zuvor. »Los!«, befiehlt sie ihm und er setzt sich in Bewegung. Wie eine Marionette, die von ihr geführt wird.

»Und du ebenfalls. Die Königssöhne vereint. Ist das nicht

schön? Vielleicht können wir ihn dann unten augenblicklich töten und sein Bruder darf dabei zusehen.«

Meine Lider zucken. Sie fasst sein Schicksal also auch so auf? Unseres? Dass wir Lunas nicht retten, sondern ihn töten? Aber das kann nicht sein, ich habe die Bilder seines Todes gesehen und das waren nicht wir. Wir verhindern es.

Sirrah erhebt sich ebenfalls und folgt uns zornig. »Du wirst immer hässlicher«, zischt sie ihrer Schwester dann zu.

»Und du immer zynischer und unlustiger. Wobei. Witzig warst du eigentlich noch nie.«

Pegasi sieht mich an und lässt ihren Finger vor ihrer Stirn kreisen. »Dir ist sicher aufgefallen, dass sie ein wenig verrückt ist, nicht wahr?«

Ich bin versucht zu nicken, denn ganz normal ist Sirrah wirklich nicht. Aber wer ist das schon und was ist eigentlich normal? Also schweige ich und versuche den Weg zu gehen, den mir Lior in meinem Traum in meine Gedanken gerufen hat. Als wir die steinerne Treppe erreichen, die hinabführt, wird meine Kehle trocken. Das hier muss funktionieren. Wir haben keine andere Wahl. Ich kann nur hoffen, dass der Mann verstanden hat, was ich von ihm will. Außerdem muss er noch einen Moment warten. Erst muss ich sie zu einer der Zellen locken.

Als wir unten ankommen, lausche ich dem tropfenden Gemäuer und gehe weiter. Auch der Boden ist ein wenig nass und unsere platschenden Schritte hallen von den Wänden wider und übertönen alle anderen Geräusche. Nur eines nicht. Das meines Herzens in meinen Ohren. Es ist beinahe ohrenbetäubend laut.

»Hier hinten in den Zellen«, sage ich.

Pegasi geht an mir vorbei. In einer Sekunde wird sie sehen, dass die Zellen leer sind, und …

»Sie sind getarnt«, erfinde ich etwas, von dem ich nicht einmal weiß, ob es möglich ist, und deute auf ihre Hände. »Du musst sie mit Sternenstaub sichtbar machen.« Ich zeige ihr meine leeren Hände. »Meine Magie unterdrückst du ja.«

Als ich das sage, beginnen Zweifel in mir zu wachsen und an mir zu nagen. Was, wenn die Asteria oben gar nichts machen können, weil sie immer noch ihre Macht blockiert?

»Getarnt?«, hakt sie ungläubig nach.

Ich zucke nur mit den Schultern. »Das hat Lior gemacht. Frag ihn, wenn du wissen willst, wie er das geschafft hat.« Ich deute auf ihn. Mit einem abschätzigen Blick sieht sie ihn an. Lior reagiert nicht einmal.

Pegasi stöhnt und sieht zwischen mir und ihrer Schwester hin und her. »Lügt sie?«

Sirrah wird unruhig. Sie darf jetzt nicht die Fassung verlieren. »Nein«, sagt sie und tritt selbst vor. Dann stößt sie die Gittertür auf und deutet auf den steinernen Boden. »Sieh selbst.«

Pegasi tritt vor. Ich versuche Sirrah mitzuteilen, dass sie vom Eingang der Zelle verschwinden soll, da beginnt der Boden zu beben.

»Was soll das?«, schreit Pegasi und weicht zurück.

»Sirrah! Weg da!«, rufe ich und springe auf Pegasi zu, während Sirrah irritiert zurücktaumelt. In diesem Moment erwischt uns eine so heftige Stoßwelle, dass mir jegliche Luft aus den Lungen entzogen wird. Ich krümme mich, will wegrennen oder mich festhalten. Doch da spüre ich Pegasis kalte Finger, die sich um mein Handgelenk legen und mich mit sich reißen. Wir knallen gegen das Gitter. Ich beiße die Zähne zusammen und verscheuche die Sterne, die ich vor Augen sehe.

Dann drehe ich mich zu Pegasi und schubse sie mit voller Kraft. Sie hält sich fest. Tosender Wind reißt mich immer wieder nach hinten und drückt meinen Körper gegen die harten Stangen. Ich schreie, als eine meiner Rippen knackt. Mir wird übel. Aber das hier muss ich richtig machen. Ich muss es zu Ende bringen. Immerhin habe ich es San und vor allem Lunas versprochen. Wieder drücke ich mich mit all meiner Kraft von den Stäben weg. Pegasi versucht gerade, ihren Sternenwind zu sammeln, doch er weht immer wieder davon. Die Stoßwelle ist so laut, dass ich mich nicht einmal schreien höre. Aber ich spüre den Schmerz in meiner Kehle, als ich wieder zustoße und dieses Mal zusätzlich hinterhertrete. Pegasi rutscht ein Stück zur Seite. Sie ist beinahe in der Zelle, klammert sich aber an einer Stange fest. Ich kralle meine Finger in ihre. Ramme meine Fingernägel in ihre Haut und sehe sie lachen. Schmerzen scheinen ihr wohl nichts auszumachen. Was dann? Mein Tod? Oder war es töricht, das zu glauben? Kurz huscht Pegasis Blick über mich hinweg. Ich drehe mich mühsam um. Es ist, als würden wir in einem Jahrtausendsturm feststecken. Wasser peitscht mir ins Gesicht. Als ich Sirrah erkenne, die bewusstlos am Boden gegen eine Mauer gedrückt daliegt, begreife ich, was Pegasis Schwachstelle ist.

Ich sehe mich um. Hier sind keine Waffen. Nichts. Und dann sehe ich Lior, der ebenfalls gegen den Wind kämpft, aber wieder bei Bewusstsein zu sein scheint. Lunas sitzt neben Sirrah am Boden und krallt seine Hände in einen Stein über ihm. In seiner Brust steckt etwas Metallenes. Blut fließt aus der Eintrittsstelle. Die Bilder seines Todes tauchen vor meinem inneren Auge auf. Ich erschaudere, schreie Lunas' Namen, bis er zu mir aufsieht. Seine Fesseln sind gelöst.

»Töte sie!« Ich deute auf Sirrah neben ihm.

Er sieht mich schockiert an. Pegasi knurrt neben mir. Ich höre es kaum. Es ist so laut. Also schreie ich es noch lauter. Brülle es, damit auch Pegasi es hört. »Töte sie! Erwürg sie. Und hör erst auf, wenn Pegasi in ihrer Zelle ist!«

Lunas' Augen sind weit aufgerissen, als er den Kopf schüttelt. Und als ich gerade meine letzte Karte als verloren werten will, sehe ich Lior, der sich von der anderen Seite zu Sirrah kämpft, sich über ihren bewusstlosen Körper hievt und seine Hände um

ihren Hals legt. Mir wird übel. Lunas hätte es nie zu Ende gebracht. Aber Lior … Eigentlich weiß er, dass Sirrah auch für ihn
von größter Bedeutung ist. Aber ich bin mir nicht sicher, zu was
er in seiner Wut fähig ist und wie gut er sich kontrollieren kann.

Pegasi brüllt und stützt sich ab, um zu ihnen zu gelangen.

»Geh da rein!«, schreie ich sie an.

»Nein!« Ich sehe nur die Bewegung ihrer Lippen.

Sirrahs Körper beginnt zu beben. Sie wird wach und krallt
ihre Finger in Liors Unterarm, aber er lässt nicht von ihr ab.

»Pegasi!«, appelliere ich an sie. Ihr Gesicht zuckt. Und dann
geht sie endlich einen Schritt zur Seite, hält sich aber immer
noch fest. Die Stoßwelle wird bereits schwächer. Bald haben wir
keine Chance mehr und sie kann Lior mit ihrem Sternenwind
grillen. Sirrahs Arme versagen und sinken neben ihrem Körper auf den nassen Boden. Mit aufgerissenen Augen tritt Pegasi
nun ganz zurück und die Zelle schließt sich mit einem lauten
Knall. Augenblicklich lässt Lior von Sirrah ab und die Stoßwelle verebbt.

Ich renne auf Sirrah zu, die keuchend nach Luft schnappt. Erleichtert sinke ich zu Boden und lege meine Hand, ohne nachzudenken, auf Liors Bein. »Danke.«

Mein Blick wandert in sein Gesicht. Zu seinen silbrigen Augen und der liebevollen Anerkennung, die ich darin erkenne.
Sofort ziehe ich meine Hand weg. Mir wird flau im Magen, weil
das hier zu nah ist. Dieser Blick geht zu tief.

Bilder blitzen vor mir auf, die ich vor langer Zeit begraben
habe. Ich will sie verscheuchen, aber sie sind mächtiger als ich.
Der Tod meiner Mutter nimmt vor mir Gestalt an. Immer wie-
der und wieder. Sie ist im Bett mit einem Mann der Seeregat-
ten von Manswek. Und dann schneidet er ihr die Kehle durch.
Schon als kleines Kind habe ich diese Bilder ständig gesehen.
Später habe ich die Leiche meiner Mutter mit aufgeschlitztem
Hals in ihrem Bett gefunden.

Bis zu diesem Zeitpunkt habe ich mir immer und immer wieder eingeredet, dass ich nicht wirklich die Wahrheit sehe. Dass es düstere Gedanken sind, die mein Gehirn erfindet. Dabei habe ich immer gewusst, dass es die reale Zukunft ist. Und ich habe nichts getan. Sie nicht gewarnt. Weitere Bilder erscheinen. Tode. So viele Tode. So viele liebevolle Seelen, die ich spüre und sterben sehe. So viel Schmerz und Leid.

Mein Herz kämpft gegen die Bilder. Nein. Es kämpft gegen Lior. Kämpft dagegen an, dass mir sein Blick etwas bedeutet. Seine Nähe. Die Sicherheit und der Wille, der mir imponiert. Aber ich darf ihn nicht an mich ranlassen. Ich darf niemanden weiter als bis zu dieser Mauer lassen. Wenn ich etwas empfinde – für ihn oder irgendwen –, dann öffne ich mein Herz wieder für den Schmerz. Und damit kann und will ich nicht leben.

Als ich diese Mauer noch nicht errichtet hatte, als ich noch meine Mutter liebte, da habe ich die Bilder nicht nur gesehen. Ich habe es miterlebt. In jeder dieser Visionen bin ich gestorben. Wurde erstochen, ertränkt, erwürgt, gefoltert oder von einer Krankheit unter schrecklichen Schmerzen dahingerafft. Ich wurde verraten und spürte all die Enttäuschung. Hörte förmlich, wie mein Herz so oft gebrochen wurde, dass es niemals wieder ganz werden würde, kurz bevor mich mein eigener Vater, mein Bruder, mein bester Freund tötete und mich mit gebrochenem Herzen in eine unendliche Dunkelheit entließ.

Wenn ich jetzt und hier keinen Weg finde, meine Mauer wieder zu errichten, dann werden diese winzigen Gefühle für Lior wachsen. Ich weiß es, weil ich mich noch nie bei jemandem so sicher gefühlt habe. Auch wenn ich ihn nicht kenne. Er war der Einzige, den ich je um Hilfe bitten wollte. Dem ich genug vertraut habe, um einen Handel mit ihm einzugehen. Und da ist noch etwas – etwas Urtümliches, Altes. Vielleicht kann ich nicht verstehen, was das ist, die Sterne allerdings wissen es. Und ich weiß es durch sie, seit dem Moment, als er mich das erste Mal berührt hat. Es ist, als wären wir kollidiert und von nun an auf derselben Umlaufbahn unterwegs.

»Shedir?« Liors Stimme erfüllt den Raum. Erfüllt mich. Ich schüttele all die Bilder und Gedanken ab und erhebe mich. Auch er steht bereits, so wie Sirrah und Lunas.

Verständnisvoll nickt sie mir zu. Sie wusste, dass ich nie zugelassen hätte, dass sie wirklich stirbt. Zumindest hoffen wir es beide. Hinter ihnen kommt San angerannt und sieht sich überrascht um, bevor sein Blick auf Pegasi fällt. Er ballt die Hand zur Faust.

»Hör auf dich zu freuen, lishanischer Bastard. Du hattest damit nichts zu tun«, knurrt Pegasi.

Sirrah dreht sich ihrer Schwester zu und sieht sie beinahe fassungslos an. Pegasi wendet den Blick ab. »Du hast dich meinetwegen einsperren lassen?«

Sie antwortet nicht.

»Hey!«, schreit Sirrah nun. »Hast du es meinetwegen getan?«

Pegasi schnalzt mit der Zunge. »Ich komme hier schon wieder raus. Dein Tod wäre nicht hilfreich gewesen. Ich will schließlich auch die gesamte Macht der Andromeda.«

Sirrah lacht und geht dann einen Schritt auf Lior zu. »Übrigens«, sagt sie und rammt ihm ihre Faust ins Gesicht. Weiteres Blut spritzt aus seiner Nase.

»Ich werde mich nicht entschuldigen«, meint er lässig und wischt sich das Blut weg.

»Hab nichts anderes erwartet«, knurrt Sirrah und sieht noch ein letztes Mal zu ihrer Schwester, bevor sie hochgeht.

Lior weist noch ein paar seiner Männer an, die zu uns gekommen sind, bevor wir alle hinaufgehen. Liors Männer haben bereits alle Asteria befreit. Sie stehen da und warten auf eine Anweisung von Lior. Aufregung kocht in mir hoch. Was, wenn sie doch nur Gefangene sind?

»Es tut mir unfassbar leid«, sagt er so ehrlich, dass mir ein Schauer in den Nacken fährt. »Ich habe euch hier einen sicheren Ort versprochen und dass ich euch immer beschützen werde. Heute konnte ich das leider nicht halten.« Er sieht zu dem älteren Mann, der jetzt vortritt. »Akas, gab es Verluste?«, fragt er, nachdem beide erst ihre Hände und dann auch ihre Oberkörper aneinanderdrücken.

Tränen stehen in den Augen des Mannes. »Einige haben es nicht in die Burg geschafft und Dolf hat sich gewehrt. Sie hat ihn …« Seine Stimme bricht. Liors Körper spannt sich an.

»Was ist mit seiner Leiche?«

»Verbrannt.«

Lior nickt und wirft dann auch den anderen Blicke zu. »Ihr dürft gerne nach Hause gehen. Ich überlege mir, wie ich Astras noch besser schützen kann. Das ist ein Versprechen.«

Als sich die ersten in Bewegung setzen, tritt Sirrah vor. »Moment mal.« Sie kneift die Augen zusammen. »Wir sind jetzt hier. Ihr müsst nicht mehr bei diesem Schlächter bleiben. Wir befreien euch.«

Eine Frau, die direkt vor Sirrah steht, legt den Kopf schief. »Wir sind doch keine Gefangenen.« Sie klingt ehrlich überrascht.

»Er jagt Asteria!«, schreit Sirrah völlig außer sich, als würde gerade eine ihrer festen Weltvorstellungen aus den Angeln gehoben werden.

»Er findet uns und hilft uns«, beruhigt die Frau sie und legt ihre Hand auf ihre.

»Nein.« Sirrah schüttelt den Kopf. Tränen quellen aus ihren Augen hervor. Ich trete neben sie.

»Was ist los?«, frage ich und sehe sie tief an.

»Wenn das wahr ist, dann …«

Ich ziehe sie ein wenig zur Seite und nicke ihr zu. »Was dann?«

»Sie würden noch leben.« Weitere nasse Perlen verlassen ihre Augen.

»Wer ist sie?«

Sirrah schüttelt den Kopf. »Wir waren auf einem Raubzug in Karrak, als wir hörten, dass der Sternenschlächter uns auf den Fersen ist.« Sie schluckt und schielt zu Lior. »Amelia war dafür mit ihm zu reden. Ihm davon zu erzählen, dass ich zur königlichen Familie des Himmels gehöre, aber ich habe mich geweigert.« Betreten leckt sie sich über ihre spröden Lippen. »Wir sind geflohen und haben jemanden gefunden, der uns für wenig Golden eine Überfahrt nach Manswek anbot. Als wir auf dem offenen Meer waren und ich gerade schlief, hörte ich sie schreien. Die Schiffsmänner ermordeten einen nach dem anderen von uns. Wir waren zu siebt. Nur mich ließen sie am Leben, um mich an einen Händler zu verkaufen, der ausschließlich lishanische Frauen bevorzugte. Ich tötete die Männer alle mit meinem Sternenstaub. Aber das brachte sie auch nicht wieder zurück.«

Ich atme tief ein und aus. »Du konntest es nicht wissen.«

»Aber ich hätte ihr vertrauen müssen. Sie war alles für mich und ist mir stets blind gefolgt. Warum konnte ich es nicht ein einziges Mal auch tun?«

»Es ist Vergangenheit, Sirrah.« Ich schließe die Augen. »Es ist schrecklich und ich kann mir nicht anmaßen, auch nur ansatzweise nachvollziehen zu können, wie groß dein Schmerz ist. Aber du wolltest sie nur beschützen und wusstest nicht, was Lior hier wirklich tut.«

Zwar nickt sie, aber es wirkt nicht ehrlich. Natürlich nicht. Diese Schuld kann ich ihr nicht nehmen. Das kann niemand. Sie muss sich selbst vergeben.

Ich greife nach ihrer Hand, drücke sie und drehe mich dann zu Lior, Lunas und San. Tatsächlich wirkt Lior aufrichtig mitfühlend, fast schon schuldig.

»Ihr müsst wieder zurück, bevor die im Schloss begreifen, dass die einzige Person der Familie, die noch im Schloss ist, unsere Mutter ist«, sagt Lior. »Ich kümmere mich hier um einiges und werde dann kommen, um dich zu holen.« Er sieht von mir zu Sirrah. »Ich würde mich sehr freuen, wenn du uns begleitest.«

Ich bin erleichtert, als sie nickt, und er tut es ihr gleich. Dann geht er zu Lunas, zieht ihn mit sich aus dem Saal heraus und bespricht noch etwas mit ihm, bevor wir aufbrechen.

Kaori rennt los, als sie uns kommen sieht. Tor und Hain sitzen einfach nur im Boot und halten ihre Paddel, als würden sie nichts mitbekommen.

»Was ist passiert?«, fragt Sans Schwester und mustert uns.

»Das erzähle ich dir in Asher. Ich will hier weg«, sagt San und tritt zum Boot. Als wir endlich übergesetzt haben, verschwinden San und Lunas mit Kaori, um den Angriff zu besprechen, während ich mir die Erlaubnis eingeholt habe, Mila zu besuchen.

Sirrah folgt mir und so schlendern wir durch die wache Stadt. Die Sonne ist noch nicht aufgegangen, aber sie scheinen die Explosionen und das Feuer mitbekommen zu haben. Überall stehen Trauben von Menschen und tuscheln aufgeregt. So auch Mila und einige Personen, die ich nicht kenne, als wir an dem Haus ihres Bruders ankommen.

»Shee!«, ruft sie erfreut und rennt in meine Arme.

Ich lasse es zu. Auch wenn ich sie sonst immer sanft von mir geschoben habe, wenn sie das gemacht hat. Heute mache ich mal eine Ausnahme.

»Kommt doch rein«, bietet sie an und deutet auf das Haus. Dankbar folgen wir ihr, vor allem, als sie uns eine Schüssel heiße Suppe reicht, die sie aus einem großen Kessel schöpft, der über einem wärmenden Feuer hängt.

Milas Bruder tritt zu uns. »Ich bin Aaron«, stellt er sich vor und reicht uns seine Hand. Ich ergreife sie und bemerke sofort, wie schwielig sie ist.

»Aaron ist ganz frisch in der Lehre der Schiffsbauerei«, erzählt sie stolz.

Aaron lacht. »Eigentlich habe ich eine Schreinerei hier in Asher. Aber Boote hatten es mir schon als Kind angetan. Also haben meine ehemaligen Lehrlinge die Schreinerei übernommen.«

Er setzt sich an den großen Holztisch, an den Mila auch uns verfrachtet hat. Das Haus ist groß und einladend. Der Holztisch, die geräumige Küche, in der getrocknete Kräuter und Heilpflanzen hängen, wirken, als hätte Aaron Geld. Kein Wunder, wenn er Meister der Schreinerkunst ist und eine eigene Schreinerei besessen hat.

»Meine Frau ist gerade leider auf dem Weg nach Buswar, zusammen mit unserer Tochter. Sie hätte euch sicher gern kennengelernt. Mila spricht sehr viel über dich, Shedir.« Er grinst und ich erwidere es, obwohl er betrübt wirkt. Vielleicht wegen der Reise seiner Frau.

»Ich hoffe, sie erzählt nur das Beste von mir.«

»Wie man's nimmt«, mischt sich Mila ein und lacht.

»Ich kann es mir vorstellen.«

»Was macht ihr hier in Asher?«

»Wir waren auf der Insel«, antwortet Sirrah ernst. Aaron setzt sich aufrechter hin und beobachtet sie.

»Was ist da passiert?«

»Sie wurden angegriffen.«

»Verdammt«, macht Aaron und fährt sich aufgebracht durchs Gesicht. »Gibt es Tote?«

Ich mustere erst ihn, dann Mila, die ebenfalls angespannt zu sein scheint.

»Ihr kennt die Insel?«

»Aaron«, antwortet Mila mir. »Er hat nur mir davon erzählt.

Lior hat ihm angeboten, seine Tochter dort aufzunehmen, um ihr beizubringen, wie sie ihre Mächte nutzen kann.« Sie wirkt traurig. Vielleicht, weil auch unser Leben anders verlaufen wäre, hätten wir es gewusst.

»Und deine Frau ist auf dem Weg in die Kathedrale der Nimue, um sie um was zu bitten?«, fragt Sirrah plötzlich zornig. Ist mir etwas entgangen? »Dass deine Tochter wie durch Zauberhand kein Asteri mehr ist?«

Aaron presst die Lippen aufeinander, während Mila ihren Blick abwendet. Sirrah scheint ins Schwarze getroffen zu haben.

»Das richtet sich nicht gegen euch«, verteidigt Mila ihren Bruder, weil er stumm bleibt. »Sie haben bloß Angst, dass sie ein schweres Leben haben wird.«

»Das wird sie. Außer wir ändern etwas für sie«, gebe ich matt zurück.

»Nimue wird ihr nicht helfen. Deine Tochter ist ein Asteri. Ein Stern. Sie hat eine Gabe.«

»Ich weiß, dass es eine Gabe ist. Aber du wirst sicher auch verstehen, wenn ich dir sage, dass es für eine Siebenjährige auch eine große Bürde ist. Sie sieht unsere Tode.«

Ich atme schwer. Ich kenne dieses Gefühl und weiß, was es bedeutet. Aber Sirrah hat auch recht. Nimue wird diese Last nicht von ihren Schultern nehmen können. Sie ist ein Asteri und das wird sie auf ewig bleiben.

»Gab es viele Verletzte oder … Tote?«, fragt Mila und sieht betreten zu Boden.

»Ja«, beichte ich und versuche die Bilder der Leichen zu ignorieren. »Einige haben es nicht in die Burg geschafft. Und jemand namens Dolf ist gestorben.«

»Dolf?«, fragt Aaron schockiert und beugt sich vor. Seine grünen Augen sind denen von Mila so ähnlich, dass sein Blick Vertrauen in mir auslöst.

»Wer war Dolf?«

»Ihr Anführer. Ein junger Mann, Mitte zwanzig. Aber er war ein Guter.«

»Und?«, frage ich, weil er etwas nicht gesagt hat.

»Und verlobt mit einer Frau aus dem Dorf. Kascha.«

»Ich kenne Kascha seit Kindertagen«, sagt Mila und verzieht traurig den Mund.

»Es passt, dass er kämpfen wollte. Wisst ihr, wer angegriffen hat?«

Ich suche Sirrahs Blick, sie entgegnet ihn allerdings nicht. Stattdessen nuschelt sie ein Nein und plötzlich scheinen sie der Kessel über dem Feuer, das Kuhfell davor auf dem Boden und die alten Sofas zu faszinieren. Ihr Blick bleibt an den tiefgrünen Vorhängen vor den großen Fenstern hängen.

Erst als ich durch die Scheiben San und Lunas erkenne, weiß ich warum. Sie treten gerade durch das kleine Holztor und wenige Sekunden später klopft es.

»San und Lunas«, erkläre ich an Mila gerichtet.

»Der Interimskönig ist hier?«, fragt Aaron aufgeregt, erhebt sich und streicht sich sein Hemd glatt, bevor er unsere Schüsseln nimmt, sie eilig in einem großen weißen Spülbecken verschwinden lässt und sich stramm hinstellt. Die kleine Diele mit der Tür ist direkt neben der Küche. Mila, die bereits dort ist, öffnet sie. Kühler, rauchiger Wind bläst in die Stube und weckt in mir die Erinnerung von Astras und der Burg. Ich muss schlucken.

Mila und Aaron führen die beiden hinein. Sie setzen sich, während Mila ihnen Suppe bringt und Aaron einige Gläser mit Whiskey füllt. Ganz kurz werfe ich einen Blick zu Mila, die sich gerade neben mich ans Tischende setzt, und ergreife ihre Hand.

»Geht es dir gut?«, frage ich fürsorglich, um zu überspielen, dass ich eigentlich nur nachsehen will, ob ihre Zukunft wieder die alte ist. Doch stattdessen ist da nichts. Kein Bild. Keine Empfindung. Skeptisch sieht sie auf meine Finger hinab und nickt dann.

»Ich bleibe noch, bis Amanda wieder da ist, und dann kehre ich zurück.«

»Du musst nicht …«

»Selbst ich spüre es«, flüstert sie. »Dass sich etwas verändert hat und seit ich hier bin ist es, als hätte ich keine Bestimmung mehr.«

Ich verenge meinen Blick.

»Du kannst nichts sehen, nicht wahr?«

Ich nicke.

»Als wir in die Burg gegangen sind, nein, vorher schon, als die Nova uns angriff, da hat plötzlich alles so viel Sinn ergeben. Ich will nicht mehr die glückliche Ehefrau sein, die du immer gesehen hast. Du magst eine Zukunft gesehen haben, die dir nicht gefallen hat, Shedir. Aber in mir ist an diesem Tag etwas erwacht. Etwas Großes. Ein Schicksal, das über allem steht. «

»Was, wenn es nicht deines ist?«

»Es ist meins, Shedir. Deshalb ist da jetzt nichts. Weil ich nicht mehr zurückkann. Nicht mehr diesen Mann treffen werde. Wenn ich mich nicht für das neue Schicksal entscheide, dann werde ich leer und leblos sein.«

Ich nicke wieder. Es ist ihre Entscheidung. Und ja, vielleicht hat sich etwas für sie verändert, was nicht mehr umzukehren ist.

Als es erneut an der Tür klopft, sehen wir uns fragend an. Aber auch Lunas und San scheinen keine Ahnung zu haben, also erhebt sich dieses Mal Aaron, um die Tür zu öffnen.

»Mir wurde gesagt, dass ihr hier seid.« Es ist Arvos Stimme. Er tritt ein und kommt auf uns zu.

Mila starrt ihn unverhohlen an und flüstert mir dann ein »Ist das Arvo?«, zu.

Ich nicke. Als ich gerade denke, dass er allein gekommen ist, erkenne ich Lior, der zusammen mit Aaron den Raum betritt. Und verdammt, die Mauer ist immer noch nicht oben. In mir regt sich etwas, als ich ihn ansehe.

»Wolltest du nicht zum Schloss?«, fragt er mit erhobenen Brauen.

»Wenn du wirklich davon ausgegangen bist, dass ich direkt zum Schloss reite, was machst du dann hier?«

»Ich bin ihretwegen hier.« Er deutet mit einem Nicken auf Mila.

»Meinetwegen?«, fragt sie überrascht und erhebt sich schüchtern. Dieses Mal spüre ich echte Wut auf ihre Reaktion. Ich schelte mich innerlich dafür.

»Wir müssen zu Kascha und ich dachte, dass du vielleicht dabei sein könntest.«

Ich blinzle. Woher weiß er, dass sie sich kennen? Und wann sind die beiden so vertraut miteinander geworden?

»Hast du sie hier besucht?«, platzt es aus mir heraus. Alle Augenpaare richten sich auf mich. Aber es ist mir egal, denn das hier ist nicht die Shedir, die nachdenkt. Es ist das trotzige Gör, das nun einmal auch in mir steckt. Ich habe keinerlei Recht, so zu reagieren. Aber das ist mir egal.

Wir waren die ganze Zeit zusammen, bis er ein paar Stunden vor uns von Nastras nach Asher geritten ist. Die wenige Zeit hat er genutzt, um bei Mila vorbeizuschauen, bevor er nach Astras übergesetzt ist? Warum?

Lior sieht mich durchdringend an, während alle auf eine Antwort warten. Oder wohl viel eher auf meine Reaktion auf diese Antwort.

»Ja.«

»Heute?«

Liors Blick wird skeptisch und ganz plötzlich zuckt einer seiner Mundwinkel zu einem winzigen Lächeln. Er weiß, warum ich frage. Es ist Eifersucht. Und das gefällt ihm.

Verdammt, Shedir. Du benimmst dich wie ein dummes Kind und jeder hier kann es sehen. Vor allem Lunas und Mila, vor denen ich das gerne geheim gehalten hätte.

»Ja, heute, Shedir«, sagt er und kommt ganz langsam näher. »Darf ich?«, fragt er Aaron und deutet auf einen gefüllten Becher.

»Natürlich, Lior.«

Ich zügle mich. Offenbar kennt er Lior schon länger, so wie er vorhin über Astras und ihn sprach. Lior trinkt einen Schluck und tritt zwischen Sirrah und San, um sich zu mir über den Tisch zu beugen.

»Mila hat mich in Empfang genommen, als ich aus Nastras zurückkam, und hat mich gefragt, ob ich mit hierherkommen kann.«

»Warum?«

»Shedir!«, zischt Mila. Sie klingt peinlich berührt, aber in solchen Situationen ist es, als würde mein Verstand und auch mein Schamgefühl einfach aussetzen.

»Warum?«, frage ich nun sie. Ihre Augen weiten sich entrüstet, fast ein wenig enttäuscht. Sie weiß längst, dass es mir nicht mehr darum geht, sie vor dem bösen Lior zu schützen. Ich habe mich verrannt. Nur diesmal nicht in irgendeine dumme Idee, was ich aus meinem Leben machen könnte, sondern in die Vorstellung, dass Lior und ich uns lieben könnten. Seit ich diese Bilder aus seiner Zukunft gesehen habe, sehne ich mich danach, dass er mich genauso ansieht und das für mich fühlt, was ich gefühlt habe.

»Wir wollten, dass er Amanda ausredet mit Raja zur Kathedrale der Nimue zu reisen«, mischt sich Aaron ein, erhebt sich und füllt mein Glas. Ich leere es in einem Zug. *Bitte komm wieder zu dir, Shedir!*, flehe ich mich selbst an, in der Hoffnung, dass ich endlich Vernunft annehme und diese dummen, unerklärbaren, kindischen, naiven Gefühle ablege.

»Und das hast du dann getan? Ohne Erfolg offensichtlich.«

»Ja.«

»Wie nett von dir.«

»Ich bin nun mal ziemlich selbstlos.«

Ich lache laut. Lior tritt zurück, kommt um den Tisch herum, packt meinen Arm und zieht mich hoch.

»Entschuldigt uns bitte, Shedir muss kurz etwas frische Luft schnappen und sich den Kopf abkühlen.«

Ohne großen Widerstand folge ich ihm. Vor allem, weil ich merke, dass es allen anderen am Tisch ziemlich recht ist.

Lior schnappt sich noch schnell einen Umhang und legt ihn mir draußen über die Schultern. Ich will seine Nähe nicht und ehrlich gesagt ist es mir jetzt doch unangenehm, also gehe ich um das Haus herum in den Garten. Asche hat sich auf das Gras gelegt, dazwischen glitzert der Tau im Mondschein.

»Was sollte das?«, fragt Lior, der nun hinter mir zu stehen scheint. Ich atme so tief ein, dass sich meine Schultern heben und beim Auspusten der Luft wieder senken.

»Ehrlich gesagt weiß ich es nicht«, gebe ich zu oder nach. Wie auch immer man das sehen will. Denn eigentlich weiß ich es genau.

Seine Hand legt sich auf meine Schulter und lässt mich schaudern. »Was ist los mit dir, Shedir?«

Ich drehe mich um. Seine Augen funkeln hell. Es ist mein Licht. Ich kontrolliere mich nicht länger, weil diese dummen Gefühle in mir es nicht zulassen. Sie wollen gehört werden … nach all den Jahren.

»Ich finde einfach, dass wir gestern einiges durchgemacht haben und dann das bei Regulus, und trotzdem gehst du hierher und …«

»Und was? Was habe ich Schreckliches getan, Shedir?«

»Ich weiß, wie du sie ansiehst, Lior.«

»Und das stellt weshalb ein Problem dar?«

»Weil wir uns nah waren. Nur eine Nacht zuvor.«

Er legt den Kopf schief. »Wir standen unter einem Zauber.«

»Wow«, mache ich enttäuscht.

»Was? Siehst du das anders? Du hast Lunas vergessen, Shedir. Ich am Ende auch für einen kurzen Moment.«

»Und weiter? Lunas und ich sind nicht zusammen. Wir haben uns zweimal geküsst. Mehr nicht.«

Lior lacht. »Du warst es, die ihm diese Idee mit der Verlobung in den Kopf gepflanzt hat. Nicht ich. Jetzt leb damit.«

Ich schnaube, weil mir nichts anderes einfällt. »Und du? Was machst du? Dich mit Mila einlassen?«

»Vielleicht.« Er zuckt mit den Schultern. »Ich mache, was ich will, Narbenmädchen. Merk dir das.«

Ich drehe mich um und gehe weiter in den Garten hinein. Hinter dem Zaun erkenne ich in dem dämmernden Licht der Sonne ein großes Feld. Am liebsten würde ich wegrennen. So wie immer. Ich ertrage nicht, was in mir vorgeht. Licht und Macht kocht in mir hoch.

»Es ist noch dunkel, Shedir«, ermahnt mich Lior. Ich sehe hinab zu meinen Händen, an denen sich Sternenstaub bildet, und scheuche ihn zurück. Ich will keine Nova anlocken und damit eventuell das gesamte Dorf töten.

»Wie geht das hier weiter?«, frage ich, während ich mich ihm zuwende. Er steht einfach nur da. Groß und so stark. Sicher. All das, was ich nicht bin. »Lässt du mich zurück, nachdem ich dir gegeben habe, was du wolltest, und wir sehen uns nie wieder? So wie du es damals nach Asher schon tun wolltest? Getan hast.«

»Du könntest mich einfach wieder hassen, wie wäre das?«

»Wer sagt, dass ich dich nicht mehr hasse?«

Er kommt näher. So nah, dass ich mein Licht in seinen Augen, auf seiner Haut und auch in ihm sehen kann. Er hebt seine Hand und streicht mir eine lose Strähne aus dem Gesicht. »Warum versuchst es nicht mal mit Ehrlichkeit, Sternschnuppe? Das erleichtert wirklich einiges. Versprochen.«

Ich schnaufe. »Deinetwegen habe ich gelernt, nicht ehrlich zu sein. Du warst es, der angefangen hat, Sterne zu jagen. Auch wenn du sie nie wirklich geschlachtet hast, hast du trotzdem eine Hetzjagd begonnen, die mich und meinesgleichen zwang zu lügen. Tode zu sehen und zu schweigen, statt sie zu verhindern.«

»Gib mir ruhig die Schuld, wir wissen allerdings beide, dass Sterne lange vor mir verfolgt und verachtet wurden. Und jetzt wirst du nicht länger von mir gejagt. Also kannst du ehrlich sein. Was willst du denn, wie es weitergeht?«

Ich sehe ihn fest an. Wie soll ich das beantworten? In mir ist eine Leere, die niemand verdient hat. Weder Lunas noch er. Wir wissen beide, wie seine Zukunft aussieht, wenn er beginnt, mich zu lieben. Eines Tages werde ich nicht nur sein Herz brechen, sondern ihn töten. Und doch will ich nichts mehr als diese Liebe. Sie hat sich so rein, so verdammt echt angefühlt. So, als wäre ich es wert.

Aber wieder ist es nur ein egoistischer Gedanke von mir. Also schüttele ich den Kopf. »Ich mache diese Reise mit dir und dann trennen sich unsere Wege.«

»Das ist, was du willst?«

»Ja.«

»Dann sei es so«, sagt er kühl und gelassen. Fast so, als wäre das wirklich sein Plan gewesen. Was auch sonst? Er wird den Teufel tun, mich zu lieben, denn er weiß, was es für ihn bedeuten würde.

Mir zuckt ein Satz durch den Kopf, den meine Mutter immer wieder sagte: »Du hast mir das Leben versaut, Shee.« Sie hat mich nie Shedir genannt. Wenn Sterne geboren werden, dann steht ihr Name fest. Die Mutter weiß es. Der Vater und auch man selbst spürt es immer in sich selbst. Aber sie hat ihn gehasst. Hat mein Wesen gehasst. Lior hat recht, es ist nicht seine Schuld. Für diesen Hass hat sich meine Mutter ganz allein entschieden.

Vielleicht ist sie und meine Kindheit viel mehr verantwortlich dafür, wie ich bin, als Lior.

»Wir sollten wieder reingehen«, unterbricht er meine Gedanken und mustert mich aufmerksam. Als würde er den Schmerz spüren. »Lunas muss zurück und wir müssen uns bereit machen, um nach Manswek zu reisen. Da leben die meisten Asteria und unsere Chance ist am größten, die anderen zu finden. In Manswek ist es kalt, also brauchst du dicke Kleidung.«

Ich nicke, aber lache innerlich herzlos. Er dreht sich um und geht, doch ich halte ihn noch einmal auf, indem ich nach seinem Handgelenk greife. Bilder blitzen vor mir auf. Ich schrecke zurück.

»Was ist?«, fragt Lior. Er hat keine Ahnung, denn normalerweise darf ich seine Bilder nicht sehen. Ich kann nicht. Aber …

Ich umfasse wieder seinen Arm. Berühre vorsichtig seine Finger und lausche dem Ruf der Sterne. Ein kühler Windzug haucht mir ins Gesicht und dann sehe ich es. Fühle es. Aber es ist nicht Lior, in dessen Körper ich stecke, sondern mein eigener. Es ist das erste Mal, dass ich mein eigenes Schicksal sehe. Angst ummantelt mich, aber ich lasse nicht los.

»Darf ich bitten?« Die Welt hinter Lior brennt. Seine schwarze Kampfkleidung ist zerrissen und sein Gesicht mit Schmutz und Blut bedeckt.

Ich sitze, weshalb er sich zu mir hinabbeugt und mir seine Hand hinhält. Ohne zu zögern, ergreife ich sie. Auch ich bin schmutzig und mein Körper schmerzt. Ich lege mein Gesicht an seine Brust. Lausche seinem Atem und seinem Herzen, lasse es zu. Wir tanzen. Ganz sanft und leicht. Es ist, als würde ich eine Melodie in meinem Kopf hören, die all die lauten Kampfgeräusche übertönt. Er nimmt meine Hand in seine und dreht meinen Körper, bis ich lachend wieder gegen seine Brust pralle.

»Hättest du gedacht, dass es so endet?«, fragt er mit brüchiger Stimme. Ich sehe zu ihm auf. Nun sehe ich die Liebe nicht nur in seinen Augen. Nein. Ich spüre sie auch in mir. Diese Gefühle sind so allumfassend, dass ich kaum atmen kann. Schön und schmerzhaft zugleich. Ich liebe ihn so sehr, dass es wehtut. So fühlt sich das also an? So fühlt sich Liebe an?

»Vielleicht habe ich das Ende ja gesehen«, sage ich lächelnd.

»Das kannst du nicht, meine kleine Sternschnuppe.« Er stupst meine Nase mit seinem Finger an, bevor er mich hochhebt und küsst. Alles in mir brennt. Einfach alles. Als wäre das hier der Moment, in dem ich ganz und gar unbesiegbar werde. Als wäre das hier – er – der Ort, an den ich gehöre.

Tränen wandern mir über die Wange und dann bin ich zurück in der Realität. Lior sieht mich an. Anders. Fremder. Wir sind uns schließlich auch fremd. Aber … Aber diese Bilder ändern etwas. Ich kann diese Gefühle, die ich da gerade erlebt habe, die ich eines Tages wirklich erleben werde, nicht einfach abschütteln. Sie gehören zu mir. Und das werden sie immer.

»Was ist passiert?«, fragt Lior und hält mich, als ich nach hinten kippe. Mir wird übel. Ich drehe mich in seinem Armen nach hinten und übergebe mich. Er hält mich weiter. Und dann wird alles schwarz, da bleibt nur noch Leere.

Das Letzte, was ich höre, sind die Schreie der anderen und ein Satz von Lior. »Sie stirbt!«

KAPITEL 12

Als ich wach werde, ist alles dunkel. Ich spüre, dass ich nicht in der Realität bin. Das hier ist wieder nur ein Traum. Einer, in dem ich Lior küssen kann, ohne dass es ihm etwas bedeutet. Aber was, wenn es mir jetzt etwas bedeutet? Was, wenn ich mich immer tiefer in diesen silbrigen Augen verliere und am Ende das fühle, was ich in der Vision meiner Zukunft gesehen habe? Will ich das überhaupt? In mir beginnt es, unangenehm in meiner Brust zu kribbeln, als würde sie sich mit Säure füllen und zusammenziehen. Ich habe Angst, diese Fragen zu beantworten. Gleichzeitig ist da eine Freude, die sich lindernd über das unruhige Prickeln legt. Eine Verbundenheit, nach der sich meine Seele sehnt.

Ich rieche ihn. Weiß, dass er hier in meinem Traum ist und sich nur noch nicht gezeigt hat. Er wird mir gleich sagen, wie es um mich steht, und ich befürchte nichts Gutes. Es gibt einen Grund, warum Asteria ihre eigene Zukunft nicht sehen können. Ich kenne ihn zwar nicht, aber so ist es von den Sternen bestimmt. Und ich habe gegen diese Regel verstoßen, auch wenn ich keinen Einfluss darauf hatte.

»Wann wirst du etwas sagen?«, frage ich in die Dunkelheit.

»Ich wollte dich erst … ankommen lassen.« Sein Gesicht bildet sich vor mir, als er aus dem Schatten zu mir tritt. Dieses Mal liege ich nicht, sondern stehe. Direkt vor ihm. Es entsteht kein Raum um uns herum. Hier sind nur wir und diese unendliche Schwärze. Ich denke, dass das kein gutes Zeichen ist.

»Warum bist du hier?«, frage ich Lior. Mir ist übel. Übel von all den Gefühlen, die in meiner Brust kämpfen. Als würde etwas in meinem Magen leben und darin herumtanzen.

»Ich kann dich anders nicht erreichen. Ehrlich gesagt hat auch das hier lange nicht funktioniert. Es ist das erste Mal, dass ich …« Er stockt.

»Wie lange bin ich bereits weg?«

»Ein paar Stunden nur, aber dein Atem hat einige Male gestoppt und dein Puls blieb stumm. Wir haben dich zurückgeholt. Eine Heilerin hier aus Asher, sie ist bei dir.«

Ich nicke, als hätte ich das bereits gewusst. Als wäre mein Unterbewusstsein dabei gewesen.

»Und was erhoffst du dir von dem hier?«

Er legt den Kopf ein wenig schief. »Ich hoffe, dass ich dich bitten kann aufzuwachen. Zu uns zurückzukommen, Shedir.«

Ich mag es so sehr, wenn er meinen Namen sagt. Es ist wie eine warme Decke, die mir jemand umlegt.

»Und du denkst, dass ich das entscheiden kann?«

»Ja«, sagt er sicher und sieht mich durchdringend an. »Was auch immer du da gesehen hast. In meiner oder unserer Zukunft – entscheide dich dafür!«

Meine Lider zucken. Bedeutet das, dass ich deshalb in diesem Zustand bin? Weil ich mich nicht für diese Zukunft entschieden habe? Weil ich mir unsicher bin, ob ich sie will? Aber wenn das wirklich so ist … wie soll ich mich dafür entscheiden? Die Welt ist untergegangen. Unser Tanz war nicht der erste. Es war der letzte. Ich habe den Abschiedsschmerz gespürt. Stärker, als ich je etwas anderes gespürt habe.

»Bitte, Shedir. Ich brauche dich. Lunas braucht dich.«

»Ich habe meine Zukunft gesehen, Lior.«

Schockiert sieht er mich an und berührt kurz meine Wange, als wollte er sichergehen, dass er nicht selbst nur träumt, dass ich hier bin.

»Das ist unmöglich.«

»Es ist möglich. Ich habe es gesehen.«

»Aber Asteria können ihr eigenes Schicksal nicht lesen.«

»Vielleicht weil sie sich dafür oder dagegen entscheiden können«, spreche ich meine Vermutung aus. Ich kann also wählen: diese Zukunft oder der Tod. Sollte mir diese Entscheidung nicht leichter fallen? Tief in mir weiß ich, warum ich zögere. Die Bilder, die ich in Liors Zukunft gesehen habe, sind kurz danach. Ich weiß es. All das, was ich in meiner Zukunft gesehen und gespürt habe, werde ich nur ein paar Sekunden später zerstören, weil ich ihn töte. Aber damit werde ich nicht nur mein Herz brechen. Nein. Ich nehme sein Leben. Und jetzt, mit all diesem Wissen, will ich nicht, dass er stirbt. Lieber will ich hier und jetzt sterben. Lior verblasst.

»Nein, Shedir!«, appelliert er an mich, weil er es zu spüren scheint. Fühlt, dass ich kaum noch träume, sondern sterbe.

»Egal, was du gesehen hast, wir schaffen das zusammen.«

»Ich werde dich lieben!«, platzt es aus mir heraus. Zusammen mit unzähligen Tränen. Er presst die Lippen aufeinander und ich falle auf die Knie, krümme mich, als diese Gefühle zurückkehren. Sie zerfressen mich von innen. »Ich werde dich so sehr lieben, Lior.«

Er geht ebenfalls in die Hocke, streicht mir wieder die Strähne aus dem Gesicht und steckt sie hinter mein Ohr. »Und das war so schrecklich?«

Ich weine. Will Ja sagen, aber das wäre nicht die ganze Wahrheit. Jetzt kann ich nicht mit diesen Gefühlen umgehen. In meiner Zukunft aber habe ich mich für diese Liebe und all das, was mit ihr einhergeht, entschieden. Doch da wusste ich auch nicht, dass ich ihn töten werde.

»Du kennst deine Zukunft, Lior. Wie soll ich mich jetzt dafür entscheiden, dich zu lieben, wenn wir beide wissen, dass ich dich töten werde?«

»Vielleicht betrüge ich dich ja mit Mila und habe es verdient.« Verschmitzt grinst er mich an und ich will nach ihm schlagen. »Shedir«, flüstert er und hält meine Hand fest. »Wir schaffen das. Wir beide wissen, dass sich Schicksale verändern lassen. Vielleicht bist du es, die meinen Tod verhindern kann, so wie auch den von Lunas.« In seinen Augen hat sich auch etwas verändert. Vielleicht weil er jetzt weiß, dass nicht nur er mich lieben wird, sondern ich es erwidere? Es ist fast, als wäre eine Angst aus seinen Iriden verschwunden, die ihn immer begleitet hat. »Bitte überlebe. Wenn nicht für mich, dann für Lunas. Du weißt, dass ich mein Leben sofort für seines geben würde.«

Was noch lange nicht heißt, dass ich sein Leben für das von Lunas geben würde. Das ist vielleicht nicht fair und spricht nicht gerade für meinen Charakter, aber es ist die Wahrheit. Hier und jetzt ist es meine Wahrheit. Dennoch hat Lior recht. Ich bin in der Lage, Schicksale zu ändern, Sterne zu lesen und sie zu meinen Gunsten zu nutzen. Selbst wenn ich Lunas' Schicksal nicht verhindern kann, so werde ich seines ändern.

Als ich blinzle, bin ich wieder in meinem echten Körper. Ich will mich dagegen wehren. Will zurück, um Lior noch einmal zu berühren, bevor unser geschützter Raum weg ist. Doch längst rieche ich sie und höre ihre Stimmen. Ich bin zurück. Und Lior und ich sind wieder nur Feinde, die zu Gefährten wurden.

»Du bist wieder da«, ruft Mila und küsst meine Wange. Ich zucke, weil ihre Bilder zu mir dringen wollen. Aber wenigstens hat sie wieder eine Zukunft.

Hinter ihr erkenne ich eine Frau, die mir unbekannt ist. Sie muss die Heilerin sein. Suchend sehe ich mich um.

»Lunas und San mussten zurück nach Nastras. Dort gibt es Unruhen. Die Bewohner der Hauptstadt haben wohl erfahren, dass hier in Asher seine Verlobung bekannt gegeben wurde, und sind wütend, dass sie nicht informiert wurden.«

Mein Blick gleitet zu Lior, der nun im Türrahmen erscheint und sich mit verschränkten Armen dagegenlehnt. Sein Blick ist betrübt auf mich gerichtet. Wir wissen beide, dass seine Ankündigung nicht mehr zu ändern ist. Dem Volk jetzt den einzigen Lichtblick zu nehmen würde zu einem Bürgerkrieg führen.

»Wir müssen unsere Reise etwas verschieben und zuerst nach Nastras reiten. Dort wirst du offiziell dem Volk vorgestellt, um sie zu beruhigen, und dann werden wir aufbrechen.« Liors Stimme klingt, als wäre der Mann in meinem Traum ein anderer gewesen. »Arvo und ein paar meiner Männer sind in Astras geblieben, um Pegasi zu bewachen und bei den Aufbauarbeiten zu helfen.«

Da das hier nur eine Entscheidung war, die ich treffen musste, bin ich sofort aufbruchsbereit. Dennoch spüre ich bei der Fahrt die Schwäche meines Körpers und das Brennen meiner Rippen. Jede Unebenheit im Boden lässt mich zucken und der Weg fühlt sich ewig an.

Am Burgfried angekommen, sehe ich kurz hinauf in den ersten Stock des Gebäudes um das Tor herum, in dem die Schenke liegt. Es brennen Lichter und Musik dringt von dort an unsere Ohren. Offenbar haben sie einen neuen Wirt gefunden. Und neue Schankdamen. Ohne anzuhalten, fahren wir weiter. Vorbei an rufenden, tosenden Menschen, die versuchen, einen Blick in die Kutsche zu erhaschen. Mein Herz pocht laut, während Mila, die nach langen Diskussionen mit Aaron bereits jetzt mitgekommen ist, die Vorhänge der Scheiben zuzieht.

»Willst du das wirklich, Shee?«, fragt sie zögerlich und mustert jede meiner Regungen.

»Ich habe keine andere Wahl mehr. Oder willst du meinen Platz einnehmen?«

Sie lacht matt. »Lunas würde mich nicht heiraten.«

»Hier geht es nicht um Zuneigung oder Liebe, Mila. Es ist nur etwas, das das Volk beruhigen soll.«

»Bist du wirklich so blind, Shee?« Kopfschüttelnd verschränkt sie die Arme. »Lunas begehrt dich.«

»Lunas kennt mich nicht.«

»Du kennst Lior auch nicht und trotzdem siehst du ihn an, als wäre er der Mann deiner Träume, und hast ein Eifersuchtsdrama par excellence hingelegt.« Ich sehe auf den Boden der Kutsche, als könnte ich dort wirklich spannende Dinge finden. »Du hättest mir auch einfach sagen können, dass du ihn willst, statt mir diese mütterliche Geschichte aufzutischen, er würde mir das Herz brechen.«

»Das war ernst gemeint«, verteidige ich mich. Auch wenn natürlich schon da ein wenig Eifersucht mit hineingespielt hat.

Schulterzuckend spitzt sie die Lippen. »Du steckst auf jeden Fall mächtig in der Scheiße.« Ich starre sie an. So redet sie normalerweise nicht. »Du bist verlobt mit dem Bruder des Mannes, den du liebst. Und ausgerechnet dieser Mann würde sterben, um seinen Bruder, also deinen Verlobten, zu retten.« Sie lässt ihren Kopf hin und her taumeln, wie um der Verwirrung und Verzwicktheit der Situation Ausdruck zu verleihen.

»Ich liebe Lior nicht, Mila.«

»Noch nicht«, sagt sie und trifft damit so sehr ins Schwarze, dass mir das Atmen schwerfällt. Obwohl sie mein Schicksal, meine Zukunft nicht kennt, so erkennt sie es doch.

»Denk bei unserer Reise daran, dass du ihn lieben könntest, Shee. Aber zuerst musst du die Suche nach den anderen Asteria nutzen, um dich zu finden. Akzeptiere endlich, was du bist. Eine von ihnen. Ein Asteri.«

»Wie meinst du das?«, frage ich, obwohl ich die Antwort längst kenne. Ich weiß, dass ich sprunghaft und naiv bin. Genau aus diesem Grund herrscht dieses Gefühlschaos in mir.

»Du musst erwachsen werden. Das müssen wir alle eines Tages. Vor allem musst du herausfinden, wer du bist, und dann musst du diese Person lieben lernen. Vielleicht musst du dich erst mit dir selbst streiten, dich hassen, ausloten, was geht und was nicht. Dinge verändern, die du an dir selbst nicht lieben kannst, und andere Eigenschaften, die du besonders magst, hervorheben. Es ist ein Prozess und ein Kampf. Aber am Ende schließt du Frieden mit dir selbst und erst dann, wenn du dich selbst liebst, kannst du auch jemand anderen lieben.«

Es ist verrückt, aber das, was sie da beschreibt, kommt dem Gefühl aus meiner Vision am nächsten. In mir war nicht diese Unruhe und Unzufriedenheit, wie sie schon seit Jahren mein ständiger Begleiter ist.

»Du hast also zwei Aufgaben für diese Reise. Und noch eine dritte. Sirrah hat uns die Tour ganz schön versaut, indem sie selbst aus Lishan herkam. Bitte sorg dafür, dass wir auch dort suchen müssen. Ich wollte Lishan schon immer sehen.« Träumerisch schließt sie die Augen. Ich muss kichern, weil wir schon so oft darüber geredet haben und uns ausgemalt haben, wie es wohl aussieht und dort riecht. Jedes Mal, wenn Händler von dort kamen, haben wir sie ausgequetscht, um mehr zu erfahren. Vielleicht war es auch deshalb eine meiner Fragen an San, ob er bereits da war und es möglich ist, den Schlund zu überqueren.

»Ich versuche mein Bestes«, sage ich, obwohl wir beide wissen, dass diese Reise nur einem Ziel gilt: so schnell wie möglich herauszufinden, wie wir Lunas retten können. Lishan muss warten, falls sich dort weder Alderamin noch Mirfak befinden.

Als wir endlich am Palast ankommen, erkenne ich Sirrah und Lior, die von ihren Pferden steigen und sich zu San, Lunas und einigen anderen Wachen gesellen, bevor wir abgeschirmt von den Menschen, die sich hier versammelt haben, aussteigen können.

Erst nach einer langen Diskussion mit Lior ist Sirrah auf das Pferd gestiegen. Er wollte verhindern, dass sie hier durch die

Lichtmagie ihres Sternenstaubs landet und für noch mehr Aufruhen sorgt. Gegen die Kutsche hat sie sich allerdings so vehement gewehrt, dass ihr, im Gegensatz zu mir, ein Pferd überlassen wurde.

Als meine Füße den Boden berühren, sehe ich zuerst Lunas' blaue Augen, die sich auf mich richten. Etwas hat sich verändert. Natürlich. Auch er war dabei, als ich deutlich meine Eifersucht wegen Lior kundgetan habe. Die Menge schreit, weshalb Liors Männer und einige Königswachen auf mich zustürmen, um mich abzuschirmen. Am liebsten würde ich ebenfalls laut schreien. Diese Menschen rufen meinetwegen. Sie wollen mir nah sein und mich begutachten.

War es nicht genau das, wovon ich als Kind geträumt habe? Einen Prinzen heiraten und eine Prinzessin werden? Nur bin ich nicht mehr dieses Kind.

Die Männer und ein paar Frauen unter ihnen begleiten mich bis zum Schlosseingang. Im Palast begrüßt mich die dumpfe, rötliche Dunkelheit, als könne ich mich hier vor der Welt und meinen eigenen Gedanken verstecken.

»Wir müssen dich waschen und anziehen.« Es ist Sans Stimme. Als ich mich zu ihm drehe, erkenne ich auch seine Schwester hinter ihm, die mich fast ein wenig mitleidig ansieht. Vermutlich, weil ich so gequält gucke, denn Lunas ist ein guter Mann. Also straffe ich meine Haltung und setze eine entspannte Miene auf.

»An die Menschenmassen muss ich mich wohl noch gewöhnen«, sage ich lachend und streife nur kurz Liors Gesicht mit meinem Blick. Seine Brauen sind erhoben und sein gesamter Körper verkrampft. Der Anblick verpasst mir einen Tritt in den Magen, aber ich ignoriere es. Lior hatte recht. Das hier war meine Idee und eigentlich sehe ich es noch immer so, wie ich es Lunas damals im Burgfried sagte. Die unsterbliche Liebe würde sie beide zerstören, weil sie nicht unsterblich sind. Und bei Lior und mir wäre das genauso. In meiner Zukunft war es genau diese Liebe, die ihn und mich zerstören wird. Lunas ist ein gerechter König und wird ihnen die Hoffnung zurückgeben, die sie verloren haben. Und ich helfe ihm dabei. Damit helfe ich nicht nur ihm, sondern auch Lior, dessen Lebensaufgabe darin besteht, alles für Lunas zu tun. Was also, wenn ich mich ihm anschließe? Wenn ich seine Ziele zu meinen mache? Wäre das nicht wahre Liebe?

San ruft ein paar Dienstmädchen zu sich, unter ihnen ist auch Jamika, die bereits Mila und mich hergerichtet hat, und ich folge ihnen.

Wie in Trance lasse ich mich von ihnen ausziehen und in die heiße Badewanne setzen. Mich waschen. Sie schrubben mir die Haut beinahe wund. Als müssten sie den Dreck all der Jahre abwaschen. Ich lasse es geschehen und mich anschließend abtrocknen. Als sie mir das beige Korsett eng schnüren, die Haare kämmen und flechten, zucke ich nicht einmal.

Mein Blick richtet sich auf mein Spiegelbild, während sie mir den ausladenden Rock anziehen und mich auffordern in Schuhe zu schlüpfen.

Obwohl Lior mir bei der Hinfahrt sagte, dass ich meine Zeichnungen im Palast nicht verstecken muss, halte ich sie die ganze Zeit zurück. Allerdings ist es, als könnte ich sie im Spiegel sehen. Sie werden mich auf ewig begleiten.

»Geht es dir gut?« Mila tritt ein, gefolgt von Sirrah. Auch wenn sie mit meinem Plan nicht einverstanden ist, wird sie bleiben. Dieses Wissen löst ein heimisches Gefühl in mir aus. Es gibt mir Sicherheit, wie sie einem wahrscheinlich nur die eigene Familie geben kann. Mit einem Knicks verschwinden die Dienstmädchen und ich lasse mich auf eine Chaiselongue sinken.

»Das war nicht die Art Abenteuer, in die ich reinstolpern wollte«, sage ich ehrlich.

»So etwas kann man sich nicht aussuchen.« Mila setzt sich

neben mich und berührt mein Knie. »Ich wurde von Lior und Lunas geschickt, damit du eine Entscheidung triffst.«

Ich zögere. Meine Entscheidung ist längst getroffen.

»Sie haben vor Lunas' Abreise in Asher darüber diskutiert, ob sie verkünden sollen, dass du ein Asteri bist. So könnte man den Frieden wiederherstellen. Aber Lunas war dagegen. Er sagt, dass das Volk noch nicht so weit ist.«

»Und Lior hält es für eine gute Idee?« Ich runzle die Stirn. Will er wirklich die Asteria rehabilitieren oder nur sich selbst und seinen Ruf als Sternenschlächter?

»Ja, aber sie wollen, dass du die Entscheidung triffst.«

Ich muss nicht einmal darüber nachdenken. »Noch nicht«, sage ich fest, denn ich sehe es wie Lunas. Das Volk ist nicht bereit. Vielleicht kann Sirrah offen ausleben, was sie ist, aber hier in Nimue bin ich viel zu oft auf Menschen getroffen, die bösartige Dinge über Asteria gesagt haben. Erst vor einigen Tagen wollte Murra mich verkaufen, als er erfahren hat, was ich bin. Hier werden Sterne verachtet. Diese Information würde die gute Nachricht der Verlobung nichtig machen. Vielleicht würde es einige Asteria dazu bringen, der königlichen Familie wieder zu vertrauen, aber …

In diesem Moment wird mir klar, worum es Lior geht. Wenn sich die Nachricht verbreitet, dass der Interimskönig von Nimue mit einem Asteri verlobt ist, könnte es auch dazu führen, dass die Alphasterne von Perseus und Kepheus uns wohlgesonnen sein werden. Es würde unseren Auftrag erleichtern. Vielleicht. Aber dieses Vielleicht reicht nicht, um Lunas in diesen unruhigen Zeiten mit weiteren unsicheren Nachrichten zurückzulassen. Es gibt genug Menschen, die Asteria hassen und ihm gefährlich werden würden.

»Na dann«, sagt Sirrah mit bissigem Unterton in der Stimme. Sie ist also anderer Meinung. Aber sie weiß auch nicht, was Lunas alles geopfert hat, um dieses Königreich zusammenzuhalten. Wie lange er schon mit dem Wissen lebt, dass er jung sterben muss und das Königreich ohne Herrscher dastehen wird. Sie stellt sich mit verschränkten Armen ans Fenster und ich wende mich Mila zu.

»Bist du dir sicher, dass du mitkommen willst?«

»Ja. Das ist mein Schicksal, Shedir.«

Ich greife nach ihrer Hand. Sie will sie mir entziehen, aber ich kralle mich fest. Es gehört sich nicht, ihre Zukunft zu lesen, obwohl ich nicht ihr Einverständnis habe. Aber wann hatte ich das schon?

Ich kenne die Bilder. Es ist wieder Mila als Kämpferin. Schmerz fließt durch ihren Körper. Die Welt brennt wie in meiner und Liors Zukunft. Aber da ist dieses Mal noch etwas anderes, neben der Gewissheit, dass sie gleich sterben wird. Eine tiefe Zufriedenheit. Ähnlich wie die der alten Frau, die ich früher immer gesehen habe. Aber das hier ist mehr. Es ist allumfassend und vollkommen. Sie bereut nichts. Nichts und niemandem trauert sie hinterher, lässt keinen Ring in ihren Fingern kreisen. Stattdessen hält jemand anderes ihre Hand. Ich blicke in ihrem Körper zur Seite und entdecke mich. Auch ich bin verwundet. Tränen fließen aus meinen Augen und bilden, wie kleine Bäche, Rinnsale auf meinen verschmutzten Wangen. Sie finden kein Ende. Trotzdem lache ich immer wieder und drücke Milas Hand. Meine eigene ist blutverschmiert.

Ich weiß, wessen Blut das ist, und lasse Mila los.

Ein wenig zornig funkelt sie mich an. »Einverstanden?«, fragt sie dann und ich nicke. Sie sieht kurz zu Sirrah, entscheidet wohl, dass wir allein sprechen sollten, und erhebt sich. »Ich teile den anderen deine Entscheidung mit.«

Ich warte, bis Mila das Zimmer verlässt und Sirrah sich mir endlich zudreht.

»Du weißt, dass ich ihm nicht vertraue.«

»Ja.«

»Und du willst es trotzdem?«

Ich nicke. »Wir müssen ihm helfen. Und ehrlich gesagt vertraue ich ihm im Gegensatz zu dir. Es ist ein Instinkt.«

Sie verzieht den Mund. »Wenn es hart auf hart kommt, dann stehst du zu mir … zu uns. Oder?«

»Das werde ich«, verspreche ich ihr. Sirrah tritt auf mich zu und hält mir ihre Hand entgegen. Ich ergreife sie und erschaudere. Mir wird schwindelig und kurz schwarz vor Augen.

· · · · · ·

Zusammen schreiten wir die Treppe hinab in den Eingangsbereich, wo die Wachen und die anderen auf uns warten. Unser Gespräch ist tief in mir verankert, obwohl ich mich kaum erinnere. Und das ist gut so.

Lior wendet seinen Blick ab, während Lunas mich anlächelt. Ich erwidere es und hoffe, dass er eines Tages vergessen kann, wie sehr Lior und ich bereits verbunden sind. Hoffe, dass er nicht wie wir anderen sterben wird, wenn die Welt brennt, sondern nach uns die Feuer löscht und der König sein kann, der er immer war.

Das ist die Entscheidung, die ich treffe. Die Lior getroffen hat. San und jetzt auch Mila.

»Es wird folgendermaßen ablaufen«, beginnt San und wird von meinem lauten Magen unterbrochen. Von der Suppe gestern Nacht habe ich kaum etwas gegessen und wann ich davor das letzte Mal etwas zu mir genommen habe, weiß ich nicht mehr.

»Hast du Hunger?«

»Nein, in meinem Magen lebt ein Monster, das manchmal Geräusche von sich gibt.«

Er verdreht die Augen. Sirrah kichert, jedoch als Einzige.

»Nach der Verkündung wird es ein Festmahl mit den Adeligen geben und eine Feier. Hält es das Monster in deinem Bauch so lange aus?« San klingt ein wenig ironisch, was mir ein kleines Schmunzeln entlockt. Mir gefällt dieser lockere San. Ich nicke, also fährt er fort: »Wir werden dich und Lunas jetzt zu einer Kutsche bringen und mit ihr fahren wir zum Marktplatz. Dort wird Lior bereitstehen, um euch anzukündigen.« Er winkt zwei Wachmänner zu sich, denen er jeweils zwei Säcke überreicht, die verräterisch klimpern. »Dort sind Golden drin. Wenn die Verlobung bekannt gegeben ist, ihr euch geküsst habt und geht, dann wirst du sie verteilen. An jeden, der dir begegnet. Verstanden?«

Ich hebe die Brauen. »Ich besteche sie also?«

»Nein, du kühlst ihre Gemüter runter. Sie werden dich lieben, allein weil du ihre Hoffnung bist. Also brauchst du sie nicht zu bestechen.«

»Es ist dennoch Bestechung«, pflichtet Sirrah mir bei, die immer noch nicht von meiner Seite gewichen ist. Wie ein Schutzschild steht sie links hinter mir. Ganz nah. Und tatsächlich gibt mir diese Nähe Sicherheit. Mila befindet sich auf meiner rechten Seite.

»Nennt es Bestechung. Hauptsache, du machst es.« San wirkt genervt. Kein Wunder. Er hat wahrscheinlich seit Tagen nicht richtig geschlafen.

»Danach werdet ihr hierhergebracht und das Fest beginnt vor den Adeligen mit einer Rede, die Lunas hält. Er möchte aber, dass du auch etwas sagst.«

Ich verziehe den Mund. Immerhin habe ich keine Ahnung, wie man mit denen spricht, wenn sie nicht betrunken in der Schenke sitzen. »Wollte Lior nicht sofort abreisen?« Ich sehe zu ihm, doch Lior blickt mich immer noch nicht an. Stattdessen redet er gerade mit einem seiner Männer.

»Lior ist nicht der König. Es ist wichtig, dass du den Adeligen vorgestellt wirst und auch, dass sie sehen, dass ihr gemeinsam ins Bett geht. Nur dann wird sich die frohe Kunde herumsprechen, dass wir auf einen Thronfolger hoffen können. Lunas hat das entschieden und er steht über Lior. Würde der seine Pflicht erfüllen und hätte nicht abgedankt, wäre das alles nicht nötig.«

Ich presse die Lippen aufeinander und nicke nur.

»Wenn dann alles klar ist …« Er deutet zur Tür. »Achtung!«, ruft er dann und alle stellen sich auf.

Mir ist ganz schwindelig. Um mir nicht einzugestehen, was ich hier gerade tue, schiebe ich es auf das enge Korsett.

Wir treten an die frische Luft und doch fühlt es sich hier draußen stickiger an als im Inneren des Palastes. Am liebsten würde ich zurückrennen. Stattdessen straffe ich meine Schultern. Das hier ist der erste Schritt der Reise, von der Mila geredet hat. Eine, die ich selbst machen muss. Sie wird den Grundstein für eine Frau setzen, die nicht nach ihrem eigenen egoistischen Kopf handelt, sondern stattdessen zu ihren Worten und ihrer Pflicht steht. Wie es eine Königin tun würde.

Also hole ich zu Lunas auf und nehme seine Hand. Ich blende die Bilder aus, die sich nicht verändert haben, und lächle. Als wir in der Kutsche sitzen, schweigen wir. Die Stille ist drückend und erst als wir halten, hebt er seine Hand, damit die Wache die Tür noch nicht aufmacht.

Lunas sieht mich durchdringend an. »Jetzt kannst du noch hier drinbleiben und einfach nicht aussteigen, Shedir.«

Ich öffne den Mund. »Das kommt nicht infrage.«

»Doch, du kannst. Fühl dich nicht verpflichtet …«

»Ich will das hier, Lunas.«

Er atmet tief ein und aus. »Ich werde alles dafür tun, dass du mich eines Tages so ansiehst wie ihn. Dass du mich eines Tages lieben kannst.« Meine Kehle schnürt sich zu. Nicht, weil er Lior anspricht. Seit meinem Wutausbruch bei Aaron ist mir klar, dass es alle wissen. Sondern weil ich in dieser Aussage und der Art, wie er mich dabei ansieht, heraushöre, dass es sein Wunsch ist. Er macht das hier nicht nur aus Pflichtgefühl. Er will, dass wir uns eines Tages wirklich lieben. Und das, obwohl er weiß, dass er sterben wird. Mir ist nicht klar, was ich davon halten soll. Aber mein Magen verkrampft sich. Es ist wie ein unangenehmes Ziehen.

Aus Verzweiflung oder Verwirrung öffne ich die Kutschentür eigenständig. Die Wache reagiert sofort, ergreift den Griff und sieht Lunas an. Der verzieht kurz den Mund, bevor er aussteigt und tosender Lärm die Stille in meinem Kopf füllt. Unter den Rufen sind nicht nur positive Stimmen zu erkennen, also zögere ich nicht weiter und ergreife die Hand des Kutschers. Die Zeit steht still, als draußen plötzlich Ruhe herrscht. Bedrückende Stille, die mich zu zerquetschen droht.

Ich setze einen Fuß vor den anderen die kleinen Treppenstufen hinab und stelle mich all ihren Blicken. All ihrer Fassungslosigkeit. Dieser eine kurze Moment fühlt sich an wie eine Ewigkeit und dann bricht der Lärm sich Bahn. Die Menschen jubeln, weinen und schreien. Ich taumle einen Schritt zurück. Ich bin nur ein Mädchen. Verändert das wirklich so viel für sie? Ja. Weil weder Lunas bisher einer Frau sein Schicksal aufbürden noch eine Frau es annehmen wollte. Er hätte das hier viel früher tun können – hat er aber nicht. Vielleicht macht er es jetzt auch nur, weil wieder Hoffnung in ihm ist, dass er doch nicht sterben wird.

Die Wachen schirmen mich zwar ab, trotzdem berühren mich einige Hände und die Übelkeit überrennt mich zusammen mit den Bildern ihres Todes. Ich stolpere, als ich spüre, wie meine Haut von Feuer verbrannt wird.

Lunas ist bereits ein wenig vor mir und Sirrah und Mila wurden von der Menge nach hinten gedrückt. Schützend lege ich die Hände über meinen Bauch und versuche mich nicht zu übergeben. Zu vergessen, wie das verbrannte Fleisch gerochen hat und wie schrecklich dieser Schmerz war. Mit all meiner Kraft gehe ich weiter, doch meine Beine wollen mich nicht tragen. Ein Mann berührt mich an meinem Nacken. Ich keuche, als mir der Schmerz seines Herzens meines bricht. Es versagt und mir bleibt die Luft weg.

Eine warme Hand legt sich auf meinen Rücken. Endlich über dem Stoff, sodass ich nichts sehen muss. Ich drehe mich um, erwarte dort Mila zu sehen, doch es ist Lior. Seine Hand wandert an meine Taille und umschließt sie. Stützend gehen wir gemeinsam weiter.

»Alles wird gut, Sternschnuppe«, raunt er mir zu und setzt seine bösartigste Fassade auf. Automatisch bleiben die Menschen zurück. Nach und nach ist mein Körper wieder in der Lage, sich alleine zu halten.

»Du musst vorgehen«, keuche ich und nicke, als er mich loslässt.

»Ich bleibe«, ist alles, was er dazu sagt, bevor er mich weiter flankiert. Keiner wagt es mir nah zu kommen. Sie haben Angst vor ihm. Seine Nähe allerdings fehlt mir.

»Pass auf sie auf«, zischt Lior zu Lunas, als wir bei ihm ankommen und er ihm einen fragenden Blick zuwirft.

»Was ist passiert?«

Kurz zögere ich, schiebe es aber darauf, dass er gerade im Kopf zu sehr auf sein Volk und die Verkündung konzentriert ist. »Ich bin nur gestolpert«, winke ich ab.

Er lächelt.

Vielleicht sind die Gefühle, die ich in diesem Moment empfinde, ungerecht. Aber ich bin sauer, wie ignorant er ist. Gleichzeitig habe ich nie mit ihm darüber gesprochen, was es bedeutet, ein Asteri zu sein. Was ich alles sehe und spüre. Offensichtlich weiß er kaum darüber Bescheid, dass wir diese Visionen kaum kontrollieren können.

Als angespannte Ruhe einkehrt, blicke ich hinauf zum Podest, wo Lior steht und seine Hand erhoben hat.

»Volk von Nimue, Bürger von Nastras«, beginnt er mit tiefer, herrischer Stimme. »Lange haben wir diesen Moment für euch vorbereitet und wollten es zu etwas ganz Besonderem machen.«

Sein Blick richtet sich auf mich und ich fühle mich zurückversetzt. Zu dem Moment, in dem ich das erste Mal in diese kühl-grauen Augen gesehen habe. Seltsamerweise sehe ich jetzt nur noch Wärme in dem silbrigen Schimmer. Sehe mich und mein Licht darin, ohne dass ich gerade leuchte.

»Euer König hat sich verlobt!«, ruft er und verleiht seiner Stimme ein wenig Freude. Das Volk tobt und er braucht einen Moment, um sie wieder zu beruhigen. »Lunas«, fordert er seinen Bruder auf, der hinaufgeht und den Menschen zuwinkt.

»Und nun dürft ihr die wunderschöne Shedir kennenlernen, die sich tapfer dem Schicksal des Prinzen und diesem Königreich gestellt hat, um euch eine Zukunft zu schenken.«

Mir wird bitterkalt, weil seine Worte ehrlich klingen. Liebevoll und respektvoll. Anerkennend.

»Und eine kleine Warnung noch. Lasst euch von ihrer Schönheit bloß nicht blenden. Ihr könntet euer Augenlicht verlieren.« Er lacht kurz auf und auch um uns herum ertönt belustigtes Gelächter. Dann trete auch ich hinauf auf das Podest und sofort stößt mir pure Freude und Hoffnung entgegen. Ein Teil von mir empfindet eine Art Euphorie. Ein anderer wünscht sich, ich könnte sie genauso stark empfinden wie sie alle. Lunas ergreift meine Hand und hebt unsere verschränkten Finger in die Höhe. Für das Volk ist es ein epischer, schöner Moment. Doch für mich fühlt er sich an, als würde er mein Schicksal auf ewig besiegeln.

Und nicht das Schicksal, das für mich vorhergesehen ist. Die Sterne toben. Ein Donner tönt vom Himmel. Kurz zucken die

Menschen, dann aber jubeln sie und sehen es als Zeichen der Zustimmung der Götter an. Ich allerdings fühle die Wut der Sterne. Einem Instinkt folgend schaue ich zu Sirrah. Ihr Blick verrät mir, dass auch sie es spürt. Ich habe gegen ihre Regeln gespielt und werde nun bestraft. Aber sie können das hier nicht ändern. Wenn, dann bin ich es, die ihren Weg ändert. Die Lior retten wird. Und Lunas.

Lunas sagt etwas, das ich nicht verstehe, zu sehr bin ich vom Schmerz eingenommen, den die Sterne mir in meine Glieder schicken. Das Einzige, was ich noch höre, ist, dass wir jetzt ein Fest feiern, und dann werde ich von den beiden Wachen flankiert. Sie halten mir die Säcke hin. Ich nehme einen Golden heraus und beginne zu zittern.

Als ich mich umdrehe, weil ich jemanden um Hilfe bitten will, drückt Lior mir zwei Handschuhe aus feinem Stoff in die Hand. Er bemerkt meine zitternden Finger, streift sie für mich über und nickt mir zu. Ich greife nach den Golden und verteile sie. Trotz der Handschuhe berühren mich einige Menschen im Nacken und in meinem Gesicht.

Soweit es mir möglich ist, stelle ich meine Gefühle ab und ignoriere die Bilder, bis ich endlich in der Kutsche bin. Lunas setzt sich neben mich und legt seine Hand auf mein Bein, während ich um Fassung ringe.

»Stopp!«, schreit eine weibliche Stimme von draußen. Die Tür öffnet sich und Mila steigt zu uns ein, doch ich bin zu benebelt, um etwas zu sagen. Wie selbstverständlich setzt sie sich neben mich und zieht dann einen kleinen Flachmann aus ihrem Kleid. Sie dreht ihn auf und reicht ihn mir. Portwein. Meine Rettung.

»Was wird das?« Lunas sieht sie irritiert an, während ich einen Schluck trinke.

»Wenn du sie heiraten willst, solltest du vielleicht wissen, dass sie bei Berührungen Bilder sieht. Du weißt doch, was sie ist, Lunas«, zischt Mila ziemlich vorwurfsvoll, obwohl vor ihr der König sitzt.

»Das ... Ich wusste nicht, dass du es nicht kontrollieren kannst«, erwidert er schuldbewusst und streicht mir über mein Bein.

»Alles gut«, lüge ich. Denn es ist gar nichts gut. Diese Bilder werden mich mein Leben lang begleiten. Sie haben sich in meine Seele und mein Herz gebrannt.

»Ich dachte ja, er wäre der Fürsorgliche der beiden«, flüstert Mila genau so laut, dass er es hören kann.

Lunas wirkt überfordert, also lege auch ich meine Hand auf sein Bein. »Lior hat dafür gesorgt, dass niemand wirklich viel über Asteria weiß. Also ist es nicht seine Schuld.«

Wir reden kaum noch, bis wir wieder am Schloss ankommen. Ich weiß nicht, warum Mila so wütend ist. Sonst ist sie immer ruhig und vor allem der königlichen Familie gegenüber würde sie sich immer anständig benehmen. Aber ich war schon immer ihr wunder Punkt. Sosehr sie mich auch immer wieder für mein Verhalten gescholten hat, so sehr will sie, dass es mir gut geht.

Als wir beim Palast aussteigen und eintreten, ist bereits eine Armada von Menschen dort im Eingangsbereich versammelt und heißt uns willkommen. Männer in Anzügen und Frauen in den schönsten Kleidern stehen mit edlen Kristallgläsern da, in denen eine prickelnde Flüssigkeit schimmert.

Zu meinem Bedauern bedeutet das, dass ich keine Minute habe, um mich wieder zu sammeln. Stattdessen werden wir sofort zur Treppe geführt, erhalten ebenfalls ein Glas und dann sehen alle nur noch uns an. Wir stehen ein wenig erhöht und Lunas hebt die Hand.

»Wir danken euch, dass ihr so zahlreich erschienen seid, um diese Verlobung mit uns zu feiern. Wir alle wissen, was sie für das Königreich bedeutet.« Lunas hebt sein Glas. »Lasst uns trinken, auf Nimue und auf meine zukünftige Braut. Auf ihren

Mut und ihre Stärke, einen Totgeweihten zu heiraten.« Er lacht und einige der andere stimmen ein, wenn auch etwas verhalten. Sie alle heben ebenfalls ihre Gläser und wir trinken zusammen. Das prickelige Zeug schmeckt süß und hinterlässt einen angenehmen Schleier auf meiner Zunge.

Bis eine zynische Stimme die gute Stimmung durchbricht. »Fragt sich nur, ob sie wirklich mutig und stark ist oder einfach nur Königin sein will.«

Beinahe fällt mir das zarte Kristallglas aus der Hand, als ich begreife, dass es Lior ist, der da redet. Er tritt zu uns. Gemurmel dringt durch den Raum und lässt meine Ohren summen.

»Sie kommt aus dem Nichts und plötzlich wird sie Königin und ihr zukünftiger Sohn der König. Ist das wirklich Mut oder eine ziemlich gute Partie? Sie scheint nicht gerade aus gutem Hause zu kommen«, er lacht abfällig und deutet auf mich. Als würde man den Dreck und Schmutz, die Gosse, auch hinter dem schönen Kleid und der geflochtenen Frisur erkennen.

»Was soll das?«, knurrt Lunas leise.

Lior sieht allerdings nur mich an. »Ich weiß nicht, ob ich sie wirklich zur Königin haben will. Ihr etwa?« Er dreht sich um. Die Adeligen tuscheln verunsichert. Warum tut er das?

Er dreht sich wieder zu mir und kommt mir verdammt nah. Ich zucke zurück, aus Angst, dass er mich berührt und ich weitere Bilder meiner eigenen Zukunft sehen muss.

»Das wäre ein perfekter Moment, um dich kurz zu entschuldigen, Narbenmädchen.« Er kratzt sich ganz unauffällig an der Schläfe und als ich daraufhin meine eigene berühre, spüre ich die Kühle des Eisens.

Gespielt entrüstet huste ich und murmle ein »Ich werde mich kurz entschuldigen«, bevor ich mich umdrehe und die Treppe hinauflaufe.

Hat er es nur deshalb getan? Damit ich mich kurz beruhigen kann, bevor all diese Adeligen auf mich losgelassen werden und mich mit Glückwünschen und Fragen bombardieren? Damit sie nicht erkennen würden, was ich bin? Eine Gezeichnete. Oder schlummert doch mehr Zorn über Lunas und meine Verbindung in ihm, als ich dachte? Zorn, der gerade beim Versuch, mir zu helfen, zum Vorschein kam.

Ich stürme in das erste Zimmer, das ich erreiche. Es ist eine Art Bibliothek und zu meinem Glück befindet sich eine Bank hinten in einer Ecke. Ich gehe darauf zu und ziehe meine Schuhe aus, bevor ich mich auf den Boden knie und unter die Bank lege. Langsam ziehe ich die Beine an und schließe meine Augen. Der Lärm in mir dringt in die Ruhe des Raumes. Fließt aus mir heraus, beruhigt meinen Atem und meinen Herzschlag. Nach und nach kehre ich zurück und die Menschen verblassen, in deren Körper ich gerade durch die Visionen noch steckte.

Schwindel packt mich und ich muss kurz sicherstellen, wo ich bin und vor allem, dass ich nicht mehr das kleine Mädchen bin, das sich in der Kapelle des Waisenhauses unter einer Holzbank versteckt.

»Hilft das?«, ertönt Liors Stimme und als ich die Augen öffne, hockt er vor mir und mustert mich aus seinen silbrigen Augen.

»Früher hat es immer geholfen«, entgegne ich, weil ich mir nicht mehr sicher bin, wieso ich hier runtergekrabbelt bin. Vielleicht beruhigt es mich. Ja, vielleicht verscheucht es die Bilder. Aber alles andere verschwindet nicht einfach. Die Verlobung. Die Reise, die uns bevorsteht. Mein Schicksal und das meiner Freunde.

»Ich habe mich als Kind immer hinter den Vorhängen versteckt und geglaubt, dass ich damit die ganze Welt aussperren kann.« Er lacht leise und setzt sich dann auf den Boden vor mir. Ich erinnere mich an das, was er mir im Dorf von Regulus über seine Kindheit gesagt hat. Er hatte einen sehr kranken Bruder und deshalb ging es nie um ihn, was er aber nicht schlimm fand.

Ich denke, dass ein Teil von ihm deshalb dennoch gebrochen ist. Zwar würde er selbst alles für seinen Bruder tun – so wie die Königin und der ehemalige König sicher auch. Aber wer auf dieser Welt würde eigentlich alles für ihn tun und ihn das auch spüren lassen?

»Und was ist passiert, wenn du wieder hinter dem Vorhang hervorgetreten bist?«

»Dann hatte ich wieder genug Kraft gesammelt, um weiterzumachen.«

»Deshalb hast du das da eben gesagt, nicht wahr?«

»Du brauchst mehr als nur ein bisschen kindische Kraft. Aber einen kurzen Moment wollte ich dir ermöglichen. Du hast sicher viele grausame Dinge gesehen. Außerdem muss ich gestehen, dass es mir schwerfällt, dich an seiner Seite zu sehen. Auch wenn ich das alles eingefädelt habe.«

»Weil du an meiner Seite stehen willst?«, frage ich herablassend.

»Nein, weil er dich nicht versteht. Dein Wesen nicht kennt.«

»Aber warum wusste Lunas nichts davon? Warum hat er mich nicht vorbereitet?«, frage ich nachdenklich und reibe meine Fingerspitzen aneinander. Das hat mich schon als Kind beruhigt.

»Nimm es ihm nicht übel, Sternschnuppe. Er weiß fast gar nichts über die Asteria. Als er sechzehn war sagte ihm einer den Tod voraus. Daraufhin kamen und gingen sie. Alle sahen das Gleiche.«

»Und da beschäftigt man sich nicht mit dem, was sie eigentlich können und was mit ihnen passiert, wenn sie ihn oder auch andere berühren?«

»Ich glaube, es ist die Schuld meiner Eltern, dass er in ihnen nie wirklich Menschen gesehen hat. Sie waren einfach nur der Mittel zum Zweck – Wesen, die ihnen das Falsche sagten und dafür verbannt wurden. Ich war damals gerade einmal dreizehn und hatte ganz andere Dinge im Kopf. Erst als mir einige Asteria, die ich nach ihrer Verbannung aufgesucht und befragt habe, von euch erzählten, begann ich nach der königlichen Familie des Himmels zu suchen. Und so lernte ich die Sterne und ihre Gabe kennen. Ich bemerkte, wie ähnlich sie mir und den anderen Fengari waren. Plötzlich war ich nicht mehr nur der kleine Bruder, der abgedankt hat und immer nur im Schatten agieren musste, weil keiner wissen sollte, was ich bin. Ich war wichtig. Vor allem für die Asteria.«

»Und trotzdem hat die Welt dich als Monster dargestellt.«

Er zuckt mit den Schultern. »Mir ist egal, was man über mich denkt, Shedir. Ich kann sehr wohl dieses Monster sein. Ich töte, um das zu bekommen, was ich will. Schätz mich da nicht falsch ein. Mein Außenbild ist mir dabei so unwichtig wie der Dreck unter meinen Stiefeln und das Blut derer, die mir im Weg stehen. Was mir nicht egal ist, ist, wenn ich höre, dass Menschen wie Sirrah ihre Freunde verloren haben, weil sie Angst vor mir hatten.«

Ich verenge den Blick. Es hat ihn also doch nicht so kaltgelassen, wie er es dargestellt hat.

»Wie dem auch sei. Ich denke, dass dein Moment jetzt langsam vorbei ist.« Demonstrativ sieht er zur Tür. »Sie verstehen, dass du dich nach meinen Anschuldigungen kurz zurückgezogen hast. Aber wenn du zu lange weg bist, legen sie dir das als Schwäche aus.«

Ich nicke, er erhebt sich und streckt mir die Hand entgegen, während ich mich unter der Bank herauszwänge. Als ich sie ergreife und mein Blick auf die Handschuhe fällt, die er mir gegeben hat, trete ich einen Schritt auf ihn zu, stelle mich auf Zehenspitzen und hauche ihm einen Kuss auf die Wange. Keine Bilder.

»Danke«, flüstere ich, doch als ich mich abwenden will, hält er meine Schultern fest und sieht mich an. Durchdringend, als wäre er ein Tier, das seine Beute fixiert. Mein Magen kribbelt.

Diese Anziehung zwischen uns, die von Anfang an da war, ist beinahe greifbar. Allerdings fühle ich auch, dass es nicht mehr nur körperlich ist. Weder für ihn noch für mich.

»Ich bin nicht der Gute, Shedir. Auch wenn du das jetzt glaubst.«

»Das ist in Ordnung«, antworte ich ehrlich. Ich habe ein ungefähres Bild davon, wer Lior eigentlich ist. Und dass er mordet und sich durchsetzt, auf welche bestialische Art auch immer, war mir von Anfang an klar. Schon in dem Moment, als ich nicht einmal wusste, in wessen graue Augen ich da schaue.

Immerhin ist es nicht so, als wäre ich das brave, nette Mädchen. Auch ich habe Leichen hinter mir gelassen. Ihr Blut befleckt meine Hände.

»Ist es das? Wirklich?« Das Funkeln in seinen Augen ist immer noch so intensiv, dass ich völlig in seinen Bann gezogen bin. Ich nicke. Im nächsten Moment zieht er mich zu sich. »Ich würde selbst dich töten, wenn es Lunas rettet. Ist das auch noch in Ordnung, Narbenmädchen?«

»Ich würde dich zuvor töten, um mich zu retten.« Eine Erinnerung blitzt in meinem Kopf auf, verschwindet aber, bevor ich sie greifen kann.

Als ich mich losreißen will, packt er mich fester. Sein Blick durchdringt mich. Sieht etwas in mir, das sonst niemand sehen kann. Und dann küsst er mich. Mein Körper ist erfüllt von dieser Berührung. Von ihm und seinem Geruch. Innerlich lasse ich los und kralle meine Finger in seinen Nacken. In seine Haare. Ich will ihn spüren. Will, dass diese Gefühle echt werden. Ein kratziger Laut dringt aus seiner Kehle und bereitet mir einen Schauer nach dem anderen. Bis ich ein Räuspern höre und wir in unserer Bewegung verharren.

»Ich wollte nur nach meiner Verlobten schauen, aber wie ich sehe, ist sie versorgt.«

Mir wird eiskalt. Lior weicht zurück und würdigt mich keines Blickes mehr, als er hinausgeht und mich mit Lunas und seiner vorwurfsvollen Aura allein lässt.

KAPITEL 13

»Geht es dir besser?« Mein schlechtes Gewissen drückt mir die Kehle zu, vor allem, weil er kühler klingt, als ich ihn je gehört habe. Selbst im Burgfried, als er mit dem verletzten Luchs vor mir stand und wir zwei Fremde waren, klang seine Stimme liebevoll und warm. »Nach dem, was er da gesagt hat, bist du hier hochgegangen und hast dann entschieden, ihm deine Zunge in den Hals zu stecken?«

Ich erschaudere. Vor allem wegen der Wortwahl. Und weil ich etwas begreife: Lunas hat wirklich keine Ahnung, was es bedeutet ein Asteri zu sein. Statt ihm das übel zu nehmen, wie es vielleicht mein früheres Ich getan hätte, rufe ich mir in Erinnerung, dass es ihm nie jemand gesagt hat. Also trete ich vor und nehme seine Hände. »Ich habe auf dem Marktplatz unzählige Tode gesehen. Nicht nur gesehen, Lunas … Ich durchlebe sie. Es ist, als wäre ich in ihrem sterbenden Körper gefangen. Ich spüre ihre Seele, ihren Schmerz. Einfach alles.«

»Du bist Dutzende Male gestorben«, sagt er abwesend.

Ich nicke. Denn ungefähr so ist es.

»Und das, was in der kleinen Flasche war, hilft dir? Was war es?«

»Es war normaler Portwein. Er macht es nicht besser und es kann die Bilder auch nicht verscheuchen, aber offenbar hilft es für ein paar Sekunden meine körperlichen Symptome zu lindern.«

»Dann sorge ich dafür, dass du immer welchen hast«, entgegnet er, lässt mich los und geht zu einer alten Vitrine. »Die gehörte meinem Großvater.« Er nimmt eine kleine Feldflasche heraus und reicht sie mir. »Die könntest du mit auf deine Reise nehmen.«

Ich nicke betreten. Wir wissen beide, dass er bei dieser Reise nicht dabei sein wird und sich das Band zwischen Lior und mir stärken könnte.

»Ich werde dir nicht sagen, wen du lieben darfst oder sollst, Shedir.« Er fährt sich durch sein Haar und atmet schwer. »Und ich werde dir auch nicht sagen, dass du bei Lior aufpassen musst. Das wäre gelogen. Er ist der beste Mensch, den ich kenne. Aber eine Sache musst du wissen.« Kurz wirkt er nervös, dann allerdings fängt er sich und sieht mich fest an. Ich bin mir fast sicher, dass er Kara ansprechen wird und dass Lior mit ihr geschlafen hat, als die beiden zusammen waren. Doch stattdessen beugt er sich vor und flüstert: »Frag ihn nach der Eklipse.« Dann wendet er sich ab und hält mir seinen Arm hin, damit ich meinen auf seinen legen kann.

Wir gehen hinaus und schreiten die Treppe hinunter. Es dauert ein wenig, aber dann richten sich wieder alle Augenpaare auf mich.

»Ich muss mich entschuldigen, Prinz Lior kostet mich manchmal meine Nerven.« Einige der Gäste, vor allem die weiblichen, kichern. Lunas reicht mir einen sprudelnden Met und ich hebe wie ferngesteuert mein Glas. Es ist, als wäre ich nicht mehr in meinem Körper. Eine Eklipse ist eine Mondfinsternis. Ich bin ein Stern, also eine Sonne, und Lior ist ein Mond. Was bedeutet das? Verfinstere ich ihn?

Wir gesellen uns zu den wartenden Adeligen und ich beantworte Fragen, obwohl ich selbst nur eine Antwort will. Und zwar von Lior, den ich nirgendwo sehe. Als sich mir zwei junge Damen vorstellen, entschuldigt sich Lunas kurz und ich mustere erst das blau glitzernde Kleid der dunkelhaarigen Frau und dann das blassrosafarbene der Rothaarigen. Nie hätte ich gedacht, dass die Farbe ihrer Haare mit dem Rosa harmoniert. Tut es aber.

»Wunderschöne Kleider«, sage ich und fühle mich kurz wie das kleine Mädchen, das sich gewünscht hat, so etwas anziehen zu dürfen. Vielleicht wünschte ich mir, ich könnte jetzt behaupten, dass ich es nicht mehr will. Dass mich mein eigenes Kleid dumm und albern aussehen lässt. Doch so ist es nicht. Ich mag es. Es gibt mir das Gefühl, etwas ganz Besonderes zu sein.

»Lior ist wirklich ein Idiot«, sagt die Dunkelhaarige, die sich mir als Nasir vorstellt, nachdem sich beide bedankt haben und mein Kleid gelobt haben.

»Ja«, entgegne ich und lasse meinen Blick suchend schweifen. »Wisst ihr, wo er hingegangen ist?«

»Wollt Ihr ihn etwa schlagen?« Sie kichern.

»Ich bin Shedir«, biete ich ihnen das Du an, anhand ihrer überraschten Mienen weiß ich aber, dass sie bei der Höflichkeitsform bleiben werden. Schließlich bin ich ihre zukünftige Königin. Diese Tatsache löst einen Fluchtinstinkt in mir aus und Gott sei Dank sehe ich in diesem Moment Lior, der mit einem Glas in der Hand angelehnt an einer Wand steht. Sein Blick ist leer auf die Menschen im Saal gerichtet.

Ich entschuldige mich und gehe zu ihm.

»Keine Zeit«, sagt er knapp und dreht sich weg.

»Lior!«, fauche ich und ziehe an seinem Ärmel.

»Deinem Verlobten gefällt dein Theater hier gerade gar nicht.« Er lacht abfällig und deutet auf Lunas, der mir einen zornigen Blick zuwirft.

»Das ist mir egal. Was ist das mit der Eklipse?«

Er hebt seine Brauen. »Das hat Lunas genutzt, um dich von mir fernzuhalten?«

Ich verenge meinen Blick. Ist Lior etwa betrunken? Er wirkt so … anders. »Sag es mir!«

»Du weißt, was eine Mondfinsternis ist, Narbenmädchen. Du hast doch zwei Jahre in der Sternengelehrten-Gilde gelernt.«

»Und was hat das mit uns zu tun? Verdunkle ich dich?«

Er sieht mich an, als wäre ich ein dummes kleines Kind. »Eine Mondfinsternis entsteht, wenn sich ein Körper zwischen die Sonne und ihren Mond stellt.« Kopfschüttelnd schließt er kurz die Augen. »Aber ich bin nicht dein Mond, also steht das sowieso nicht zur Debatte.«

Ich blinzle. Mein Mond? Was soll das heißen? »Ist jeder Stern an einen Mond gebunden?«

»Nur die der königlichen Familie, Hoheit.«

»Und wessen Mond bist du?«

»Nicht deiner«, antwortet er schulterzuckend.

»Und wenn ich es wäre, was passiert bei der Eklipse?«

»In deinem Fall wäre die Eklipse eine Mondfinsternis. In meinem Fall eine Sonnenfinsternis. Wir würden getrennt werden. Auf ewig.«

»Shedir!« Lunas kommt zu uns und ergreift meine Hand. »Wir müssen jetzt in den Festsaal. Das Essen ist gerichtet.«

Ich atme tief ein, folge ihm aber. Wäre Lior mein Mond und ich sein Stern, wäre Lunas dann der, der unsere Eklipse auslösen könnte? Hat er mich deshalb gewarnt? Will Lunas verhindern, dass wir uns verlieren? Oder gilt die Warnung nur mir, weil ich schreckliche Dinge heraufbeschwören könnte, wenn ich so weitermache und mit beiden spiele? Aber tue ich das überhaupt? Weiß ich nicht längst, dass Lior mir näher ist, oder liegt das nur an dem, was ich in meiner Zukunft gesehen habe? Ein Schicksal ist nicht festgeschrieben. Das habe ich bei Mila gesehen. Genauso wie ich bei Lunas spüre, dass wir seines verhindern können. Kann ich also auch Liors Schicksal ändern, wenn ich mich gegen ihn entscheide?

»Shee!«, ruft plötzlich eine vertraute Stimme, die hier allerdings überhaupt nicht hinpasst. Ich drehe mich um und in dieser Sekunde fällt mir bereits Nisha in die Arme.

San rennt hinter ihr her und kommt keuchend zum Stehen. »Ich hatte keine Wahl. Sie wollte unbedingt mitkommen. Genauso wie die Kratzbürste.« Ohne nachzufragen, sehe ich mich nach Nil um. Jemand anderen kann er nicht meinen. Sie stolziert zu uns, während sie alles mit gerümpfter Nase begutachtet.

»Schick«, quittiert sie dann, als sie vor uns steht und sich kurz und genervt vor Lunas verbeugt. »Hast einen ganz schönen Sprung hingelegt.«

»Schön, dass du da bist«, entgegne ich, ohne darauf einzugehen.

»Na ja, eingeladen hast du weder Nisha noch mich.«

Innerlich verdrehe ich die Augen, halte aber meine Fassung.

»Sie hätte bestimmt, wenn sie gedurft hätte«, beteuert Nisha, die sich von mir löst.

»Ihr seid herzlich willkommen«, sagt Lunas und zieht mich dann weiter. San kümmert sich darum, dass den beiden ein Platz in meiner Nähe zugewiesen wird, während ich mich auf meinen Stuhl setze und mir wie eine Betrügerin vorkomme. Warum kann ich nicht einfach die Gefühle aufrufen, die ich an dem ersten Abend mit Lunas hatte? Ich war begeistert von seinem Wesen. Wir haben die halbe Nacht geredet und ich habe so viel über ihn erfahren. Nur leider habe ich fast nichts Ehrliches über mich erzählt.

Etwas, das meine Mutter immer gesagt hat, kehrt zurück in meinen Kopf und damit auch in mein Herz: »Wir leben in einer Welt, in der die Pflicht und das Überleben über dem steht, was wir wollen und fühlen.«

Vielleicht hatte sie recht. Und ich werde meine Pflicht erfüllen.

Als Lunas sich neben mich setzt, ergreife ich seine Hand und sehe mit erhobenem Haupt dabei zu, wie sich die Adeligen ebenfalls auf ihre Plätze begeben. Erst als sich Lior neben Lunas niederlässt, werde ich unruhig. Bei den Göttern, bei den Sternen und dem Universum. Warum hat er eine solche Wirkung auf mich?

Lunas erhebt sich wieder und sagt etwas, bevor wir das Essen serviert bekommen. Unzählige Schlossangestellte geben sich dabei die größte Mühe, dass wir alle gleichzeitig etwas vor uns stehen haben.

Im Gegensatz zu Nil, die nur verächtlich schnaubt, quietscht Nisha neben mir, als sie das Essen sieht.

Ich esse etwas von dem Erdapfel, bevor meine Aufmerksamkeit von einer Bewegung auf Nishas Schoß auf sich gezogen wird. Mit weit aufgerissenen Augen nehme ich meine Serviette und schmeiße sie über die kleine Echse. »Du hast Sternschnuppe mitgebracht?«, zische ich, so leise ich kann. Erdlöwen sind nicht gerade beliebt. Sie gelten als Unglücksbringer. Vor allem, wenn sie ein Haus betreten. Und jetzt ist das Ding im Palast. Das ist nicht gut. Gar nicht gut.

»Ich wollte ihm das Schloss zeigen. Er wollte es auch sehen.«

»Er hat dir das also gesagt?« Ich schüttele den Kopf. Nisha benimmt sich immer noch wie ein Kind.

»Ja.« Trotzig verschränkt sie die Arme vor der Brust. Also geht sie tatsächlich davon aus, dass das Ding mit ihr sprechen kann. Ich sehe hinab, wo er gerade sein Köpfchen aus dem Tuch befreit und mich aus seinen geschlitzten Drachenaugen ansieht. Es stellt den kleinen Kragen um seinen Hals auf. Soll das etwa eine Drohung sein? Ich hebe die Brauen.

»Alles gut?«, fragt Lunas und beugt sich zu mir. Sofort ziehe ich der Echse die Stoffserviette wieder über den Kopf und nicke lächelnd.

»Alles gut. Ich habe Nisha nur so lange nicht gesehen.«

Er grinst. »Dann freut es mich umso mehr, dass ich sie eingeladen habe.« Er sieht zu Nisha. »Du kommst mir bekannt vor.«

»Ich war auch ein paarmal hier. Aber wahrscheinlich kennt Ihr meine Mutter, Hoheit, ich sehe ihr sehr ähnlich. Lady Magarit.«

Er presst die Lippen aufeinander und nickt. »Es tut mir sehr leid, dass es Unstimmigkeiten zwischen ihr und meinem Vater gab.«

Nisha sagt nichts. Offenbar weiß sie, wie man sich am Hofe zu benehmen hat. Nur eben nicht, dass man keine unheilbringende Echse mitbringt.

»Wie hast du Sternschnuppe denn hergebracht?«, frage ich, nachdem sich Lunas wieder seinem Essen zugewandt hat.

Nisha deutet auf einen Beutel, den sie sich um die Hüfte gebunden hat.

»Dann soll er da wieder reingehen.«

Maulend gibt Nisha ihm etwas von dem Essen und legt ihn behutsam zurück in den Beutel.

Das Dinner geht Stunden. Stunden, in denen Lior immer wieder mit Lunas über die Reise redet und bespricht, welche seiner Männer hierbleiben, um den Hof zu unterstützen. Ich kann es irgendwann nicht mehr hören. Kann gar nichts mehr hören. »Wann brechen wir auf?«, mische ich mich also ein.

Lior sieht mich finster an. »Heute Nacht noch. Sobald sich alle sicher waren, dass ihr euch vereinigt habt.«

»Wir sind nur verlobt«, knurre ich, weil es mir langsam reicht. Sie entscheiden schon so viel über meinen Kopf hinweg und lügen. Nun müssen sie nicht dafür sorgen, dass alle glauben, dass Lunas mich bereits bei unserer Verlobung beglückt hat, um einen Erben hervorzubringen.

»Es ist so Brauch, Shedir«, sagt Lunas ruhig und legt mir seine Hand auf den Oberschenkel. »Hast du das nicht gewusst?«

Woher soll ich all diese Dinge wissen? Ich bin bei einer verrückten Mutter aufgewachsen, die mich eingesperrt hat, dann in einem Waisenhaus untergekommen, das von einer total prüden ehemaligen Nonne geführt wurde, und dann war ich im Burgfried. Wann also und wer hätte mir erzählen sollen, dass man bei seiner Verlobung bereits die Ehe vollzieht? In den alten Büchern, die ich im Waisenhaus gelesen habe, stand es anders.

»Es ist ein Brauch, der aus Lishan zu uns kam. Eine Bedingung des lishanischen Königs, damit er seine Tochter mit dem Bruder unseres Vaters vermählt.«

»Schön«, gebe ich zurück. Sosehr ich das hier als Kind wollte, so schnell will ich jetzt hier raus. Der Palast und die Erwartungen all dieser Menschen erdrücken mich. Mila würde jetzt sagen, dass ich lernen muss, Verantwortung zu übernehmen und diesen Erwartungen standzuhalten. Mehr noch. Ihnen gerecht zu werden. Aber wie? Ich will einfach nur noch wegrennen.

Lunas erhebt sich, als wir zum Tanz gebeten werden. Wir eröffnen das Parkett mit einer Allemande, die Lupin uns beigebracht hat. Damals meinte sie, dass eine jede Dame und ein jeder Herr das können muss. Ich habe sie immer mit Arvo gelernt und ihn selbst in unserer Freizeit gezwungen, mit mir zu tanzen. Das hier ist also endlich etwas, das ich kann. Für einen kurzen Moment macht es sogar Spaß. Bis die Musik verklingt und ich das Getuschel der Menschen höre. Es spüre, als würden sie mir ihre Erwartungen der heutigen Nacht in meine Haut brennen. Als ich mich zurück an den Tisch begebe, weil Lunas noch mit ein paar anderen Frauen tanzen muss, setzt sich Lior zu mir.

»Ich denke, das hier gehört deiner kleinen Freundin. Sie sollte vorsichtiger sein.« Unter dem Tisch reicht er mir die kleine Echse, die sich augenblicklich in meine Beine krallt und ihn mit aufgestelltem Kragen anfaucht.

Ich schließe die Augen und atme durch. »Er heißt Sternschnuppe«, gebe ich zurück und streiche sanft mit meinem Finger über seine Stirn. Er beruhigt sich langsam und legt seinen Kragen wieder an.

»Wie du.« Lior zwinkert mir zu. »Ich mag diese Tiere. Sie sind intelligent und perfekte Fährtenleser.«

»Fährtenleser? Eine Echse?«

Lior nickt, doch ich schüttele nur den Kopf und lege dann wieder eine der Servietten über ihn, als er sich auf meinen Schoß gelegt hat.

»Weißt du noch, dieses Fest bei Regulus?«

Irritiert sehe ich ihn an. Als er nicht weiterspricht, nicke ich mit trockener Kehle.

»Wie wäre es, wenn du es dieses Mal andersherum machst und dem Ganzen eine Chance gibst?«

Ich weiß genau, was er meint, trotzdem gebe ich ein kratziges »Wie meinst du das?« von mir.

»Du vergisst nicht, dass es Lunas gibt, sondern dass es mich gibt.«

»Weil du der Meinung bist, dass du derjenige bist, wegen dem ich diese Nacht nicht vollziehen will?« Krampfhaft versuche ich das Stechen in meiner Brust zu ignorieren. Will er mich gerade wirklich davon überzeugen, mit seinem Bruder zu schlafen?

»Ja, dieser Meinung bin ich. Und nicht, weil ich denke, dass du mich gernhast, Narbenmädchen. Es ist, weil du da etwas in deiner Zukunft gesehen hast, das dich glauben lässt, wir beide könnten mehr sein.«

Genau genommen habe ich mich schon zuvor zu ihm hingezogen gefühlt. Und vor allem war es *seine* Zukunft, die mich etwas hat empfinden lassen. Die Art, wie er mich geliebt hat.

»Was ist, wenn das nur die Zukunft ist, in der Lunas stirbt? Was, wenn sich alles ändert, wenn wir ihn retten?«

»Warum willst du das? Du weißt, dass ich ihn nicht so will,

wie ich es sollte. Warum also ich? Es gibt Tausende Frauen. Darunter sind sicher einige, denen es egal ist, dass er sterben soll.«

»Diese Frauen will er aber nicht, Shedir.« Ich erschaudere, als er meinen Namen ausspricht. Er sagt ihn anders als alle anderen Menschen. Als wäre er heilig. Besonders. Aus seinem Mund ist mein Name nicht nur ein Name.

Ich lache traurig und streichle weiter über das Köpfchen des Erdlöwen.

»Du meinst wirklich, dass Lunas nur mich je mögen kann? Das ist verrückt und das wissen wir beide.«

Er zuckt mit den Schultern. »Es ist so. Ob du es nun wahrhaben willst oder nicht.«

»Das geht nicht!«, sage ich fest. Was ist denn das für ein Schwachsinn? Nur weil Lunas sich vielleicht einredet, dass ich anders als die anderen bin, bin ich es noch lange nicht. Er hat sich da in etwas verrannt.

»Denk, was du willst, und mach, was du willst, Narbenmädchen. Das machst du ja offenbar schon dein ganzes Leben genauso. Ich werde aber nicht derjenige sein, der dich rettet und zusammenklebt. Ich bin nicht diese Art von Mensch. Auch wenn Lunas dich nicht vor mir warnen wollte, um mir nicht in den Rücken zu fallen. Ich bin nicht der, den du da in mir gesehen hast. Vielleicht existiert dieser Lior in der Zukunft, aber nicht jetzt. Ich wusste von Lunas, als ich dich berührt habe. Als ich dich geküsst und zum Kommen gebracht habe. Ich habe es gewusst und trotzdem getan.« Meine Brust verkrampft sich. »Und das nur ein paar Tage nachdem mein Bruder mit einem Luchs nach Hause kam und mir von der atemberaubendsten Frau erzählt hat, die er je getroffen hat.« Tränen schießen in meine Augen. Ich beiße meine Zähne zusammen. »Eine Frau, die ihm half, den Luchs zu verarzten, und ihm dann Essen brachte, bis sie schließlich nach Feierabend zu ihm kam und die ganze Nacht mit ihm sprach. Eine Frau, bei der er das erste Mal, seit er sechzehn war, nur reine Gedanken gespürt hat. Keinerlei Vorurteile oder Zwietracht. Alles das in der Welt, in der er aufgewachsen ist. Hier existiert nichts Gutes, Shedir. Und ich bin das Schlimmste von allem. Er hat zwei Tage nur über dich gesprochen und deine außergewöhnlichen Augen. Davon, dass du ihn enttarnt hast und sauer warst.

Und dann sah ich genau diese Augen, von denen er berichtet hat, bei einer Verkündung am Marktplatz. Ich wusste genau, wer du bist. Ich wusste schon, als er mir von dir erzählt hat, dass du das Mädchen aus Asher bist. Mein Mädchen aus Asher. Und ich wusste längst von meinen Männern, dass San dich eingeschleust hat. Hast du eine Ahnung, was ich dachte, als ich dich am Marktplatz wiedererkannt habe?«

Ich schlucke hart und öffne unter Schmerzen meinen verkrampften Kiefer. »Was?«, presse ich hervor.

»Ich erinnerte mich und verstand wieder, was er so faszinierend und schön fand, und entschied, dass ich ihm genug gegeben habe. Die gesamte Aufmerksamkeit meiner Eltern. Meine Kindheit. Mein Herz. Meinen Ruf und mein Leben. Aber dich würde ich ihm wegnehmen.«

Ich keuche, versuche mich aber wieder zu fangen.

»Wie du siehst, bin ich wohl doch genau das Monster, vor dem dich alle gewarnt haben.«

Kurz will ich mir einreden, dass er das alles nur sagt, um mich in Lunas' Arme zu treiben, dann erinnere ich mich aber, dass er genau das auch bei Kara getan hat. Ja, vielleicht sind seine Worte ehrlich und bei allem, was er geopfert hat, genießt er es, Lunas' Frauen wegzunehmen.

Obwohl es ein oberes Gesetz der Sterne ist und sie mich bestrafen werden, greife ich nach seiner Hand und versuche seine Vergangenheit zu lesen. Überrascht sieht er mich an.

»Lass es zu!«

»Das kann ich nicht.«

»Doch, das kannst du, Lior!«, bleibe ich standhaft. »Ich habe gespürt, dass du lügst, als du sagtest, es würde nur in meinen Träumen funktionieren. Du kannst dich vor mir abschirmen.«

Genervt wendet er den Blick ab, kurz bevor Bilder vor mir aufblitzen. Sie sind so real, dass mir übel wird. Lior scheint es zu bemerken, denn er drückt mir ein Glas in die Hand und ich trinke einen Schluck.

»Was erhoffst du zu sehen, Shedir?«

»Die Wahrheit.«

Unter Schmerzen suche ich nach dem Moment, von dem er gerade gesprochen hat, und finde ihn. Die Sterne schreien. Mein Körper bebt.

»Shedir!«, zischt Lior. »Du fängst an zu leuchten.« Er entreißt mir seinen Arm, erhebt sich, nimmt die Echse mit dem Tuch von meinem Schoß und zieht mich zu sich, bevor er den Erdlöwen auf meinen Stuhl legt und mich aus dem Saal in ein Hinterzimmer führt.

Es ist klein und dunkel hier, aber so werden wir nicht wieder von Lunas erwischt. Meine Sinne sind benebelt.

»Na los!« Herausfordernd hält er mir seinen Arm hin und das ist der Moment, in dem ich begreife, dass er die Wahrheit gesagt hat. Dennoch umfasse ich sein Handgelenk, lasse die Bilder und den Schmerz zu, mit dem mich die Sterne bestrafen.

Ich sehe aus Liors Augen, wie Lunas zurückkommt. Ein seltsames Gefühl erfüllt meine Brust. Ich bin nicht in der Lage, es zu deuten, aber es fühlt sich im Ansatz an wie das, was ich für Mila, Lupin oder Arvo fühle. Nur dass das hier ganz andere Ausmaße hat. Mächtige, zerstörerische.

»Was hast du denn da schon wieder angeschleppt?«, frage ich mit fremder Stimme und verdrehe die Augen. In diesem Moment verliere ich jeden Zusammenhang zu meinem echten Körper.

»Einen Silberluchs«, erklärt mein Bruder, als wäre ich

blind. »Und was machst du hier? Solltest du nicht den Asteri verhören?« Mir entgeht der Vorwurf nicht, der in seiner Stimme mitschwingt.

»Mach ich später. Erst lasse ich ihn ein wenig hungern.«

Lunas brummt irgendetwas, bevor er an mir vorbei in den Kaminraum geht. Mir war klar, dass ich ihn früher oder später hier im Außensitz der Familie finden werde. Das ist stets sein Rückzugsort und nach gestern ist es verständlich, dass er sich aus Nastras zurückziehen wollte.

»Ich habe jemanden getroffen.«

»Nach deinem Abgang gestern?« Ich setze mich auf das alte Sofa und beuge mich vor, während er den Luchs auf einem Kissen vor dem Kamin ablegt. Früher hat dort immer Rufus gelegen, Vaters Jagdhund. Aber kurz nach seinem Tod ist auch er gestorben. Als hätte er in einer Welt ohne unseren Vater nicht leben können.

»Abgang«, wiederholt Lunas abwertend.

Ich schnalze mit der Zunge. »Das ist nichts, was du einfach so abtun kannst, Lunas. Du wolltest mitkommen und dann bist du abgehauen, als es blutig wurde. Ich kann dich nie wieder ...«

»Was? Zu deinen Mordzügen mitnehmen?«

»Du weißt, dass ich keine Asteria töte.«

Er lacht und schüttelt den Kopf. »Ja, das sagst du immer wieder. Aber dem gestern hast du fast den Kopf eingetreten. Wäre San nicht dazwischengegangen, dann ...«

»Was dann? Dann hätte ich den Bastard getötet? Vielleicht ja. Sogar sehr wahrscheinlich. Aber das hatte nichts damit zu tun, dass er ein Stern ist. Er war ein Monster.«

»Genau wie du. Ihr passt zusammen.«

Ich lehne mich nach hinten und gebe es auf. »Also was für eine Frau?«

»Sie ist ... atemberaubend. Wirklich.«

»Warum? Weil sie nett zum sterbenden Kronprinzen war?« Ich lache.

»Sie wusste nicht, wer ich bin, und ich habe es ihr auch nicht gesagt«, entgegnet er, streicht noch einmal über das Fell des Luchses, bevor er zu Vaters alter Bar geht, uns zwei Whiskeys einschenkt und mir ein Glas reicht. Er leert seines in einem Zug und schenkt sich erneut ein. »Ihre Augen sehen aus wie all die schönsten Sterne der Welt in einem.«

Ich ziehe die Brauen zusammen. »Dann ist sie wahrscheinlich ein Asteri, Bruder.« Mir ist nur ein einziges Mal eine Frau begegnet, die solche Augen hatte und kein Stern war. Obwohl ich kein Licht an ihr gesehen habe, hatte ich Angst, ich könnte herausfinden, dass sie doch ein Asteri ist. Stundenlang habe ich ihre weiche Haut einfach nur angesehen. Sie gab mir in dieser aufwühlenden Zeit ein wenig Frieden. Doch als ich am nächsten Tag aufwachte und den Zettel voller Rechtschreibfehler las, den sie mir dagelassen hatte, wusste ich, dass ich verloren war. Dass ich verloren sein werde, selbst wenn sie ein Asteri ist. Wiedergesehen habe ich sie aber nie. In den Burgfried wollte ich nicht, dort kennen mich zu viele als Sternenschlächter und so habe ich ein paarmal hinter dem Burgfried auf sie gewartet. Ohne Erfolg.

»Und selbst wenn. Du lässt sie in Ruhe. Sie hat mit all deinem Scheiß nichts zu tun.«

»Wie sah sie denn sonst aus, außer diesen wundervollen Augen?«, frage ich herablassend.

»Sie hat blondes, langes Haar, große Lippen und eine kleine Nase, auf der sie eine süße Narbe hat.«

Ich werde hellhörig und gleichzeitig wird mir schwindelig. Das kann nicht sein.

»Wo hast du diese Frau getroffen?«, hake ich nach und versuche möglichst beiläufig zu klingen.

»Sie arbeitet im Burgfried und hat mir geholfen, den Luchs zu verarzten, bevor sie mir Essen brachte und sich die ganze Nacht mit mir unterhalten hat.« Wie ein verliebter Idiot sieht er zur Decke.

»Wie ist ihr Name?«, frage ich.

»Warum interessiert dich ihr Name?«, entgegnet er irritiert und schreitet zu dem alten Ledersessel und setzt sich.

»Na ja, so wie du guckst, willst du die Frau heiraten. Sollte ich dann nicht wissen, wie sie heißt?«, lüge ich. In mir wächst die Hoffnung, dass er so begeistert von einer Frau ist, die er kaum kennt, weil sie ein Asteri der königlichen Himmelsfamilie ist. Das würde seine Begeisterung erklären. Schließlich sind dann ihre Schicksale miteinander verbunden. Für so etwas war Lunas schon immer sehr empfänglich. Er ist ein Seher und auch wenn er nicht weiß, dass er auch in anderen Menschen erkennen kann, ob sie mit seiner Zukunft verwoben sind … Ich weiß es. Aber will ich wirklich, dass das Mädchen aus Asher ein Asteri ist? Und vor allem eine der königlichen Familie? Was, wenn auch ich nur so eingenommen von ihr war, weil …

»Shedir«, unterbricht Lunas meine Gedanken.

Ich versuche, mir nichts anmerken zu lassen und die Augen nicht aufzureißen. Er hat Shedir gefunden? Den Alphastern von Kassiopeia, der Königin des Himmels? Mein Herz beginnt zu rasen. Mit ihrer Hilfe können wir sie alle finden und ihn retten. Der Asteri, der mir damals vorhersah, wer Lunas' Schicksal verändern kann, sagte deutlich, dass Shedir der Schlüssel ist, weil nur sie die anderen rufen kann.

»Sie ist schlagfertig und auf eine spannende Art naiv. Trotzdem eine Frau, die offenbar viel erlebt hat.«

Ich weiß, würde ich am liebsten sagen.

»Erspar mir die Details«, sage ich stattdessen, damit er bloß nicht bemerkt, wie viel Interesse ich daran habe, genau zu erfahren, wer und wie sie ist. Das wird mir Vorteile verschaffen, wenn ich ihr Vertrauen gewinnen muss. Wenn ich Lunas die eine Frau nehme, die ihn seit Kara das erste Mal wieder begeistert. Ein Grinsen legt sich auf meine Lippen. Sie wird mir verfallen, so wie sie es immer tun. Und dann rette ich meinen Bruder. Eines Tages wird er eine andere Frau finden, die er lieben und beschützen kann. Er wird ein Leben mit ihr vor sich haben. Eines, in dem er nicht stirbt. Diese Frau hier werde ich allerdings benutzen. Auch wenn es das Letzte ist, was ich dem Mädchen aus Asher antun will. Aber sie ist nicht mehr dieses Mädchen. Sie ist ein Asteri. Und ich werde tun, was ich tun muss.

Mit all meiner Kraft winde ich mich aus Liors Vergangenheit. Als ich zu mir komme und in seine silbrigen Augen sehe, hole ich aus und schlage ihm mit der flachen Hand ins Gesicht. Er wehrt sich nicht einmal. Vermutlich hat er auch keine Ahnung, was ich gesehen habe. Aber ich weiß, dass ich nicht weitersuchen muss. Es wird wahrscheinlich nur schlimmer.

Ich will nicht sehen oder fühlen, wie er über mich dachte, als wir uns küssten und nah waren. Will nicht sehen, wie er mich in diesem Bordell herausforderte, ich könne nicht aufhören, ihn zu küssen, nur um seinen Bruder aus dem Spiel zu katapultieren.

Als ich gerade gehen will, hält er mich fest und zieht mich zu sich. Er küsst mich und ich dummes Stück lasse es zu. Ich kralle meine Finger in seinen Nacken. Seine Hand gleitet über meinen Hals zu meinen Brüsten. Meinem Bauch und an meine Rippen. Mir ist schwindelig, so sehr begehre ich ihn und seine Nähe. Und ich hasse mich dafür.

Und dann plötzlich zucken weitere Bilder durch mich hindurch. Er hat offenbar seine Barriere nicht wieder errichtet. Sein Mund sucht meinen Hals und meine Brust.

»Ich beweise mir gerne, wie unwiderstehlich ich bin.«

Ich fixiere sie. Lunas hat nicht übertrieben. Sie ist immer

noch eine seltene Schönheit. Sogar mit diesem dreckigen blonden Haar und den winzigen Narben in ihrem Gesicht, von denen wir beide wissen, dass es Zeichnungen einer Nova sind. Aber ich lasse sie noch ein wenig in dem Glauben, ich wäre blind und dumm. Das verschafft mir nur Vorteile, wenn ich ihr Vertrauen gewinnen will.

Sie ringt sichtlich mit sich. Natürlich. Das, was ich da gesagt habe, ist nicht nur ein dummer Spruch. Frauen verfallen mir. Warum auch immer. Vielleicht sind sie wie Wölfe, die einfach vom Mond angezogen werden. Oder es ist, wie dieser verrückte Spinner sagte, der vor Jahren an den Hof meines Vaters kam. Er wollte eine neue Gilde der Mondgelehrten gründen lassen. Und eines seiner Argumente war, dass er herausgefunden hätte, dass der Zyklus einer Frau durch den Mond bestimmt wird. Außerdem erzählte er etwas von einer natürlichen Anziehungskraft. Mein Vater wiegelte ab. Ich denke, vor allem weil sein eigener Sohn ein Fengari ist und so in den Fokus gerückt wäre. Und dieser Fokus war schon immer einzig und allein für Lunas bestimmt. Innerlich schnaube ich.

»Na schön, dann küss mich.«

Mir wird schlecht, so durchschaubar ist dieses Mädchen hier vor mir. Damals in Asher schon. Sie nähert sich mir. Gier steht in ihren Augen. Und ich habe tatsächlich gedacht, die Königin des Himmels wäre anders. Ist sie nicht. Sie ist sogar noch weniger als gewöhnlich.

Als unsere Lippen sich leicht berühren, rücke ich von ihr ab.

»Ich habe meine Antwort«, sage ich und füge triumphierend stumm ein »Ich kann dich benutzen, wie es mir in den Kram passt« hinzu.

Als ich wieder zu mir komme, küsst Lior gerade meinen Arm. Ich stoße ihn von mir. Mir ist genauso schlecht wie ihm gerade. Ich schäme mich. Gleichzeitig verachte ich ihn. Aber viel schlimmer bin ich selbst und meine Dummheit.

»Du hast die Wahrheit gesagt«, flüstere ich, weil ich es nicht laut sagen kann und will.

»Warum hätte ich lügen sollen?«

»Warum jetzt? Warum sagst du es mir jetzt? Du brauchst mich genauso sehr wie zuvor und du handelst gerade genau gegen deinen Plan, mich von Lunas fernzuhalten. Warum?«

»Weil ich eure Verlobungsnacht retten wollte.«

»Denkst du wirklich, dass ich …«

»Ich weiß nur, dass diese Nacht unser aller Schicksal ändern wird«, unterbricht er mich.

»Und woher willst du das wissen?«

»Ich kenne den ein oder anderen Asteri, schon vergessen?«

»Und die haben dir was gesagt?«, werde ich lauter. »Dass ich mit deinem Bruder vögeln soll?« Mein gesamter Körper spannt sich an und mein Kiefer verkrampft sich vor Zorn. Es fühlt sich an, als würde er mich verkaufen. Als wäre ich ihm völlig egal. Während ich eifersüchtig auf meine eigene Freundin bin, will er mich sogar noch dazu drängen, mit seinem Bruder zu schlafen? Das ist … widerlich.

»Es geht nicht um Sex, Shedir. Es geht darum, dass du dich auf diese Nacht und auf Lunas einlässt. Du bist nicht grundlos mit seinem Schicksal verwoben.«

»Also wolltest du das hier beenden, damit ich frei für Lunas bin? Und dafür musstest du mich verletzen?«

»Ich habe dir nur die Wahrheit gesagt und du wolltest sie sehen.«

Es ist verrückt, aber ich spüre immer noch diese Anziehung zwischen uns. Es ist nicht wie bei Lunas. Bei ihm spüre ich nichts, außer diese Bindung durch die Sterne. Bei Lior ist das anders. Ich will ihn. Da gibt es keine übernatürliche Verbindung, nur mein Verlangen.

»Wie auch immer«, gebe ich gekränkt von mir. Ich drehe mich von ihm weg und trete zurück in den Raum. Der Eingang liegt ein wenig im Schatten, weshalb ich unbemerkt zurückkehren kann. Lunas sitzt neben Nisha und lacht mit ihr. Als ich mich zu ihnen setze, werfe ich einen Blick auf ihren Beutel und bin beruhigt, dass Sternschnuppe wieder eingesperrt ist. Auch wenn Lunas wahrscheinlich wie Lior reagiert hätte. Schließlich hat er damals auch den Luchs gerettet.

»Alles gut?«, fragt er fast stumm. Ich nicke. Diese Frage stellt er mir jedes Mal. Was erwartet er zu hören? Würde sich etwas ändern, wenn ich Nein sage?

»Ich werde gleich eine Verabschiedungsrede halten und dann ziehen wir uns zurück. Wir müssen nur eine Stunde zusammen sein, bevor ihr aufbrechen könnt.« Wieder nicke ich und ziehe dann Nisha in meine Arme.

»Wo geht ihr denn hin?«, fragt sie und drückt ihren Kopf gegen meine Brust.

»Nur eine Reise. Nichts Wildes.«

»Aha«, macht sie und verzieht den Mund, als sie sich von mir löst.

»Wann kommst du das nächste Mal im Waisenhaus vorbei? Nil ist so …« Sie sieht unauffällig zu Nil, die neben der Tanzfläche steht und sich mit Kaori und San unterhält.

»Das wird eine Weile dauern, meine Kleine«, antworte ich schuldig und streiche ihr über den Kopf. Traurig sieht sie zu Boden.

Mein Blick gleitet wieder zu Nil. Weiter hinten erkenne ich Sirrah und Mila, die an einem Tisch sitzen und gemeinsam etwas trinken. Sie wirken belustigt, obwohl ich mir die beiden Charaktere nicht zusammen vorstellen kann.

In etwa einer Stunde werden wir alle aufbrechen. Sie kommen meinetwegen mit, also muss ich endlich dieses kindische Gefühlsdrama hinter mir lassen.

Kurze Zeit später hält Lunas seine Rede. Die Einzige, die sich danach von mir verabschiedet, ist Nisha. Dann gehen wir hinauf in Lunas' Gemach. Ich war nie zuvor hier und bin beeindruckt, dass es wirklich wie ein Zuhause wirkt, in dem jemand lebt. Eigentlich bin ich davon ausgegangen, dass es ziemlich steril und kühl wäre. Stattdessen hängen viele Familienporträts an der Wand. Auf seiner Kommode und einem Schreibtisch stehen Kerzen, Tinte, eine Feder und am Fenster eine Staffelei mit Leinwand und Farben. Ich trete näher und erkenne mich auf diesem Bild. Ich stehe an einem Tisch und verarzte den Luchs. Verwundert schaue ich zu Lunas.

»Hast du das gemalt? Hast du die alle gemalt?« Ich deute auf die fackelbeleuchteten Wände und die beeindruckenden Porträts.

»Ja.« Er lacht und löst seine Fliege, während er sich auf sein Bett setzt. »Meine Eltern haben mich hier eingesperrt, nachdem mein Schicksal gelesen wurde. Ich hatte also sehr viel Zeit.«

»Und offenbar das richtige Talent.«

Er grinst und wirkt gleichzeitig etwas beschämt. Wahrscheinlich, weil er mich gemalt hat.

»Bist du verliebt in ihn?«, fragt er dann so plötzlich, dass ich mich erschrocken zu ihm umdrehe.

»Nein«, sage ich ehrlich. »Aber ich fühle mich zu ihm hingezogen.«

»Und zu mir nicht?«

Ich gehe auf ihn zu und setze mich neben ihn auf das Bett. »Nicht auf dieselbe Art.«

»So ist es immer«, gibt er zu. »Lior hat diese Anziehungskraft auf Frauen.« Es schmerzt zu hören, dass ich bin wie alle anderen. Vor allem vor Lunas. Von Anfang an hat er mich für etwas Besonderes gehalten. Etwas, das ich ganz eindeutig nicht bin.

»Aber ich muss auch zugeben, dass er sonst anders ist. Er scheint dich wirklich zu mögen.«

Ich spare mir die Erwiderung. Es soll jetzt nicht um ihn gehen und dass er mich nur benutzt hat.

»Ich wünschte einfach, ich hätte mehr Zeit gehabt, dir zu zeigen, wer ich bin, bevor du ihn getroffen hast.«

Wüsste er nur, dass es Lior ist, dem ich zuerst begegnet bin.

»Wir haben diese Zeit. Nach der Reise«, entgegne ich und platziere meine Hand auf seinem Bein. Er zuckt kurz. Eine Trauer legt sich auf meine Brust, die mich fast erdrückt. Er mag mich wirklich. Die Dinge, die er zu Lior gesagt hat, könnten einer anderen Frau sicher die Welt bedeuten.

Natürlich können wir versuchen uns näher kennenzulernen. Das Problem ist nur, dass es immer so sein würde, dass ich sein Alles wäre und er nicht meins.

Warum sollte ich zulassen, dass ich seine Welt werde, wenn ich schon am Anfang nicht das gefühlt habe, was er gefühlt hat? Oder kann sich so etwas ändern?

»Nach dieser Reise wirst du ihn lieben.«

»Nein«, sage ich sicher.

»Das redest du dir nur ein. Lass mal eine Sekunde deine Mauer fallen und dann weißt auch du, dass Lior dein Herz stehlen könnte.« Vielleicht hat er recht. Aber was er nicht weiß, ist, dass ich diese Mauer niemals fallen lassen würde. All die Jahre hat sie mich beschützt. Und das tut sie auch jetzt gerade. Er hat mich bereits verletzt und ich kann damit leben. Ich will gar nicht jemand sein, dessen Herz bricht und nie wieder ganz sein wird.

Lunas wendet sich mir zu, nimmt meine Hand und küsst sie. Meine Haut prickelt. »Erzähl mir etwas, das niemand anderes über dich weiß.«

»Ein Geheimnis?«

»Eine schlimme Sache und eine lustige«, sagt er grinsend und küsst nun mein Handgelenk. Ich mustere die Ringe an seinen Fingern. Es sind vier. Jeder Stein hat eine andere Farbe. Grün, Rot, Schwarz und Weiß. Aber das kann mich nicht davon ablenken, dass ich es unpassend und unangenehm finde, von ihm geküsst zu werden. Gerade noch habe ich ihm gesagt, dass ich mich zu Lior hingezogen fühle. Entweder sind diese Brüder beide darauf aus, dem anderen die Frauen auszuspannen, oder es ist viel eher Lunas, der nicht richtig spielt. Als würde ihm alles zustehen und er müsste sich um nichts und niemanden Gedanken machen.

Ich schiebe den Gedanken weg und denke über das Geheimnis nach.

»Meine Mutter hatte wenig Geld, sie besaß nur eine Kuh und ein Schaf und hat deren Milch verkauft. Deshalb haben wir in einer kleinen Hütte gelebt. Mein Heubett war nur durch einen Vorhang von ihrem Bett getrennt. Eines Nachts habe ich sie weinen hören, weshalb ich zu ihr gehen wollte, aber dort war ein Mann in ihrem Bett und heute weiß ich, dass sie miteinander geschlafen haben. Damals dachte ich, er tut ihr etwas Schreckliches an. Meine Mutter schickte mich raus, obwohl es das Jahr des goldenen Winters war.«

Er nickt. Normalerweise gibt es keine richtigen Winter in Nimue. Es wird lediglich ein wenig kälter. Aber in diesem außergewöhnlichen Jahr waren die goldenen Felder mit Eis bedeckt und die Kälte war kaum auszuhalten.

»Sie holte mich erst bei Morgengrauen wieder herein. Und das Schlimmste daran war nicht, dass ich beinahe erfroren bin und die Schmerzen unerträglich waren, als ich damals meinen kleinen Zeh verlor. Sondern dass ich die ganze Nacht so furchtbare Angst hatte, dass der Mann sie tötet.«

Lunas sieht mich mit großen Augen an. »Du hast einen Zeh verloren?«

Ich lache. »Ja, meinen linken kleinen Zeh. Ich streife die hohen Schuhe ab, die sie mir angezogen haben, und zeige ihm meinen Fuß. Man erkennt es, obwohl ein dünner Strumpf darübergezogen wurde.

»Deine Mutter hat dich so lange draußen frieren lassen, dass dir ein Zeh abgefroren ist? Wie alt warst du?«, fragt er so schockiert, dass mir klar wird, dass er seine Eltern und ihre Fürsorge immer als Bürde wahrgenommen hat, aber nie eine Ahnung hatte, wie schlimm das Gegenteil sein kann.

»Ich war fünf. Zwei Jahre später ist sie wirklich gestorben. Einer dieser besagten Männer hat sie in ihrem Bett erstochen.«

»Bei den Göttern«, gibt er von sich und küsst mich ein weiteres Mal an meinem Handgelenk. Es fühlt sich anders an als bei Lior. Da ist immer diese gefährliche Nervosität in meinem Körper, gepaart mit einem unbändigen Verlangen. Aber jetzt und hier bei Lunas ist es mir einfach nur unangenehm, weshalb ich ihm meine Hand entziehe.

»Nun etwas Lustiges«, sage ich, um abzulenken, und lasse meinen Fuß wieder sinken. »Als ich zwölf war, war ich so wütend auf Lupin, weil sie sagte, ich solle nicht mehr mit Puppen spielen, dass ich entschied, auszuziehen. Ich holte mir einen leeren Kartoffelsack aus der Kammer, nahm ein paar Äpfel und die Schlafsachen, die ich von ihr bekommen hatte, und bin abgehauen.«

»Und dann?«, fragt Lunas mit einem interessierten Funkeln in den Augen. Falls es ihn stört, dass ich ihm meine Hand entzogen habe, lässt er es sich nicht anmerken.

»Dann bin ich zurück in den Schweinestall gezogen und jeden Morgen, wenn ich aufgewacht bin, stand vor der Stalltür Essen und Trinken. Ich war mir sicher, dass ich eine Waldelfe auf meiner Seite hatte, und als die anderen Kinder vorbeikamen und mich sahen, erzählte ich ihnen von meiner Waldelfe und wie besonders ich bin.«

»Die Waldelfe war Lupin, nicht wahr?«

Ich nicke. »Ja, und sie wussten davon. Sie mussten das Essen morgens zum Stall bringen.«

Er lässt seine Finger über meinen Arm wandern. Ein unbehaglicher Schauer fährt mir durch meinen Körper. Vor allem aber, weil er meine Grenzen nicht anerkennt.

»So falsch lagst du doch gar nicht. Wenn man es genau nimmt, war Lupin doch von Anfang an eine gute Elfe, die dir geholfen hat.«

Ich denke über seien Worte nach und nicke dann. »Jetzt du.«

»Etwas Schreckliches war der Tod meines Vaters. Es passierte so plötzlich. Sie kamen mit seiner Leiche von der Jagd zurück und alles änderte sich. Viel schlimmer aber war, dass meine Mutter sich kurz darauf im Westflügel einsperrte. Vor ein paar Monaten habe ich es dann doch gewagt und bin dort eingebrochen. Ich wollte sie zurückholen. Ihr klarmachen, dass wir sie brauchen. Dass sie zwar ihren Mann verloren hat, nicht aber ihre Söhne.« Er holt kurz Luft. »Ich weiß nicht wirklich, was ich erwartet habe. Aber das nicht. Sie ist nur noch ein Schatten ihrer selbst und hat mich immer wieder Theo genannt. Das ist der Name meines Vaters. Sie wollte, dass ich mit ihr fliehe und …« Er stockt. Ich bewege mich kaum, während seine Finger weiter über meinen Arm tanzen. »Wir ihren totgeweihten Sohn zurücklassen, damit sie endlich wieder leben können.«

Ich verziehe den Mund, dann treffe ich eine Entscheidung, beuge mich vor und küsse ebenfalls seine Hand. Vielleicht in der Hoffnung mich dann wieder wohler zu fühlen. Stattdessen fühle ich nichts. Nur Mitleid für ihn und sein Schicksal.

»Mir ist bewusst, dass das nur ein Teil ist, der sicher immer in ihr geschlummert hat, und ich weiß auch, dass das normal ist und sie nie gegangen wäre. Aber es war schmerzhaft.«

Kurz sieht er zur Decke und scheint sich in seinen Gedanken zu verlieren. Ich sage nichts und gebe ihm die Zeit, die er braucht. Es ist nicht meine Erinnerung und ich möchte mir auch kein Urteil erlauben oder einfach nur sagen, dass sie das sicher nicht so gemeint hat. Ich kenne sie nicht. Er soll wissen, dass er in mir jemanden hat, der ehrlich ist. Wenn ich jetzt lüge, dann wäre ich das nicht mehr vollends. Nicht in seinen Augen.

»Das Lustigste war, als Lior seinen ersten Fisch gefangen hat. Wir standen zusammen am Ufer und er drehte sich mit der Angel, an der der zappelnde Fisch hing, zu mir und schrie, dass etwas mit dem Fisch nicht in Ordnung sei. Als ich ihn dann fragte, was er meinte, zeigte er auf ihn und sagte mir, dass er zappelt. Dass er leidet. Dass er erstickt. Wir ließen ihn dann gemeinsam zurück ins Wasser.« Seine Finger wandern wieder über meinen Arm. »Seitdem isst Lior keinen Fisch mehr. Es war, als hätte er den Schmerz dieses Tieres gefühlt. Aber es war verdammt lustig, als dieser kleine Junge, der damals bereits größer und stärker war als ich, mit diesem zappelnden, triefenden Fisch dort stand und nicht wusste, was er tun soll. Ich liebe Lior. Aber in dieser Sekunde habe ich ihn mehr geliebt als je zuvor. Es war das einzige Mal, dass ich das Gefühl hatte, wichtig zu sein. Der große Bruder zu sein, den er braucht.«

Vor der Tür wird es lauter. Wir wissen beide, dass ich bald aufbrechen muss.

Lunas setzt sich auf und sieht mich durchdringend an. »Ich weiß, dass du es auch fühlen kannst, Shedir. Ich weiß, dass bei dir nicht das Feuerwerk war, das ich gespürt habe. Aber ich weiß, dass da eine Anziehung war.«

Das stimmt. Sie war an dem Abend da, als er mit dem Luchs kam, aber auch ein paar Tage danach, als er auf meinem Bett lag und ich ihn statt des Luchses verarzten musste. Ein Bedürfnis wächst in meiner Brust. Der Drang danach, zu lieben und geliebt zu werden. Auf eine andere Art. Nicht dieses wilde, alles zerfressende Begehren. Eine echte, ehrliche, kontinuierliche Liebe. Ich habe immer gedacht, dass diese Art von Emotion nicht für mich bestimmt sei, dass ich dafür zu kaputt sei. Doch wie mich Lunas gerade ansieht, gibt mir das Gefühl, liebenswert zu sein. Also setze ich mich ebenfalls auf, berühre seine Wange und küsse ihn, obwohl ich weiß, dass es falsch ist.

Die Tür geht auf und als ich mich erschrocken umdrehe, stehen dort Mila, Sirrah und Lior. Mila und Sirrah sehen ertappt drein, während Lior sich grinsend gegen den Türrahmen lehnt.

»Das Bild kenne ich aus der anderen Perspektive, Bruder.« Sein Blick wandert zu mir. »Zwei Brüder an einem Tag, Narbenmädchen. Du bist ganz schön wild.«

Dieses »wild« ist eine Beleidigung und das wissen wir beide. Nein, wir alle wissen es, denn auch Sirrah und Mila sehen zu Boden.

»Wir müssen jetzt los«, durchbricht dann endlich Mila die Stille.

Als ich aufstehe und gehen will, drehe ich mich noch einmal um. Ohne Scham, ohne schlechtes Gewissen trete ich auf Lunas zu und umarme ihn. »Wir sehen uns wieder.«

Er hält mich fest. »Gib dir die Chance herauszufinden, was du willst. Vielleicht weißt du es, wenn du wiederkommst.«

Diese Aussage wird mich alles kosten. Ich wünschte, er würde mich verpflichten, mich von Lior fernzuhalten. Vielleicht würde mich das retten oder beschützen. Aber das tut er nicht. Und so bin ich es selbst, die ihr Schicksal in die richtige Bahn lenken muss.

Als ich zur Tür hinausgehe, werfe ich Lior einen zornigen Blick zu. Er erwidert ihn mit Belustigung. Dieses Mal sehe ich da keine versteckte Trauer oder Eifersucht. Nur ehrliche Überlegenheit. Ich kann nicht leugnen, dass es mir wehtut. Leider ist es genau das, was ich nicht will. Lunas könnte mir das genaue Gegenteil bieten.

KAPITEL 14

Wir begegnen keinen Angestellten, als wir durch die dunklen Palastgänge schleichen. Über den Hinterausgang gelangen wir zu den Stallungen, wo bereits San und Kaori auf uns warten. Ein Stalljunge führt die Pferde zu uns. Hinter einem von ihnen ist ein kleiner Karren gespannt. Der Junge reicht Mila die Zügel des Pferdes. Natürlich, die anderen können im Fall, dass wir angegriffen werden, kämpfen und müssen schnell reagieren. Da würde sie ein Karren nur aufhalten. *Uns*, korrigiere ich mich gedanklich, denn ich denke, dass sie auch auf meinen Sternenstaub zählen.

In der Hoffnung, dass ich ihn verwenden kann, nehme ich mit einem leisen »Danke« die Zügel meines Pferdes und sehe hinüber zu Lior, der seine Stute in Empfang nimmt. Fast liebevoll legt er seine Stirn an ihre und flüstert etwas in der fremden Sprache. Ich lasse meinen Blick weiterschweifen. Über die Menschen, die ab jetzt meine Gefährten sein werden.

»Lasst uns aufsitzen und losreiten«, sagt San und wirft einen letzten Blick zurück zum Schloss. Er lässt Lunas sicher nicht gerne allein. Aber das hier machen wir alle, um sein Leben zu retten. Wir müssen es tun. Und mit San sind wir stärker, falls wir auf Feinde treffen. Außerdem glaube ich, dass San Lior nicht vollkommen vertraut. Vielleicht ist er auch deshalb dabei.

Auch wenn ich bereits das ein oder andere Mal geritten bin, steige ich unbeholfen auf. Zu dem Waisenhaus gehörte ein großer Acker, den wir immer wieder pflügen mussten. Nur, dass wir da sehr langsam geritten sind. Hoffentlich halte ich mich auch noch auf dem Pferd, wenn es etwas schneller ist.

Als wir losreiten, macht sich ein unwohles Gefühl in mir breit. Es bleibt, auch als wir nach kurzer Zeit in Asher ankommen und dabei zusehen, wie der Hafen und die Stadt langsam erwachen. Die Gilde der Schiffsbauerei ist bereits wach und macht uns eines der alten Schiffe bereit. Es ist ein riesiges Segelschiff, damit auch unsere Pferde Platz finden. Gebaut wurde es in Manswek, da unsere eigene Schiffsbauerei noch nicht lange existiert. Nachdem ich abgestiegen bin und das Schiff betrete, wird mir schwindelig. Durch den starken Wellengang schwankt das Schiff hin und her. Der Wind bläst mir ins Gesicht und ich lasse meine Augen nur einen Spalt auf, um dabei zuzusehen, wie Kaori und Lior die Segel hissen.

»Geht es dir gut?«, fragt Mila und stellt sich neben mich. Ich nicke, während ich meinen Blick nach Astras gleiten lasse. Dorthin, wo Lior, der Mann, der mich benutzen wollte, ein Zuhause für meinesgleichen geschaffen hat. Aber das macht seine anderen Taten nicht besser.

Die Segel blähen sich im Wind auf und das Schiff setzt sich in Bewegung. Ein Mann der Gilde schmeißt am Steg das Seil über die Reling zu uns, bevor er salutiert.

Lior und San haben sich auf die kleine Plattform zum Steuer verzogen, während Kaori ihnen in einem harschen Ton Befehle zuschreit. Sirrah kümmert sich um die Pferde, die unruhig werden.

»Was, wenn wir es nicht schaffen und ihn nicht retten können?«

»Wir schaffen es«, erwidert Mila sicher. »Du hast es gespürt. Schon im Burgfried wusstest du, dass du sein Schicksal bist.«

Ich lache halbherzig. Wenn sie wüsste, dass nicht Lunas, sondern Lior mein Schicksal ist.

»Sirrah, Shedir!«, ruft San uns zu sich. Mila löst Sirrah bei den Pferden ab und zusammen laufen wir die Stufen nach oben zum Steuerdeck.

»Könnt ihr uns ungefähr sagen, wo wir hinmüssen?«, fragt er. Lior schweigt, obwohl diese Anweisung sicher von ihm kommt.

Ohne dass ich Zeit habe darüber nachzudenken, ergreift Sirrah meine Hand. Etwas Urtümliches fährt durch mich hindurch. Macht und Verbundenheit. Stärker noch als die Rufe der Sterne, die sonst die Überhand in mir haben. Sirrah scheint es auch zu fühlen, denn sie sieht mich mit einem Leuchten in ihren Augen an. Auch in mir spüre ich dieses Licht. Als ich zu Lior sehe, erkenne ich seine Symbole. Sie leuchten hell. Ich schließe meine Augen und spüre den Wind auf meiner Haut. Die Luft ist salzig und frisch.

In mir suche ich instinktiv nach diesem Gefühl, das ich mit Sirrah verbinde. Als wäre sie ein Teil von mir. Und so wird es auch bei den anderen Mitgliedern der königlichen Himmelsfamilie sein. Es muss so sein.

In mir beginnt etwas zu erwachen. Es zieht an mir. Zieht mich nach Manswek. Aber wer es ist oder wo genau, kann ich nicht sagen. Dafür ist da etwas anderes. Ein Bild. Das Bild eines jungen Mannes, der am Hofe ist. Das Schloss, in dem er sich befindet, leuchtet wie die Sterne selbst, die über ihm am dunklen Himmel strahlen. Heller, als ich sie je zuvor gesehen habe. *Das Land der Sterne.* So wird Manswek auch genannt. In einigen Gebieten werden Asteria sogar noch verehrt. Könnte es also sein, dass er, der zu Sirrah und mir gehört, beratend am Hofe tätig ist?

Das Bild ändert sich und zeigt eine Frau. Ein Asteri, denn sie ist gezeichnet. Ihre Haut ist dunkel und die Male hell glänzend, genauso wie ihre Augen. Dreck zeichnet sich in ihrem Gesicht ab. Sie fährt sich angestrengt über ihre Stirn und noch mehr Schmutz bleibt an ihrem Schweiß hängen. Ihre Haare sind fast weiß. Der Asteri, den wir suchen, hat eine Verbindung zu ihr. Sie müssen wir suchen, wenn wir ihn finden wollen.

Nachdem ich Sirrah losgelassen habe, sehen wir uns lange an. Als müssten wir beide erst ordnen, was wir da gerade gesehen haben. Mein Blick gleitet nach Norden, dort wo Manswek liegt. Der Sternenhimmel ist schon jetzt beeindruckend und am Himmel leuchten bunte Striemen.

»Sternenlicht«, flüstere ich, weil ich bisher immer nur davon gehört, es aber nie gesehen habe. Es ist so wunderschön, dass keine Beschreibung je hätte ausreichen können. Allein das Gefühl, das dieses Lichtspektakel in mir auslöst, ist atemberaubend und erfüllt meine Brust mit Wärme.

»Manswek ist zwar nah, aber ein paar Stunden werden wir zum westlichen Hafen brauchen. Im Süden würde Lior nur erkannt werden und er wird in Manswek nicht allzu gern gesehen.« Vielsagend blickt San zu Lior.

»Wir bleiben wach«, sage ich und lausche den schwappenden Geräuschen des Wassers. Es ist so tiefschwarz, dass mir ein wenig mulmig wird.

»Ihr braucht Energie, um ihn zu finden«, knurrt Lior, der bisher nicht mit mir geredet hat. Ich sehe ihn fordernd an, aber mehr verlässt seinen Mund nicht.

»Schön«, gebe ich also nach und folge San die Treppe hinunter und in das Innere des Bootes. Ehrlich gesagt will ich nichts lieber, als mich hinzulegen. Weshalb ich auch sofort einschlafe, als ich mich in eine kleine Koje lege. Die Hoffnung, dass Lior mich besucht und wieder mit mir spricht, begleitet mich. Leider. Aber abstellen kann ich es nicht. Er bedeutet mir etwas, ob ich will oder nicht, und ich möchte zumindest normal mit ihm reden können, wenn wir jetzt schon Gefährten sind.

Alles in mir ist schwarz und dunkel. Dennoch spüre ich, dass ich Kontrolle über das hier habe. Dass ich in einem anderen Zustand bin als einem normalen Traum. Und dann sehe ich ihn. Er sitzt am Rand des Bootes und lässt seine Füße hinunterbaumeln.

»Was willst du?«, frage ich bissig, obwohl ich froh bin, dass er hier ist.

Er antwortet nicht.

»Ich brauche wirklich Schlaf, Lior«, versuche ich ihn aus der Reserve zu locken.

»Du schläfst, das hier ändert nichts daran, dass sich dein Körper ausruht.«

Na super, dann habe ich dieses Argument verloren. »Warum bist du hier, wenn du nicht mit mir sprechen willst?«

Er erhebt sich und in der nächsten Sekunde befinden wir uns nicht mehr auf dem Boot, sondern in Lunas' Zimmer. Ich erkenne das Bild, das er von mir gemalt hat.

»Was machen wir hier?«

»Warum hast du ihn geküsst?«

»Ehrlich, Lior?« Ich schüttele den Kopf. Diese Spielchen werden mir allmählich zu dumm, auch wenn ich sie nur zu gut mitspiele. »Du wolltest sogar, dass ich mit ihm schlafe.«

»Wollte ich das?«, fragt er mit zusammengezogenen Brauen. Sein Blick ist verdammt ernst. Ich mag es, wenn er so ist.

»Ehrlich gesagt weiß ich langsam nicht mehr, was du willst, Lior. Woher auch? An einem Tag sagst du das und am anderen zeigst du mir schreckliche Bilder.«

Die Szenerie ändert sich erneut und nun sind wir in einem anderen Zimmer. Es ist dunkel und ... riecht nach Lior. Der Geruch ist mir so vertraut wie der des Waldes um das Waisenhaus. Hier gibt es keine persönlichen Gegenstände. Die Vorhänge sind zugezogen und nur zwei Fackeln brennen.

»Ich muss zugeben, dass du mich mit der Frage nach der Eklipse kalt erwischt hast. Ich habe danach etwas ... um mich geschlagen.« Er geht zum Fenster, zieht die Vorhänge auf und ich muss daran denken, dass er sich als Kind hinter ihnen versteckte.

»Warum?«

»Weil es eine Möglichkeit ist, Lunas zu retten. Vielleicht.«

»Wie kommst du darauf?«

Er verzieht den Mund und lehnt sich an das Fenster. Seine dunkle Silhouette zeichnet sich vor dem monderhellten Himmel ab.

»Der Asteri, der mir sagte, dass ich die königliche Familie des Himmels finden muss, berichtete mir auch, dass nur eine Eklipse sein Leben retten kann.«

»Wie soll das zusammenhängen? Ich habe gesehen, wie er stirbt, und du weißt es seit zehn Jahren. An seinem Tod ist nichts Magisches, was es zu verhindert gilt. Er wird entführt, gefoltert und getötet.«

Er bleibt kurz still. »Und doch sind wir auf der Suche nach deiner Familie, um genau das zu verhindern.«

»Ja, vielleicht haben wir gemeinsam irgendeine Macht, die Sterne zu lenken oder die Mörder vorher zu finden. Wer weiß. Aber wie sollte eine Mondfinsternis uns helfen? Oder eine Sonnenfinsternis?«

»Das kann ich dir nicht sagen, Narbenmädchen. Aber wenn es nötig wird, dann werde ich …«

Erschrocken öffne ich den Mund, was ihn zum Stocken bringt. Blinzelnd weiche ich zurück.

»Du bist doch mein Mond«, stelle ich fest und begreife endlich, was er da tut. Was er getan hat. »Du willst mich zu Lunas drängen, weil du hoffst, dass er der Körper zwischen uns ist, der die Eklipsen auslöst.« Ein hysterisches Lachen entfährt mir. »Deshalb wolltest du mich. Deshalb hast du versucht, mein Vertrauen zu gewinnen und mich … Du wolltest, dass ich dich und ihn mag und mich am Ende für ihn entscheide.«

Lior sieht mich nur ausdruckslos an.

Ich lache wieder. »Deshalb ist unser Schicksal derart verbunden, nicht wahr?« Er nickt und mir wird übel. »Würdest du eine Eklipse überhaupt überleben?« Für mich wäre es nur eine Mondfinsternis. Da würde nur das fehlen, was mein Licht reflektiert. Für ihn wäre es eine Sonnenfinsternis. Etwas, das ihm alles Licht entzieht.

»Spielt das eine Rolle?«, fragt er halb lachend, halb … ja, so als hätte er bereits aufgegeben. Zumindest sich selbst.

»Es spielt eine Rolle. Für mich«, sage ich ehrlich. Ich kann nichts dagegen tun.

»Verstehst du wirklich nicht, was ich bin, Shedir?«, fragt er, kommt auf mich zu und zieht einen Dolch. Ich keuche, als er seinen Arm gegen meine Brust drückt und die Klinge an meinen Hals. Mit seiner anderen Hand fixiert er mich an meinem unteren Rücken. »Ich bin ein Monster.«

»Wie oft willst du mir das noch sagen?«, frage ich mit bebender Stimme. »Bis du es irgendwann selbst glaubst?«

»Glaub mir, das ist mir sehr wohl bewusst.«

Ich versuche zurückzuweichen, was nur dazu führt, dass er mich gegen eine Wand drückt. Er hat die verdammte Kontrolle über diesen Traum. Nach und nach erkenne ich den Raum, in dem wir nun sind. Das Kaminzimmer im Landhaus der Königsfamilie, das ich in seiner Vergangenheit gesehen habe. Das Geräusch des prasselnden Feuers gepaart mit den tanzenden Flammen an den Wänden lenkt mich kurz ab. Dann wende ich mich wieder herausfordernd Lior zu.

»Na dann los, töte mich!«

»Du würdest nicht wirklich sterben.«

»Und weiter? Vielleicht beweist du dir und mir dann, dass du wirklich ein Monster bist. Das ist es doch, was du willst.«

»Du würdest noch an mich glauben, wenn ich Mila kaltblütig ermorden würde.« Er lacht, während er mich fester gegen die Wand drückt.

Ich sehe ihm in die Augen. In dem silbrigen Schein erkenne ich Verzweiflung. »Du würdest sie nicht einfach ermorden, Lior.«

»Woher willst du das wissen?«, schreit er mich an.

»Was bei den Göttern ist los mit dir?«

Er zögert kurz. »Ich bin zu diesem Mann geworden, um meinen Bruder zu retten, Shedir. Ich bin all das Böse geworden, was ich als Kind verachtet habe. Für ihn. Und dann kommst du und …«

»Und was? Was habe ich verändert?«

»Ich kann dich ihm nicht überlassen, ich … Als ich gesehen habe, dass ihr euch küsst. Als ich gespürt habe, wie verbunden du ihm bist, da …« Er presst die Lippen aufeinander, dann lässt er von mir ab und seine Faust neben mir in die Steinwand prallen. »Ich weiß nicht, wie ich meinen Plan umsetzen soll.«

»Den, mich zu ihm zu treiben, damit wir die Eklipse auslösen?«

»Den, ihn zu retten und ihm all das zu überlassen, was er sich wünscht, Sternschnuppe. Wäre Kara auch nur ansatzweise gut für ihn gewesen, dann hätte ich sie niemals auch nur angesehen. Mein Leben lang sorge ich dafür, dass er glücklich ist, dass er alles hat, töte oder vertreibe all seine Feinde. Ich habe ihm alles gegeben. Aber diese eine Sache kann ich ihm nicht geben. Ich wollte euch eine Chance geben, aber ich konnte es nicht mitansehen. Spätestens als ich diesen widerlichen Kuss gesehen habe, wusste ich das.«

»Du redest über mich, als wäre ich ein Spielzeug, das dein großer Bruder nicht bekommen soll«, zische ich. »Du hast nicht darüber zu bestimmen, für wen ich mich entscheide. Keiner kann das.«

»Das weiß ich«, raunt er und fährt sich durch sein Haar.

Sicher trete ich auf ihn zu. »Ich habe ihm versprochen, dem Ganzen eine Chance zu geben, Lior. Weil du es so wolltest.«

Sein Kiefer verkrampft sich. Dann nickt er. Meine Brust brennt.

»Es tut mir leid«, flüstere ich und senke den Kopf. Doch als ich wieder zu ihm schauen will, ist er bereits verschwunden und ich allein in meinem Traum.

Als ich wach werde, sitzt er neben mir auf einem Hocker und sieht zu Boden.

»Eine Sache noch«, raunt er und sieht auf. Sein Blick trifft mich tief in meiner Seele. Ich kann Lunas noch so viele Chancen geben, diese Augen sind es, die mich verfolgen. Mich fühlen lassen. Wild und ungestüm. Aber so intensiv und allumfassend, dass es wehtut. Und vielleicht will ich genau diesen Schmerz und diese Unsicherheit. »Sag mir, dass ich dich gehen lassen muss.«

»Was?«, frage ich verschlafen und setze mich auf. Der Platz reicht gerade so, dass ich mir den Kopf nicht stoße.

»Sag es mir. Denn wenn nicht, dann werde ich um dich kämpfen, Narbenmädchen. Ich werde dir beweisen, dass ich es wert bin. Dir und mir. Ich werde alles dafür geben und dich nie wieder in seine Arme treiben wie ein dummer, bockiger Idiot, der denkt, alles richten zu können.«

Mir wird heiß. Alles in meinem Körper ist angespannt. Er hat eine Entscheidung getroffen. In dieser einen Sache wird er Lunas nicht den Vorrang geben und mich nicht mehr nur seinetwegen von ihm stoßen. Aber kann ich das auch? Ich weiß es nicht. Lior gehen lassen will ich allerdings auch nicht. Egal wie ungerecht, unfair und böse das ist. Die Worte, die er da hören will, kann ich nicht aussprechen.

»Ich kann nicht«, flüstere ich.

»Was davon?«, fragt er angespannt.

»Dir sagen, dass du mich gehen lassen musst.«

Mein Magen zieht sich zusammen, als er aufsteht, sich über mich beugt und seine Hand in meinen Nacken legt. Lior sieht mich durchdringend an. Und dann küsst er mich. Mein Herz rast und alles in mir prickelt. Diese tiefe Verbindung zwischen uns füllt mich komplett aus. Ich ziehe ihn weiter zu mir, bis er auf mir liegt und den Vorhang meiner Koje zuzieht. Aufregung durchfährt meinen Körper und sammelt sich zwischen meinen Beinen. Das ist der Moment, in dem ich alles um mich herum vergesse.

Lior scheint es ebenfalls zu spüren, denn er küsst mich wilder. Fährt mir durch mein Haar. Sein Geruch betäubt mich. Ich will ihn ganz. Das ist alles, woran ich noch denken kann. Nein. Ich will mehr. Er berührt meine Brüste und meine Hüfte. Schwindel packt mich, weil diese Berührungen nicht nur äußerlich sind. Es ist, als würden sie sich in meine Haut brennen.

»Ich bin in Manswek als Sternenschlächter bekannt«, raunt er, während er meinen Nacken kurz unter meinem Ohr küsst. »Das ist es, was sie da in mir sehen wollen.«

Ich nicke nur. Kann nicht mehr klar denken, während meine Hände seinen Umhang finden und ihn von seinen Armen ziehen. Meine Finger heben sein Hemd an. Ich ziehe es über seinen Kopf und mustere seinen stählernen Körper. Dunkle Bemalungen schmücken ihn. Zeichen einer anderen Sprache und Schrift. Und dann reflektiert mein Licht seine Monde und die Sternbilder, die sich in ihnen verstecken. Er will noch etwas sagen, doch ich lege meinen Finger auf seine Lippen und lasse ihn dann langsam hinunterwandern. Über seinen Hals hin zu den Bemalungen, die ich entlangfahre. Sein Körper bebt ebenfalls. Dann packt er mich und dreht mich auf den Bauch. Ich keuche, als er sich über mich beugt und ganz langsam die Bänder meiner Corsage löst. Ich spüre, wie die zarten Berührungen so viel mehr versprechen. Als er sie komplett geöffnet hat, dreht er meinen Körper wieder zu sich und zieht mir den Stoff von meiner Brust. Sein Blick ist durchdringend und voller Erregung. Als ich entblößt bin, erstarrt er kurz. Sieht mich an. Beginnt mich zu mustern, als müsse er sich all das einprägen, weil er es nie wieder sieht.

Ich hebe meine Hand und streiche ihm eine dunkle Strähne aus den Augen. Dann lasse ich meine Finger wieder zu seiner Brust wandern. Er berührt mich an der gleichen Stelle, dann beugt er sich vor und küsst mich. Er drückt seinen Schritt gegen meinen und ich keuche, als ich seine Härte spüre. Meine Hand wandert hinunter und ich berühre ihn. Er presst den Kiefer aufeinander.

»Ich will dich«, raunt er dann so heiser und dunkel, dass mir ein Schauer durch den Körper jagt. Ich löse das Band, das seine Hose an seiner Hüfte hält, und er zieht sie innerhalb von Sekunden aus. Dann streift er mir den Rock über meine Beine und mustert mich wieder. Das Licht hier ist nur spärlich, nur ein leichtes Flimmern, das von seinem Körper ausgeht. Es ist mein eigenes Licht. Seine Finger wandern zwischen meine Schenkel und er stöhnt auf, als er meine Lust spürt. Er beginnt, seine Finger zu bewegen, und ich beiße in meine Faust, um nicht zu laut zu stöhnen. Die anderen sind hier auch irgendwo.

»Bitte«, flehe ich, als ich fast die Fassung verliere, und berühre ihn. Umfasse seine Härte und stöhne nun doch.

Sein Blick findet meinen. Mir strömt so viel Lust entgegen, dass ich meine Hand langsam auf und ab bewege, was ihm ein tiefes Knurren entlockt. Dann führe ich ihn zu mir. Noch immer sieht er mich fest an. Auch dann noch, als er in mich dringt und mich ausfüllt. Zuerst ist er vorsichtig, bis ich mich ihm komplett öffne und er zustößt. Seine Gesichtsmuskeln zucken. Mein Körper bebt. Er berührt mich tief in mir und damit in meiner Seele. Seine Bewegungen werden schneller. Er zieht sich zurück und gleitet wieder in mich, lässt mich aufkeuchen. Mir wird heiß, Lust durchströmt mich. Ich kralle meine Finger in seinen Rücken. Er stöhnt. O Götter! Das hier ist mehr als alles, was ich bisher je gefühlt habe. So verdammt intensiv und …

allumfassend. Wieder und wieder stößt er zu. Verliert seine Fassung. Sein ganzer Körper spannt sich an. Seine Bewegungen werden rhythmischer.

»Verdammt, ich …«, bringt er vor und greift mir grob in den Nacken. Zieht meinen Kopf zu sich und küsst mich so intensiv, dass ich mich fühle, als wäre ich in einer anderen Welt. Würde schweben. Seine andere Hand wandert an meine empfindlichste Stelle.

»Ich will, dass du kommst«, raunt er. Seine Stimme klingt sinnlich und gleichzeitig bedrohlich. Doch ich fürchte mich nicht vor ihm und seiner Dunkelheit. Er bewegt sich und seine Finger im Gleichtakt. Ich strecke den Kopf nach hinten und winkele meine Beine weiter an. Die Lust bündelt sich in meiner Mitte, als würde ich gleich zerspringen. Gleichzeitig will ich, dass das hier nie endet. Dass wir für immer derart verbunden sind.

Ich stöhne. Er keucht und sein Gesicht zuckt, als er schwer atmend seine Bewegung stoppt, die Finger aber weiter kreisen lässt. Ich will schreien. Er scheint es zu spüren, also legt er mir seine Hand auf den Mund. Und dann vereinen sich all diese Gefühle zu einem und mein Körper explodiert. Zuckt. Ich presse meine Beine gegen ihn. Er küsst mich. Schweiß perlt von seiner Stirn auf meine.

Eine halbe Ewigkeit verharren wir genau so.

»Alles gut, Sternschnuppe?«, fragt er dann irgendwann heiser, zieht sich aus mir zurück, legt sich neben mich und nimmt mich in den Arm. Tränen sammeln sich in meinen Augen und wandern langsam meine Wangen hinab. Nie zuvor habe ich etwas so Intensives gespürt. Als wären wir kurz eins geworden. Ich nicke und er lächelt. »Ich will nie wieder etwas anderes tun. Wie wär's, wenn wir für immer hierbl…«

Wir werden aus der Schlafnische geschleudert. Mein Kopf knallt gegen das Holz der gegenüberliegenden Kojen. Ich stöhne, berühre meinen Hinterkopf und spüre Blut. Innerhalb von einer Sekunde ist Lior bei mir, hilft mir auf und reicht mir eine Decke. Er zieht sich die Hose und das Hemd an, bevor er sich zu mir beugt.

»Ich sehe nach.« Er verschwindet, während ich so schnell wie möglich den Rock anziehe und dann die Corsage.

»Ich helfe dir«, brummt Sirrah genervt. Sie kommt aus dem Schatten im hinteren Schiff und sieht mich mit erhobenen Brauen an.

»Wo warst du?«, frage ich, ihren vorwurfsvollen Blick ignorierend.

»Na ja, ich hab mich in die Kapitänskajüte verzogen, als ihr angefangen habt zu vögeln. Das muss ich mir wirklich nicht anhören. Und vor allem: Echt jetzt? Der Sternenschlächter?« Sie schüttelt den Kopf, dann dreht sie mich an meinen Schultern und beginnt die Corsage zuzubinden.

Als sie fertig ist, greift sie in eine Ablage über den Nischen, zieht Stiefel hervor und reicht sie mir. Ohne es zu hinterfragen, nehme ich die Schuhe an. Sirrah bückt sich, dann nimmt sie meinen Rock und zerreißt ihn vorne, sodass mir der vordere Stoff nicht mehr im Weg ist. Ich will protestieren. Allein weil das hier das erste edle Kleidungsstück ist, was ich je besessen habe, aber sie legt ihren Finger auf ihre Lippen und deutet nach oben. Ich versuche zu lauschen.

»Wo sind die Asteria?«, bellt eine alte, männliche Stimme.«

»Wir haben keine bei uns«, sagt Lior sicher, fast als wäre er belustigt. »Und wenn doch, wisst Ihr genau, dass sie mir gehören würden, Captain Manus.«

»Das hier ist Manswek-Gewässer. Also gehören sie rein rechtlich dem König. Unserem König.«

»Ich dachte, ihr jagt keine Asteria hier im Land der Sterne.«

Sirrah umschließt mein Handgelenk und erinnert mich daran, dass ich mein Licht nicht verstecke. Mit all meiner Kraft bemühe ich mich, mich wieder zu verschließen.

»Ihr kennt das Spiel besser als ich, Blutprinz. Asteria werden nur so lange bewundert und anerkannt, bis sie der falschen Person das Falsche vorhersagen.«

»Oh, wie schrecklich.« Lior lacht abschätzig. »Wer soll denn sterben? Die hässliche Königin oder ihr verrückter Sohn?«

»Wagt es!«, droht dieser Captain Manus und ich höre Schritte über uns. »Ihr wisst, wer ich bin und was ich bin«, sagt er dann ruhiger, wobei er offenbar weiter über das Deck schreitet.

»Der Nachfahre des ach so großen Captain Ansgar, der den großen Lishan besiegte. Ich kenne die Geschichten. Was hat das mit Euch zu tun? Man sollte sich nicht auf den Taten seiner Vorfahren ausruhen, Manus.« Lior klingt immer noch belustigt, nun aber angespannter.

»Mein Vorfahre hat die Mächte des Lishans erhalten, als er ihn besiegte, und diese Gabe wurde auch mir geschenkt. Du müsstest wissen, was ich meine, Wachmann.«

Damit meint er eindeutig San und jetzt weiß ich auch, was das bedeutet. Er erkennt Feuer, so wie auch die Nachfahren des Lishans. Unter anderem San. Heißt das, dass er bereits unser Feuer durch das Deck gesehen hat?

»Wie dem auch sei. Und selbst wenn du hier Feuer erkennst. Sie gehören mir.«

»Sie gehören dem Königreich Manswek.«

»Nein!« Liors Stimme ist plötzlich unmenschlich. Wie ein Raubtier, das seine Beute verteidigt.

»Der Blutprinz hat recht, Captain«, höre ich plötzlich eine weibliche Stimme. Sie ist ernst und kühl. »Laut Abkommen mit Nimue gehören gefangene Asteria demjenigen, der sie gefasst hat. Der König des anderen Landes erhält allerdings die Möglichkeit, sie käuflich zu erwerben.«

Manus brummt irgendetwas zu sich selbst, bevor er sich zu sammeln scheint und wieder klar wird.

»Gut, dann werden wir jetzt nach Königssund fahren und sie

der Königin und dem Prinzen vorstellen.« Er bewegt sich wieder und plötzlich wird eine Klappe über uns aufgerissen, von der ich bis dahin nichts wusste. »Kommt raus, kleine Sterne.«

»Ich werde ihm die Kehle rausreißen«, faucht Sirrah und klettert gekonnt hinauf, bevor sich Sternenstaub um ihre Hände windet. In der nächsten Sekunde sehe ich dabei zu, wie eine leuchtende Schlinge um ihre Arme geschleudert wird und sich festzieht. Schmerzerfüllt schreit sie auf und sinkt zu Boden. Würde Mila sie nicht halten, wäre Sirrah zurück durch die Luke gefallen. Ich will gerade wegrennen, als auch mich diese Schlinge erreicht. Sie ist so schnell, dass ich keine Chance habe. In der nächsten Sekunde zuckt ein so grausamer Schmerz durch mich, dass mir die Luft aus den Lungen entweicht und mich am Atmen hindert. Es ist, als wäre plötzlich ein gigantischer Teil von mir schwarz. Dunkel. Die Sterne, die immer da waren, sind verschwunden.

»Das ist nicht nötig«, knurrt Lior, während der Captain mich an der Schlinge zu ihnen an Deck zieht. Mein Körper ist schlapp. Ich kann nicht einmal stehen, also liege ich neben Sirrah zu ihren Füßen und kann nur schemenhaft das vernarbte Gesicht des alten Mannes erkennen.

»Was ist los, Sternenschlächter? Hast du plötzlich ein Gewissen?« Sein widerliches Lachen schickt mir eine Gänsehaut über den Körper. Es klingt gierig und mordlustig.

»Natürlich nicht«, sagt Lior wegwerfend. »Aber sie sind mir hörig.«

Sirrah tritt nach dem Captain, sackt aber sofort wieder zusammen.

Manus spuckt neben ihr aus. »Das bezweifle ich.«

Mir wird schlecht. Tränen platzen aus meinen Augen und ich krümme mich. Ich brauche die Sterne. Sie sind ein Teil von mir, ohne den ich nicht leben kann. Was ist das für ein Ding, das mir meine Sterne nehmen kann?

»Ihr könnt mit zu uns kommen.« Der Captain deutet auf ein riesiges Kriegsschiff, das sich neben unserem befindet. Es muss uns gerammt haben. »Die beiden Lishaner dort können euer Boot ja in den Hafen bringen. Vorausgesetzt ihr könnt das?«, fügt er langsam hinzu, so als wären sie schwer von Begriff, und lacht dann, bis er kratzig husten muss. Kaori spannt sich an und will vortreten, doch San ergreift ihre Hand und hält sie zurück, bevor er seinen Kopf senkt, als würde er zustimmen.

Lior sieht zu mir hinab. Sein Blick ist kühl und doch sehe ich eine Entschuldigung darin. »Gut, wir werden eure Gäste sein. Das Mädchen bleibt allerdings auch hier.« Er deutet auf Mila, die ein wenig zittert, allerdings ihre Schultern durchgedrückt hat, um stark zu wirken.

»Auf keinen Fall«, raunt der Captain anzüglich und leckt sich über seine Lippen. Mir wird bitterkalt. Aber ich kann mich kaum konzentrieren.

»Ich hoffe für euch, dass die Lishaner euch nicht das Boot rauben.« Der Captain deutet mit angewiderter Miene auf San und Kaori, die keinen Ton von sich geben und keine Anstalten machen, sich zu bewegen. »Na los!«, schreit er nun und reicht Sirrahs Schlinge der Frau, die ich gehört habe. Sie ist riesig und bewegt sich hart und unrund wie ein Moorbär.

Als der Captain an meiner Schlinge zieht, als wäre ich irgendein Streuner, bemerke ich, dass sich auch ein Tentakel um meinen Hals geschlungen hat. Ich krächze, als er mich einen Meter zu sich zieht.

»Die nehme ich!« Liors Stimme ist kaum wiederzuerkennen. Es ist die Stimme des Mannes, für den ich ihn gehalten habe. Die des Sternenschlächters. Des Blutprinzen.

Der Captain sieht zwischen mir und ihm hin und her. »Habt Ihr etwa einen Narren an einer Asteri-Schlampe gefressen?« Er lacht. »Versteht mich nicht falsch, Blutprinz. Ich hatte auch schon die ein oder andere. Sie sind teilweise ziemlich begabt.«

»Ich will kein dreckiges Asteri-Blut. Und schon gar nicht will ich so was vögeln«, sagt Lior mit Abscheu in der Stimme. Obwohl ich weiß, dass er das sagen muss, schmerzt es.

Der Captain klatscht in die Hände und lacht erfreut, bis er wieder husten muss. Er wartet, weshalb Lior an meinen Schlingen ziehen muss. Ich werde auf den Rücken gedreht und ringe um Luft. Die leuchtenden Schlingen sind wie magische Schlangen, die in Liors Hand zu einem Griff zusammenkommen. Mir wird übel. Ich sehe in Sans panisches Gesicht, bevor Lior mich bis zur Reling zieht und mir dann aufhilft. Unbemerkt lockert er die Schlinge um meinen Hals ein wenig und will mir auf das andere Schiff über eine Planke helfen, als Manus meine Schultern packt und mich rüberstößt. Ich pralle gegen den Rand des Schiffes und stürze ab. Die Schlinge um meinen Hals zieht sich ruckartig zusammen und nimmt mir nun vollends die Luft. Ich röchle. Blitzschnell erscheint Lior über mir und löst endlich die Schlange. Sie verliert ihr Leuchten und fällt platschend neben mir in das Meer.

»Blutprinz!«, meckert Manus, während Lior mich wieder hochzieht und mir auf das andere Schiff hilft. »Die Lichtsauger sind schwer zu bekommen.«

»Sie ist mein Eigentum und dein Lichtsauger hat sie fast erdrosselt. Was meinst du, wie viel Golden dein Prinz dann noch für sie zahlt?« Er lässt mich wieder los und ich sinke zu Boden. Dann zieht er mich über die Planken. Ich sehe unzählige abgewetzte Stiefel und immer wieder rammen sich kleine Holzsplitter in meine Haut, aber ich spüre es kaum. Meine Sinne sind benebelt. Wir gelangen in das Innere, bis hin zu einer großen Kajüte, in deren Mitte ein großer Holztisch steht. Der Captain nimmt meine Schlingen und hängt sie an einen Haken an der Decke. Genauso macht es die burschikose Frau mit Sirrah. Zum Glück kann sie ein wenig stehen, aber ihre Beine zittern. Meine Fußspitzen tanzen haltsuchend über den Boden.

»Wie wär's, Blutprinz? Wollen wir ein bisschen spielen?«

Lior schreitet zur Bar, die unterhalb des Fensters steht, nimmt sich eine Flasche mit brauner Flüssigkeit, zwei Gläser und setzt sich dann völlig entspannt auf einen der Stühle. Wie in Zeitlupe gießt er erst sich und dann Manus etwas ein und leert sein Glas, nur um wieder nachzufüllen. Ich hoffe, dass er diesen widerlichen Captain tötet.

»Die Frage ist, was Ihr unter Spielen versteht, Captain.« Liors Stimme ist ruhig und geschäftig. Wie die eines Königs.

»Ich zeige es euch. Aber erst brauchen wir ein wenig mehr als diesen billigen Fusel.« Er grinst bösartig, kommt auf mich zu und greift nach der Schlange, die rhythmisch pochend meinem Handgelenk langsam das Blut abklemmt. Als er an ihr zerrt, lässt sie los. Er zieht sie bis zu Lior, was völlig verrückt aussieht, weil sie sich ausdehnt. Sie hat keinen Kopf. Keinen Anfang und kein Ende. Aber sie scheint zu leben.

»Hier«, er hält ihm die Schlinge hin.

»Was soll ich damit?«

Ich verenge meinen Blick. Dieselbe Frage stelle ich mir auch, denn an meine Hand ist sie nicht mehr gebunden. Quälen kann er mich also nicht.

»Einen Zug nehmen«, krächzt Manus voller Vorfreude. Lior schaut kurz zu mir.

Am liebsten würde ich ihn anschreien, dass er diesen Bastard töten soll, aber wir befinden uns auf ihrem Schiff in ihrem Hoheitsgebiet. Er würde sterben oder festgenommen werden. Das wissen wir beide.

»Nein, danke«, erwidert Lior.

»Es war keine Bitte, Blutprinz. Ihr seid mein Gast und ich biete Euch etwas, von dem Ihr nicht genug bekommen werdet, wenn Ihr es erst einmal testet.« Er hält die Schlange höher.

Liors Kiefer knackt, dann packt er das Ding, führt es zu seinen Lippen und zieht daran wie an einer Pfeife. Kurz leuchten seine Augen auf und er zuckt. Dann legt sich ein lieblicher Ausdruck auf seine Züge und sein Blick auf den Lichtsauger wird … gierig.

»Gut, nicht?« Manus lacht und nimmt dann selbst einen Zug. Mir wird schwindelig. Es ist, als würden sie mich aussaugen. Nein, es ist nicht nur so – sie saugen da gerade mein Licht auf. Ich keuche. Liors Hände beben.

»Gertrud!«, schreit Manus so plötzlich, dass ich erschrecke. »Wo zum Teufel ist das Menschenmädchen? Und wo sind die anderen?« Er schüttelt genervt den Kopf. »Schiffsleute heutzutage.«

Es dauert nicht lange, bis Mila in Begleitung von drei bärtigen Männern eintritt, die sie alle voller Verlangen ansehen. Ich winde mich.

»Lasst sie!«, fauche ich, aber meine Stimme ist nur ein Krächzen.

»Oh, es kann sprechen«, lacht Manus. Lior sitzt da, als wäre er nicht mehr anwesend. Sein Blick wandert immer wieder zu der Schlinge.

Meine beste Freundin wird auf einen Stuhl bugsiert, während die anderen Männer alle einen Zug von meinem Licht nehmen. Ich werde schwächer und schwächer. Lior muss etwas tun. Milas Augen sind panisch auf mich und Sirrah gerichtet. Sie wimmert und scheint zu beten. Die Männer verteilen Rum und dann setzt auch Manus sich zu ihnen.

»Das Spiel geht wie folgt.« Er grinst grausam, dann legt er Karten auf den Tisch. »Wir spielen um ihr Blut.«

»Ihr Blut?«, quietscht Mila ängstlich.

»Ja, ihr Blut«, lacht Manus und sieht zu Lior. Sein Ausdruck wird steinern. »Blutprinz, wollt Ihr der jungen Dame nicht erklären, woher Ihr Euren Namen habt?«

Ich blinzle, versuche bei Bewusstsein zu bleiben. Sein Name ist nur ein Gerücht. Etwas, das sich verselbstständigt hat.

Lior schweigt.

»Nein? Dann werde ich es Euch erklären, Lady …« Er wartet, bis sie ein »Mila« von sich gibt.

»Lady Mila also. Das Licht der Asteria ist wie eine Droge. Man kann es durch diese Lichtsauger erhalten, man kann aber auch von ihrem Blut kosten und das ist …« Genüsslich schließt er die Augen und schüttelt sich vor Lust und Vergnügen. Am liebsten würde ich ihn anspucken. »Köstlich. Berauschend. Es beflügelt uns Menschen.«

»Nein«, wispert Mila. »Lior, sie dürfen nicht ihr Blut trinken.«

Manus lacht. »Lior«, wiederholt er dann belustigt. »Der gute Lior hier hat überhaupt erst rausgefunden, wie betörend das Blut der Asteria sein kann.«

»Das glaube ich dir nicht«, wehrt sich Mila und verkrampft ihre Finger.

»Blutprinz, erzähl ihr doch einmal von dem kleinen Fest, zu dem du mich vor ein paar Jahren eingeladen hast. Es war ein … Blutbad.«

Ich erschaudere. Lior sieht zu mir und da erkenne ich, dass Manus die Wahrheit sagt. Ein Schluchzer bildet sich schmerzhaft in meiner Kehle und will hinaufsteigen, doch ich unterdrücke ihn mit aller Gewalt.

»Keiner ist gestorben«, sagt er. Er verteidigt sich. Er hat das wirklich getan.

»Heute wird auch keiner sterben. Wir nehmen nur ein paar Schlucke. Und deshalb spielen wir darum, wer es bekommt.«

»Sie gehören mir, Captain Manus.«

»Komisch. Dennoch sitzen wir hier in meinem Schiff und sind umgeben von meinen Männern.« Er verzieht gespielt entschuldigend den Mund. »Sieht so aus, als bräuchtest du Glück mit deinen Karten. Du willst sicher nichts anderes, seit du ihr das erste Mal begegnet bist. Hübsch ist sie ja. Auch wenn sie gezeichnet ist. Und sie ist bei Bewusstsein, im Gegensatz zu der anderen.«

Ich winde mich wieder, nehme die freie Hand mit all meiner Kraft hoch und versuche die andere Schlinge zu lösen, aber mein Körper ist zu schwach. Manus und die Männer lachen mich aus. Sirrah regt sich nicht mehr.

Lior ballt seine Hände zu Fäusten. »Um wessen Blut spielen wir?« Ich hoffe, dass er nicht zulässt, dass sie Sirrah aussaugen. Sie würde es ihm nie verzeihen und dann müssten wir auch sie einsperren, damit sie uns noch hilft.

»Sehen ich oder meine Männer so aus, als würden wir dreckiges lishanisches Blut trinken?« Er spuckt vor Sirrah auf den Boden.

»Also geht es nur um sie?«, fragt Lior ernst.

»Genau, Blutprinz. Wir spielen um das Goldlöckchen.«

Mila wimmert erneut und Lior setzt sich aufrecht hin. »Schön. Dann teil die Karten aus.«

»Nein«, wispere ich. »Lior, bitte.« Er sieht mich kurz und sicher an. Aber selbst wenn er gewinnt, muss er etwas von meinem Blut trinken. Und wenn es stimmt, dass das noch stärker wirkt, was passiert dann? Zu was macht ihn das? Ich habe keinen blassen Schimmer, weil ich nie zuvor davon gehört habe. Wie konnte Lior nur so etwas in Gang setzen? Wie kam er auf die Idee, Blut eines Asteri zu probieren?

Sie beginnen ihr Kartenspiel und Mila sieht panisch auf den Tisch, während sie eine Karte nach der anderen ablegen. Ich kenne das Spiel. Es geht darum, die letzte Karte immer zu überbieten – kann man es nicht, so muss man eine neue Karte vom Stapel ziehen. Wenn das Ass liegt, beginnt das Spiel von vorne.

Mein Kopf pocht laut und mein Arm wird taub. Ich sehe mich in der Kajüte um und erkenne dann ein leichtes Leuchten, was von Lior ausgeht. Mein Licht kann es nicht sein. Ich verenge meinen Blick und als ich zu Manus sehe, der gerade siegessicher seine letzte Karte hinwerfen will, flüstert Lior ein »Schlaf«.

Es ist nicht so wie bei mir. Wobei ich mich selbst nie zuvor von außen betrachtet habe. Aber Manus wirkt immer noch wach. Nur vollkommen abwesend. Offenbar kann Lior Menschen nur leicht betäuben und nicht komplett in einen Schlaf versetzen wie ungeschützte Asteria. Anscheinend hat Lior auf den richtigen Moment gewartet, ansonsten hätte er ihn und seine Untergegebenen viel früher in Trance versetzt.

»Kannst du?«, fragt Lior erhaben. Manus schüttelt den Kopf und dann legt Lior seine letzte Karte. »Dann habe ich gewonnen.« Er trinkt seinen Rum in einem Zug aus. Seine Hände sind zittrig und dann kommt Manus wieder zu sich. Er beschwert sich nicht, obwohl er zuvor aussah, als hätte er die höhere Karte. Konnte Lior ihn derart manipulieren, dass er das vergessen hat?

»Schön«, entgegnet Manus, steht auf und kommt zu mir. Als er die andere Schlinge löst, kehren die Sterne zurück und der Schmerz lässt ein wenig nach. Mein Licht fühlt sich allerdings trotzdem schwach und leer in mir an.

Manus stößt mich vor sich her, bis er mich auf Liors Schoß schubst. Er hält mich fest und ich drücke mein Gesicht an seine Brust, während er mir eine Strähne aus dem Gesicht streicht.

»Ich dachte, sie sind dir zuwider«, grunzt Manus.

»Ich vergewissere mich nur, dass meine Ware nicht beschädigt ist«, entgegnet Lior kühl.

Ich kann ihn nicht ansehen. Ich will es nicht. Mein Herz brennt und mein Körper tut so unfassbar weh. Doch am meisten ist es die Enttäuschung, die mir Schmerzen bereitet.

Er hat mir versprochen, dass er Asteria nie etwas getan hat. Ihr Blut zu trinken, um sich selbst zu berauschen, ist für mich aber genau das.

»Es tut mir leid, Sternschnuppe«, flüstert er ganz leise, bevor er den kleinen Dolch entgegennimmt, den Manus ihm hinhält, und mir dann eine feine Linie über den Hals zieht. Den Schmerz spüre ich kaum, dafür aber die Wärme meines Blutes, als es hinabtropft. Er sucht meinen Blick und dieses Mal sehe ich ihn an. Verzweiflung und die Bitte, ihm zu verzeihen, stehen in seinen Iriden. In meinen muss er pure Enttäuschung und Angst erkennen. Zu was wird ihn mein Blut machen?

Als er sich abwendet und seinen Mund auf meinen Hals sinken lässt, durchfährt mich etwas. Er saugt an mir. Kostet mein Blut und auch meine Sinne werden benebelt. Meine Schmerzen und all die Angst verschwinden. Da ist nur noch … Lust. Pure Lust. Meine Hände finden seine Haare. Ich kralle mich fest. Er will von mir ablassen, aber ich halte ihn fest. Er krallt sich in meine Taille. Ich höre Manus und die anderen lachen. Lior setzt die Lippen ab. »Shedir. Mehr und ich …«

»Nur noch einmal«, flüstere ich. Dieses Gefühl ist so wunderschön, dass ich mehr davon will. Ihn spüren will. Ich bewege meinen Körper auf seinem. Er knurrt, leckt noch einmal über den Schnitt und stößt mich dann leicht von sich, behält mich aber auf seinem Schoß. Benommen sehe ich ihn an. Mit blutverschmiertem Mund funkelt er mich an. Dann rücke ich vor und küsse ihn. Seine Zunge findet meine, ich schmecke mein eigenes Blut und statt es widerlich zu finden, löst es nur noch mehr Verlangen in mir aus.

Liors Hände wandern über meinen Körper. Erneut spüre ich seine Härte an meinem Hintern und will mehr.

Doch Lior reißt sich zusammen und stoppt meine Hand, kurz bevor ich ihn berühren kann. »Wir sind auf Drogen und sie alle sehen zu, Narbenmädchen«, raunt er ganz leise und ernst. Ich blinzle und sehe mich um. Alle Augen sind auf uns gerichtet. Milas sind so weit aufgerissen, dass ich sie kaum wiedererkenne.

»Wie lange ist dein letzter Rausch her?«, fragt Manus und

kommt auf uns zu. Als er mich von Lior wegziehen will, hält er mich fester.

»Sie bleibt bei mir.« Seine Hand streicht sanft über meinen Oberschenkel und ich wünschte, ich könnte mein Begehren ausstellen. Aber es bleibt und wächst.

Ich setze mich auf, um seinen Geruch nicht weiter einatmen zu müssen, und sehe die Männer an. Sie geifern und werfen mir gierige Blicke zu. Ich fühle mich wie die Hure des Prinzen. Hier auf seinem Schoß, während er Rum trinkt und meinen Schenkel streichelt.

»Eine Weile«, gibt Lior zurück. »Ich habe es in Nimue verbieten lassen. Die Exzesse sind etwas ausgeartet.«

»Wie schade. Ich werde also die Geschäfte in Nimue an einen anderen abgeben müssen.« Manus grunzt und die anderen stimmen in sein Gelächter ein. »Jetzt zu der anderen jungen Dame.«

Mila spannt sich neben uns an.

»Sie ist meine Verlobte, also würde ich sie an deiner Stelle lieber nicht anfassen«, droht Lior ernst.

»Du hast dich verlobt, Blutprinz?«

»Wie ich sagte.« Liors Hand rutscht unter meinen Rock und zieht Kreise über mein Knie. Ich erschaudere.

»Und, Lady Mila, wie findet ihr es, dass euer Zukünftiger gerade diese Asteri-Schlampe geküsst hat?«

Liors Hand verkrampft sich kurz unter meinem Rock. Dann wandert sie weiter hinauf zu meinem Schenkel, wo seine Finger allerdings verharren. Die Wärme, die von ihnen ausgeht, beruhigt mich.

»Er ist ein Prinz, er darf Mätressen haben, so viele er will«, gibt Mila wie selbstverständlich zurück.

»Und was wollt ihr in Manswek?«, fragt der Captain nun direkt an Mila gerichtet. Lior beugt sich ein wenig zu mir und ich höre, wie er durch die Nase einatmet. Er riecht an mir. Allein der Gedanke lässt es zwischen meinen Beinen kribbeln. Dort, wo auch seine Lust nicht nachlässt. Und obwohl mich dieses Verlangen einnehmen will, rufe ich mir immer wieder in Erinnerung, dass wir lediglich berauscht sind.

»Wie ihr wisst, sucht der Prinz immer noch nach Asteria«, antwortet sie ruhig. »In Manswek war es bis vor Kurzem noch so, dass Asteria geduldet wurden. Jetzt wollen wir sehen, ob wir noch mehr von ihnen fangen können.«

»Fangen«, wiederholt Manus lachend. Auch die anderen stimmen wieder mit ein.

Lior atmet schwer hinter mir und es wirkt, als würde er schwächer werden. Sein Griff ist nicht mehr so fest.

»Und dann? Was macht ihr mit ihnen?«

»Wir versuchen, einen Weg zu finden, meinen Bruder zu retten.«

»Immer noch? Hast du es nicht langsam aufgegeben?« Manus schüttelt den Kopf, während er an seinem Rum nippt. »Ich verstehe einfach nicht, wie man so ein Geschenk abweisen kann, Lior. Du könntest König sein.«

»Ich will aber kein König sein«, sagt Lior und ich werfe ihm einen Blick zu. Seine Stimme klingt lallend. Sind das die Nachwehen des Bluttrinkens? Er strafft seine Haltung, was ihm schwerzufallen scheint.

»Wie dem auch sei«, winkt Manus ab. »Du hast wirklich viel Erfahrung mit Asteria, muss ich zugeben. Aber eines wusstest du ganz offenbar noch nicht.« Wieder verkrampft sich Liors Hand. »Wenn einem Asteri das Licht ausgesaugt wurde, ist sein Blut so rein, dass es … na ja. Zur Ohnmacht führt.«

»Nein«, knurrt Lior, schiebt mich sanft von seinem Schoß und will sich dann selbst erheben. Allerdings fällt er nach vorne und hält sich nur zittrig am Tisch fest.

»Du fasst sie nicht an!«, schreit er.

»Ich mache, was ich will, Blutprinz. Du kennst mich doch.

Und die Gunst des Prinzen und seiner Mutter sind mir das Wichtigste. Ich werde sie sicher nicht dir überlassen.«

Lior knurrt, dann sieht er mich an. Panik steht ihm in den Augen. »Flieht!«, presst er hervor und sackt dann in sich zusammen.

KAPITEL 15

Bevor ich wirklich reagieren kann, greift Manus nach der Schlinge und schleudert sie auf mich. Kurz bevor sie mein Handgelenk erreicht, ergreift Mila den Dolch, den Lior vor sich auf den Tisch gelegt hat, und rammt ihn in sie. Mit einem splitternden Geräusch wird die Schlange am Tisch festgenagelt und kreischt auf. Kurz darauf verliert sie ihr Licht und bleibt leblos liegen.

»Das wirst du mir büßen!«, knurrt Manus und stürmt auf Mila zu. Ich hole all das Licht, was mir geblieben ist, aus mir heraus und beschwöre Sternenstaub. Als ich gerade denke, dass es zu wenig ist, fließt das Licht, das die Schlange verloren hat, zurück in meinen Körper. Ich werde stärker, kühle meinen Körper hinunter und schmettere den Captain fort von Mila. Die Männer erheben sich ebenfalls und ziehen Waffen.

Ich schleudere Sternenstaub auf Sirrah und hoffe, dass die Schlangen sich zurückziehen. Tun sie aber nicht. Ich muss meine Lichtenergie nutzen, um sie mit ihr zu verbrennen. Aber wie? Und vor allem, ohne Sirrah dabei zu verletzen. Ich konzentriere mich, während ich auch die anderen mit einer Druckwelle zurücktreibe, und schieße wieder flammende Energie auf die Schlangen, die Sirrah gefangen halten. Nur auf sie. Eine von ihnen beginnt zu zucken, hält sie aber immer noch fest. Sirrah selbst ist immer noch nicht wieder bei Bewusstsein. Ich sehe zu Manus, der sich gerade erhebt, dann zu Mila und Lior. Ich könnte nicht fliehen und ihn hierlassen. Aber ich kann auch nicht Milas Leben riskieren. Also ziehe ich meinen Sternenstaub zurück und hebe meine Hände. Sich zu ergeben ist sicher nicht mutig und vielleicht auch nicht die beste Entscheidung. Aber es ist die einzige. Vielleicht haben wir eine Chance, wenn Lior wieder wach ist. Wenn wir in Königssund ankommen und auch San und Kaori wieder bei uns sein werden.

Manus packt mich, dreht mich mit dem Rücken zu sich und tritt mir dann in die Kniekehlen. Keuchend stürze ich auf meine Knie. Sofort durchzuckt ein Brennen meine Beine.

Sie bringen Mila und mich an Deck. Die Mannschaft, die oben gewartet hat, sieht uns verwirrt an. Der Mann, der Mila festhält, lacht und freut sich mit einem Kumpan. Mein Blick gleitet über das Meer. Unser Schiff ist nicht weit entfernt und wir nicht gefesselt.

Mila könnte springen und sie würden sie einsammeln. Dann wäre sie zumindest nicht hier bei diesen Monstern, die sonst was mit ihr anstellen wollen. Als ich allerdings wieder zu ihr sehen will, erkenne ich vor dem Schiff einen großen Hafen. Wir sind bereits da. Sobald wir angelegt haben, werden sie auch San und Kaori erwarten und festnehmen. Vielleicht lassen sie sie alle gefesselt auf dem Schiff, während wir der Königin ausgeliefert werden. Verdammt. Hätte ich mich nicht ergeben dürfen? Aber was hätten wir dann gemacht? Sirrah war bewusstlos und selbst wenn ich ihre Fesseln hätte lösen können, wäre sie nicht kampfbereit gewesen. Mila kann nicht kämpfen und Lior ist noch immer ohnmächtig.

Ich fluche innerlich, als wir ansetzen. Manus bindet eine der Lichtsauger um meine Handgelenke und schubst mich vor sich her. Wut und Hilflosigkeit schießen durch meine Venen und lassen meine Haut brennen.

»Ich dachte, dass ich anders sterben werde«, wispert Mila

neben mir. Sie ist ebenfalls gefesselt, allerdings mit einem Seil. »Kennst du das? Wenn man manchmal daliegt und sich ausmalt, wie das Leben wird? Und wie man sterben wird … Ich dachte, dass ich vorher etwas erlebe, dass ich …«

»Du stirbst heute nicht, Mila«, sage ich fest. Ihre Augen sind voller Tränen.

»Als ich sagte, dass du auf ein Abenteuer wartest, was durch die Tür spaziert, da habe ich auch mich gemeint, Shee. Ich wollte nie das Leben, das du mir prophezeit hast«, weint sie. »Ich wollte auch ein Abenteuer. Aber jetzt frage ich mich, ob das nur ein dummer Traum war und ich …«

»Mila«, flüstere ich ruhig. »Wir schaffen das.« In diesem Moment wird Lior von zwei Wachen an uns vorbeigeschleift. Was wollen sie mit ihm? Ist es nicht eher gefährlich, ihn mitzunehmen?

»Weiter!«, knurrt die Frauenstimme. Ich sehe mich um. Immer wenn ich mir ausgemalt habe, einmal ein anderes Königreich zu bereisen, war ich gespannt, wie es riecht und aussieht. Jetzt kann ich das alles kaum wahrnehmen. Natürlich sehe ich die vielen Nadelbäume, die es bei uns kaum gibt. Und auch die vielen Felsen und Hügel. Aber sie haben keine Wirkung auf mich. Nicht mal der Sternenhimmel, der langsam der aufsteigenden Sonne weicht.

Wir werden einen Weg hinaufgeführt. Als wir endlich oben ankommen, sehen wir hinab in ein felsiges Tal, in dem ein gigantisches Schloss steht. Es ist aus rotem Stein erbaut, das nach und nach in der rötlichen Sonne zu leuchten beginnt. Wie auch ihre grünen Dächer sind die Türme an den Seiten rund. Ein paar Baumflächen und ein großer See erstrecken sich vor dem Schloss.

Nun rieche ich es doch. Der unverkennbare Geruch von Erde, Harz und Tannen, der sich nach zu Hause und Sicherheit anfühlt.

Und dann überkommt mich ein anderes Gefühl. Eine Verbindung, die ich fast vergessen habe. Der Asteri, den wir suchen …
er ist nah.

Ich drehe mich um. Sirrah ist mittlerweile wieder wach und geht ein wenig hinter uns. Sie wirkt allerdings abwesend.

Mein Körper wird immer schwächer, bis ich irgendwann stolpere und nach vorne falle. Die Frau, ich meine mich zu erinnern, dass Manus sie Gertrud genannt hat, fängt mich in letzter Sekunde auf und schleudert meinen Körper über ihre Schulter, als wäre ich nur ein Sack Mehl. Zwar bin ich nicht gerade groß, aber eine solche Stärke hätte ich ihr nicht zugetraut.

Es dauert nicht lange, bis mir die Lider zufallen und ich in meinem dämmrigen Zustand kaum noch mitbekomme, wie lange wir unterwegs sind, bis sich die kühle Temperatur und das rötliche Licht hinter meinen Lidern ändern. Wir müssen im Schloss angekommen sein und in mir zieht sich alles zusammen. Warum wollen die Königin und ihr Sohn Asteria haben? Ist auch Mirfak oder Alderamin hier gefangen?

Unsanft werde ich auf einen gläsernen Boden fallen gelassen. Mein Steißbein schmerzt und die Wunde an meinem Hinterkopf pocht, als sie erneut zu bluten beginnt.

»Was ist das?«, fragt eine angewiderte Frauenstimme. Sie ist hoch und melodisch. Ich hebe meinen Kopf und mein Blick trifft sofort ein Paar grellgrüner Augen. Sie leuchten so sehr, dass ich kurz überlege, ob das noch menschlich oder schon Magie ist. Die Frau hat rotes Haar und trägt ein passendes, karminrotes Kleid. Sie erhebt sich von ihrem Thron und ich nehme nach und nach den Saal wahr. Ich knie auf einem grünlichen Glasboden, der fast wirkt, als würde etwas in ihm schwimmen. In der gleichen Farbe hängen Vorhänge und Banner an den Wänden, die aus demselben glitzernden hellen Stein erbaut sind, aus dem auch die glänzenden Stufen hinauf zu ihrem Thron bestehen.

Weil schwarze Flecken meine Sicht verschwimmen lassen, blinzle ich einige Male und versuche mich wieder zu konzentrieren. Als ich meine Sicht wieder hergestellt habe, stocke ich. Im Boden bewegt sich wirklich etwas. Ein Schrei verlässt meine Kehle und ich weiche schwach zurück, als mich ein grünes Augenpaar anstarrt.

»Was …« Ich krabble noch weiter auf allen vieren zurück. Aber überall im Boden bewegen sich ausgedörrte grünäugige Menschen. Übelkeit klettert meine Kehle hinauf.

»Das sind unsere Vorfahren. Allesamt Nachfahren des großen Fae Manswek.«

Ich würge. »Und warum … bewegen sie sich?«, frage ich, als wäre sie meine Lehrerin und ich ein dummes kleines Kind.

Kurz ruht ihr Blick auf mir, dann sieht sie zu Gertrud und von ihr zu Manus, der gerade mit Lior und Sirrah hereintritt. Mir wird warm ums Herz, als ich sehe, dass er wach ist. Allerdings wird diese Wärme abrupt durch Kälte abgelöst, als ich den gierigen Blick der Königin erhasche. Und der gilt nicht Sirrah.

»Du hast mir den Blutkönig gebracht!«, ruft sie erfreut, klatscht in ihre Hände und stürmt vor. Kurz bevor sie bei ihm ankommt, ertönt allerdings ein Räuspern, das sie innehalten lässt.

»Mutter?« Die Stimme klingt, als wäre es eine Ermahnung. Dazu passt das Wort Mutter so gar nicht. Ich drehe mich um und mustere den großen, dunkelrothaarigen Mann, der hinter den Thronen hervortritt. Auch er hat strahlend grüne Augen. Sein Körper ist drahtig. Er sieht aus wie ein Kämpfer. Sein Blick verharrt auf seiner Mutter und erst als die den Rückzug antritt, wirft er mir einen durchdringenden Blick zu.

»Ein Stern«, stellt er fest und kommt die paar Stufen zu mir herunter. Ohne zu zögern, legt er seine Finger unter mein Kinn und hebt meinen Kopf ein wenig an.

»Lass die Finger von ihr, Janus!«, bellt Lior.

Der Prinz grinst und mustert mich nun ausgiebiger. »Hast du dich wirklich schon wieder in eine von ihnen verliebt, Bruder?«

Bruder? Irritiert sehe ich ihn an.

Er bemerkt es und zieht seinen Ärmel ein wenig hoch, um mir eine Narbe zu zeigen. »Wir sind Blutsbrüder.«

»Das waren wir mal. Bevor du deinen Vater getötet hast«, sagt Lior. Der Prinz steht auf, hebt seine Hand und winkt der Wache zu, die Lior sofort loslässt, sodass er vortreten kann.

»Ich habe meinen Vater nicht ermordet, wie oft noch, Lior. Es war dein Bruder.«

Lior spuckt vor ihm auf den Boden. »Rede nicht über Lunas.«

Der Prinz verdreht die Augen und zuckt mit den Schultern. Seine Arme hat er weiterhin ausgestreckt, die Handflächen nach oben gerichtet, was ihn wie einen Priester aussehen lässt.

»Lunas hier, Lunas da. Und ich dachte, du hörst irgendwann auf, nur das zu tun, was der kleine, verwöhnte Bengel mal wieder will.«

»Das hat rein gar nichts damit zu tun, dass er deinen Vater nicht getötet hat.«

»Er war es aber. Ich war dabei. Wärst du vielleicht auch gewesen, wenn du in der Zeit nicht lieber meine Mutter gevögelt hättest.«

Ich versuche all die Informationen zu ordnen, aber leider bleibt nur die eine hängen. Lior hat mit der Königin von Manswek geschlafen? Ich sehe sie noch einmal an. Sie ist wirklich schön, aber mit Sicherheit mindestens fünfzehn Jahre älter als Lior. Und die Mutter seines sogenannten Blutsbruders.

»Hör auf zu schwafeln, Janus.«

»Gut, aber falls es dich doch interessiert, sie hat sofort meine Mutter prüfend gemustert. Sie mag dich also auch.«

Schnell wende ich meinen Blick ab.

»Warum tragen sie immer noch diese widerlichen Dinger?«, fragt er dann harsch in die Runde. »Nehmt sie ihnen ab, bei den Göttern.« Sofort lösen sich die Schlingen um meine Arme und das Licht kehrt zurück in meinen Körper. »Also, was wird das hier?«

»Sie gehören mir, Janus, auch wenn mich dein toller Captain Manus betäubt hat. Sie sind nicht verkäuflich.«

»Sondern? Was willst du mit ihnen machen? Sie heiraten?« Er lacht, während er mit der Hand wedelt, damit alle Männer von Manus außer ihm selbst verschwinden.

»Das geht dich nichts an.«

»Geht es sehr wohl. Sie sind Asteria und sie befinden sich in meinem Hoheitsgebiet. Genau genommen sogar in meinem Schloss. Und du bist ein Gefangener.«

Lior lacht. »Ich bin der Prinz von Nimue. Du darfst mich nicht gefangen halten.«

»Davon habe ich auch nie gesprochen. Ich sagte lediglich, dass du ein Gefangener bist. Nicht meiner, sondern der von Manus.«

»Auch er darf das nicht. Also, was soll das hier? Wofür brauchst du Asteria?«

Janus schreitet die Treppe hinauf und setzt sich auf den Thron. Die Königin nimmt anschließend neben ihm Platz. »Es hat sich etwas verändert. Und diese Veränderung mag ich nicht.«

»Sprich nicht in Rätseln mit mir«, brummt Lior genervt.

»Ach ja, stimmt. Als Mond können die Asteria ja deine Zukunft nicht sehen. Allerdings kamst du in der Zukunft meiner Mutter vor. Was mir nicht gefällt.«

Ich werde hellhörig und versuche aufzustehen, bin aber noch zu schwach.

»Ich habe deine Mutter ein einziges Mal gefickt, weil sie mich angebettelt hat. Deshalb komme ich noch lange nicht in ihrer Zukunft vor.«

Die Königin lächelt anzüglich, als würde sie sich gerne daran erinnern. Vor allem scheint es bei ihr keinerlei Scham auszulösen, obwohl ihr Sohn neben ihr sitzt, dessen Augen gefährlich funkeln. Warum will Lior ihn sauer machen? Sollte er nicht lieber auf ihre Verbundenheit setzen?

»Du wirst König. Nicht von Manswek. Und du teilst auch nicht erneut das Bett mit meiner Mutter. Aber in ihrer Zukunft hat ein sehr begabter Asteri ein Gipfeltreffen der Könige gesehen und du saßt am Tisch.«

»Höchstwahrscheinlich, um Lunas zu vertreten. Du weißt, dass ich kein König werde.«

»Das dachte ich auch, ja. Aber die Bilder waren sehr eindeutig.«

Ich presse die Lippen aufeinander.

»Und all der Frieden zwischen unseren beiden Ländern beruht darauf, dass du nicht König wirst. Und das weißt du. Ich kann auch losziehen und mich Lishan und Karrak anschließen. Dann seid ihr morgen vernichtet.«

Warum ist es ihm so wichtig, dass er kein König wird?

»Ich werde nie herrschen.«

Der Prinz sieht Lior nachdenklich an und ich meine, nicht die Einzige im Raum zu sein, die keinen blassen Schimmer hat, worüber die beiden da gerade reden.

»Ich vertraue aber nicht drauf.« Er winkt und aus einer dunklen Ecke lösen sich zwei Königswachen, die auf Lior zuschreiten. »Ich verhindere es lieber auf die traditionelle Art.«

»Halt!«, rufe ich und schaffe es endlich, mich zu erheben. Lior sieht mich skeptisch an, während Janus mich aufmerksam mustert.

»Wir können Lunas' Tod verhindern. Deshalb sind wir hier in Manswek. Wenn ihr ihn und uns einsperrt, wird die Möglichkeit, dass er eines Tages regiert, nur größer.«

Der Prinz verengt seinen Blick, sieht dann zu Lior, der nicht so wirklich begeistert von meiner Offenbarung zu sein scheint.

Aber irgendjemand musste etwas tun. Und das hat Lior schon auf dem Schiff bei Manus nicht gemacht.

»Stimmt das?«

Lior schnaubt zornig. »Ja, das stimmt.«

Janus erhebt sich und kommt auf mich zu. Er sieht mich fasziniert an. »Also bist du Shedir«, flüstert er ehrfürchtig und … geht vor mir auf die Knie, um dann meine Hand zu küssen.

Mein Blick wandert irritiert zu Lior, dem die blanke Panik ins Gesicht geschrieben steht.

»Ein Fest!«, ruft der Prinz erfreut. »Bereitet ein Fest!«

»Janus!«, knurrt Lior, geht auf ihn zu, packt ihn an seinem Kragen und zieht ihn zu sich hoch. »Niemand darf erfahren, wer sie ist.«

»Sie ist die Königin des Himmels!«, zischt Janus, als wäre das die Neuigkeit überhaupt.

»Und du weißt, was passiert, wenn sie sie in ihre Finger kriegt.«

»Ich werde es schon niemandem sagen. Aber ein Fest gibt es dennoch. Außerdem will ich sie kennenlernen.«

»Nein.«

»O doch, Lior. Die Königin kannst du nicht einfach für dich beanspruchen.«

»Sie ist ein freier Mensch. Ich beanspruche sie nicht.« Liors Stimme ist rau und so voller Zorn, dass ich befürchte, dass er den Prinzen von Manswek gleich angreift.

»Denk daran, wie es mit Manuk war. Ich hoffe, diesen Fehler willst du nicht ein zweites Mal begehen.« Lior schweigt, statt noch etwas zu erwidern. Janus sieht ihn ernst an. »Das ist der Deal. Ich lasse euch wieder gehen und nutze sie nicht für meine Zwecke. Aber sie wird mich kennenlernen und wir bereiten ein Fest.«

»Schön«, entgegnet Lior. »Mach ihr den Hof. Sie ist ein störrisches Mädchen. Viel Glück.«

Ich verenge den Blick und frage mich, warum er nicht erwähnt, dass ich mit Lunas verlobt bin. Und warum will Janus die Möglichkeit haben, mich kennenzulernen und mir den Hof zu machen? Er kann heiraten, wen er will, da er selbst Interimskönig ist. Dafür braucht er keine angebliche Königin des Himmels.

Als Janus erfreut wegtritt, kommt Lior zu mir und sieht mich durchdringend an. »Feste in Königssund laufen nicht so ab, wie du sie dir vorstellst.«

»Wie stelle ich sie mir denn vor?«, frage ich ein wenig zu bissig. Natürlich macht mich die Vorstellung, dass er mit der Mutter seines besten Freundes geschlafen hat, nicht gerade glücklich. Genauso wie die Tatsache, dass sie wirklich schön ist. Aber dieses Gespräch zwischen ihm und Janus gerade hat mir gezeigt, dass es noch ziemlich viel gibt, was er mir verheimlicht.

»Wie ein normales Fest eben.«

»Ich war noch nie auf einem Fest, außer zu meiner Verlobung, die du gerade gekonnt verschwiegen hast«, zische ich, während Janus im Hintergrund Leute anweist, uns Zimmer zu vorzubereiten.

»Das ist kein Vergleich. Die nordischen Völker sind sehr offenherzig, was Sex angeht … Und Drogen, wie du gerade auf dem Schiff erlebt hast.«

»Also wird das hier was? Eine Sex-Party?«

»So in der Art. Außerdem liebt die Königin Spiele.«

»Shedir, meine Liebe, du erhältst ein Zimmer direkt neben meinem.« Janus klingt, als sei er irre geworden. Zuvor klang er normal und geordnet. Jetzt ist er wie benebelt. Als hätte er bereits Drogen genommen. Und diese Droge bin ich.

»Ach, und du, Manus. Zur Strafe fährst du nach Karlsund und holst die Gäste ab.«

Empört schnappt der Captain nach Luft, verstummt aber, als Janus ihm einen warnenden Blick zuwirft.

Mein Licht kehrt immer mehr zurück. Meine Seele brennt.

»Bin ich frei bei euch?«, frage ich ihn direkt.

»Aber natürlich«, schwadroniert er mit geschwollener Brust.

»Dann werde ich zusammen mit meinen beiden Freundinnen die Stadt besichtigen.«

Lior sieht mich an, als hätte ich jetzt vollkommen den Verstand verloren.

Janus hingegen wirkt erfreut. »Ich hoffe doch, dass ich euer Führer sein darf?«

»Nein. Ich möchte einen Beweis, dass ich frei bin.«

Er zögert, reibt seine Finger nervös aneinander, nickt dann aber. »Dann bitte«, er deutet zur großen Tür.

Lior positioniert sich neben mir.

»Ich sagte, meine Freundinnen und ich«, fordere ich laut und deutlich. Janus lacht, während Lior mit seinem Blick versucht, Zugang zu mir zu bekommen.

»Mila, Sirrah«, weise ich sie an und wende mich von ihm ab, doch er hält mich am Handgelenk fest.

»Shedir«, flüstert er flehend.

Ich sammle mich. »Du hättest mir die Wahrheit sagen können. Die ganze«, entgegne ich, reiße mich los und gehe zusammen mit Sirrah und Mila hinaus. Als wir endlich an der frischen Luft sind, atme und atme ich. Das, was da gerade passiert ist, habe ich nicht erwartet. Jetzt muss ich dem Ruf der Sterne folgen. Und das, obwohl ich mir sicher bin, dass Janus uns Wachen hinterherschickt. Wir müssen also vorsichtig sein. Mein Blick wandert über das noch tiefer liegende Tal zur Stadt. Sie ist recht groß und wirkt belebt. Auch diese Häuser wurden aus dem roten Stein erbaut, der in der Sonne funkelt. Ein Fluss schlängelt sich durch die Stadt. Mein Blick wandert weiter hinauf zu den Bergen, bis ich finde, wonach ich gesucht habe. Minen. Dort in der Ferne erkenne ich Pferde, Menschen und einen Holzbau, der einen Hügel umschließt.

Vielleicht liege ich falsch, aber mein Inneres schreit mir zu, dass es das war, was Sirrah und ich gesehen haben. Eine Minenarbeiterin. Sie wird uns zu einem der Asteria führen, die wir suchen.

Als wir gerade einen schmalen Pfad hinuntergehen wollen, der in die Stadt führt, tritt Lior hinter uns aus der Tür.

»Pass auf dich auf«, sagt er und überrascht mich damit. Wir wissen beide, dass ich dumme Dinge tue, wenn ich allein entscheide. Aber früher oder später muss ich die Verantwortung als Königin annehmen. Und ich hoffe, dass ich dieses Mal das Richtige tue.

»Ich werde die anderen vom Hafen holen.«

»In Ordnung«, gebe ich zurück und drehe mich schnell wieder um. Das Prickeln, das er in mir auslöst, ist intensiver geworden. Allein der Gedanke daran, wie er mich berührt hat, löst ein Zucken in mir aus.

Der Weg hinunter ist steinig. Meine Beine zittern und immer wieder rutsche ich ein wenig ab. Das ganze Tal besteht fast ausschließlich aus Gestein, das hier und da von Moos bedeckt ist. Es steht im Kontrast zu den riesigen Nadelwäldern und Seen, die es hier in Manswek gibt.

Als wir das erste Haus passieren und dann weitere folgen, mustere ich die Holzvertäfelungen, von denen einige in bunten Farben angemalt sind.

Vor den weißen Sprossenfenstern eines gelb gestrichenen Hauses hängen so wunderschöne bunte Blumen, dass ich stehen bleibe und einatme. Ich rieche den frisch süßlichen Geruch, bis mir der von Fisch in die Nase steigt. Wir gehen weiter und erreichen eine Brücke, die über den Fluss zu einem Marktplatz führt. Die Straßen sind belebt und die Menschen so beschäftigt, dass sie uns kaum wahrnehmen. Nur hier und da werfen sie irritierte Blicke auf mein zerrissenes Kleid und Sirrahs schwarze Kampfkleidung. Doch auch sonst ist es sie, die viele Blicke auf sich zieht. Allein dass sie aus Lishan kommt, scheint hier eine Seltenheit zu sein. Mit ihren dunklen Haaren und den silbernen Strähnen, die sie an ein paar Stellen nach hinten geflochten hat, sieht sie anders aus als die meist blonden Menschen hier. Wir erreichen den vollen Marktplatz, auf dem überall kleine Stände aus Obstkisten erbaut sind. Es gibt Fisch, Früchte und Gemüse. Weiter hinten unter einem weißen Leinendach schnitzt ein Mann Schüsseln aus Holz. Eine Frau an dem Stand daneben bemalt sie mit den Gewürzen, die sie verkauft.

»Kommt näher«, spricht mich ein kleiner Junge an, nimmt meine Hand und zieht mich zu einem Stand, an dem ein bärtiger, großer Mann Wurzelgemüse über einem Feuer grillt.

»Probieren«, sagt der Junge und führt seine Hand zu seinem Mund, um uns zu zeigen, was er meint. Er scheint nur wenige Worte der Generalsprache zu kennen. Wahrscheinlich spricht er sonst nur Mansi, die Landessprache von Manswek.

»Ich habe keine Golden«, erkläre ich und klopfe meinen Körper ab, um ihm zu zeigen, was ich meine.

»Wer geht ohne Münzen aus dem Haus?«, fragt Sirrah irritiert und tritt vor. Dann hebt sie drei Finger und hält dem Jungen ihre Hand mit Münzen hin, damit er sich aussucht, wie viel er bekommt. Er nimmt drei Kupfermünzen und verbeugt sich.

Ohne ein Wort zu sprechen, reicht der Mann jedem eine Knolle, in einem großen Blatt eingewickelt. Wir gehen weiter. Ich beiße in das dampfende Etwas und bin überrascht, wie süß es schmeckt, ganz anders als die Erdäpfel in Nimue.

»Achtung!«, ruft eine Frau und rennt uns beinahe um, als sie sich mit einem großen Krug an uns vorbeidrückt. Sirrahs Knolle fällt zu Boden und sie sieht der jungen Frau hinterher, als würde sie ihr am liebsten eines ihrer Messer in den Rücken werfen.

»Nimm meine.« Lachend reiche ich sie ihr. Ich bin nicht gerade ein Mensch, der sich schnell an Neues gewöhnt. Das war ich noch nie. Vielleicht ist das eine der Eigenschaften, die mir immer wieder im Weg stehen.

»Wir müssen uns beeilen«, sage ich dann mit einem Blick hoch zu den Minen, wo bereits einige aufsatteln oder den kleinen Pass hinunter in die Stadt laufen. Minenarbeiter arbeiten meist nachts, also machen sie gerade Schluss und wir müssen diese Frau finden.

Als wir die Stadt verlassen, mustere ich die Bergarbeiter, die uns bereits entgegenkommen. Die Frau mit der dunklen Haut und den weißen Haaren ist allerdings nicht dabei.

Oben angekommen, mache ich den Steiger ausfindig, der den Bergbau überwacht, und trete zu ihm. Er mustert mich ein wenig angewidert. Kein Wunder. Ich bin schmutzig und stinke. Schließlich wurde ich von einer magischen Schlange über einen alten, muffigen Dielenboden gezogen. Vielleicht wäre es sinnvoll gewesen, mich erst herzurichten, bevor ich Informationen aus jemandem herausbekommen will, der hier der Verantwortliche ist.

»Wollt ihr anheuern? Du bist eindeutig zu dürr. Deine Freundin da würde ich nehmen.«

Sirrah zischt.

»Wir suchen jemanden.«

»Das kostet.«

Mein Blick gleitet zu Sirrah.

»Siehst du. Man geht nicht ohne Münzen aus dem Haus.« Sie verdreht die Augen und tritt neben mich. Allerdings nimmt sie keine Münzen raus. Stattdessen funkelt sie den Mann an.

»Du siehst vielleicht angsteinflößend aus, Lishanerin, aber ich werde euch nichts sagen, wenn ich nicht bezahlt werde. So funktioniert die Welt.«

»Ignoriert ihn«, ertönt eine weibliche Stimme, die mir durch meinen Leib fährt. Ich weiß es, bevor ich sie ansehe. Vor uns tritt die Frau aus meiner Vision gerade aus dem Berg und wie in der Zukunft, die wir gesehen haben, streicht sie mit der Hand über ihre Stirn und macht sie damit noch schmutziger.

»Wen sucht ihr?« Sie sieht uns interessiert an. Als wir jedoch nicht antworten, scheint sie zu verstehen. »Verschwinde, Lorik«, brummt sie dann und wirft ihm einen vernichtenden Blick zu. Er grummelt, geht aber.

»Um ehrlich zu sein: dich«, sage ich vorsichtig.

»Mich?« Sie stemmt ihre dreckigen Hände in die Hüfte. Ihren Körper schmücken eine braune Wildlederhose, Stiefel und ein blaues Oberteil. Alles ist verdreckt. Nur ihr Haar ist trotz allem scheinend weiß. »Was kann ich für euch tun?« Statt uns weiter anzusehen, beginnt sie Werkzeuge in einen Karren zu räumen.

»Wir sind auf der Suche nach jemandem, den du kennen könntest.«

»Also sucht ihr eigentlich doch gar nicht mich?«, fragt sie lachend. »Wer seid ihr überhaupt?«

»Das sind Mila und Sirrah und ich bin Shedir.« Kurz verharrt sie in ihrer Bewegung, versucht es dann zu überspielen, doch ich habe es gesehen. Sie kennt unsere Namen. »Und wer bist du?«,

»Frya«, antwortet sie schnell. Ihre Stimme ist nicht mehr so ruhig wie zuvor.

»Ich will ihm nichts tun.« Ich trete vor. Sie stockt, umklammert allerdings eine kleine Hacke. »Ich weiß, dass du weißt, wer ich bin, und …«

»Er will es nicht.«

»Wir brauchen ihn.«

Endlich dreht sie sich um und sieht mich mit ihren grünen Augen an. »Das weiß er. Ihr und die Sterne rufen ihn seit Tagen. Aber er will sich nicht weiter einmischen. Er ist gerade erst von dieser ekelhaften Königin und ihrem Sohn in die Freiheit entlassen worden.«

Ich hebe meine Hand und berühre sie. Da ist nichts. Sie lässt es zu, was mir endgültig verrät, dass auch sie ein Asteri ist. Ein Fengari kann sie nicht sein, da Sirrah wie immer nicht ihr Licht versteckt. Ihre Zeichnungen sind klar zu erkennen. Aber weder sie noch Frya leuchten.

»Lass mich nur mit ihm sprechen.«

»Nein.«

»Er kann ein Leben retten.«

»Bist du dir da sicher? Denn das, was wir sehen konnten, war ziemlich undeutlich.«

Ich lasse sie los und drücke meine Nägel in meine Handflächen. Wie soll ich ihn überzeugen, wenn ich es nicht einmal bei ihr schaffe? Alles in mir ist angespannt, als ich daran denke, wie Janus reagiert hat, als er gehört hat, wer ich bin. Wie wenig Widerstand Sirrah mir entgegengebracht hat. Es ist mein letzter Trumpf, auch wenn ich ihn eigentlich nicht ausspielen wollte.

»Ich befehle es dir«, sage ich und bete, dass sie mich nicht auslacht. Ich bin die Königin des Himmels. Also bin ich die Königin der Asteria. Sie muss tun, was ich verlange, oder? Zumindest hoffe ich das. Auch wenn ich nicht viel über mein Erbe weiß, scheint es mächtig genug zu sein, damit Lior nach mir sucht und der Prinz von Manswek meinen Namen kennt. Es ist mächtig genug gewesen, um Sirrah und Pegasi zu mir zu rufen. Gefahrvoll genug, damit Regulus uns und vor allem Lior gedroht hat. Auch wenn ich keine besonderen Kräfte habe, so bin ich eine Bedrohung für Regulus, der sich offenbar für den wahren König hält. Ich weiß nicht, wie eine Königin handelt, aber die Sterne flüstern mir zu, dass ich das hier machen muss.

Sie zischt, lässt die Hacke fallen und sieht sich unruhig um. »Du willst also nur mit ihm sprechen und ihn zu nichts nötigen, aber bei mir benutzt du deine Stellung, um mich zu zwingen meinen Freund zu verraten?« Sie spuckt neben mich auf den Boden. Sirrah greift nach dem Griff ihres Dolches, doch ich hebe die Hand und komme mir verdammt albern dabei vor. Aber Sirrah und auch Frya benehmen sich, als wäre ich wirklich ihre Königin.

»Ich mache das hier fertig, und dann bringe ich euch zu ihm.« Mir ist bewusst, dass sie keine andere Wahl hat. Wenn sie sich gegen den Willen der Königin des Himmels stellt, stellt sie sich auch gegen den Willen der Sterne. Und ich weiß ganz genau, was es bedeutet und wie schmerzhaft es sein kann. Diese Qualen scheint auch Frya bereits zu kennen.

Beim Einräumen ihrer restlichen Werkzeuge lässt sie sich extrem viel Zeit, bevor sie ohne ein Wort an uns vorbei den Pass hinuntergeht.

Wir folgen ihr zurück in die Stadt, bis wir ein Gasthaus erreichen. Darüber hängt ein Schild mit zwei Hörnern.

Frya hält die Tür offen und ich schlucke hart, als ich die stickige Luft rieche. In dem schummrigen Licht erkenne ich Männer und Frauen an Tischen sitzen und trinken. Sie müssen die ganze Nacht hier verbracht haben.

»Brat, es ist schon zwei Stunden nach Sonnenaufgang«, ruft sie dem kräftigen, rotbärtigen Gastwirt zu, der nur die Schultern hebt. »Kommt«, weist sie uns dann an und führt uns vorbei am Ausschank und den alten, hölzernen Tischen, auf denen einige Männer bereits ihre Köpfe abgelegt haben und schlafen.

In der hintersten Ecke entdecke ich einen jungen Mann. Er sieht uns an, als wüsste er bereits, dass wir kommen. Und so wird es auch sein. Er spürt unsere Anwesenheit, so wie ich seine. Als ich vor ihm stehen bleibe und wir uns ein Blickduell liefern, weiß ich auch genau, wer er ist. Es ist Mirfak, der Alphastern von Perseus. Sein blondes Haar hat er zu einem Zopf am Kopf geflochten und aus seinen hellgrünen Augen mustert er mich abschätzig. Sein Gesicht wirkt jung und doch trägt er einige Narben. Auch seine Kleidung besteht zu großen Teilen aus Leder.

»Entschuldige«, flüstert Frya und küsst ihn, bevor sie sich neben ihn setzt. Mit einer Handbewegung bietet er uns die anderen Stühle an. Wir setzen uns. Mein Blick gleitet kurz zu Mila, die so still ist, dass ich mir langsam Sorgen mache. Doch sie wirkt nicht eingeschüchtert, im Gegenteil: Ihre Miene ist entschlossen und aufmerksam.

»Shedir, Königin des Himmels.«

»Mirfak, Prinz des Himmels«, entgegne ich kühl.

»Warum suchst du nach mir?« Er sieht zu Sirrah, die ihn ausgiebig studiert. »Und warum machst *du* bei dem Schwachsinn mit? Er wird uns alle den Kopf kosten.«

»Ich verspreche, dass euch nichts passieren wird.«

Er lacht. »Das kannst du nicht, Drottni.« Ich weiß, dass es das Mansi-Wort für Königin ist. Er sagt es allerdings so abfällig, dass ich es kaum ernst nehmen kann. Und das muss ich auch nicht.

»Ich will nicht eure Königin sein und auch keine Befehle erteilen. Aber unser Kronprinz, der Interimskönig, kann von uns gerettet werden, Mirfak.«

»Woher willst du das wissen?« Er beugt sich vor, streckt Sirrah und mir seine Hände entgegen. »Ich zeige euch gerne, was ich gesehen habe. Und ich bin mir sicher, dass auch ihr nur spüren konntet, dass wir etwas mit seinem Schicksal zu tun haben. Nicht aber, wie und ob wir es verhindern.«

Kurz sehe ich zu Sirrah, bevor wir gemeinsam seine Hände ergreifen. Zuerst muss ich seine Emotionen einordnen, die ziemlich aufreibend sind, bevor ich die Bilder dahinter erkenne. Da sind Lunas und sein Schmerz. Dann erkenne ich mich und Sirrah. Die andere Person bei uns ist in Dunkelheit gehüllt, als würde sich Alderamin vor unseren Visionen schützen, um nicht gefunden zu werden.

Der Blick von Mirfak fällt auf Pegasi, die hinter Gittern sitzt. Aber auch seine Sicht wird von Gitterstäben unterbrochen.

»Wir können ihn retten«, sage ich zu einer weiteren Person, die den Kerker betritt. Ich erkenne sie nicht. Allerdings höre ich, dass meine Stimme zittrig ist.

Und dann spüre ich in Mirfak das Gefühl, dass ich die Wahrheit sage. Aber da ist noch etwas. Ein Hindernis. Eines, das uns alle töten könnte.

Er lässt unsere Hände los und die Vision verschwindet.

»Ich hänge an meinem Leben«, sagt er, als würde das seine Ablehnung erklären.

»An diesem Leben hier?«, frage ich und lache abschätzig, während ich auf die schnarchenden, stinkenden Männer deute. »Dich bis morgens in einer Schenke zu betrinken? Das ist es, woran du hängst?« Enttäuscht schüttele ich den Kopf. »Auch du hörst den Ruf der Sterne. Und egal wie viel Angst du hast, wir Asteria sind verpflichtet, ihm zu folgen.«

»Wir sind zu nichts verpflichtet, seit wir nur gejagt und ermordet werden. Benutzt werden. Einst war Manswek das Land der Sterne. Wir wurden geachtet und verehrt. Unser Rat hat etwas bedeutet und somit auch der Ruf der Sterne. Jetzt scheiß ich auf sie.« Er zuckt. Offenbar bestrafen ihn die Sterne für diese Verleumdung.

»Diese Schmerzen können gelindert werden.«

»Keiner kann meine wahren Schmerzen lindern, Drottni. Das, was die Sterne mir antun, wurde mir tausendfach von Menschen angetan. Und einen ihrer Spezies soll ich retten.« Er schnauft. »Nein, danke.« Seine Hand wandert zu dem Trinkhorn auf dem Tisch und er nimmt einen großen Schluck.

»Mir tut leid, was dir angetan wird, aber …« Ich beiße mir auf die Zunge. Ich habe Frya und damit auch mir selbst versprochen, ihn nicht zu zwingen. Aber was soll ich sonst tun? Lunas einfach sterben lassen? Ist das wirklich die einzige Möglichkeit? Oder muss ich an dieser Stelle die Königin sein, zu der ich bestimmt bin, und meine Macht nutzen? »Heute Abend wird ein Fest mir zu Ehren ausgerichtet«, sage ich, in der Hoffnung, dass er das nicht lächerlich findet, sondern begreift, dass wir gemeinsam als königliche Familie des Himmels etwas ändern könnten. »Kommt.«

»Warum sollte ich das Schloss betreten?«, fragt er ernst, wirkt aber nicht vollends abgeneigt.

»Weil du dann sehen kannst, was wir in dieser Welt verändern könnten.« Ich hole Luft und beuge mich zu ihm vor. »Dir wurden schreckliche Dinge angetan, so wie tausend anderen Asteria. Du kannst dich jetzt deinem Schmerz und Selbstmitleid hingeben.« Ich deute auf das Trinkhorn. »Oder du hilfst mir für eine Welt zu kämpfen, in der Asteria wieder das sind, was sie einst waren. In der sie frei sind und verehrt werden. In der sie Schicksale lesen und lenken dürfen.«

Seine Augen verengen sich zu Schlitzen. »Schön, wir kommen heute Abend. Aber das heißt noch lange nicht, dass ich mich dir anschließe. Ich weiß, mit wem du reist. Und ich weiß auch, dass du seine Gefährtin bist.« Er betont das Wort so, dass es offensichtlich ist, dass er mit »Gefährtin« mehr meint. Natürlich. Wir sind verbunden. Auch in den Bildern, die ich gemeinsam mit Sirrah gesehen habe, wusste ich, dass er Frya liebt. Das war eindeutig. Genau deshalb habe ich den Weg über sie gewählt.

»Gut«, entgegne ich und erhebe mich, um schnellstmöglich wieder an die frische Luft zu kommen. »Ich verlasse mich auf dein Wort.«

»Ich brauche aber noch eine Versicherung«, hält er mich auf.

Sirrah räuspert sich. »Die gibt es.«

· · · · · ·

Die letzten Minuten oder Stunden sind verschwommen, als wir den Weg zum Schloss entlanggehen. Mein Körper zittert wegen der Kälte hier in Manswek und der Müdigkeit, die kein Ende nimmt. Auch wenn mein Licht wieder zurückgekehrt ist, so ist mein Körper ausgelaugt und schwach. Selbst Sirrahs Schritte wirken schlaff im Vergleich zu ihrem sonst so strammen, harten Gang.

Als wir ankommen und ich schnellstmöglich das Zimmer und ein Bad aufsuchen will, erstarre ich. Mitten im Eingangsbereich erblicke ich Lior und … Nisha. Was bei den Göttern?

»Nisha?« Ich hoffe immer noch, dass mein müder Verstand mir einen Streich spielt. Aber sie verzieht den Mund und rennt auf mich zu. Ich kann mich kaum halten, als sie mir weinend in die Arme fällt.

»Die kleine Göre hatte sich im Karren versteckt«, ertönt Kaoris zornige Stimme.

»Ich hatte so viel Angst«, wispert Nisha, während sie sich weiter gegen meine Brust drückt.

»Und sie hat diese widerliche Kreatur mitgenommen. Kein Wunder, dass wir überfallen wurden.« Kaori hebt Sternschnuppe hoch, der krächzt, weil sie ihm die Flügel und Ärmchen zuhält.

»Lass ihn in Ruhe!«, sage ich fest und strecke meine Hand aus, damit sie mir den Erdlöwen gibt. Kaori sieht zu Lior, der nickt, und dann reicht sie mir den kleinen Drachen. Ich streiche ihm sanft über den Kopf, bevor ich ihn auf Nishas Schulter setze und sie liebevoll von mir drücke. »Wir lassen dich zurückbringen.«

»Nein! Ich bleibe bei dir. Und Sternschnuppe will das auch.«

Ich stöhne angestrengt. Lior tritt vor und legt seine Hand auf meinen Oberarm. »Wie wäre es, wenn du zuerst ein Bad nimmst und ein wenig schläfst, bevor du diese Entscheidung triffst?«

Überfordert hebe ich die Hände, nicke aber.

»Ich bringe dich. Und Kaori kümmert sich um Nisha und …
Sternschnuppe.«

Mein Mundwinkel zuckt unbemerkt, weil sonst niemand
weiß, dass Lior mich auch so nennt.

Als wir das Bad betreten und der heiße Dampf bereits am
Eingang meine kühle Haut erwärmt, schließe ich die Augen
und atme den Duft nach Jasmin und Zitrusfrüchten ein.

Als ich meine Lider wieder hebe und zu der eingelassenen
Wanne schreite, halte ich kurz inne. Lior tritt hinter mich und
öffnet mein Korsett. Ich halte den Atem an, während ich seine zarten Berührungen spüre, als würde er meinen gesamten
Körper anfassen. Sein Atem streift meinen Nacken und lässt
mich schaudern. Er weicht zurück, als er fertig ist, und ich sehe
mich noch einmal in der nebeligen Luft um, bevor ich das Korsett abstreife und es fallen lasse. Lior verlässt nicht den Raum.
Stattdessen bewegt er sich wie eine Raubkatze durch den
Dampf und lässt seinen Blick auf mir ruhen. Es ist fast wie ein
Spiel. Und ich will es gewinnen. Also ziehe ich meinen Rock
aus, unter dem ich nicht einmal ein Höschen trage, und tue so,
als wüsste ich nicht, dass er hier ist. Spielerisch sehe ich mich
um und trete dann ganz langsam die Treppe hinunter in das
Bad. Kurz werfe ich einen Blick links in die Ecke, wo Lior stehen geblieben ist. Ich erkenne ihn kaum noch, weiß aber, dass
er da ist. Hitze durchströmt meinen Körper. Aber es ist nicht
nur die des Wassers. Vor allem ist es die Tatsache, dass er mich
beobachtet, während ich nackt bin, die meinen Körper von innen glühen lässt.

Ich nehme mir eine nach Jasmin duftende Seife und bewege
sie sinnlich über meine Brüste. Ein leises Keuchen entkommt
ihm und durchfährt meinen Leib hinunter in den Schritt.

Ich erhebe mich ein wenig. Sodass das Wasser mir nur bis
zu den Schenkeln reicht, reibe die Seife in meinen Händen und

führe meine Finger dann ganz langsam hinab zwischen meine Beine. Lior kommt ein wenig näher, ist aber dennoch von Dampf umhüllt. Schemenhaft erkenne ich seine Umrisse, während ich meine Hand kreisen lasse. Er knurrt.

Lächelnd lasse ich mich wieder ins Wasser sinken und bewege mich auf ihn zu. »Würdest du mir die Haare und den Rücken waschen?«, frage ich lieblich. Unschuldig.

Er tritt weiter vor und kniet sich an den Beckenrand, bevor er stumm die Seife nimmt und beginnt meine Haare einzuschäumen. Dann meinen Rücken und meine Brüste. Aus meiner Haut zieht er ein paar der kleinen Holzsplitter, die sich auf dem Deck des Schiffes in mich gebohrt haben. »Es tut mir leid«, raunt er mit kratziger Stimme. Meine Sinne sind benebelt und mein Verlangen nach ihm unersättlich.

Doch ich entziehe mich ihm, als er fertig ist, spüle mein Haar aus und trete aus dem Wasser. Lior lässt sich Zeit, bevor er mir ein Handtuch umlegt und mich abrupt auf seine Arme nimmt. Ich gebe einen erschreckten Laut von mir und lache, als er mich durch eine Seitentür in ein Gemach bringt und mich auf dem Bett ablegt.

Er nimmt ein anderes Handtuch von seiner Schulter, legt die Decke über meinen Körper und beginnt mit dem Tuch meine Haare trocken zu kneten.

»Schlaf ein wenig. Lust wirst du bei diesem Fest heute Abend noch reichlich empfinden.«

»Lust auf dich?«, frage ich herausfordernd.

Er beugt sich über mich und sieht mich wild an. »Sollte dein Verlangen sich auf jemand anderen als auf mich beziehen, dann ist diese Person tot.« Er sagt es so ernst, dass ich die Luft anhalte. Dann erhebt er sich und geht zur Tür. »Ich hoffe, du hast kein Problem mit sexuellen Kontakten in der Öffentlichkeit, Narbenmädchen.«

Mit diesen Worten verlässt er den Raum und ich bin mir

nicht sicher, was mich da heute Abend erwarten wird. Ich bin nicht gerade prüde, aber Sex vor all den anderen Anwesenden? Nein. Das wird nicht passieren. Oder?

KAPITEL 16

Als ich wach werde und aufstehe, sehe ich mich das erste Mal wirklich in dem gigantischen Raum um. Die Zimmer im Palast von Nastras sind groß und elegant, aber in diesem hier könnte man zu einem Ball einladen. An den hellen Wänden ranken sich goldene Blumen und Pflanzen hinauf und ergeben ein wunderschönes Muster. Durch das geöffnete Fenster weht ein kräftiger Wind und lässt die roten Vorhänge flattern. Die frische, kühle Luft lässt mich frösteln. Gleichzeitig ist sie wohltuend und angenehm. Ich lasse das ebenfalls goldverzierte Himmelbett hinter mir, sehe zu dem dunklen Holzschrank und dem kleinen Tisch, der von gebogenen Füßen getragen wird.

Ein Klopfen reißt mich aus diesem Moment. Ich drehe mich um und halte das Handtuch fest an meinem Körper. Allerdings ist es Mila, die eintritt. Sie hat mich schon unzählige Male nackt gesehen. Im Burgfried hatten wir nur die Möglichkeit, uns an einem nahe gelegenen See zu waschen.

Ich verenge meinen Blick, als ich sehe, was sie anhat. »Was ist das denn?«, frage ich mit erhobenen Brauen und deute auf den Fetzen, den sie trägt. Als mehr kann man das freiherzige Kleid, das mehr Haut zeigt als bedeckt, nicht bezeichnen.

»Ich sehe aus wie eine Dirne«, jammert Mila, schlägt die Tür zu und lässt sich dann mit dem hellblauen Kleid auf mein Bett fallen. Es offenbart ihr Dekolleté bis zu ihrem Bauchnabel und an der Seite öffnet ein langer Schlitz das Kleid bis zu ihrer Hüfte. Ich kann allerdings nicht sagen, dass es ihr nicht ausgesprochen gut steht. Gerade mit ihren offenen dunklen Haaren und ihren blauen Augen sieht sie aus wie eine Göttin. Eine freizügige vielleicht. Aber dennoch eine Göttin.

»Es sieht gut aus und nach dem, was Lior mir gesagt hat, läuft da jeder so rum.«

»Was hat er dir bringen lassen?«, fragt sie und setzt sich neugierig auf, um das Zimmer zu inspizieren. »Und warum trägst du eigentlich nur ein Handtuch? Du hast doch vor Stunden dein Bad genommen.«

An dieses »Bad« will ich nicht erinnert werden. Es entfacht Lust in mir. Lust auf den Mann, mit dessen Bruder ich verlobt bin.

Mila steht auf und schreitet zum Schrank. Ich recke meinen Hals und erkenne genau ein Kleid in ihm. Auch das ist eher ein Stück schwarzer Stoff als ein echtes Kleidungsstück.

Sie nimmt es heraus und reißt die Augen auf. Auch ich sehe das Ding irritiert an. Es ist ein schwarzer Büstenhalter aus Spitze. Er würde gerade so die Brüste und noch einen kleinen Teil an meinem Oberbauch bedecken. Und dann ist da noch ein Höschen. Aber kein normales. Nein. Es sieht aus, als wäre jemandem der Stoff ausgegangen.

»Soll das da in den Hintern?«, fragt Mila fast schon angewidert und deutet auf die schmale Seite des Höschens.

»Ich nehme es an. Vorne würde es keinen Sinn ergeben.«

»Auch hinten ergibt das keinen wirklichen Sinn. Wer will denn Stoff zwischen seinen Pobacken haben?«

Ich verdrehe die Augen und konzentriere mich lieber auf das dritte und letzte Kleidungsstück. Immerhin sieht es wirklich aus wie ein Kleid. Nur dass es komplett durchsichtig ist. Dafür glitzert und funkelt der Stoff wunderschön. Jedoch ändert es nichts daran, dass man diese seltsame Unterhose und den Büstenhalter darunter sehen wird. Genauso wie neunzig Prozent meiner nackten Haut.

»Du solltest dich beschweren. Das ist ja schlimmer als das hier.« Sie deutet an sich hinab und will die Kombination wieder in den Schrank hängen, doch ich halte sie auf.

»Ich will es tragen.«

Sie wirft mir einen unsicheren Blick zu, aber ich hatte nie Probleme mit meiner Nacktheit. Das hier ist zwar was anderes, aber ich werde dem Prinzen keinen Grund geben, uns als unhöflich oder undankbar doch noch zu verurteilen.

Und um ganz ehrlich zu mir selbst zu sein, will ich es tragen, weil ich mich darin sicher begehrenswert fühlen werde. Dazu kann ich stehen. Lang genug haben Mila und ich nur alte, dreckige Lumpen getragen, die nach Met und Rauch stanken. Das hier ist zwar das komplette Gegenteil und ja, Mila hat recht, es gleicht eher dem Kleidungsstil einer Dirne – aber wieso sollte daran etwas falsch sein?

»Du findest dich doch insgeheim schön, oder?«, frage ich sie und nehme ihr meine Kleidung ab.

Mila verzieht den Mund. »Na ja, ich …«

»Du darfst dich schön und begehrenswert fühlen, Mila. Das ist nichts Verwerfliches.«

»Aber sollte man sich so viel Haut nicht aufsparen?«

»Für wen denn? Für einen deiner Macker?« Ich lache, doch sie zuckt zusammen und ich bemerke meinen Fehler sofort. Schnell greife ich nach ihrer Hand. »Wenn du darüber reden willst, was mit Murra war, dann …«

»Er ist tot«, sagt sie fest und ich bemühe mich, die Bilder von der brennenden Welt in ihrer Zukunft zu ignorieren. Erst als ich sie loslasse, verblassen sie und das ungute Gefühl in meiner Brust mit ihnen.

»Dann ziehen wir dir dieses Ding mal an. Aber ich will kein

Gemecker über diese Hinternschnur hören.« Sie lacht und entwirrt dann das durchsichtige Etwas, um mir den Büstenhalter anzulegen. Er ist schön, keine Frage, aber anders als alles, was ich bisher getragen habe. Ich lasse das Handtuch ganz fallen und schlüpfe in das Höschen. Es ist ein seltsames Gefühl, als ich den Stoff zwischen meinen Pobacken spüre. Aber da muss ich jetzt wohl durch.

Als Mila mir das Kleid über den Kopf zieht und dann einen Schritt zurücktritt, nickt sie anerkennend. »Es sieht wirklich nicht schlecht aus.«

Ich schmunzle, während sie mich auf den Stuhl verfrachtet und danach beginnt, meine wilden Haare zu kämmen. Normalerweise hat Mila sie mir immer direkt nach dem Waschen geflochten, damit meine Locken nicht zu wild werden. Jetzt allerdings sind sie so getrocknet, wie sie waren, und fallen wellig bis zu meinem Bauchnabel. Ich trage sie selten offen und doch war es mir immer wichtig, sie nicht abzuschneiden. Vielleicht ist das meinem Wunsch entsprungen, eines Tages am Hofe zu leben und eine echte Lady zu sein. Lange Haare sind ein Zeichen von Adel. Kurz tragen es nur Frauen von niederer Herkunft.

»Du siehst wunderschön aus.« Mila drückt meine Schultern, bevor sie im Schrank nach Schuhen sucht. Als ich die Riemchenschuhe anhabe, wappnen wir uns für dieses Fest.

»Hoffentlich wird es nicht so schlimm, wie diese Kleidung vermuten lässt«, sagt sie, als wir die Tür öffnen und in den pompösen Gang treten. Auch hier sind die Wände und Säulen mit den goldenen Ranken überzogen und die Decken mit feinster Malkunst versehen. Die roten Vorhänge dämpfen das Licht der untergehenden Sonne.

Wir gehen weiter, bis wir auf Sirrah treffen, die das gleiche durchsichtige Kleid wie ich trägt, allerdings in Gold. Und sie hat die Unterwäsche weggelassen. Ich blinzle, während sie sich vor uns einmal im Kreis dreht.

»Du hast echt dieses Ding angezogen?«, fragt sie mit einem angewiderten Blick auf meinen Hintern.

»Und du hast gar nichts angezogen«, stelle ich fest. Mila hat es die Sprache verschlagen.

»In Lishan gehen wir oft so auf Feste«, entgegnet sie schulterzuckend.

»Das nenne ich mal mutig«, flüstert Mila mir zu.

»Das nennt man Liebe zu seinem eigenen Körper«, sagt Sirrah, die Mila trotzdem verstanden hat. »Er ist schön, warum ihn verstecken?«

Wir gelangen zur großen, marmornen Treppe, die hinunter in den Eingangsbereich führt, der anders aussieht als noch vor ein paar Stunden. Über sämtliche Möbelstücke wurde durchsichtiger, roter oder schwarzer Stoff gehängt und überall brennen Kerzen. Angestellte, in ähnlicher Unterwäsche, wie ich sie trage, und Masken laufen mit Tabletts durch den Saal und verteilen eine rötliche Flüssigkeit in Kristallgläsern.

Wir schreiten hinab und während ich Lior suche, finde ich Janus. Er trägt eine schwarze Hose, wie sie alle, doch sein Oberkörper ist nackt. Das rötlich blonde Haar ist ordentlich nach hinten gekämmt.

Er mustert mich wie eine Schlange. Und ja, ein wenig gefällt es mir, auch wenn ich lieber von jemand anderem angesehen werden würde.

Als wir unten ankommen, gehe ich zu Janus und verbeuge mich leicht. »Prinz Janus«, raune ich verrucht und lächle. Es ist, als würde ich eine Rolle spielen, die mir nur zu gut gefällt. »Ich habe im Übrigen noch Gäste eingeladen, bei meinem Besuch in der Stadt.«

»Alles, was Ihr wollt«, entgegnet er und leckt sich lustvoll über seine Lippen.

Ich sehe mich kurz um. Versuche wieder Lior zu finden, entdecke ihn aber nirgendwo.

»Sirrah, Mila«, begrüßt Janus sie und winkt dann eine der freizügig gekleideten Mägde zu uns, um uns drei Gläser zu reichen.

Die Tür geht auf und mit Erleichterung erkenne ich Mifak und Frya. Er trägt ebenfalls nur eine schwarze Hose, während sie feinen Stoff trägt, der nur an der Taille von einem Gürtel gehalten wird. Als sie auf uns zukommen, kann ich ihr Höschen herausblitzen sehen. Sie kennen sich also mit der Kleiderordnung bei Festen des Prinzen aus.

»Dort sind meine Gäste«, erkläre ich Janus, der Frya freundlich begrüßt, jedoch bei Mirfak stockt.

»Mein Lieber, wie schön dich zu sehen«, sagt er und klingt dabei wirklich ehrlich. Mirfak verzieht nur den Mund und brummt etwas, während er sich verbeugt.

»Dann sind wir wohl vollzählig.« Janus' Stimme ist lauter geworden. Wieder lasse ich meinen Blick schweifen. Hier sind wirklich viele Menschen und sie alle sind sehr freizügig angezogen. Aber wo ist Lior? Und wo sind die anderen? Wollen sie uns etwa mit alldem allein lassen?

»So erheben wir unsere Gläser und trinken auf einen wunderschönen und lustvollen Abend.« Die Königin tritt neben Janus und hebt ebenfalls ihr Glas.

»Trinkt nicht zu viel davon, der Wein hat eine betörende Wirkung.« Mit diesen Worten nimmt Janus einen Schluck und seine Gäste tun es ihm nach.

Ich sehe zu Mila und Sirrah. Letztere hat das Glas bereits geleert und Mila nickt mir zu, also trinken auch wir. Die Wirkung setzt sofort ein. Zuerst breitet sich ein lieblicher Geschmack in meinem Mund aus, doch gefolgt wird er von einem unfassbaren Durst. Ich trinke einen weiteren Schluck, genieße das Prickeln, das er in meinem Mund und dann in meiner Brust auslöst. Da ist plötzlich ein Gefühl von Unbeschwertheit, obwohl ich weiß, dass es nicht sein sollte. Es erinnert mich an das, was ich bei

Regulus empfunden habe. Und vor allem er ist ein Grund dafür, dass wir nicht unbekümmert sein sollten. Er könnte jederzeit auftauchen und seine Nova auf uns hetzen. Warum hat er das bisher nicht getan? Seine Drohung und die damit einhergehende Forderung waren deutlich.

»Jeder Raum hier unten steht unter einem anderen Motto«, erklärt der Prinz. »Meine Mutter hat sich erlaubt im Voraus schon einige von euch auszuwählen, vielleicht habt ihr bemerkt, dass sie fehlen. Falls jemand dabei ist, dessen Nähe ihr ersehnt, so ist es eure Aufgabe, denjenigen zu finden.« Er wirft mir einen Blick zu. »Aber Vorsicht: Auch ihr könnt gesucht und gefunden werden.«

Neben mir wirkt Mila verunsichert, weshalb ich meine eigenen Zweifel an dem Ganzen hier herunterschlucke und sie anlächle. »Es ist nur ein Spiel«, flüstere ich ihr zu, obwohl ich mich selbst frage, was das überhaupt bedeuten soll. Halten sie sich einfach in den Räumen auf? Ich kann mir kaum vorstellen, dass Kaori und San bei so etwas mitspielen. Wahrscheinlich sind sie auf ihren Zimmern geblieben. Hoffentlich zusammen mit Nisha.

»Wie immer macht es euch die Königin nicht allzu einfach.« Er winkt einen Angestellten zu sich, der ihm einen großen Krug bringt. »Ihr werdet das Zimmer ziehen, in dem ihr die erste halbe Stunde verbringen müsst. Erst dann seid ihr frei zu wählen.«

Ich zögere. Vor allem, weil die Königin so selbstgefällig aussieht. Genauso wie ihr Sohn, was mich in der Annahme bestärkt, dass sie rein zufällig das Zimmer ziehen wird, in dem sich Lior befindet, und Janus und ich dasselbe Zimmer erhalten.

Schön, dann soll es so sein. Eine halbe Stunde ist nichts.

»Freiwillige vor!«

Ich trete als Erste vor und greife in den Krug. Meine Seele fühlt sich frei und offen an.

Janus scheint begeistert zu sein, dass ich zuerst ziehe, sagt aber nichts, während ich das Pergament ausfalte und eine Zwei erkenne. Was hat der Prinz vor? Kommt er dann zu mir in den Raum, weil er mich »kennenlernen« will? Dafür wirkte es aber zu sehr so, als wäre die Königin die Spielmacherin.

Eine junge Magd tritt vor und zeigt mir den Weg. Ohne nach hinten zu sehen, folge ich ihr und gehe in den Raum hinein. Er ist dunkel. Nur zwei Kerzen brennen, die den Raum kaum erhellen.

»Hallo?«, frage ich irgendwann in die Stille. Abrupt und so plötzlich, dass ich mich erschrecke, ertönt Musik. Wo sie herkommt, weiß ich nicht, aber sie klingt melodisch und verleitet mich dazu, das Glas, das ich immer noch halte, zu leeren und es auf einem kleinen Tisch abzustellen.

»Hallo?«, frage ich erneut und gehe weiter in Richtung der Musik. Der prickelnde Wein betäubt mich und lässt mich gleichzeitig tanzen. Mein Körper bewegt sich hin und her, bis sich eine Hand auf meine Schulter legt. Ich erschaudere. Dann reicht mir jemand ein weiteres Glas, das ich in einem Zug austrinke. Längst fehlt mir die Vernunft, es langsam anzugehen. Die Hand auf meiner Schulter wandert meinen Arm hinab. Ich drehe mich um. Ein maskierter Mann steht hinter mir. Kann das Lior sein? Durch all die Duftstäbchen hier im Raum erkenne ich seinen Geruch nicht.

»Ich habe dich vermisst.« Die Stimme ist mir vertraut. Allerdings löst sie das Gefühl aus, weglaufen zu wollen.

»Wer …?«

»Psst«, macht der Mann und legt mir einen Finger auf meine Lippen. Seine Haut ist weich und seine Berührung sanft. »Wie wäre es, wenn wir da weitermachen, wo wir aufgehört haben?« Finger wandern über meinen Arm und ein Schauer fährt mir durch meinen Körper. Mir ist es nicht mehr möglich zu sagen, ob es vor Lust oder Unbehagen passiert. Doch ich erkenne ihn, auch wenn es nicht möglich. Lunas ist in Nastras. Er kann nicht hier sein.

»Du solltest in Nimue sein«, hauche ich, kaum noch Herr meiner Stimme.

»Ich wurde von der Königin Mansweks zu einem Fest eingeladen, Shedir. Da kann ich nicht Nein sagen. Das käme einem Kriegsakt gleich.«

Ich versuche, mich zu konzentrieren, und wünschte, ich hätte nicht auch noch das zweite Glas geleert. Er nimmt es mir ab und zieht mich mit sich zu einer Chaiselongue, neben der er das Glas abstellt.

War das ihr Plan? Aber warum? Hofft sie so, Lior zurückzubekommen? Was will sie mit ihm?

Lunas setzt sich und zieht mich auf seinen Schoß. Er ist anders. Wahrscheinlich hat auch er von dem Wein getrunken und damit seine zurückhaltende Art abgelegt. Seine Hand streift über den durchsichtigen Stoff des Kleides an meinen Schenkeln.

»Ich kann nicht«, flüstere ich, obwohl mir diese Berührungen Lust bereiten. Aber das sollten sie nicht. Das hier ist dem Wein geschuldet.

»Wegen ihm?«, fragt Lunas und küsst meinen Hals.

Ich erschaudere und nicke. Das hier wäre falsch.

»Und doch bist du meine Verlobte«, raunt er gefährlich. Ich will ein Stück von ihm weichen, doch er hält mich fest. »Du wolltest uns eine Chance geben, Shedir. Hier ist sie.«

Ich blinzle und versuche wieder klar zu denken, während er sich zur Seite beugt und ein weiteres Glas von einem Tisch nimmt.

»Trink!«

Meine innere Stimme schreit mich an, es abzulehnen. Aber da ist dieser andere Teil in mir. Einer, der nicht will, dass ich Lior liebe und ihn dann töte, so wie es unser Schicksal voraussagt.

»Nein«, sage ich dennoch. Ich will Lunas nicht. Das weiß ich, auch wenn mein Körper es gerade nicht weiß.

»Du wolltest mir diese Chance geben«, sagt er enttäuscht, aber auch fordernd.

»Wäre das wirklich eine Chance, wenn ich dafür von diesem Aphrodisiakum trinken muss?«

Er erschaudert, dann küsst er wieder meinen Hals, leckt mir über die Haut bis hinunter zu meinen Brüsten.

Mir wird warm. Und dann höre ich die Tür. Jemand tritt näher und ich bete, dass die halbe Stunde verstrichen ist.

Stattdessen höre ich Janus' leises Lachen. »Na, seid ihr euch bereits nähergekommen?« Auch er klingt gefährlich. Mir wird übel. Ein mulmiges Gefühl fährt mir durch den Magen und ich erhebe mich. Lunas hält mich nicht auf.

»Ich will nicht mehr spielen«, sage ich und will zur Tür gehen, doch Janus umklammert mein Handgelenk.

»Du hast hier zwei Prinzen, die dich begehren, willst aber abbrechen?«

Mir ist schwindelig. Ich weiß nicht, was ich hier eigentlich tue. Aber bei einem bin ich mir sicher: Das hier will ich nicht.

Janus nimmt Lunas das Glas ab. Mittlerweile kann ich in der schummrigen Dunkelheit mehr erkennen. Er reicht es mir. »Trink das aus. Dann lasse ich dich gehen.«

Ich sehe zu Lunas, der nur gierig zusieht, statt etwas zu tun. Lior würde so was niemals zulassen. Ich will mich wieder umdrehen und schnaufe, doch erneut hält Janus mich fest. Ich knurre, nehme das Glas und leere es.

Tief in mir weiß ich, dass kein Wein der Welt dafür sorgen könnte, dass ich hierbleibe. Als ich das Glas abstelle, geht die Tür erneut auf und weitere Menschen kommen herein. Sie verteilen sich im Raum, was die Stimmung weniger prekär macht. Dennoch will ich auf diese Art nicht hierbleiben. Und schon gar nicht bei Lunas, der nicht er selbst ist. Oder ist er in Wahrheit genauso? Nein. Ich schüttele den Kopf. Ich habe den Mann kennengelernt, der er hinter dieser Fassade und den Drogen steckt.

Lunas streckt seine Hand aus und sieht mich aufrichtig an. Ich will gehen, doch er greift nach mir und zieht mich zu sich. Mit all meiner verbliebenen Kraft wehre ich mich, doch er ist stärker und zieht mich auf seinen Schoß, beginnt seine Finger über meinen Schenkel tanzen zu lassen.

»Darf ich?« In mir wird alles warm und meine Sinne beruhigen sich, als ich seine Stimme höre. Lior. Mein Herz pumpt. Erleichtert sehe ich auf in seine silbrigen Augen. Begierde steht in ihnen, aber auch Wut. Vor allem Wut.

»Lior!«, hauche ich und will mich erheben, doch Lunas hält mich erneut fest.

»Verschwinde, Bruder«, sagt der und umgreift meine Taille.

Wie versteinert steht Lior da und starrt seinen Bruder an. »Sie will nicht hier sein.«

»Oh, ich denke schon, dass sie das will.« Janus lacht. Liors Blick wandert zu seinen Fingern auf meinem Schenkel und etwas Mordlustiges blitzt in seinen Augen auf.

»Nimm die Finger von ihr, wenn du sie behalten willst.«

Janus lacht wieder und greift meine Hand. Ich keuche. »Das hier ist mein Königreich.«

»Ich sage es nicht noch einmal.« Lior würde ihn töten. Das macht sein Tonfall so deutlich, dass Janus nachgibt und seine Hand hebt. »Du kleiner Bastard hast ihm Blut gegeben, nicht wahr?« Seine Stimme bebt.

»Er ist schon groß und wir wollten unsere Wiedervereinigung begießen.« Janus zuckt mit den Schultern.

Lunas lacht, als hätte er das Gespräch nicht mitbekommen, und greift mir in die Haare. Er kippt meinen Kopf zur Seite und beißt in meinen Hals. Ein unmenschliches Knurren verlässt Liors Kehle und in der nächsten Sekunde rammt er seinem Bruder seine Faust ins Gesicht und zieht mich in seine Arme.

Fest umgreift er meine Taille. Fast, als würde er mich nie wieder verlieren wollen. Mir wird warm.

Hysterische Laute dringen aus Lunas' Mund. »Was? Ist sie jetzt dein neues Spielzeug, Lior? Also alles beim Alten.« Wieder lacht er. Er klingt so anders. Fast irre.

Lior lässt kurz von mir ab und geht auf Lunas zu. Ich kann mich gerade so halten und sehe paralysiert dabei zu, wie er ihn am Kragen packt und zu sich hochzieht. »Nenn sie nie wieder so!«

Doch Lunas lacht immer noch. Er bellt beinahe. »Was? Es ist doch immer das Gleiche.«

»Halt dein Maul!«, knurrt Lior.

»Bis sie begreift, wer du wirklich bist, und abhaut wie Manuk.«

Ich wanke, erinnere mich, dass auch Janus diese Manuk erwähnt hat.

»Samiel ist deinetwegen gestorben!«

»Du …« Lior ist außer sich vor Wut.

»Kinder!« Die Stimme der Königin ertönt. »Das hier ist ein Ort der Lust, keiner des Kampfes.« Ermahnend schnalzt sie mit der Zunge, tritt in mein Sichtfeld und legt beruhigend ihre Hand auf Liors Schulterblatt.

»Lasst uns speisen. Ihr hattet wohl alle ein bisschen zu viel Wein.«

»Der trinkt doch nichts von dem Wein«, geifert Lunas. »Er ist trocken. Weißt du, warum er sich zurückhalten muss, Shedir?« Lunas sieht mich herausfordernd an. Ich richte mich auf und versuche stark zu wirken.

»Ja«, entgegne ich. Kurz sieht mich Lior schuldbewusst an. »Weil er Asteria-Blut getrunken hat.«

Lunas' Lider zucken. Er hat nicht damit gerechnet, dass ich es weiß. Und zu seiner Verteidigung: Lior hätte es mir sicher nicht freiwillig gesagt.

»Aber vor allem trinkt er nichts, weil du dann herausfinden würdest, wer er wirklich ist.« Lunas funkelt seinen Bruder herausfordernd an. *Oh nein.* Lior greift sich ein Glas und leert es. Danach ein zweites. Wie kann ein so gestandener Mann, der unzählige Schlachten bestritten hat, sich derart aus der Reserve locken lassen? Nach der Antwort muss ich nicht lange suchen. Es ist, weil Lunas sein Bruder ist. Wie oft habe ich das im Waisenhaus bei Geschwistern beobachtet und auch Mila hat mir einige Geschichten von den Rivalitäten zwischen ihr und Aaron erzählt.

»Komm«, sagt er dann zu mir, zieht mich am Arm mit sich und zurück in den Flur. Tief atme ich die Luft ein, die nicht von diesen Räucherstäbchen verpestet ist. Lior sieht aus, als würde er schon jetzt bereuen, was er da getan hat.

»Wir müssen ...«

»Etwas essen«, bringe ich schwach hervor. Jetzt, da er zwei von diesen Gläsern getrunken hat, muss ich meine Fassung zurückerlangen. Lior nickt und zusammen gehen wir in den Thronsaal, in dem Tische aufgestellt wurden. Auf einigen von ihnen tanzen nackte Frauen und unterhalb räkeln sich einige der Gäste.

Hinter uns treten Janus und die Königin ein. Als ich einen kurzen Blick in seine Augen erhasche, weiß ich, dass das Spiel gerade erst begonnen hat.

Wir setzen uns zu Mila und Sirrah, die uns verwirrt mustern.

»Habt ihr schon wieder gevögelt?«, fragt Sirrah geradeheraus.

Mila starrt mich an. »Ihr habt gevögelt? Wann?«

»Im Schiff, kleine Mila«, klärt Sirrah sie auf. Sie sieht von mir zu Lior und entscheidet wohl, dass das Sinn ergibt, denn sie zuckt nur mit den Schultern und beißt dann in eine Keule. »Das schmeckt alles so gut!«, schwärmt sie. Offenbar hatte sie auch einige Gläser von dem Wein.

Eine Bewegung unter dem Tisch zieht meine Aufmerksamkeit auf sich und ich stöhne, als ich Sternschnuppe sehe. Warum findet mich dieses Echsending immer wieder?

Ich nehme ihn hoch, wobei mir auffällt, dass er kaum noch auf meinen Schoß passt. Erdlöwen werden normalerweise nicht so groß. Und vor allem wachsen ihre Flügel nicht mit.

»Oh, bei den Göttern, ist der knuffig!«, quietscht Mila, obwohl sie normalerweise kein Freund von Echsen ist. Und vor Drachen hat sie Angst, auch wenn die nur in Märchen groß und mächtig sind. Sie zupft etwas Fleisch ihrer Keule ab und gibt sie ihm.

»Ich hoffe, dass Nisha nicht hier ist. Das ist eine Orgie!«, knurre ich und sehe zu Lior, der seine Hände zu Fäusten geballt hat. »Lior?«, frage ich unsicher.

»Iss etwas. Los!«, raunt er. Seine Stimme bebt. Ich stecke mir ein Stück Brot in den Mund und nehme mir etwas Obst, während er sich ebenfalls an dem Brot bedient, bevor er Sternschnuppe dann von meinem Schoß auf Milas setzt, mich packt und mit sich zieht. Wir gelangen zurück in den Flur und dann hinein in das erste Zimmer. Auch hier ist es dunkel und nur durch wenige Kerzen leicht erhellt. Zum Glück ist der Geruch hier drin angenehmer.

»Was soll das?« Wütend reiße ich mich von ihm los und starre ihn an. Ich bin es so was von leid. Diese Männer denken, dass sie mit mir machen können, was sie wollen. Und ich lasse es auch noch zu.

»Hat er dich angefasst?« Er steht da, als würde er, wenn ich Ja sage, sofort sein Schwert ziehen und um meine Ehre kämpfen. Das mag vielleicht ein Traum aus meiner Kindheit sein. Aber jetzt ist es das Letzte, was ich will.

»Du hast gesehen, was passiert ist«, entgegne ich beschämt.

»Und wolltest du das?«

Ich verziehe den Mund. »Keine Ahnung. Ich wollte gehen

und dann habe ich noch etwas getrunken und dann ist alles so verschwommen.«

»Haben sie gegen deinen Willen gehandelt, Shedir?«

Kopfschüttelnd reibe ich mir meine Schläfen. Diejenige, die schon zuvor entschied, diesen Wein zu trinken, war ich. Aber Lunas hat mich festgehalten, als ich gehen wollte. »Es ist nichts Schlimmes passiert, Lior.«

»Narbenmädchen«, raunt er und kommt mir verdammt nah. Ich rieche ihn trotz all der Räucherstäbchen. »Du magst in den letzten Jahren eine andere Bedeutung davon erlernt haben, was andere Menschen tun dürfen und was nicht.« Er hebt seine Hand und klemmt mir eine Strähne hinter mein Ohr. »Aber das ist nicht in Ordnung.«

Er hat recht. Mila und ich wurden ständig angefasst, obwohl wir Nein gesagt haben. Trotzdem gab es heute einen Teil in mir, der berührt werden wollte. Ich kann es also nicht ganz leugnen.

»Sie sind an einer Stelle zu weit gegangen«, gebe ich zu.

»Ich töte sie.«

»Er ist dein Bruder.«

»Das ist er nicht, wenn er mit Janus zusammen ist. Schon als Kinder haben sie …« Er ballt seine Hände zu Fäusten. »Hör mir genau zu, Sternschnuppe. Die Königin ist noch nicht fertig. Ihre Spiele … Du musst gehen.«

»Und du?«, frage ich irritiert.

»Ich werde bleiben und tun, was von mir verlangt wird.«

»Nein!«, protestiere ich.

»Ich habe gesagt …«

»Du hast mir aber nichts zu sagen, Lior. Was willst du? Mit der Königin vögeln?«

Er mustert mich. »Ich will dich vor dem, was kommt, bewahren.«

»Und ich will dabei sein.« Ich werde jetzt nicht gehen und

ihn, Mila und Sirrah da allein lassen. »Wir machen das zusammen. Egal, welches Spiel sie spielen wird.«

Er verkrampft seinen Kiefer, nickt aber. Und dann berührt er meinen Hals. Ich spüre einen leichten Schmerz.

»Du hast Bisswunden«, presst er hervor. »Du standest neben dir und er hat es ausgenutzt.«

»Und du hättest anders gehandelt?«, frage ich und hebe meine Hand, streiche sanft über seine Brust. Sein Körper bebt.

»Ich würde dich niemals beißen, wenn du nicht explizit darum bittest.«

»Wie soll das aussehen? Bitte, Lior, beiß mich?« Ich lache heiser.

»Du müsstest schon ein wenig mehr flehen«, raunt er und seine Augen verdunkeln sich.

Mein Unterleib zuckt und kribbelt. Ich dränge meinen Körper gegen seinen und versuche meinen Verstand auszuschalten, der immer mehr und mehr verlangt, dass ich Fragen stelle. *Wer ist Manuk? Wer Samiel? Was hat das mit den anderen Königen zu bedeuten, worüber er mit Janus geredet hat?* Aber all diese Fragen bleiben stumm, werden von der anschwellenden Lust hinfortgezogen. Ich spüre ihn an mir. Will ihn. Seine Hand hebt sich und umschließt sanft meinen Hals. Ich keuche.

»Lass dich nie wieder von ihm beißen, Narbenmädchen.«

»Warum nicht?«, frage ich provokant und drücke mich gegen seine Hand.

»Weil ich dann meinen eigenen Bruder umbringen muss.« Diese Aussage sollte etwas anderes in mir auslösen als die Gefühle, die sich in mir regen und fast explodieren.

»Wenn wir zurückgehen, Shedir, dann musst du genau das tun, was ich dir sage, hast du das verstanden?«

Ich erkenne den Ernst und die Angst in seiner Stimme, also nicke ich.

Er senkt seinen Kopf, küsst meine Stirn und lässt dann meinen Hals wieder los. »Und bitte versuch dich von meinem Körper fernzuhalten.«

Als wir zurück in den Saal treten, hat sich die Lage etwas beruhigt und fast alle Gäste sitzen an ihren Tischen und essen etwas. Statt zu meinen Gefährten zu gehen, suche ich nach Mirfak und setze mich neben ihn und Frya.

»Ihr wirkt, als würdet ihr diese Art von Festen bereits kennen«, stelle ich fest, um ein Gespräch anzuleiern.

»Ich habe jahrelang hier gearbeitet.« Mirfak ist wie zuvor eher wortkarg, also versuche ich es über Frya.

»Und wie gefällt es dir?« Sie wirkt aufgeschlossen und scheint solche Feiern eher zu genießen.

»Ich habe Mirfak auf einem solchen Fest kennengelernt. Er ist nicht gerade ein Freund davon. Ich allerdings schon.«

»Und das passt zusammen?«, frage ich ehrlich.

»Mirfak ist tief in seinem Inneren auch ein bisschen versaut. Also würde ich sagen, ich locke es aus ihm heraus.«

Ich grinse, während Mirfak sich unruhig auf der Bank bewegt.

»Ich sollte herkommen, um dir eine Chance zu geben. Feiern steht für mich nicht im Mittelpunkt.« Sein Blick gleitet zu Lior, der es zu bemerken scheint und zu uns kommt.

»Es ist mir eine Freude«, begrüßt er erst Frya und dann Mirfak, indem er sich die Faust auf die Brust haut. Sie tun es ihm nach, was mich zur Vermutung bringt, dass das hier in Manswek wohl der offizielle Gruß ist. »Ich bin mir sicher, dass ihr vor allem mich unter die Lupe nehmen wolltet«, sagt er dann ernst und setzt sich zu uns.

»Ihr seid als der Sternenschlächter ziemlich bekannt. Hier in Manswek nennt man Euch den Blutprinzen. Und ich weiß, woher Ihr diesen Namen habt.« Mirfak wirft ihm einen zornigen Blick zu.

»Ich habe nichts zu verbergen und wenn du bereits weißt,

was ich getan habe, dann reden wir darüber, was ich tun muss, um dich auf unsere Seite zu ziehen.«

»Geht es hier wirklich um Seiten?« Mirfak lacht herablassend. »Du hast dafür gesorgt, dass es nur zwei gibt. Die der Sterne und die der Menschen.«

»Und wir können das ändern. Wir könnten eine neue Welt erschaffen, in der wieder …«

»In der deine Fehler einfach vergessen werden? Nein, Blutprinz. Diese Welt wird es nie wieder geben. Und dagegen kannst du nichts tun.«

Will Lior wirklich wie ich für eine neue Welt kämpfen, in der Asteria frei sein können? Oder ist es nur eine Taktik, um Mirfak zu überzeugen, die Himmelsfamilie wieder zusammenzubringen?

»Und warum willst du es nicht einmal versuchen? Was hindert dich daran, mir zu beweisen, dass du recht hast?« Liors Stimme klingt zornig. Anders als sonst. Der Wein benebelt immer noch seine Sinne.

»Was genau ist euer Plan? Alderamin finden und dann kämpfen wir zusammen gegen das Schicksal deines Bruders und retten die Asteria?« Er schüttelt den Kopf.

»Wie wäre es mit einer Wette?«, frage ich und sehe ihn fest an. Frya wirkt sofort interessiert.

»Und wie soll diese Wette aussehen?«

»Such es dir aus. Ich mache, was du willst. Und wenn ich es schaffe, dann kommst du mit uns.«

»Und wenn nicht?«, fragt er kühl, aber ich erkenne, dass sein Mundwinkel zuckt. Er ist sich sicher, bereits gewonnen zu haben.

»Dann lasse ich dich in Ruhe und du hörst nie wieder etwas von mir.«

Er zieht die Brauen zusammen. »Und besiegelst damit Lunas' Schicksal? Das glaube ich dir nicht.«

Mein Blick folgt seinem zu Lunas, der neben Janus sitzt und immer noch völlig trunken wirkt. Zorn flammt in meiner Brust auf, wegen dem, was er da getan hat.

»Ich bitte um eure Aufmerksamkeit«, ertönt die laute, melodische Stimme der Königin und mit ihren Worten hören die Streicher sofort auf, die betörende Melodie zu spielen.

Mirfaks Grinsen zieht mein Augenmerk auf sich. »Was auch immer die Königin von dir verlangt, du wirst es tun. Das ist die Wette.«

Lior spannt sich neben mir an. »Das ist nicht …«

»Die Wette steht«, sage ich und reiche ihm meine Hand. Er ergreift sie und leider verschwindet das Lächeln nicht aus seinem Gesicht. Er kennt die Königin und ihre Spielchen. Aber das ist mir egal. Ich muss es tun, egal wie schrecklich es wird. Für mich und die Asteria. Für Mirfak. Um ihm, Sirrah und auch mir selbst zu beweisen, dass ich alles für unser Volk tun würde.

»Narbenmädchen«, knurrt Lior fast verzweifelt neben mir.

Doch ich ignoriere ihn und begrüße Mila und Sirrah, die sich zu uns setzen.

»Muss man bei dem, was die Königin verlangt, mitmachen?«, fragt Mila ängstlich und sieht Frya fragend an. Sie ist diejenige, die am ehesten so aussieht, als hätte sie das hier schon einige Male mitgemacht.

»Nein«, antwortet sie. Ihr Stimme klingt bissig. »Normalerweise wird man bei solchen Festen zu nichts gezwungen, was man nicht will.« Sie wirft Mirfak einen bösen Blick zu. Ihr gefällt seine Bedingung also nicht. Aber eine andere Wahl habe ich nicht. Ich muss ihn davon überzeugen, dass ich zu meinem Wort stehe. Und vor allem muss ich ihn durch die gewonnene Wette zwingen mitzukommen. Er ist stur. Zu stur. Verübeln kann ich es ihm nicht. Auch wenn die Asteria hier in Manswek verehrt werden, wurden sie doch schon immer benutzt und den Königen und Adeligen auch unfreiwillig zur Seite gestellt, um sie zu beraten. Ob sie das wollten oder nicht. Mirfak hat offenbar viele Jahre für die Königsfamilie gearbeitet. Warum sie ihn in die Freiheit entlassen haben, weiß ich nicht. Aber dass er nach alldem seine Freiheit für Lunas nicht wieder aufs Spiel setzen möchte, kann ich nachvollziehen.

Jedoch dürfen wir nicht noch mehr Zeit verlieren und vor allem will ich weg von hier. Ich werde tun, was die Königin verlangt, und dann reisen wir ab. Mit Mirfak als Verbündetem werden wir sicher spüren können, wo sich Alderamin befindet, und dann retten wir Lunas und damit auch den Ruf aller Asteria.

»Mir ist zu Ohren gekommen, dass eine meiner Ehrengäste die Königin des Himmels ist.« Die Königin rümpft die Nase.

Ich erstarre. Alle blicken mich an. Das ist nicht gut. Ich dachte, Janus und die Königin verheimlichen dieses kleine Detail. Verdammt.

»Die Freude darüber könnte groß sein, allerdings haben wir von seinem Bruder, dem Interimskönig von Nimue, erfahren, dass er ihr Verlobter ist.«

Unruhig reibt Lior seine Finger aneinander. Sein Gesicht bleibt allerdings eine kühle, teilnahmslose Maske.

»Und wir alle wissen, dass das verboten ist.«

»Verboten?«, frage ich irritiert. Lior schüttelt nur den Kopf, damit ich nicht weiterrede.

»Alle anderen Herrscher unserer Welt müssen darüber in Kenntnis gesetzt werden, wenn einer von ihnen vorhat, ein Mitglied der königlichen Familie des Himmels zu heiraten.«

Ich muss nicht einmal nachfragen, um zu begreifen, dass es das ist, wovon Janus und Lior gesprochen haben. Sie sagt die Wahrheit.

»Kein Königreich hat das Vorrecht, sich diese Macht zu eigen zu machen. Nicht ohne einen Kampf.« Sie grinst bösartig. »Und wie mir zu Ohren gekommen ist, gibt es noch einen weiteren König, der Anspruch erhebt.« Mit befriedigter Euphorie in der

Stimme deutet sie zur Tür. »Ich habe mir erlaubt, ihn einzuladen.«

Mein Herz bleibt stehen, während mein Blick zur Tür wandert, wo Regulus und Kara eintreten. Fast befürchte ich, dass seine Nova auch anwesend ist, allerdings bleibt es bei den beiden. Keine Wachen. Kein Monster, das er befehligt. Warum auch? Regulus ist mächtig genug, um alle hier Anwesenden mit seinem Sternenstaub zu töten. Ich habe sein Licht in diesem Waldpalast gesehen und seine Macht gespürt, als er dieses Dorf und die gesamte Illusion erschaffen hat. Sie war so glaubwürdig, dass ich mir sicher war, dort seit Jahren zu leben. Sogar die Namen der Bewohner kannte ich. Vielleicht hat er mir damals nichts angetan und es erst mal auf die nette Art versucht. Aber wer weiß, zu was dieser Mann noch alles fähig ist. Allein die Tatsache, dass er eine Nova beherrscht, muss immense Macht bedeuten. Sie sind für jeden Asteri tödlich. Niemals würden sie einem gehorchen. Regulus allerdings hat es geschafft. Und diese ruhige Gelassenheit, die er ausstrahlt, macht ihn noch gefährlicher. Ich bin mir sicher, dass die Welt um ihn herum in Flammen aufgehen wird, wenn ihm der Geduldsfaden reißt.

»Danke für diese nette Begrüßung«, sagt er mit seiner gönnerhaften Stimme. Mir wird übel. Die Sterne in mir schreien. Auch sie wissen, welches Monster sich hinter dieser Fassade versteckt. Sie verachten ihn und wollen mich von hier wegdrängen. Weg von ihm, der Königin und Janus.

»Wir müssen hier raus«, raunt Lior und nun scheint auch Mirfak zu begreifen, dass dieser Mann dort unser Untergang sein könnte.

Regulus geht vor zu dem Tisch, den sie vor den Thronen aufgestellt haben, und nimmt zwischen Janus und der Königin Platz. Kara positioniert sich hinter ihm.

»Machen wir mit dem Spiel weiter. Lior, Shedir, kommt doch bitte zu mir.«

Ich erhebe mich, ohne zu zögern. Obwohl selbst Mirfak jetzt aussieht, als würde er die Wette gern zurücknehmen.

Lior folgt mir, als ich vortrete und zur Königin gehe. Etwas anderes bleibt mir nicht übrig.

»Das Spiel, das ich mir für dich ausgedacht habe, heißt ›Wahrheitsehende Schlange‹.« Aufgeregt klatscht die Königin in die Hände und winkt dann jemandem zu. Wie in Trance beobachte ich den Mann, der zu uns kommt, und vor allem die riesige Schlange, die er in seinen Armen trägt.

Der Raum verdunkelt sich ein wenig. Erwartungsvolle Stille legt sich über die Anwesenden.

Die Schlange zischt und ihre Zunge schnellt in meine Richtung. Mit all der Willensstärke, die ich habe, zucke ich nicht zusammen. Nicht einmal, als ich Milas Schrei höre.

Der Mann legt mir die schwere Schlage um meinen Hals. Sie drückt leicht zu und beschnuppert mich mithilfe ihrer gespaltenen Zunge. Alles in mir ist angespannt. Panik durchdringt jede Faser meines Körpers wie Gift. Eines, das wirklich durch meine Venen zucken wird, wenn diese Schlange ihre Zähne in mich bohrt.

»Da wir aber gerade einen Lügner enttarnt haben, erhält auch er eine Giftschlange.« Sie grinst teuflisch und eine Sekunde später steht eine Frau vor Lior und legt ihm eine schwarze Schlange um. Erst jetzt mustere ich meine Schlange, die rötliche Striemen zeichnet. Schnell schaue ich wieder weg und konzentriere mich darauf, die Fassung zu behalten.

»Diese Schlangen erkennen, wenn ihr lügt, und beißen zu, solltet ihr nicht die Wahrheit sagen. Ich stelle jedem von euch genau drei Fragen. Jede eurer Antworten könnte euren Tod bedeuten.«

Ich recke meinen Hals, als das Tier fester zudrückt und seine Zunge mein Ohr streicht. »Da das allerdings ein wenig langweilig ist, wird eure Lüge nicht euch selbst, sondern den anderen bestrafen.« In ihrer Stimme ist so viel Befriedigung zu hören. Ich kann kaum fassen , dass das hier wirklich passiert. Dass sich jemand derart an einem solch perfiden Spiel, dem Spiel mit dem Leben zweier junger Menschen, erfreuen kann.

»Die erste Frage ist für dich, Königin des Himmels.«

Ich schlucke hart gegen den Druck der Schlange an. Mila ist die Einzige, die ich leise wimmern höre. Alle anderen sind still. Geifern innerlich wahrscheinlich danach, dass etwas passieren wird. Aber ich werde Lior nicht sterben lassen. Kurz sehe ich zu Lunas und bereue es sofort. Interessiert mustert er Liors Schlange, fast wirkt er, als würde er sich ebenfalls an dem Spiel der Königin ergötzen.

»Beginnen wir mit einer einfachen Frage. Liebst du den Blut- prinzen?«

Ich drücke meine Nägel in meine Handflächen, bis ich Schmerz spüre. Dann schließe ich meine Augen und gehe in mich. Versuche herauszufinden, was meine Gefühle Lior ge- genüber wirklich bedeuten. Allerdings wusste ich die Antwort schon, als sie die Frage gestellt hat.

»Nein«, sage ich also und sehe Lior nicht an. Stattdessen haf- tet mein Blick auf dem Maul der schwarzen Schlange.

»Damit habe ich nicht gerechnet.« Die Königin lacht und dann erhasche ich doch für den Bruchteil einer Sekunde den silbrigen Schimmer in Liors Augen. Er ist matter als sonst und lässt mir keinen Blick auf seine wahren Gefühle zu.

»Was ist mit dir, Blutprinz? Liebst du sie?«

Lior atmet tief ein und aus. »Muss das hier wirklich sein, Jara?«

»Du kannst froh sein, dass meine Schlange das nicht sofort als Lüge annimmt!«, zischt sie zornig. »Beantworte die Frage!«

Er schnaubt. »Ja«, antwortet er dann und meine Brust brennt unerbittlich. Es ist fast, als würde ich damit rechnen, dass ich gebissen werde, allerdings tut die Schlange nichts. Er hat die

Wahrheit gesagt. Ich weiche einen Schritt zurück, weil mich Schwindel packt. Vor allem, weil ich ihm nicht dasselbe sagen konnte.

Das Gackern der Königin ist eine Mischung aus Enttäuschung, verletztem Stolz und Belustigung. »Kommen wir wieder zu dir, Shedir.« Sie schreitet zu mir und sieht mich mit ihren hellen, grünen Augen so intrigant an, dass ich weiß, dass die nächste Frage mein Untergang sein wird.

»Wann hast du entschieden, Lior zu verheimlichen, dass ihr Lunas entweder rettet oder genau die seid, die ihm den Tod bringen?«

KAPITEL 17

Alles ist still. In mir und hier im Raum. Lior sieht mich nicht an. Er steht einfach nur da und starrt ins Leere. Die Welt um mich herum dreht sich. Wusste ich das wirklich? Weiß ich, dass es genauso ist, oder war das nur ein Verdacht? Und vor allem … wann war das? Das erste Mal, als ich wirklich darüber nachgedacht habe, war, als Sirrah bei mir in dem Haus in Nastras aufgetaucht ist. Sie hat mich gefragt, was wäre, wenn wir es sind, die seinen Tod erst heraufbeschwören. Vor allem hat sie mir das erste Mal deutlich gemacht, dass ich die Sterne und das Schicksal einfach so gelesen habe, wie ich es lesen wollte. Die Wahrheit ist, dass ich nie gesehen habe, dass wir ihn retten. Lediglich, dass wir etwas mit seinem Schicksal zu tun haben. Und wenn ich da noch nicht daran geglaubt habe, dann war es spätestens, als ich Pegasi in der Burg auf Astras begegnet bin. Aus irgendeinem Grund spürte ich in ihrer Gegenwart etwas, das ich auch in Lunas' Schicksal bemerkt habe.

Aber wusste ich es da wirklich? Und vor allem habe ich da aktiv entschieden, es Lior zu verheimlichen? Nein. Ich habe nie darüber nachgedacht, dass ich lügen und etwas zurückhalten muss.

Eine kleine Stimme in meinem Kopf straft mich Lüge. Es war der Moment, als Mirfak mir und Sirrah seine Visionen gezeigt hat. Dort im Keller, als ich zu der Person sagte, dass wir ihn retten können. Ich wollte es vielleicht nicht wahrhaben, aber ich weiß, wer da zu uns getreten ist. Es war Lior. Und er hatte den Glauben an mich verloren. Das habe ich deutlich in meiner zittrigen Stimme gehört. Und das war der Augenblick, in dem ich entschied, alles dafür zu tun, dass wir nicht seinen Tod heraufbeschwören, und die Tatsache, dass diese Möglichkeit besteht, zu verheimlichen. Vor Lior. Weil ich ihn nicht verlieren will.

»Die Schlangen werden ungeduldig«, warnt die Königin.

Ich blinzle, als würde ich erst wieder hier in diesem Thronsaal ankommen müssen. »Es war heute Mittag.«

Lior zuckt. Nicht aber, weil ihn die Schlange beißt. Nein. Ein ganz anderes, hinterlistiges Wesen hat ihn betrogen. Lunas sieht mich irritiert an. Langsam scheint er wieder zu sich zu kommen.

Die Königin grinst bösartig. Woher wusste sie überhaupt davon? Ist sie eine Seherin so wie Lunas und hat eine Emotion von mir aufgefangen?

»Kommen wir wieder zu dir, Lior«, zischt sie und dreht sich ihm zu. Ich sehe ihn ebenfalls an. Er weicht mir allerdings aus. Sein Körper ist verkrampft. Als würde er jede Sekunde die Schlange packen und ihr den Kopf abreißen. Und kurz danach mir. »Was denkst du darüber?«

Ich verdrehe die Augen. Was soll das? Was hat sie von diesem dummen Spiel? Mein Blick wandert weiter zu Regulus, der völlig vertieft dasitzt und auf Liors Antwort wartet.

»Enttäuschung«, antwortet Lior knapp.

»Nein, nein, mein Lieber. Diese Antwort ist nicht ausführlich genug.« Sie wedelt mit ihrer Hand, damit er weiterspricht. »Worüber bist du enttäuscht? Was tust du jetzt … Das alles gehört natürlich zu dieser Frage.«

Er denkt einen unendlichen Augenblick nach. Mir wird heiß und meine Finger beginnen zu schwitzen und zu kribbeln.

»Ich bin enttäuscht, dass sie dachte, sie könne mir so etwas nicht anvertrauen. Wir hätten gemeinsam nach einer Lösung suchen können. Ansonsten ändert sich nichts. Ich stehe ihr bei und wir werden Lunas retten.«

»Optimistisch«, sagt die Königin und zuckt mit den Schultern. Als würden wir sowieso nie aus diesem Palast herauskommen und es deshalb keine Rolle spielen. »Asteri, deine letzte Frage«, wendet sie sich wieder an mich und ich halte die Luft an. Nur noch diese eine Frage. Wenn Lior dann seine beantwortet hat, sind wir frei. Und Mirfak wird mit uns kommen. »Warum liebst du ihn nicht?«

Ich hebe meine Brauen. Wie soll ich das begründen? Dafür müsste ich selbst erst einmal wissen, warum ich mit Nein geantwortet habe und das die Wahrheit war. Ich begehre Lior und mittlerweile vertraue ich ihm. Fast immer. Ich liebe die Art, wie er sich um seinen Bruder und um mich kümmert. Seine Begeisterungsfähigkeit. Ich liebe es, dass er Dinge nicht einfach hinnimmt, sondern hinterfragt. Seine Blicke und wie tief sie mich treffen. Wie sehr er mich sieht. Ich liebe seine Berührungen und seine Stimme. Seine Küsse. Das, was seine Nähe mit meinem Körper macht und meine mit seinem. Aber lieben … tue ich ihn nicht. Warum?

Ich will etwas sagen, bevor ich wirklich weiß, was, aber meine Kehle verschließt sich schmerzhaft und Tränen wandern über meine Wangen, ohne dass ich bemerkt habe, dass meine Augen feucht geworden sind. Ein Schluchzen verlässt meinen Mund. Ich kämpfe gegen das Gefühl. Gegen diese Enge in meinem Hals.

»Er wird sterben«, presse ich hervor und ohne, dass ich es will, schluchze ich anschließend laut und sinke auf meine Knie. Alle starren mich an. Vor allem Liors fassungsloser Blick ist auf mich gerichtet. Seine Finger zucken, als würde er am liebsten zu mir kommen und mir diese Trauer nehmen. Aber diese eine Last kann er mir nicht abnehmen. Weitere nasse Perlen verlassen meine Augen, als ich begreife, wie sehr mich diese Vision seines Schicksals zerstört. Ich kann mir noch so oft einreden, dass wir es verhindern können. Aber was, wenn das unmöglich ist? Wenn unser Schicksal fest in den Sternen geschrieben steht?

»Wenn ich ihn liebe und verliere, dann verliere ich mich. Wenn ich diesen einen Schritt weitergehe, dann werde ich alles verlieren. Dann …« Mir versagt erneut die Stimme. Ich sehe unter Tränen auf. Lunas sieht mich traurig an. Selbst Janus wirkt menschlich. Regulus' Blick ist verengt und nachdenklich. Die Königin hat ihr Lächeln verloren. Ich schlucke gegen das Brennen in mir an. »Wenn ich nicht zulasse, dass ich ihn liebe und er stirbt, dann ändert sich nichts. Nicht schon wieder. Er spielt keine Rolle. Es verändert mein Herz nicht und die Art, wie ich bin. Er wird nur ein weiterer Toter sein. Ein weiterer Mensch, dessen Schicksal ich nicht ändern konnte. Ein weiteres Wesen, dessen Tod ich unter Schmerzen immer und immer wieder sehen musste.«

Nun schaffe ich es, zu Lior zu schauen. Er wirkt gebrochen.

»Wenn ich dich liebe, dann würde ich mit dir gehen wollen, egal wohin du auch gehst. Ich würde dir folgen, auch wenn ich es sinnlos fände. Ich würde Dein sein und du Mein. Ich würde Berge versetzen und Königreiche niederbrennen, um dich zu retten. Und ich würde sterben, in dem Moment, in dem du nicht mehr bist.«

In seinen Augen glitzern Tränen. Er will etwas sagen, schweigt aber.

»Ich erinnere mich an den Tag, als ich dein Schicksal gesehen habe, Lior. Ich erinnere mich, wie sehr du mich geliebt hast. Ich habe es gespürt. Nie zuvor wurde ich so angesehen. Niemals hätte ich gedacht, dass mich jemand so rein lieben kann. Wenn ich auch nur einen Bruchteil davon für dich fühlen würde, würde ich lieber mich erstechen als dich.«

»Das muss reichen.« Die Stimme der Königin ist heiser. Offenbar besitzt sie doch ein Herz. Sie winkt und Liors Schlange schlängelt sich von seiner Schulter hinab zu seinen Beinen und verschwindet hinter den Thronen.

Ich hebe meinen Kopf und sehe ihn an. Sein Blick ruht auf meiner Schlange.

»Blutprinz«, gibt die Königin von sich, aber er wendet sich nicht ab. In seinen Augen steht so viel Liebe, dass in mir alles brennt.

»Wenn ihre Befürchtung eintritt und die königliche Familie des Himmels Lunas den Tod bringt. Was wirst du dann tun?«

Liors Kiefer bewegt sich krampfhaft hin und her. Der Muskel unter seiner Schläfe spannt sich immer wieder an. »Ich würde es verhindern.«

»Was?«

»Seinen Tod.«

»Auch wenn du sie dafür töten müsstest?«

»Das ist eine neue Frage, Jara!«, knurrt Lior, was allerdings Antwort genug ist. Dennoch zwingt sie ihn, es auszusprechen. Die Schlange um meinen Hals reißt ihr Maul auf und drückt zu. Ich spüre einen dumpfen, schmerzhaften Druck in meinem Gesicht. Meine Lippen fühlen sich an, als würden sie jede Sekunde platzen.

»Auch dann. Ja.«

Endlich lässt die Schlange von mir ab. Doch wenn ich ehrlich bin, wünschte ich, sie würde mich beißen. Wünschte, dass er lügt. Aber tief in mir weiß ich, dass er für Lunas lebt. Egal, wie sehr er mich liebt oder lieben wird. Die beiden verbindet ein Band, an das niemand heranreicht. Und das ist in Ordnung. Es muss in Ordnung sein.

Als ich es akzeptiere, bildet sich allerdings eine neue Angst in mir. Mein Blick wandert zu Mirfak, der Lior mit verengtem

Blick mustert. Das, was er da gesagt hat, bedeutet, dass er auch die anderen Asteria der königlichen Familie töten würde. Ich riskiere also nicht nur mein Leben, sondern zwinge sie, es ebenfalls zu tun.

»Das hat Spaß gemacht«, sagt die Königin und klatscht in die Hände.

Als die Schlange ganz verschwunden ist, kommt Lior zu mir. »Wir müssen hier verschwinden. So schnell wie möglich.«

Benebelt und gekränkt nicke ich nur.

»Ich hoffe, dass einer von den anderen schläft, dann versuche ich, ihnen eine Botschaft im Traum zu senden.«

Gemeinsam gehen wir zurück zu Mila, Sirrah, Mirfak und Frya. Als ich mich setze und ihre Mienen sehe, wird mir ganz anders. Ich will so nicht angesehen werden. Ehrlich gesagt wäre es mir auch lieber, wenn sie nicht alle bei meinem emotionalen Ausbruch dabei gewesen wären. Waren sie aber und das kann ich nicht ändern.

»Wir brauchen einen Plan, um von hier zu verschwinden«, sage ich also, um die Aufmerksamkeit auf etwas anderes zu lenken, und sehe mich um. Die Türen sind verschlossen und ich würde zwei Golden darauf verwetten, dass wir sie nicht einfach öffnen könnten. »Es ist gefährlich hier.«

Mein Blick wandert zu Regulus. Zwar ist die Königin gefährlich mit ihren dummen Spielchen, aber Regulus ist tödlich. Wenn seine Nova irgendwo in der Nähe ist, wird er die Gelegenheit nutzen wollen, um die königliche Familie auszuschalten, um alleiniger Herrscher über die Asteria und wahrscheinlich über die ganze Welt zu sein.

»Du hast gehört, was er gesagt hat, oder?«, fragt Mirfak beinahe herablassend.

»Wir hatten einen Deal.«

Er nickt widerwillig.

»Es tut mir leid«, sagt Frya und legt ihre Hand auf meine. Ich sehe ihr in die Augen und genieße kurz diese unbelastete Berührung. Wenn Berührungen immer mit schrecklichen Bildern verbunden sind, dann vergisst man fast, wie wunderschön sich das anfühlt.

»Vielleicht musste es auch mal ausgesprochen werden«, entgegne ich und nicke ihr zu.

»Wer ist dieser Regulus wirklich? Der Löwe? Der König des Himmels?«

»Wäre er wohl gern«, zischt Sirrah.

»Er ist gefährlich. Er befehligt eine Nova.« Mirfak und Frya sehen mich fassungslos an.

»Und was machen wir jetzt?«, fragt Mila. Sie bemüht sich stark und sicher zu klingen. Allerdings höre ich ihre Angespanntheit.

Ich sehe mich nach Lior um. Er nickt mir zu, also wird er die anderen irgendwie benachrichtigt haben. Allerdings bezweifle ich, dass Kaori oder San schlafen. Sie wirken nicht gerade so, als würden sie irgendjemanden je ohne ihren Schutz lassen. Also kann es nur Nisha sein, die schläft. Hoffentlich schafft sie das. Als ich an sie denke, fällt mir Sternschnuppe wieder ein. Ich suche nach ihm, bevor ich ihn zwischen Sirrahs Füßen finde. Sie wirft ihm immer wieder Obst und Gemüse zu.

Wissend sehe ich sie an, aber sie zuckt nur mit den Schultern. Offenbar kann sie mit Tieren besser als mit Menschen.

»Nimmst du ihn mit?«, frage ich. Sirrah nickt, hebt ihn zu sich und setzt ihn auf ihre Schulter. Er überdeckt ihre komplette Schulterbreite. Ist der etwa noch einmal gewachsen?

»Wir würden dann jetzt dieses widerliche Fest verlassen«, höre ich Lior laut durch den Raum rufen. »Und meinen Bruder nehme ich auch mit.«

Ich sehe zur Königin. Diese schaut allerdings Regulus an, der sich erhebt.

»Ich hätte da noch ein paar Dinge zu besprechen. Du wolltest ja offenbar nicht auf meinen Vorschlag eingehen, Sternenschlächter.«

»Werde ich auch in Zukunft nicht. Und reden will ich auch nicht.«

»Du wirst reden«, knurrt Regulus. Obwohl er leise spricht, hört man seine tiefe Stimme, als befände er sich direkt neben uns. »Und alle, die nicht zu dieser lächerlichen Gruppe von Nichtsnutzen gehören, verlassen jetzt den Raum.«

Alle Anwesenden gehorchen. Was mich nicht sonderlich wundert. Sie sind verkatert und Regulus ist wirklich angsteinflößend.

Mirfak verschränkt die Arme, weil er ebenfalls sitzen bleiben muss, wohingegen Frya eher interessiert wirkt.

Und dann beginnen beide zu leuchten. Ich sehe zu Regulus, der ebenfalls leuchtet. So wie auch Lior, der sein Licht reflektiert. Aber warum beginnen zwei Asteria zu leuchten? Regulus muss ihre Barrieren aufgehoben haben.

Sirrahs Schutz scheint weiterhin aufrecht zu sein. Zwar sieht man ihre Zeichnungen, ihr Licht verbirgt sie aber wie immer.

»Also …«

»Nein!«, unterbricht Lior augenblicklich. Er sieht müde und erschöpft aus. Dennoch strahlt er eine Autorität aus, die selbst Regulus zögern lässt.

»Eigentlich wollte ich das nicht tun, aber ich habe eure Spielchen so satt.« Regulus' Leuchten wird stärker. Kara tritt angriffsbereit vor. Lior lacht kühl, zieht einen Dolch an seinem Stiefel hervor und schleudert ihn auf sie. Er durchdringt Karas Schulter. Sie schreit auf.

»Schlaf!«, ruft er, pustet in ihre Richtung und sie stürzt benebelt zu Boden. Dann wendet er sich der Königin und Janus zu. »Ihr habt jetzt die Möglichkeit zu gehen.«

Janus zückt sein Schwert und nähert sich Lior. Ich erhebe mich und stelle mich neben ihn.

»Wie süß«, bellt Janus und grinst unverhohlen.

Ich hebe meine Hände und sammle meinen Sternenstaub darin, dann schleudere ich ihn auf die Königin, die mit dem Angriff nicht gerechnet hat und wehrlos nach hinten knallt. Janus knurrt. Dennoch ist mein Sternenstaub schwach und leuchtet kaum. Er würde nichts gegen den Prinzen oder Regulus anrichten können.

Sirrah, Frya und Mirfak erscheinen neben mir – die Hände kampfbereit erhoben. Lior und Janus beginnen mit Schwertern zu kämpfen, während sich Regulus nähert. Ihn umgibt bedrohlicher Sternenstaub. Seine Schritte setzt er im Gleichtakt mit dem Klirren der sich kreuzenden Klingen. Er hebt seine Hände. Weiterer Sternenstaub, grell und machtvoll, umgibt seine Gestalt, sodass ich geblendet werde.

»Achtung!«, schreie ich Lior zu und hoffe, dass einer der anderen stark genug ist, um ihn aufzuhalten. Aber Sirrahs Sternenstaub prallt einfach an ihm ab. Kurz ist Lior so abgelenkt, dass Janus einen Tritt gegen seine Brust landen kann. Lior keucht, fängt sich aber wieder und stürmt voller Wut auf Janus zu. Er rammt ihm die Faust ins Gesicht, während Sirrah Regulus ablenkt, indem sie weiter Sternenstaub auf ihn schmettert, auch wenn dieser jedes Mal an seinem Leuchten verpufft.

Als Janus mit blutverschmiertem Gesicht vor Lior zu Boden geht und er ihm gerade das Schwert in die Brust rammen will, kreischt die Königin. Lior flüstert erneut »Schlaf«. Beide sind abgelenkt genug und gehen wie Kara benebelt zu Boden.

Regulus lacht, als er dicht vor Lior zum Stehen kommt. »Dein kleiner Trick funktioniert bei mir nicht«, verhöhnt Regulus Lior. Er bildet Sternenstaub in seinen Händen. Sirrah, Frya und Mirfak erheben sich augenblicklich und tun es ihm nach.

»Dein Licht mag hell sein, Regulus. Aber du hast keine Chance gegen drei Asteria der königlichen Familie.« Ich konzentriere mich auf die Macht in mir – die Sterne – und kühle mich runter. Es wird mehr nötig sein als das bisschen Licht von gerade.

Mein Körper beginnt zu leuchten. Unfassbar hell. Und dann bildet sich machtvoller Sternenstaub. Er fühlt sich anders an. Brennt sich angenehm in meine Haut und lässt meinen Körper glühen. Lior wirft mir einen Blick zu. Er lächelt fast anzüglich, bevor er sich wieder zu Regulus dreht.

»Du willst keinen Kampf mit mir«, knurrt Regulus.

»Wenn ich so recht überlege, will ich genau das. Schon seit du Shedir und mich in dein dämliches Dorf geführt hast.«

Regulus wartet einen kurzen Moment, dann hebt er die Hand und die Tür hinter uns springt auf.

Ich erstarre.

»Eine Nova!«, schreit Mirfak und stellt sich schützend vor Frya.

Ich keuche, fasse mich aber wieder und schieße meinen Sternenstaub auf sie. Sie zuckt, scheint mich dann allerdings zu fixieren. Verdammt.

»Wir haben keine Chance. Wir müssen hier weg!«, schreit Mirfak. Er will Frya packen, doch sie feuert ebenfalls Sternenstaub auf die Nova. Wut, Hass und so viel Trauer stehen in Fryas Augen, dass ich weiß, dass sie Menschen an eine Nova verloren hat.

»Verbindet eure Kräfte!«, schreit Lior, während er offenbar Regulus unter Kontrolle hält. Seine Hand ist erhoben und auf ihn gerichtet. Wie der Mond das Wasser anzieht und für Ebbe und Flut sorgt, so zieht auch Lior Regulus an und hält ihn gefangen.

Die Nova schreit hoch und bestialisch. Schmerz durchpocht meinen Kopf. Ich suche nach Sirrahs Hand, als eine Druckwelle alles von den Tischen fegt und Staub herumschwirrt.

»Mirfak!«, rufe ich und dann ergreift auch er meine und Sirrahs Hand. Sofort verbindet sich etwas. Wir sind ein Kreis. Unvollständig, das kann ich spüren. Aber da ist so viel urtümliche Macht in uns.

Ich lasse sie zu. Spüre die Wucht und wehre mich nicht weiter dagegen. Mein Leben lang habe ich genau das getan. Habe versucht, den Ruf der Sterne und diese tief verborgene Macht in mir zu unterdrücken. Aber da ist Macht. So viel Macht, dass ich nicht einmal mehr darauf achten muss, meine Zeichnungen oder das Leuchten zu unterdrücken. Es gehört einfach zu mir. Wie meine Stimme oder dass ich meine Beine bewegen kann.

Wir bündeln unsere Kräfte und als wir uns wieder loslassen, stehen wir der Nova fast geschlossen gegenüber. Frya wurde zurückgeworfen und die Nova fixiert sie.

»Verpiss dich!«, schreit Mirfak und schießt auf sie. Sirrah und ich tun es ihm gleich. Unser Sternenstaub verbindet sich in der Luft und leuchtet so hell, dass ich die Augen zusammenkneifen muss.

Die Nova schreit. Saugt an unserem Licht, aber wir verhindern es. Wieder diese bestialischen Schreie. Ich beiße die Zähne zusammen. Meine Ohren drohen zu platzen. Und dann dreht sie sich um und flüchtet.

»Nein!«, schreit Frya und läuft ihr hinterher. »Nein. Tötet sie!«

Mirfak rennt ihr nach, doch die Nova ist zu schnell. Frya schreit vor Hass auf, dreht sich um und stürmt dann auf Regulus zu. Als sie bei ihm ankommt, hebt er belustigt seine Hand und ich weiß, was er tun will. Sehe förmlich ihr Schicksal, indem er ihr mit seinem Sternenstaub die Kehle durchschlitzen wird. Doch das kann ich nicht zulassen. Will es nicht.

Ich schreie und schieße all die Macht auf seine Hand. Eine Linie zieht sich über seinen Unterarm und bevor ich begreifen kann, was ich da getan habe, fällt seine Hand zu Boden und Blut spritzt aus dem Stumpf.

Frya wird von der Wucht meines Sternenstaubs, meiner

Lichtenergie, zurückgeschleudert. Währenddessen kann ich dabei zusehen, wie die Erkenntnis in Regulus' Gesicht ankommt. Sein panischer Blick richtet sich auf seine rechte Hand, die am Boden liegt, und dann auf den Stumpf, aus dem immer noch Unmengen an Blut quillt. Er kreischt bestialisch auf.

Ich weiche zurück.

Lior starrt mich an. Und dann sinke ich in mich zusammen. Kraftlos. Ausgelaugt. Machtlos. Dunkelheit ummantelt mich.

»Er flieht!«, brüllt jemand. Ich erkenne die Stimme kaum, kann meine Augen aber nicht öffnen.

»Schirmt sie ab!«, ruft Sirrah mit grauenvoller Angst in der Stimme. Ein Knall ertönt und plötzlich ist alles still. Hat er sie getötet? Mein Herz pumpt Schmerz wie Gift durch meine Venen, bis mich jemand hochhebt.

»Wir müssen hier weg.« Es ist Liors Stimme. Ich bin mir sicher. Aber erst als mir frische Luft ins Gesicht bläst, kann ich meine Lider ein wenig öffnen und erkenne sein Gesicht.

»Der Hafen von Manswek wird sicher stark bewacht«, vermutet San.

»Wenn wir es in den Westen über die Sternenseen bis nach Tali schaffen, dann könnte uns dort jemand helfen«, sagt Mirfak. Seine Stimme klingt unsicher. Auch ich habe schon von den berühmten Sternenseen von Manswek gehört.

»Ich«, krächze ich.

Lior sieht mich an, bevor er auf ein Pferd steigt. »Alles wird gut, Narbenmädchen«, raunt er und sieht zu Mirfak. »Der, der uns helfen kann, wird er uns auch ein Boot besorgen?«

»Ich hoffe es.«

»Von Tali erreicht man innerhalb von ein paar Stunden Tharos, die Hauptstadt von Iniqas. Dort ist jeder willkommen, der im freien Land nach Schutz sucht«, erklärt Frya.

Lior treibt seine Stute an und der Wind peitscht mir schmerzhaft ins Gesicht. Es ist eh schon kalt hier in Manswek, aber bei

Nacht noch kälter. Mein Blick wandert hinauf zu dem wunderschönen Sternenhimmel und dem Lichtspiel, das sich nördlich über den Himmel erstreckt.

Wir reiten, bis die Sonne aufgeht, und erst dann machen wir Rast.

Als Lior mich von dem Pferd hebt, kann ich wieder alleine stehen, aber die Macht der Sterne in mir ist matt und kaum spürbar.

Wir befinden uns mitten in einem dichten Nadelwald. Die aufgehende Sonne blitzt ein wenig durch die Tannenzweige und erhellt damit den moosbedeckten Boden.

»Ab hier müssen wir zu Fuß gehen«, ertönt Mirfaks Stimme und kurz danach jagt er sein Pferd davon. Lior spricht zu Nenja, die offenbar San und Kaori mit vom Schiff zum Schloss gebracht haben. Dann galoppiert sie davon.

»Wirst du sie wiedersehen?«, frage ich und mustere seinen harten Gesichtsausdruck.

»Nenja und ich wurden schon oft getrennt. Wir finden immer wieder zusammen.« Seine Stimme klingt anders. Und mich beschleicht allmählich das Gefühl, dass es nicht nur an seinem Pferd und dem Abschied liegt. Die Erinnerungen an das Spiel der Königin lösen ein unangenehmes Gefühl in meiner Brust aus. Ich wende mich ab.

Mila, Nisha und Sirrah machen ein Feuer, während Kaori und San weiteres Holz sammeln. Mirfak inspiziert zusammen mit Frya die Umgebung. Lunas steht unbeholfen da und weiß offenbar nicht wirklich, was er tun soll.

Ich trete zu ihm. Sein Blick landet auf mir. In ihm steht Schmerz, Reue und Enttäuschung … aber auch Verständnis.

»Geht's dir gut?«

Er verzieht den Mund. »Ich sollte wohl eher dich fragen, ob es dir gut geht.«

»Ist nicht so wild.«

»Doch, das ist es. Es tut mir leid. Das hätte nicht passieren dürfen.«

Ich lächle belegt. »Wir sollten wohl alle nichts mehr von diesem Wein trinken. Oder vom Blut der Asteria.« Und obwohl ich das, was ich sage, ernst meine, habe ich etwas in Lunas entdeckt. Eine dunkle Seite. Ob man Janus wirklich Glauben schenken kann, sei dahingestellt. Dennoch macht mich seine Anklage, Lunas hätte seinen Vater getötet, stutzig.

Ich setze mich zu Mila, Nisha, Sirrah und Kaori, die nun am brennenden Feuer sitzen. »Wo ist San?«, frage ich, weil es mich wundert, dass er weder bei Kaori noch bei Lunas ist. Normalerweise ist er stets der Schatten einer der beiden.

»Er jagt, wir müssen uns stärken. In den Seegebieten werden wir keine Zeit für die Jagd oder Essen haben.« Kaori erhebt sich. »Komm!«, weist sie Mila an, die augenblicklich aufsteht und mit ihr ein paar Schritte auf eine kleine Lichtung zumacht. Sie zücken ihre Schwerter und Kaori zeigt Mila, wie sie sich verteidigen kann.

Ich hingegen bleibe am Lagerfeuer sitzen, sammle Kraft und wappne mich gegen das, was auf uns zukommt. Die Sternenseen sind gefährlich. Sie bilden eine Grenze zu Tali, einer Stadt, die kaum bewacht wird und von illegalem Handel lebt. Vor allem mit dem Inselstaat Iniqas. Es ist kein Königreich, sondern folgt einer Demokratie, in der die Menschen ihr Oberhaupt selbst wählen. Um Aufstände in unseren Königreichen zu verhindern, wurde die Reise nach Iniqas unter harte Strafen gestellt. Sie werden als Gesetzlose geschimpft und auch ihnen ist es nicht gestattet in die Vereinten Königreiche zu reisen.

Wie also sollen wir dort anlegen und, noch viel wichtiger, wie kommen wir dann wieder weg?

»Wie hast du vor alldem gelebt?«, frage ich Sirrah und beginne kleine Tannennadeln vom Boden zu sammeln, um sie in das Feuer zu werfen. Es beruhigt mich, wenn ich etwas mit meinen Fingern tun kann. Nisha wirft Sternschnuppe kleine Zapfen zu, die er wie ein dressierter Hund auffängt, während Sirrah nur in die Ferne sieht, als könne sie ihre Heimat von hier aus erkennen.

»Ich habe lange Zeit zusammen mit Pegasi in dem kleinen Dorf gelebt, in dem wir aufgewachsen sind. Als sie dann unsere Mutter tötete, hielt ich es noch ganze zwei Jahre aus, bis ich endlich einen Weg fand, vor ihr abzuhauen.« Sie beginnt an dem Griff ihres Schwertes herumzunesteln. »Damals war ich sechzehn. Und anschließend war ich vier Jahre auf der Flucht. Bis ich eines Tages entschied, nicht mehr wegzulaufen. Ich ging nach Huan, die Stadt der Träume. Sie ist wunderschön. Ich hoffe, ich kann dir eines Tages Lishan zeigen. Die Bäume sind rosa und die Wasserfälle leuchten. Sie befördern das heilige Sternenwasser. Es soll Reinheit bringen, aber nur wer vor Lishan besteht, dem wird gestattet, von dem Wasser zu trinken. Der Mond bei uns ist riesig und so hell, als würde er das Licht des größten und mächtigsten Asteri der Welt reflektieren. Die Feste …« Schwärmend verdrehte sie die Augen. »Sie sind ausgelassen und freudig und so voller Freiheit.«

»Das klingt wirklich schön«, flüstere ich.

»Das war es. Und eines Tages, drei Jahre nach meinem Entschluss nicht länger zu fliehen, da spürte ich dich.«

»Du bist dreiundzwanzig?«

Sie nickt.

»Meinst du, wir sind alle zusammen auf die Welt gekommen?«

»Lässt sich herausfinden. Mirfak!« Sie winkt den grummelig dreinblickenden Asteri zu uns. Seine Haare hat er wieder ordentlich an seinem Kopf nach hinten geflochten. »Wie alt bist du?«

»Dreiundzwanzig«, gibt er zurück.

»Ich denke, wir sind alle zur selben Zeit auf die Welt gekommen, ja«, bestätigt Sirrah. »Was bedeutet, dass wir lediglich noch einen Dreiundzwanzigjährigen finden müssen, der deinem Ruf bisher nicht freiwillig gefolgt ist.« Sie sieht an Mirfak auf und ab, während er sich zu uns ans Feuer setzt. »Wenn er nur halb so störrisch ist wie der, haben wir ein Problem.«

»Ich bin ein Freund meiner Freiheit. Mehr nicht.«

»Und Shedir hier will dich in die Gefangenschaft zwingen?« Kopfschüttelnd lacht Sirrah. Ich schätze es sehr, dass sie derart auf meiner Seite steht. Trotzdem frage ich mich hin und wieder warum.

»Was sind die Sternenseen genau?«, frage ich, um Mirfak ein wenig mehr aus der Reserve zu locken. Und weil ich es wirklich wissen will.

Kurz sieht er prüfend zu Frya, die mit Lior spricht. Mila und Kaori kämpfen immer noch, während sich Lunas auf die Suche nach San gemacht hat. Eigentlich müsste er zurück nach Nastras, aber wir haben keine Möglichkeit ihn dort hinzubringen. Also bleibt uns nur die Hoffnung, dass Nimue nicht untergeht, während dort … niemand herrscht.

»Die Sternenseen sind die Faelande. Unser erster König war ein mächtiger Fae und hat sie zusammen mit Nimue, der Göttin des Lichts, erschaffen. Lishan hörte davon und vor Eifersucht flog er nach Manswek und stahl ihnen das heilige, leuchtende Wasser.«

Sirrah verzieht den Mund.

»Es blieb genug Wasser in den Seen, allerdings darf von dem Wasser nur nehmen, wer rein ist. Deshalb wehrten sich die Sternenseen und erschufen dunkle Gestalten, die das Wasser schützen sollten. Die Faelande wurden nach und nach immer mehr zu einem riesigen Moorgebiet. Und glaub mir, du willst diesen Monstern nicht begegnen.«

»Bist du einem begegnet?«

Er seufzt. »Ja. Der Prinz zwang mich einst das Schicksal einer solchen Gestalt zu lesen. Er hoffte darauf, dass er dadurch einen Weg finden würde, sie zu besiegen. Natürlich will er die Sternenseen wieder zugänglich machen. Es würde ihn in den Augen seines Volkes zu einem Helden machen.«

»Und hast du etwas gesehen?«, fragt Sirrah neugierig. Sie rückt ein Stück vor.

»Nein. Nichts außer Dunkelheit. Wir alle wissen, dass wir sehr viel Dunkelheit sehen und gesehen haben. Grausame Dinge und Schmerzen erlitten haben. Aber das …« Sein Gesicht wird bleich und er schüttelt den Kopf. »Das fühlte sich an wie der Tod selbst.«

Ich presse die Lippen aufeinander. Seitdem wir unsere Kräfte gebündelt haben, spüre ich eine tiefe Verbindung zu ihm. Eine, die ich bei Sirrah bereits hatte. Und auch in seiner Art mich und sie anzusehen, hat sich etwas verändert.

»Du solltest dich wirklich gut stärken, Shedir. Wir brauchen dein Licht in dieser finsteren Gegend.« Ich nicke und er erhebt sich. »Ich werde eine Quelle suchen und Wasser mitbringen.« Frya schließt sich ihm sofort an. Lior sieht unbeholfen zu mir, entscheidet sich dann allerdings dem Kampftraining von Kaori und Mila beizuwohnen.

»Autsch«, macht Sirrah neben mir.

Ich stöhne genervt und werfe eine ganze Handvoll Nadeln in die Flamme. »Er ist sauer.«

»Er ist nicht sauer, er ist gekränkt. Lass ihn heilen, dann wird das wieder.«

»Meinst du wirklich?«

Sie zuckt mit den Schultern. »Du warst ziemlich deutlich mit dem, was du über Liebe denkst. Aber es ist nicht nur Schmerz, Shedir.«

»Das weiß ich. Aber ich kenne unser Schicksal.«

»Wir können Schicksale ändern. Wofür bist du ein Asteri?«

Ich sage nichts. Die Gewissheit, die ich in mir spüre, dass

dieses Schicksal nicht änderbar ist, sollten wir einander lieben, kann ich nicht beschreiben. Aber es ist tief in mir verankert.

»Machen dir deine oder seine Antworten mehr Angst?«

»Angst?«, hake ich nach.

»Ja, du wirkst verängstigt, seit die Königin dich in dieses Spiel gezogen hat.«

»Mich ängstigen seine Antworten mehr. Aber vor allem die Tatsache, dass ich Regulus eine Hand abgeschnitten habe. Er wird sich rächen und ich weiß nicht, wie ich das überleben soll. Wir alle.«

»Wir haben ihn einmal in die Flucht geschlagen, das können wir wieder.«

»Du brauchst einen festeren Stand!«, ruft Lior. Sirrah und ich sehen beide zu der Lichtung, wo Mila verzweifelt Kaoris Schläge abwehrt.

Mein Blick schweift nach links, wo San und Lunas mit zwei Hasen und Früchten zurückkommen.

Mir wird übel, als ich dabei zusehe, wie San die Hasen häutet und ausnimmt. Ich erhebe mich, inspiziere die Früchte und schneide sie dann in kleine Stücke. Koratz und Jungbohnen kann man nicht roh essen, also stecke ich die Stücke auf einen kleinen Ast, den Sirrah zurechtgeschnitzt hat, und halte ihn über das Feuer, während San dasselbe mit den Hasen macht.

Als die anderen zu uns stoßen und auch Mirfak und Frya mit frischem Wasser zurückkommen, essen wir schweigend. Die Bedrohung, die uns bevorsteht, wird nur allzu deutlich. Vielleicht ist es sogar nur diese Stimmung, die mir vergegenwärtigt, welcher Gefahr wir ausgesetzt sein werden, und nicht Mirfaks Geschichten über die Moorwesen.

Als die Sonne tief im Westen steht, legen wir uns auf das Moos, um etwas zu schlafen. Nisha kuschelt sich zu mir und ich halte sie fest in den Armen, während sie Sternschnuppe an sich drückt. Meiner Meinung nach hat die Echse mittlerweile eher die Größe eines Krokodils erreicht. Auch seine Flügel, mag er sie noch so sehr schützend an seinen Körper legen, sind gewachsen.

»Ist es normal, dass Erdlöwen so groß werden?«, frage ich Nisha, obwohl ich mir sicher bin, dass es nicht so ist.

»Nein«, flüstert sie, als wäre das ein Geheimnis. »Sternschnuppe will aber, dass ich das niemandem sage.«

»Ich denke, jeder kann sehen, dass er mittlerweile von der Größe einer Paradiesfeige zu einer Maulbeere herangewachsen ist«, flüstere ich zurück. Nil hat einige Jackfrüchte im Garten des Waisenhauses angepflanzt, weil sie sie statt Fleisch in die Gerichte einarbeitet. Eine von ihnen war so groß wie ein kleines Krokodil. Und genau so sieht Sternschnuppe mittlerweile aus.

»Er ist kein normaler Erdlöwe.« Nisha senkt ihre Stimme noch mehr. »Er stammt von Drachen ab. Aber keine Sorge. Ganz so groß wird er nicht.«

Ich ziehe eine Augenbraue hoch. Das würde die Flügel und seine Haut erklären, die nicht mehr ledrig, sondern hart und schuppig wirkt. Aber Drachen sind seit Lishans Tod ausgestorben. Wobei Nisha diese Informationen angeblich von dem Tier selbst hat. Also habe ich keine Ahnung, wie viel Wahrheit wirklich in ihrer Aussage steckt.

Wir schlafen ein wenig, bis Mirfak uns bei tiefster Dunkelheit weckt. Nach dem seltsamen Schweigen beim Essen hat er uns erklärt, dass man die Sternenseen bei Tag nicht passieren kann, weil sie dann so hell sind, dass man nichts sehen und sogar erblinden könnte.

Schläfrig rüttle ich Nishas zarten Körper und streiche ihr eine Strähne aus dem Gesicht. Dabei fällt mein Blick auf eine der Schuppen von Sternschnuppe, von der ich schwören würde, dass sie gerade kurz aufgeleuchtet hat.

Sie erhebt sich und hievt das Tier auf ihre Schultern. Mittlerweile muss er allerdings eine ziemliche Last für sie sein.

Ich suche nach Lior, der mit Mirfak, Lunas und San zwischen den Bäumen steht und ihre Taktik bespricht. Natürlich kann ich nicht gerade behaupten, dass meine Pläne bisher supererfolgreich waren, dennoch könnten sie mich mit einbinden. Aber Lior geht mir absichtlich aus dem Weg. Ich frage mich, ob es daran liegt, dass ich ihn nicht liebe oder weil er gezwungen war zuzugeben, dass er mich töten würde, wenn ich Lunas gefährlich werden würde.

Wie auch immer. Irgendwann müssen wir wieder miteinander sprechen. Also gehe ich zu ihnen. »Wie sieht der Plan aus?«

Mirfak kommt auf mich zu und berührt meine Oberarme. »Du solltest zwar dein Licht stärken, aber wir dürfen den Sternenstaub nur im äußersten Notfall nutzen, hörst du?« Er spricht mit mir wie mit einer Freundin. Ein warmes Gefühl brennt in meiner Brust. »Die Nova ist uns sicher noch auf den Fersen und die noch mehr anzulocken, als es deine Zeichnungen sowieso schon tun … Ich weiß nicht, welche Kreatur schlimmer ist. Diese Moorbestien oder die Nova.«

»Was tun sie?«

»Ich kenne Geschichten, in denen sie ganze Armeen des Prinzen in das Moor gezogen haben. Oder in die Sternenseen. Das ist tödlich. Selbst für uns Asteria. Ob du da eine Ausnahme bist … würde ich nicht herausfinden wollen.«

Ich verziehe den Mund, denn ich bin kein besonders starker Asteri. Obgleich ich die Königin des Himmels bin. Also vermute ich eher, dass diese Seen auch für mich tödlich sein werden.

»Passt auf, wo ihr hintretet, und am besten weckt ihr sie erst gar nicht auf.«

Ich sehe zu Nisha, um sicherzugehen, dass auch sie das verstanden hat. Sie nickt mir zu. Und seltsamerweise sieht es so aus, als würde auch die blaue Echse auf ihrer Schulter bestätigend blinzeln. Sternschnuppe wirkt, obwohl er gewachsen ist, wie ein Baby. Ich hoffe, dass ihm nichts passiert.

Die erste Stunde marschieren wir durch die stumme Dunkelheit des Waldes. Die Stille wird nur durch die Geräusche unserer Schritte und die Rufe der Waldkäuze unterbrochen.

Sirrah schließt zu mir auf. Ich spüre sie, dafür muss ich sie nicht erkennen können. Was auch fast nicht möglich wäre. Die Baumkronen sind so dicht, dass sie nicht einmal Mondschein zu uns gelangen lassen.

»Das, was Lior gesagt hat …«

»Ich weiß«, entgegne ich schnell, um nicht weiter darüber nachzudenken. Ich darf es nicht. Gerade jetzt, da Lunas hier ist, der Gefühlsregung von mir auffangen könnte, ist das zu gefährlich.

»Ich wollte dich nur an das erinnern, was wir besprochen haben.«

»Der Plan war, mich nicht daran zu erinnern«, zische ich und verschließe meinen Geist und die Gedanken wieder.

Wir gehen weiter, bis ich durch die massiven Baumstämme Licht erkenne. Bläulich helles Licht, das trotz seiner kühlen Farbe Wärme ausströmt. Aber da geht auch eine Gefahr von dem Licht aus.

Wir kommen dem Leuchten immer näher. Nun kann ich meine Gefährten wieder erkennen. Sie alle sind angespannt und kampfbereit. Mein Blick sucht Lior, der ganz vorne zusammen mit Mirfak und San läuft. Ich sehe nach hinten und warte, bis Nisha, Mila und Kaori an mir vorbeigehen. Dann zücke ich mein Schwert und sichere ihnen den Rücken. Immer wieder suche ich unsere Umgebung nach Moorwesen ab.

Der Boden unter meinen Füßen gibt leicht nach und meine Stiefel geben bei jedem Schritt schmatzende Geräusche von sich. Wir begehen also das Moor.

»Passt genau auf, wo ihr hintretet«, ermahnt Mirfak uns erneut mit leiser Stimme. Ich nicke ihm zu und sehe zu Boden. Er ist schwarz und schlammig, aber durch ihn hindurch zucken kleine leuchtende Adern, als würde er leben. Von diesem Licht ernährt werden.

Die dichten Bäume lichten sich und nun erkenne ich die weitläufige Ebene, die an einigen Stellen hell leuchtet und glitzert. Das Tal der Sternseen wird von mächtigen Gebirgspässen eingerahmt. Unser Ziel ist allerdings die Scharte, die man nordwestlich sehen kann. Mirfak erzählte uns, dass man dort zwischen den beiden Bergen fast ebenerdig nach Tali gelangen kann. Wenn wir uns gut anstellen, sogar ohne hier vorher von Moormonstern angegriffen zu werden. Bei der Anzahl an Gefährten bezweifle ich das jedoch.

Ich zucke zusammen, als ich auf eine Art Pilz trete, der puffend übel riechenden Staub ausspuckt. Mein ganzer Körper ist angespannt und mein Geist konzentriert, während wir uns über die Ebene schlängeln. Als der erste See direkt neben mir erscheint, zieht es mich zu ihm. Als würden die Sterne in ihm singen und mich zu sich rufen. Ich blinzle, zwinge mich weiterzugehen, aber der See zieht mich immer wieder zu sich, bis ich schließlich stehen bleibe und in das wunderschöne Licht starre. Kurz schaue ich zu den anderen, die unberührt weitergehen und sich immer mehr entfernen. Warum werden sie nicht von diesem Licht gerufen? Vielleicht ist das ein Zeichen. Eines speziell für mich, dass ich hineingehen muss. Als ich gerade an das Ufer treten will, ertönt ein Schrei.

»Nova!«

Irritiert drehe ich mich um und entdecke sie voller Grauen direkt vor mir. Ihr schwarzer Körper, vom Nebel umhüllt, baut sich vor mir auf. Beugt sich zu mir. Hinter ihr steigen schwarze Moorwesen aus der matschigen Erde.

»Shedir!«, schreit Lior voller Panik. »Renn weg!«

Doch ich bin erstarrt. Meine Beine wie angewurzelt. Langsam bewege ich mich rückwärts. Als meine Stiefel in das Nass vom Seeufer treten, faucht die Nova. Sie kommt nicht näher.

Warum nicht? Müssten diese Seen nicht eine unendliche Quelle an Licht für sie sein? Ich gehe weiter zurück.

»Nein!«, ruft Mirfak. Er eilt auf mich zu. Ich kann es im Augenwinkel sehen, während mein Blick weiter nur auf die Nova gerichtet ist. »Geh nicht da rein!«

Doch ich setze einen Fuß hinter den anderen, bis meine Schenkel nass werden. Die Nova zuckt zurück. Sie hat Angst vor dem Wasser. Arme greifen nach mir. Warme, lichtvolle Arme, die mich weiter hineinzuziehen. Und dann reißen sie mich nach hinten und ich klatsche auf das Wasser. Gehe unter. Sehe nur Licht. Nur Liebe. Nur Wärme. Ich will für immer hierbleiben. Es ist, als wäre ich wieder zurück am Himmelszelt, wo ich hingehöre. Umgeben von Sternen und der Unendlichkeit.

Mein Körper sinkt tiefer und tiefer. Ich gebe mich ihm hin. Wunderschöne Stimmen singen eine Melodie, die mir so vertraut ist.

»*Sie brauchen dich!*« Es dauert einen Moment, bis ich begreife, dass diese Stimme nicht aus dem Wasser, sondern aus meinem Inneren kommt. »*Du darfst nicht aufgeben.*«

Ich schüttele mich. Versuche mein Inneres loszuwerden. Das hier ist besser als alles, was mich da oben erwartet.

»*Sie brauchen dich!*«, sagt die Stimme erneut, aber sie wird leiser. Und da wird mir bewusst, dass ich es wieder tun will. Wieder egoistisch handeln will, nur weil sich das hier gut anfühlt. Doch ich habe Mila und mir versprochen, dass ich das nie wieder tun werde.

Ich öffne meine Lider, starre in unzählige grelle Augenpaare und schreie. Verliere all die Luft, die noch in meinen Lungen war. Ich will hinaufschwimmen, aber sie ziehen an mir. Halten mich fest. Um mich tretend versuche ich, wieder an die Oberfläche zu gelangen. Das Licht verebbt und ich werde in Dunkelheit gezogen.

Nein. Nicht dieses Mal. So oft habe ich Chancen vergeben,

um dann von Finsternis und Selbstzweifeln heimgesucht zu werden. Dieses Mal muss ich es anders machen.

Wieder trete ich aus. Ein Arm zuckt und lässt mich los. Dann sehe ich etwas vor mir aufblitzen. Ein weiteres Augenpaar, aber dieses hier ist liebevoll und vertraut. Als wären das die Augen zu der Stimme, die ich schon immer in mir höre. Der Blick zu dem Ruf der Sterne.

»Er wird dich töten«, sagt die Gestalt. Ich erkenne ihre Lippen und ihre Nase. Ihre Züge, die weich und schön sind.

»Wer?«, frage ich, obwohl ich mir sicher bin, dass ich die Antwort kenne.

»Lunas.«

Ich starre sie an. Dann verschwindet sie und die Fesseln um meine Arme und Beine lösen sich. Doch ich bin nicht in der Lage, mich zu bewegen.

Lunas wird mich töten?

KAPITEL 18

Als ich endlich wieder zu mir komme, schwimme ich nach oben. Meine Lunge saugt die Luft förmlich ein, als ich durch die Wasserdecke stoße und mich panisch umsehe. Lior und Mirfak stehen am Ufer und schreien mir etwas entgegen. Sirrah und Frya halten die Nova zurück.

Ich kämpfe mich zu ihnen und wate aus dem grellen Wasser. Mir ist schwindelig und wie automatisch suche ich Lunas. Mit gezücktem Schwert steht er bei Nisha und Mila. Kaori und San kämpfen gegen die schwarzen Moorgestalten. An alldem hier bin ich schuld.

Ich suche in mir nach meinem Licht. Spüre, dass dieser See eine Verbindung zu den Sternen ist, und knie mich in den moorartigen Uferboden. Ganz sanft berühre ich das Wasser mit meinen Fingerspitzen und ziehe all das Licht aus ihm, das ich finden kann. Macht pulsiert durch mich hindurch. Und als sie droht zu explodieren, richte ich meine andere Hand auf die Nova und schreie all meine Wut zusammen mit meinem Licht hinaus. Der Lichtstrahl, den man kaum noch als Sternenstaub bezeichnen kann, versengt die Nova. Sie kreischt. Beginnt hell zu glühen. Wie durch Risse ihrer Dunkelheit strömt mein Licht durch ihren Körper und lässt sie zerbersten. Ein dunkler, dreckiger und bösartiger Schauer überzieht uns. Legt sich auf meine

Haut. Lässt mich würgen. Und als ich wieder etwas sehen kann, ist sie verschwunden. Wieder greifen diese Hände im Wasser nach mir, doch ich entziehe ihnen meine Hand und stehe auf.

Lior und Mirfak starren mich an.

»Wir haben keine Zeit!«, sage ich und renne los. Laufe so schnell ich kann zu den anderen, zücke mein Schwert und köpfe eine der Moorgestalten, so wie es Arvo und ich als Jugendliche mit Lupins Sonnenblumen gemacht haben. Ich enthaupte eine nach der anderen. Wobei sie kaum richtige Köpfe haben, eher Schlammklumpen, die aber grün leuchtende Augen und scharfe gelbe Zähne besitzen. Aus den Hälsen verlieren sie schwarzes Blut. Es spritzt mir ins Gesicht und hinterlässt einen widerlichen Gestank nach Verwesung und Tod. Aber es ist mir egal. Es ist, als hätte die Macht in mir die Kontrolle übernommen.

Lior kämpft neben mir. San und Kaori bringen Nisha und Lunas in Sicherheit, während Mila mit erhobenem Schwert gegen die Bestien ankämpft.

Stolz überkommt mich. Und die Gewissheit, was ihr bevorstehen wird. Sie sieht genauso aus wie in meiner Vision ihrer Zukunft.

Ich renne weiter, ziehe Frya und Mirfak mit mir, die mit Sternenstaub statt mit Waffen kämpfen.

Wie selbstverständlich lasse ich mich, bei Mila angekommen, auf die Knie fallen, rutsche ein Stück zu ihr und ramme der Gestalt, gegen die sie kämpft, mein Schwert in den Rücken. Fassungslos sieht sie mich an. Ich muss wie ein dunkler, böser Krieger aussehen, mit all dem dunklen Blut in meinem Gesicht und dieser Wut, die man mir sicher ansehen kann.

Ich habe vorgesorgt. Ich habe sie nicht in Gefahr gebracht, ohne einen Plan B zu haben. Sirrah und ich haben es besprochen, bevor wir zu dem Fest gegangen sind, und sie hat es Mirfak erzählt. Und jetzt soll es ausgerechnet Lunas sein, der mich tötet? Vor allem … wann? Warum hat mir dieses Wesen meine

Zukunft verraten? Warum haben die Sterne es mir schon einmal gezeigt? Wir Asteria wissen nicht um unser Schicksal. Wir dürfen es nicht wissen. Auch die Königin nicht.

»Los!«, schreie ich und renne in Richtung der Scharte, die aus dem Moorgebiet führt. Die anderen folgen mir, bis der Boden endlich nicht mehr suppt, sondern trockenes rotes Gestein unter unseren Füßen knirscht.

Ich stütze mich auf meine Beine und keuche. Atme und versuche all die Luft nachzuholen, die mir verloren ging.

»Wir müssen weiter«, sagt Mirfak und legt seine Hand auf mein Schulterblatt. Es ist bereits das zweite Mal, dass dieser Mann, den ich erst wenige Tage kenne, mir Nähe schenkt. Eine, die sich echt und freundlich anfühlt. Eine, die mir zeigt, dass er dieselbe Verbindung zwischen uns spürt wie ich.

»Hinter dem Berg liegt Tali. Weder der Prinz noch die Königin werden dort erscheinen. Sie sind dort nicht gern gesehen.«

Mein Blick wandert zu Lior. »Was ist mit Regulus und Kara?«

»Der wird erst einmal seine Wunden lecken müssen. Und jetzt hat er auch noch seine Nova verloren.«

Ich nicke, richte mich auf und gehe zusammen mit den anderen weiter durch die Scharte. Die aufgehende Sonne scheint hinter dem Berg von Osten auf das Ende des Weges. Als wir es endlich erreichen, blicke ich von dem kleinen Felsvorsprung, auf dem wir stehen, hinab auf das Küstendorf Tali. Auch wenn die Häuser eher alt und brüchig aussehen, wirkt es belebt, zwischen den Fenstern hängen unzählige Bänder mit Wäsche. Am Hafen herrscht bereits reger Betrieb und von hier oben kann ich den Marktplatz erkennen.

Wir laufen einen Pass hinunter, bis wir bei der Stadtmauer ankommen. Die Wachen, die dort postiert sind, starren mich unverhohlen an.

»Was bei den Göttern …« Der eine kommt näher, um sich mich genauer anzusehen, während der andere zurückweicht.

»Ich habe ein paar Moormonster getötet. Ihr Blut ist schwarz, falls ihr euch das schon immer gefragt habt.«

Sie wechseln unsichere Blicke. »Ist lange her, dass jemand über die Faelande zu uns kam.«

»Und doch haltet ihr hier Wache«, stellt Sirrah bissig fest.

Der Jüngere der beiden deutet Richtung Norden. »Über den Berg der Seen kann man auch hergelangen. Es ist ein harter Auf- und Abstieg. Aber um einiges sicherer als die Faelande.«

»Wie dem auch sei«, unterbricht Lior die beiden. »Nehmt ihr Wegzoll oder lasst ihr uns einfach so passieren?«

»Ihr müsst eure Waffen ablegen«, sagt der Ältere.

Lior zuckt und spannt seinen Körper an.

»Keine Sorge, ihr werdet sie bei eurer Abreise wiederbekommen. Aber in Tali sind Waffen verboten.« Er wirft Mirfak einen Blick zu. »Ihr reist weiter nach Tharos?«

»Sehen wir so sehr nach Freiheitskämpfern aus?«, fragt Frya belustigt und wirft ihm ihre Kurzschwerter und Dolche vor die Füße. Ich hätte nicht gedacht, dass sie so viele Waffen mit sich trägt. Zumal sie in meiner Gegenwart bisher ausschließlich mit ihrem Sternenstaub gekämpft hat.

»Ein wenig schon. Aber dann solltet ihr wissen, dass ihr eure Waffen auch dort nicht mit an Land nehmen dürft.«

»In Ordnung«, sagt Lior und legt, wie auch die anderen, seine Waffen ab, bevor wir durch das Tor eintreten.

Sofort schlägt mir die Geschäftigkeit der Menschen hier entgegen und beschert mir ein wohliges Gefühl, als würde ich das erste Mal das wahre Leben miterleben. Die Menschen grüßen uns, auch wenn sie etwas irritiert über unser Aussehen, vor allem meines, sind. Mirfak führt uns hinunter zum Hafen, wo wir auf seinen Freund warten. Ich mustere die Marktstände und die Wellen, die hinter ihnen an die Steine prallen.

Einmal bei meinen Leseübungen habe ich ein Buch gelesen, in dem es einen Ort am Meer gab, den ich mir genau so vorgestellt habe. Die Häuser sind auch hier in bunten Farben gestrichen und die Fenster durch Sprossen geteilt. Blumen schmücken die Fensterbänke und die steinernen Straßen werden gerade von zwei Männern gefegt.

Ein junger Mann mit Mütze und Hosenträgern tritt zu uns. Seine blaue Hose endet an seinen Knöcheln, was aussieht, als wäre er aus dem Kleidungsstück herausgewachsen.

»Du hast nicht von so vielen gesprochen«, meint der Bursche und mustert uns argwöhnisch.

»Wann habt ihr gesprochen?«, hakt Lior nach.

»Lange her. Es war ein genereller Notfallplan für mich und Fyra.«

»Kannst du uns ein Boot besorgen?«

Er mustert uns mit Argwohn. »Kann einer von euch segeln?«

»Ja«, sagt Kaori und deutet auf das Symbol der Königswache an ihrer Brust.

»Niume steht nicht gerade für die Schifffahrt.«

»Und doch müssen wir es lernen.«

»In Ordnung. Morgen früh kommt ein Segelschiff zurück. In Tharos gibt es jemanden, der zurück nach Tali will. Ihr segelt also rüber und übergebt einer Kapitänin, die auf euch wartet, das Schiff.«

»Und was kostet uns das?«, fragt Lior skeptisch.

»Zehn Golden.«

»Ein teurer Spaß.«

»Normalerweise dürfte ich euch nicht einmal übersetzen lassen. Nicht einmal mit eurem eigenen Schiff.«

Lior nickt nur und sieht sich dann um. »Wo können wir die Nacht verbringen und uns … waschen?«

Der Schiffsjunge schaut sofort mich an. Ich sehe zu Boden.

»Es gibt eine Taverne mit Gastzimmern.« Er zeigt die Promenade entlang. »Zum Walfisch«, fügt er hinzu. »Sie haben faire Preise. Gut, dann treffen wir uns morgen bei Sonnenaufgang hier.« Mit diesen Worten dreht er sich um und schwingt sich auf eines der Schiffe, um die Ladung an Land zu bringen.

Wir gehen stumm die Promenade entlang, bis wir bei dem Gasthaus ankommen. Wir treten ein und im Gegensatz zu der Taverne in Königssund sind hier keine Gäste der letzten Nacht versackt. Stattdessen sieht uns eine junge Dame an, die gerade Gläser putzt. Sie wirkt verdutzt, so früh schon Gäste zu empfangen.

»Was kann ich für euch tun? Außer einem Bad?«

Ich verdrehe die Augen. So langsam habe ich begriffen, wie schlimm ich aussehe. Und ehrlich gesagt, würde ich lieber nicht ständig daran erinnert werden. Das, was ich da war – zu wem ich wurde –, war nicht ich. Oder etwa doch? Bin ich genau diese Shedir, die mit ihrem Licht Kreaturen umbringt, nur um dann all die anderen Bestien mit der Klinge zu köpfen? Nein. Ich bin jemand, der nach all den Jahren sein Erbe angenommen hat und seine Familie verteidigen würde. Egal, was es kostet und zu wem ich dafür werden muss.

»Wir brauchen Zimmer«, sagt Mirfak.

Die Wirtin zählt durch. »Wir haben nur vier freie Zimmer.«

»Das ist in Ordnung.«

»Eine Kupfermünze pro Zimmer.« Sie verzieht den Mund, als sie Lunas entdeckt. Wahrscheinlich hat sie an dem Symbol auf seiner Brust erkannt, dass er der Interimskönig von Nimue ist, und ärgert sich, dass sie nicht mehr Geld herausgeschlagen hat.

»Ich denke, eine Kupfermünze pro Gast wäre fair«, sagt Lior, der ihren Blick ebenfalls zu deuten scheint, und legt sie auf die Theke.

Ein Lächeln zieht sich über ihre Lippen und ich bin mir sicher, dass es nicht nur am Geld liegt. Ich sehe, was in ihren Augen passiert, während sie Lior ansieht. Er hat wohl recht, dass er diese Wirkung auf Frauen hat.

»In jedem Zimmer steht ein Ofen, auf dem ihr euch das Wasser für das Bad wärmen könnt.« Sie dreht sich um und nimmt vier Schlüssel von einem Brett. »Ein Essen kostet das Gleiche wie ein Zimmer und Met gibt es frei Haus. Wir sind aber immer dankbar für Trankgeld.« Sie deutet auf eine blecherne Dose, die auf der Theke steht, und begleitet uns danach zu den Zimmern.

Wie auch unten in der Taverne sind die Decken mit Holzschnitzereien verziert. Die Räume sind spartanisch eingerichtet und in dem Zimmer, das Nisha, Mila, Sirrah und ich gewählt haben, gibt es nur ein Bett.

Mila eilt sofort zu dem Ofen und entzündet ein Feuer, während sie Nisha anweist, Wasser zu holen. Sie geht durch eine Hintertür auf einen kleinen Balkon, von dem eine klapprige Holztreppe in den Hinterhof führt, in dem ein Brunnen steht.

»Alles in Ordnung?«, fragt Sirrah. Sie stellt sich vor mich und legt ihre Hand auf meine Schulter. Wie paralysiert starre ich vor mich her und stehe einfach nur da.

»Ich bin erschöpft«, sage ich dann und fühle in meinen Körper hinein. »Und …« Ich hebe meine Handflächen. Sirrah stößt ein Zischen aus. Blutige Blasen und Verbrennungen zieren meine Hände und lassen sie schmerzhaft pochen.

»Das war etwas viel Licht«, flüstert sie und zieht mich mit sich hinaus zu dem Brunnen, um meine Hände zu waschen. Dort treffen wir auf Kaori, die ebenfalls Wasser holen will. »Habt ihr irgendwelche Salben bei euch?«, fragt Sirrah und sofort kommt Kaori mit dem Heilkräuterbeutel, den jede Königswache bei sich tragen muss, näher. Ich erinnere mich noch daran, als ich mit dem von Lunas den kleinen Silberluchs verarztete. Seitdem sind nur wenige Wochen vergangen und doch fühlt es sich an, als wäre es Monate her.

Kaoris Blick wird weicher, als ich ihn je gesehen habe, während sie eine kleine Salbe herausnimmt, meine Handflächen damit einreibt und sie dann zusammen mit einigen Kräutern verbindet. Die Leinen drücken auf meine Haut und lassen mich zucken.

»Das kann Euch durch Euer eigenes Licht passieren?«, fragt sie nachdenklich.

»Es war nicht mein eigenes«, bringe ich hervor und versuche, meine Lider offen zu halten. Ich bin so müde, dass mir schon schlecht ist. »Ich habe es aus dem See kanalisiert. Und dafür ist mein Körper wohl nicht ausgelegt.«

Sie nickt, lächelt mir dann kurz zu, bevor sie sich selbst einen Eimer nimmt, um Wasser nach oben zu bringen. Nisha kommt bereits das dritte Mal zurück. Sternschnuppe watschelt hinter ihr her.

»Mal ganz kurz«, flüstert Sirrah mir zu. »Die Echse war doch gestern noch kleiner, oder?«

»Ja«, sage ich besorgt und mustere seinen großen Körper. Ich verenge den Blick, weil er wieder seine Flügel so nah angelegt hat, als würde er sie verstecken wollen.

»Ich will dich nicht beunruhigen, aber er sieht fast genauso aus wie die Zeichnungen, die es in unserem Königreich von Lishan gibt, als er herangewachsen ist.«

Ich beiße auf meiner Lippe herum und überlege, ob Sternschnuppe wirklich ein Drache sein könnte. Und was es für uns bedeutet, wenn er einer ist. Wir würden noch mehr gejagt werden als jetzt schon – vor allem Nisha wäre in Gefahr. Jeder würde ihn an sich reißen wollen, aber ich bezweifle, dass sie ihn kampflos hergeben würde.

»Vielleicht sollte sie ihn heute Abend nicht mit in die Taverne nehmen«, überlege ich laut, woraufhin Sirrah ausgiebig nickt.

»Auf jeden Fall. Wir können froh sein, dass die Schankdame nicht auf ihn geachtet hat.«

Als ich gerade wieder hochgehen will, hält mich Sirrah fest und sieht mir tief in die Augen. »Ich vertraue dir.«

»Das weiß ich«, sage ich, verscheuche den Gedanken an das, was sie meint, und steige die Stufen hinauf, während Sirrah noch unten bleibt.

»Ich denke, du kannst baden«, sagt Mila, als wir eintreten. »Halt einfach deine Hände hoch und ich wasche dich.«

Mein Kopf nickt, obwohl ich ablehnen will. Eine Wahl bleibt mir allerdings nicht. Und so setze mich in das lauwarme Bad und lasse mir von Mila die Haut schrubben und die Haare waschen. Eine Träne rollt mir über die Wange, als ich daran denke, wie ich als Kind badete. Ich weiß noch, dass ich mir gewünscht habe, meine Mutter würde das tun, was Mila jetzt tut. Aber sie war dafür zu beschäftigt und ich war nie wirklich sauber. Bis ich bei Lupin gelernt habe, wie man wirklich für sich und die eigene Hygiene sorgt.

Als sie mein Gesicht mit einem Leinentuch wäscht, bemerkt sie meine Tränen und wischt sie weg. Wahrscheinlich haben sie helle Striemen in meine schwarz verschmierte Haut gezeichnet.

»Seltsamerweise freue ich mich, dass man heute mal wieder deine Zeichnungen sieht. Ich habe sie ein kleines bisschen vermisst«, sagt sie aufmunternd.

Ich lächle und berühre das kühle Eisen mit meinen Fingerspitzen. Hätte sie nichts gesagt, wäre mir nicht einmal aufgefallen, dass sie da sind. Es ist, als würden sie innerlich bereits zu mir gehören. Sie sind nur für die Außenwelt nicht sichtbar. Zumindest die meiste Zeit. Heute ist mein Licht zu schwach und das bisschen, das ich habe, nutze ich dafür, dass Lior nicht in meiner Gegenwart leuchtet. Dieses bisschen Kraft, was ich aufwenden muss, ist für mich fast wie Atmen geworden.

Als ich aus dem Wasser steige und die graubraune Brühe sehe, überkommt mich ein schlechtes Gewissen, weil die anderen die Wanne erst ausleeren müssen und neues Wasser einfüllen, um sich ebenfalls sauber zu machen.

Vielleicht wollte ich als Kind im Schloss tanzen, schöne Kleider tragen und den Prinzen kennenlernen. Aber wirklich leben wie eine Prinzessin wollte ich nie. Oder ich habe mir nie Gedanken gemacht, was hinter einem solchen Leben steht. Menschen, die die Arbeit für dich und sich selbst machen müssen. Luxus geht immer auf die Kosten von anderen.

»Leg dich hin und schlaf, Shee«, sagt Mila mütterlich, als sie mir ein Tuch um meinen Körper bindet.

»Aber ich kann nicht …«

»Du hast uns da allen den Arsch gerettet«, mischt sich Sirrah ein, die gerade das kleine Badezimmer betritt und mich mitleidig mustert. »Schlaf dich aus. Wir wecken dich zum Essen. Du brauchst wirklich etwas auf den Rippen.«

Mila führt mich zum Bett und bevor ich mich weiter wehren kann, lege ich mich hin und schlafe sofort ein.

Wieder ist diese Dunkelheit anders als sonst. Ich weiß, was das bedeutet. Aber warum will er mit mir sprechen? Warum hier? Er hatte doch in der Realität die Möglichkeit und wollte es nicht.

»Geht es dir gut?«

»Wie man's nimmt«, entgegne ich zögerlich. Jetzt und hier geht es mir gut. Ich fühle mich schwerelos und stark. Aber das hier ist nur ein Traum. »Hast du mir jetzt doch etwas zu sagen, oder warum sind wir hier?« Noch immer hat sich kein Raum gebildet.

»Ich weiß nicht. Es tut mir leid.«

»Was tut dir leid? Sollte nicht lieber ich mich bei dir entschuldigen?«

Als ich blinzle, baut sich plötzlich doch etwas um mich herum auf. Ich verenge meinen Blick, als ich die Wiese erkenne, auf der wir in Regulus' Dorf saßen. Auch das bildet sich um uns herum, nur dass niemand außer uns beiden hier ist. Er liegt vor mir im Gras und sieht hinauf zu den Sternen. Ich setze mich zu ihm.

»Warum, weil du mich nicht liebst? Das wusste ich bereits vorher.« Er befeuchtet seine Lippen. »Es tut mir leid, dass ich gesagt habe, ich würde dich töten.«

»Du meinst, dass du mich töten wirst, wenn ich Lunas nicht helfe.«

»Wenn du ihm den Tod bringst.« Er fährt sich durch das Gesicht und seine Haare. »Ich habe geschworen, ihn zu schützen, Shedir. Ich habe es mir, meinem Vater und meiner Mutter geschworen. Ich lebe nur, damit er lebt.«

»Das ist nicht wahr, Lior«, flüstere ich. »Natürlich ist er dein Bruder. Und es ist auch in Ordnung, dass du alles für ihn tun würdest. Aber es ist nicht wahr, dass du nur für ihn lebst. Das ist das, was dir deine Eltern ihr Leben lang eingebläut haben. Das, was du zu spüren bekommen hast. Aber auch du bist es wert nur für dich zu leben.«

Er atmet schwer. »Wir schaffen das.«

»Das, was du gesagt hast, bedeutet, dass wir beide eine Entscheidung treffen müssen.«

»Und wie sieht die aus?«

Ich lache, weil er sicher weiß, wovon ich rede. »Indem ich hier mit dir in Tali bin und nach Tharos reise, bringe ich mich, Sirrah und Mirfak in Gefahr. Du hast es gesagt, sollten wir Lunas gefährlich werden, würdest du uns töten.«

»Wir werden einen anderen Weg finden. Ich würde dir nie etwas antun.«

Ich zucke, als ich an das Gesicht der Frau unter Wasser denke. Und das, was sie gesagt hat. Es wird nicht Lior sein, der mich tötet, sondern Lunas.

Statt etwas zu sagen, nicke ich nur. Wir wissen beide, dass es eine Lüge ist, denn als er die Schlange um seinen Hals hatte, musste er die Wahrheit aussprechen.

»Das, was da auf diesem Schiff passiert ist«, setzt er seine Entschuldigungsliste fort.

»Du konntest nichts dafür, Lior. Und das mit dem Blut hat nicht wehgetan. Im Gegenteil.«

»Ich wollte nie, dass du diese Seite von mir zu Gesicht bekommst.«

Ich sehe ihn an. Tief und fest. »Ich will alles an dir kennenlernen, Lior. Und seit wir Asher verlassen haben, häufen sich die Geheimnisse, von denen ich durch Dritte erfahren muss.«

Er setzt sich auf. »Was willst du wissen?«

»Wer sind Manuk und Samiel?« Unruhig zupfe ich an dem Gras neben mir herum.

»Sie sind Asteria, die ich auf der Suche nach Antworten gefunden habe. Sie entschieden sich mit mir zu kommen, vor allem, weil sie schon seit Längerem von einer Nova verfolgt wurden. Als wir gerade in einem Dorf in Karrak ankamen, wo ein mächtiger Asteri lebt, warnte er sie, dass die Nova sie finden würde. Ich wollte trotzdem weiter unserem Plan folgen. Manuk und Samiel entschieden sich aber abzuhauen. Manuk wollte, dass ich mitkomme, statt zurück nach Nimue zu gehen. Sie glaubte, dass Nimue ein verfluchtes Land sei. In Karrak heißt es, dass die goldene Göttin Nimue es nicht ertragen konnte, dass Karrak, die Göttin der brennenden Sonne, heller strahle als sie. Außerdem war die brennende Sonne immer schon eng verbunden mit Nimues Geliebtem Lishan. Also soll sie einen Fluch auf das Licht der Karrak gelegt haben, sodass es in Nimue nicht scheinen kann. Manuk hatte also Angst, dass ihr Licht versiegen würde und sie damit stirbt, sollte sie nimuenisches Land betreten.« Er schluckt hörbar. »Ich ließ sie gehen und entschied mich, weiter nach einer Lösung für Lunas zu suchen. Obwohl ich wirklich der Versuchung widerstehen musste, einfach nur frei zu sein und ausschließlich für mich zu leben.« In seinen Augen erkenne ich eine tiefe Verbindung zu Manuk. Er hat sie geliebt. »Sie wurden im nächsten Dorf, das sie erreichten, von der Nova angegriffen und sie tötete Samiel, was dieses Dorf in Sternennebel zurückließ. Manuk floh, kam zu mir und ich nahm sie mit. Aber es war nicht mehr dasselbe. Nicht für sie. Sie gab mir die Schuld an Samiels Tod und … na ja. Eines Morgens wachte ich auf und sie war verschwunden. Seitdem habe ich sie nicht wiedergesehen.«

Ich presse meine Lippen aufeinander und überlege, was ich getan hätte. Eine Antwort finde ich nicht.

»Kurz danach wurde das Gerücht des Sternenschlächters laut. Ich denke, dass sie etwas damit zu tun hatte.« Er zuckt mit den Schultern. Seine silbrigen Augen haben ihren Glanz verloren. »Was willst du noch wissen?«

»Stimmt es, dass die anderen Königsfamilien der vereinten Königreiche Anspruch auf mich erheben werden?«

»Na ja«, beginnt er, als wäre das eine nicht festgelegte Staatsangelegenheit. »Es herrscht weitläufig die Annahme, dass sich Himmel und Erde verbinden, wenn die Königin des Himmels einen menschlichen König heiratet. Sie denken wohl, dass ihr Königreich dann stärker wird.« Er schüttelt den Kopf. »Aber deine Macht ist deine Macht. Ich kann mir nicht vorstellen, dass sie auf einen Menschen übergeht, wenn du heiratest.«

»Was ist mit Lunas, Janus und seinem Vater vorgefallen?«

»Lunas und Janus haben sich kennengelernt, als Vater und Mutter ihm das erste Mal nach der Lesung seines Schicksals gestatteten, das Schloss zu verlassen. Ich nahm ihn mit zu Janus, den ich bereits Jahre kannte. Wir waren enge Freunde, weil ich damals Monate bei ihnen im Schloss verbrachte. Aber er hatte sich verändert. Diese Version, die er war, mochte Lunas aber sehr. Sie waren plötzlich unzertrennlich und machten nur Ärger. Eher seltsam für zwei achtzehnjährige Kronprinzen, aber ich habe es Lunas nicht verübelt. Er wurde immer nur eingesperrt.« Kurz zögert er. »Am Tag vor unserer Abreise stürzte der König aus dem Fenster seines Zimmers in den Hofgarten. Er starb eine Woche später an seinen Verletzungen. Die Wachen und Dienstmädchen sagten alle, dass sie Lunas und Janus in das Zimmer gehen sahen. Heraus kamen sie aber nicht, weshalb dieser Vorwurf aufgegeben wurde. Es dauerte lange, bis ich Lunas endlich dazu gebracht hatte, mir zu sagen, was wirklich geschehen war. Er sagte, dass Janus die Idee hatte, seinem Vater einen Schrecken einzujagen, ihn dann aber gestoßen habe. Geflohen sind sie durch einen Geheimgang, der sich hinter einem Bild in den Gemächern des Königs befindet.«

Ich sage nichts. Mir wird schwindelig, vor allem weil Janus so sicher sagte, dass es Lunas war. Ich hätte ihm niemals geglaubt, wäre da nicht diese Gestalt im Wasser gewesen.

»Ich glaube ihm. Lunas ist kein Mörder. Und danach begriff er, was es bedeutet, ein König zu sein. Er wurde erwachsen und zu dem Mann, den du kennengelernt hast. Er ist gütig und der perfekte König.«

Ich verkneife mir, dass auch Lior der geborene König ist. Denn er will es nicht und das muss ich akzeptieren.

»Hast du sonst noch Fragen?«

»Warum liebst du mich?«, frage ich gepresst, weil ich mich überwinden muss.

Überrascht hebt er die Brauen. »Weil du immer wieder spontane Einfälle hast, die schiefgehen, und es trotzdem wieder versuchst.«

Mein Mundwinkel zuckt unsicher.

»Ich mag diese Eigenschaft. Du lässt dich nicht unterkriegen«, verteidigt er sich lachend.

»Weil ich die Klappe nicht halten konnte, bin ich aus zwei Lehren rausgeflogen. Vielleicht wäre es besser, wenn ich meine spontanen Einfälle mal als das sehe, was sie sind: dumm.«

»Sie sind nicht dumm. Du vertraust dir selbst und du hast eine Stimme, die du erhebst. Das ist nichts Schlechtes. Es kommt dir nur nicht immer zugute. Außerdem bist du wirklich schön und das nicht nur äußerlich.«

Ich weiche seinem Blick aus und zupfe weiter an dem Gras herum.

»Du vertraust Menschen. Trotz dem, was du da im Thronsaal gesagt hast. Natürlich hast du Angst zu lieben und zu leiden, wenn du diese Person verlierst. Und doch hast du dich entschieden, mir zu vertrauen. So wie auch Mila, als sie beschloss mitzukommen. Du hast Sirrah vertraut und Lunas. Du bist offen und das trotz deiner Ängste.«

»Das kann aber auch nach hinten losgehen«, beteure ich ehrlich.

»Alles kann schiefgehen, Narbenmädchen. Bisher ist fast jeder deiner Pläne gescheitert. Schon am ersten Tag, als du nach Nastras kamst. Aber das ist in Ordnung. Ich habe gesehen, wer du bist und was du machst, um deine Lieben zu schützen. Denkst du wirklich, Nisha ist in diesen Karren gesprungen und hat sich versteckt, weil sie so gerne einmal Moorbestien sehen wollte? Nein. Sie wollte bei dir sein. Du hast deine negativen Seiten. Wie wir alle. Und Egoismus gehört, wie ich es dir schon einmal gesagt habe, nicht dazu.«

Ich erinnere mich daran. Wir saßen genau hier und ich hatte Lunas vergessen. Schon da habe ich ihm gesagt, dass ich mich nicht in ihn verlieben werde. Und doch bin ich es bereits. Aber lieben darf ich ihn nicht.

»Vielleicht ist es auch unser Schicksal, was mich dich nur noch mehr lieben lässt. Ich habe diese Verbindung von Anfang an gespürt. Und auch das ist in Ordnung. Das Schicksal führt Menschen zusammen, die zusammengehören. Und wir gehören zusammen. Das weiß ich, auch wenn es uns umbringt.«

Ich sage nichts dazu und auch er schweigt eine ganze Weile.

»Weißt du, wo Alderamin sich aufhält?«, fragt er vorsichtig. Ich schüttele den Kopf. Dafür müssten Sirrah, Mirfak und ich noch einmal unsere Kräfte bündeln und nach ihm suchen.

Wir schweigen, bis mich irgendwann die Dunkelheit übermannt und ich traumlos weiterschlafe.

Mila streicht mir sanft über die Wange und weckt mich, als es Abend ist. Nisha hat sich vor mir eingekuschelt und schmatzt schläfrig, als auch sie wach wird.

Sternschnuppe hat sich unter das Bett gelegt.

Ich ziehe mir etwas an, weil ich immer noch nur das Handtuch umgebunden habe, und stelle dankbar fest, dass Mila meine Sachen gewaschen und am Ofen getrocknet hat. Wir vier gehen hinunter in die Taverne. Der Raum hat sich mittlerweile gefüllt und neben den Geräuschen der Gespräche und dem Lachen erklingt die Klampfe und Stimme eines Minnesängers.

Wir setzen uns an einen kleinen Tisch unweit entfernt von den anderen, bei denen kein Platz mehr ist. Die Schankdame bringt uns einen Eintopf, stellt Met und Saft für Nisha hin und nimmt Sirrahs Münzen entgegen. Als ich den ersten Löffel voller warmer, würziger Möhren, Erdäpfel und Linsen in den Mund nehme, stöhne ich auf vor Hunger und Freude. Wir reden kaum miteinander, so beschäftigt sind wir mit Essen. Sirrah bestellt sogar noch einen Teller, von dem Mila und ich immer wieder etwas stibitzen, was sie zur Weißglut bringt.

»Ich habe euch dreimal gefragt, ob ihr auch noch etwas wollt«, brummt sie genervt und zieht den Teller zu sich, was Mila und mir ein lautes Lachen herauslockt. Nisha wirkt heute in sich gekehrt und hat immer noch nicht aufgegessen, als Sirrah genug von unserer Hilfe hat.

»Alles in Ordnung?«, frage ich und streiche ihr über den Kopf.

Sie nickt, wirkt allerdings immer noch abwesend. »Ich will das auch können. So kämpfen wie du«, sagt sie dann laut und schlägt ihre Faust auf den Tisch.

»Das wirst du«, entgegne ich und drücke ihre Hand, damit

sich die Faust löst. »Sobald wir diese Reise hinter uns haben, bringe ich dir alles bei.«

»Wann ist diese Reise beendet?«, fragt sie, doch auch ich kenne keine Antwort darauf. Selbst wenn wir Alderamin finden, was dann? Sollten wir Lunas wirklich retten können, was passiert danach? Werden wir uns wieder trennen? Bei Mirfak bin ich mir sicher, aber Sirrah ist eine Freundin geworden. Jemand, den ich nicht so einfach gehen lassen wollen würde. Werde ich wieder in die Wohnung zusammen mit Mila ziehen? Und was wird aus mir und Lior? Werde ich Lunas heiraten müssen? Aber wenn wir ihn retten, dann muss er dem Volk keine Hoffnung mehr geben und wir können unsere Verlobung lösen. Ich wüsste trotzdem nicht, wie ich danach weitermachen will. Und ob ich überhaupt wieder in ein anderes Leben finden würde.

»Wenn wir den letzten von unserer Familie gefunden haben«, antworte ich dennoch und lächle ihr zu. Wir trinken unseren Met und nachdem sich einige Tische mit Gästen, die wohl nur zum Essen hergekommen waren, geleert haben, schieben die anderen einen benachbarten Tisch an unseren und setzen sich dazu. Mein Blick landet auf Lunas, der mich stumm ansieht. Er spricht generell wenig, seit er nach Manswek kam. Doch in seinen Augen liegt etwas, das ausgesprochen werden will. Er räuspert sich.

»Wäre es nicht sinnvoll, das Schiff morgen zu nehmen und nach Nimue zu segeln?«, fragt er mit gesenkter Stimme.

Mirfak wirft ihm einen zornigen Blick zu. »Wir haben einen Handel mit einem ehrlichen Mann gemacht. Er gibt uns sein Schiff und wir überreichen es einer Kapitänin, die dort auf uns wartet.«

»Ich schicke ein paar meiner Wachen mit dem Schiff nach Tharos, um es ihr zu bringen.«

»Man darf nicht in Tharos anlegen, wenn man aus den vereinten Königreichen kommt«, zischt Mirfak. »Wir werden von

dort aus einen Weg in euer ach so geliebtes Königreich finden.«
Frya legt ihm beruhigend ihre tätowierte Hand auf den Arm.

»Ich bin der Interimskönig und ich …«

»Alderamin ist in Iniqas. Wir müssen also nach Tharos segeln«, wende ich ein. Lior wirft mir einen ungläubigen Blick zu. Und ja, es ist eine Lüge. Aber ich werde Mirfak nicht in den Rücken fallen. Keinem von ihnen.

»Das ist Selbstmord. Wenn sie erkennen, wer wir sind, dann werden sie uns nicht gehen lassen. Lior schon gar nicht.«

Ich sehe Lior fragend an.

»Er hat recht, ich werde dort als Kriegsverbrecher gesucht. Aber wir können uns tarnen. Niemand weiß, wie ich aussehe. Nicht dort.«

»Kriegsverbrecher?«, hakt Sirrah bissig nach.

»Sie denken, dass ich euresgleichen abschlachte. Wie du aber gesehen hast, tue ich das nicht.«

»Warst das also nicht du, der bei der Königin sagte, er würde uns töten, wenn wir seinen Bruder in Gefahr bringen?«

»Was würdest du tun, wenn jemand den Tod eines geliebten Menschen herbeiführen würde?«

Sie schweigt, stattdessen erhebt Mirfak das Wort. »Es ist die einzige Möglichkeit. Vor allem, wenn wir den Vierten von uns finden wollen.«

In Gedanken suche ich nach einem anderen Weg. Einem, der Lior nicht in Gefahr bringen würde. Aber seine Sicherheit sollte nicht mein oberstes Ziel sein. Und wenn ich tief in mich hineinhorche, dann rufen die Sterne nach mir. Sie wollen, dass ich mich mit den anderen verbinde und Alderamin finde. Es zieht mich nach draußen zum Meer.

»Sirrah, Mirfak, kann ich euch kurz entführen?«, frage ich, stehe auf und gehe zur Tür. Als ich draußen ankomme und mir die kühle Luft ins Gesicht schlägt, atme ich tief durch, bevor ich mich ihnen zudrehe und meine Hände entgegenstrecke. Sofort wissen sie, was zu tun ist, ergreifen sie und bilden dann einen Kreis. Ich spüre die Verbundenheit und Macht sofort.

In mir und der Macht der anderen suche ich nach Alderamin. Er fühlt sich nah und fern zugleich an. Als würde er das Signal abschirmen.

Der Himmel verdunkelt sich noch mehr als zuvor und ein kühler, dichter Nebel zieht über die Ufergasse. Kriecht vom Meer auf uns zu. Eine schemenhafte Gestalt watet zu uns. Aber ich verspüre keine Angst. Das, was ich da erkenne, ist kein Feind, sondern Familie.

»Ihr könnt aufhören, nach mir zu suchen«, sagt die Gestalt mit einer Stimme, die mir vertraut und fremd zugleich ist. Sie überzieht meinen gesamten Körper mit Gänsehaut. Wir lösen uns voneinander und ich sehe den großen jungen Mann an, der nun vollends durch den silbrigen Nebel zu uns getreten ist. Aus dunklen Augen musterte er mich, seine Hände hat er lässig in die Hosentaschen gesteckt.

»Wie schön, dass ich meine Gattin kennenlerne«, scherzt er herablassend und tritt näher. Ich muss mir ein Schnauben verkneifen. Laut der Sage, auf der unser Erbe beruht, wäre ich seine Gattin, weil er der Alphastern von Kepheus ist, dem König von Aithiopia, und eben Ehemann von Cassiopeia. Zwar wusste ich zuvor nicht, zu welchem Sternbild ich gehöre, diese Geschichte kenne ich allerdings. »Warum rufst du fortwährend nach mir, Alpha Cassiopeia?« Seine Stimme ist ein leises, warnendes Knurren. Der Nebel bebt mit seinen Worten, also scheint er ihn heraufbeschworen zu haben. Er wird sich uns also auch nicht einfach so anschließen. Aber er ist hier. Es ist fast, als wäre diese Suche zu einfach. Sirrah ist von sich aus zu mir gekommen, genau wie Pegasi, und zu Mirfak wurden wir durch äußere Umstände auch sehr einfach gebracht. Die Sterne wollen, dass wir zusammenkommen. Es ist das Schicksal, das sie vorgesehen haben.

»Weil wir eine Familie sind. Ich frage mich aber eher, warum wir dich nicht gespürt haben«, sage ich zuckersüß und als wäre ich ein wenig enttäuscht, dass er sich nicht mehr freut, uns zu sehen.

»Ich will nichts mit euch zu tun haben, also habe ich mich abgeschirmt. Deine Rufe nerven allerdings. Also sag mir, was du willst, und wir kürzen das hier ab.« Ich mustere seine harten Gesichtszüge und die Bemalung an seiner Brust, die über dem Kragen seines weit ausgeschnittenen Shirts herausblitzt. Er hat die Macht uns abzuschirmen? Wie geht das? Und dann erzeugt er noch diesen glänzenden Nebel, der offenbar aus Sternenstaub besteht. Alderamin muss mächtig sein.

»Wir brauchen dich, um herauszufinden, wie wir den Kronprinzen von Nimue retten können.«

Er hebt seine Brauen. »Warum sollte ich euch dabei helfen? Ich mag Nimue nicht einmal. Dort ist es warm und trocken und all das Gold …« Angewidert schüttelt er sich.

Ich atme tief ein und aus. Warum ist es so anstrengend, Asteria davon zu überzeugen, andere Menschen zu retten?

»Es gibt einen Grund, warum du meinen Ruf gehört hast. Und warum du hier bist. Wenn wir das hier gemacht haben, trennen wir uns und leben unser Leben weiter wie gewohnt.«

Er macht noch einen Schritt auf mich zu. Sein Geruch ist frisch, einnehmend und wieder so vertraut.

»Was, wenn wir es sind, die ihn töten? Ich denke, wir alle haben dieselben Bilder gesehen.«

»Lass es uns herausfinden«, fordere ich ihn auf und halte ihm meine Hand hin. Auch wenn Pegasi fehlt, hoffe ich, dass wir vier ausreichen, um das ganze Schicksal sehen zu können. Um endlich zu wissen, wie wir es verhindern können.

»Bitte«, entgegnet er, während er meine Hand nimmt. Er drückt sie und ich spüre einen Stich in meinem Magen. Mirfak und Sirrah treten zu uns und als wir uns alle berühren, erfüllt mich Wärme und Liebe. Eine Zusammengehörigkeit, wie ich sie nie hatte. Es ist, als würde ich den Himmel spüren. Hier unten, in mir und um uns herum. Zuerst erscheinen keine Bilder. Da ist nur wieder dieses Gefühl, was ich damals hatte, als ich Lunas geküsst habe. Das Gefühl, dass wir etwas mit seinem Schicksal zu tun haben. Und dann erkenne ich, was und warum. Es ist so deutlich, dass ich keuche und bitter schlucke.

Es ist Lior.

Lior wird Lunas foltern und töten. Ich sehe es deutlich vor mir. Erkenne den Schmerz, den er dabei empfindet, und wie sehr es ihn bricht. Für immer. Aber warum sollte er das tun?

Ich versuche, mehr zu sehen als diese Gewissheit. Bilder oder auch nur eine Empfindung.

Die anderen wollen die Verbindung lösen, aber ich halte sie in diesem Kreis. Ich muss wissen, was passieren wird.

»Shedir!«, appelliert Sirrah, sie klingt weit entfernt von mir. Aber ich kann nicht. »Wir haben nicht genug Kraft!«

Ich ignoriere sie. Das darf nicht das Schicksal sein. Das kann ich nicht zulassen. Ich nutze die Kraft der Königsfamilie des Himmels und verändere sein Schicksal, indem ich eine Entscheidung treffe. Und dann sehe ich es. Sehe, dass nun ich es bin, die Lunas tötet. Seinetwegen. Für Lior. Ich weiche zurück. Die anderen starren mich an.

»Was sollte das?«, fragt Mirfak zornig. »Willst du uns umbringen?«

»Ich …« Mir bleibt die Stimme weg. Was soll ich jetzt tun? Egal ob Lior mich liebt oder mir vertraut. Er wird mir niemals glauben, dass er Lunas töten wird. Und dass ich es nur tue, um es ihm abzunehmen. Nein. Aber was soll ich ihm dann sagen?

»Warum tötet er ihn?«, frage ich die anderen, in der Hoffnung, dass jemand mehr gesehen hat als ich. Aber sie alle schweigen. Und dann spüre ich seine Anwesenheit, erkenne es in Sirrahs erschrockenem Gesichtsausdruck. Sie zückt ihr Schwert.

»Wer tötet wen?«, fragt Lior. »Und was soll das?« Er sieht von Sirrahs Klinge zu mir. Ich gehe zu ihm. Soll ich es mit der Wahrheit versuchen? Er liebt mich. Wir werden zusammen eine Lösung finden.

Ich hebe meine Hand und greife nach seiner. »Du bist es, Lior. Du bist derjenige, der Lunas töten will. Doch weil ich davon erfahren habe, werde ich es für dich tun.«

Kapitel 19

»Ich würde ihn nie töten!«, knurrt Lior und löst sich aus meinem Griff. »Was soll das?« Er sieht zu Alderamin, der uns neugierig mustert. »Und wer ist er?«

»Alderamin«, sage ich.

»Shedir!«, zischt Sirrah. Aber ich vertraue Lior.

»Sieh es dir selbst an. Lass mich schlafen und besuch mich in meinem Traum. Lies es in mir.«

»Das brauche ich nicht, Narbenmädchen, weil ich meinen Bruder niemals töten würde!«, schreit er mich an. Ich weiche zurück. »Verdammt, Shedir.« Er fährt sich durch sein Haar. »Ihr seid es, die meinen Bruder töten.«

Ich atme ein und will es ihm erklären, aber egal was ich sagen würde, Lior würde es nicht verstehen. Ich verstehe es ja selbst nicht. »Im See war eine Gestalt, die mir sagte, dass Lunas mich töten wird. Vielleicht tötest du ihn, bevor er mich umbringen kann. Um mich zu retten.«

»Ich werde meinen Bruder nicht töten!« Er sieht sich unruhig um, als würde er hier eine Lösung finden.

»Wir reisen jetzt ab. Nach Nimue. Und ihr kommt mit. Zusammen mit Pegasi werdet ihr sehen, was wirklich geschieht.«

Alderamin lacht. »Ich gehe nirgendwo hin und schon gar nicht mit dir.«

Lior wirft ihm einen vernichtenden Blick zu, dann raunt er ganz leise »Schlaf!« und Alderamin sackt in sich zusammen. Das Gleiche macht er mit Sirrah und Mirfak. Ich bin schuld, dass er diese Macht über sie hat, weil ich viel zu viel ihres Lichts verbraucht habe. Sie können gegen Lior nicht standhalten. Als er sich zu mir dreht und ich erstarre, liegt Bedauern in seinem Blick.

»Lior …«

»Schlaf!«

Erst als ich wach werde, begreife ich, dass er mich nicht im Schlaf besucht hat. Stattdessen befinde ich mich an Bord eines Schiffes.

Nein.

Ich will aufstehen, aber meine Hände und Füße sind gefesselt. Panisch sehe ich mich um. Sirrah sitzt in sich zusammengesackt neben mir. Mirfak und Alderamin sehe ich nirgendwo.

»Sirrah!«, zische ich und versuche sie mit meinen Füßen anzutupsen, damit sie wach wird. Ich suche in mir nach meiner Kraft. Nach Sternenstaub, um die Fesseln zu lösen. Aber ich bin machtlos. Und ich erkenne auch warum. Meine und Sirrahs Hände sind mit den Lichtsaugern gefesselt. Wie konnte er nur?

Ich höre Stimmen. Sie gehören zu San und Lior, die miteinander diskutieren. Kurze Zeit später tritt Lior zu uns.

»Was wird das hier?«, frage ich und versuche, ihn zu erreichen. Aber alles, was er macht, ist mich anzusehen und »Schlaf« zu sagen.

Als ich das nächste Mal wach werde, ist es laut um uns herum. Diesmal ist Sirrah ebenfalls wach und sieht mich an. Ich erkenne den Vorwurf in ihrem Blick, aber auch Verständnis.

Männer stürmen zu uns und heben uns hoch. Tragen uns hinaus und ich erkenne voller Grauen, dass wir in Astras sind.

»Nein!«, schreie ich und winde mich unter dem Griff des

Hünen. Aber ich habe keine Chance. Sie tragen uns zur Burg, in den Keller und legen uns unsanft vor den Zellen ab.

Pegasi lacht bestialisch, als sie uns in dieser Verfassung sieht. Mirfak und Alderamin werden hereingetragen. Sie sind immer noch bewusstlos. Unter Ächzen versuche ich mich aufzurichten und sehe hinauf zur Treppe. Dort erscheint Lior.

»Wir können ihn retten«, sage ich, wie damals in Mirfaks Vision.

»Das werden wir«, sagt Lior und kommt zu uns nach unten. »Aber bis ich weiß wie, muss ich eure Kräfte unter Kontrolle haben. Er nickt den Wachen zu und sofort packen sie uns und sperren uns neben Pegasi in die Kerker.

»Bitte Lior, ich würde nie …«

»Ich werde dich da wieder rausholen, Shedir. Versprochen.«

»Du hast mir ebenfalls versprochen, mich niemals hier einzusperren!« Tränen steigen mir in die Augen.

»Ich hole dich da wieder raus, sobald sich Lunas' Schicksal verändert hat.«

»Es wird sich nicht verändern, weil du ihn töten wirst, wenn ich nicht da bin, um es für dich zu tun, Lior!«, schreie ich. Er muss mir zuhören. Er muss mir glauben!

Stattdessen schüttelt er den Kopf. »Dann werde ich entscheiden, es nicht zu tun.«

»Lior«, flehe ich nun. Wie lange will er uns hierlassen? Ich bin verantwortlich für Sirrah, Mirfak und Alderamin. Das hier darf ich ihnen nicht antun. »Bitte! Lass wenigstens sie gehen.«

»Ich wünschte, ich könnte«, raunt er und umklammert die Kerkerstäbe mit seinen Fingern. Kurz schließt er die Augen, dann wendet er sich ohne ein weiteres Wort ab und geht.

Ich blinzle, bis ich wieder die Umgebung vor der Taverne erkenne, und lasse seine Hand wieder los. Tränen versuchen meine Augen zu überfluten, als mir die Schwere dieser Vision gerade bewusst wird. Würde ich ihm sagen, dass er es ist, der Lunas tötet, und ich es an seiner Stelle tue, wie ich es vorhatte, als ich seine Hand nahm, dann würde er uns einsperren lassen. Die Vision war klar und deutlich. Sie hat sich so echt angefühlt, dass mein Herz den Verrat noch spürt. Aber ich kann unsere Zukunft ändern. Ich muss es tun, weil ich versprochen habe, sie zu beschützen.

»Shedir?«, fragt Lior und sieht mich fragend an. »Wer tötet wen und warum zückt Sirrah ihr Schwert?«, wiederholt er die Frage, während ich mich noch erholen muss. Die Enttäuschung frisst sich in meine Brust und spaltet mein Herz. Ich muss lügen. Das ist meine einzige Wahl.

»Ein Mann, wir konnten ihn nicht identifizieren«, sage ich, nachdem ich tief ein- und ausgeatmet habe.

»Was …« Liors Stimme klingt skeptisch, also setze ich das beste Lächeln auf, das ich jetzt zustande bringen kann.

»Wir sind es nicht, die ihn töten, sondern können es verhindern, Lior!«

Eine Last fällt von seinen Schultern, seinem Gesicht und gesamten Körper, so schwer, dass mir übel wird. Ein Strahlen erreicht seine Iriden, er packt mich und hebt mich hoch. »Bei den Göttern«, sagt er, lässt mich wieder runter, legt seine Hand an meinen Hals unter meinem Ohr und küsst mich. Es ist nicht so, als müsste ich mich dazu zwingen, den Kuss zu erwidern. Ich verstehe ihn auf eine Weise. Aber mir muss die Sicherheit derjenigen, die mir vertrauen, an oberster Stelle stehen. Und die Wahrheit würde ihn dazu bringen, uns einzusperren.

»Wir sollten schlafen und dann nach Iniqas reisen. Von dort aus finden wir einen Weg nach Nimue.«

»In Ordnung.« Nervös dreht sich Lior zu der Schenke um. Mein Herz brennt. Aber das hier muss sein.

Als wir zurück zu den anderen kommen, flüstert Lior leise mit Lunas. Der allerdings wirkt nicht überzeugt.

Ich verabschiede mich, so schnell es geht, und ziehe Alderamin mit mir. »Bitte komm mit uns.«

»Warum hast du ihn belogen?«, fragt er und legt den Kopf schief. »Er scheint dich wirklich zu lieben. Warum also hast du ihm nicht die Wahrheit gesagt?«

»Ich brauche niemanden, der über mich urteilt«, gebe ich kühl zurück. »Ich brauche lediglich das Versprechen, dass du mit uns kommst, und dann bist du frei.«

»Ich bin auch jetzt frei, Herzchen.«

»Bitte. Er wird es nicht glauben, wenn ...«

»Und was, wenn ich Lügen so gar nicht leiden kann?«

»Alderamin!«, knurre ich.

»Ihr wollt nach Iniqas?«, fragt er ruhig.

Ich nicke.

»In Ordnung. Aber dort werde ich mich von euch trennen. Ich werde nicht gerne von Novas und irgendwelchen kranken Menschen gesucht und verfolgt.«

Um das Versprechen zu besiegeln, hauen wir uns die Faust gegen die Brust, bevor ich ihm sage, wann er am Hafen sein soll, und hinauf in mein Zimmer stürme. Als ich dort ankomme, sinke ich an der Tür zusammen und weine. Ich weine und schluchze eine halbe Ewigkeit. So sehr hatte ich gehofft, das nicht tun zu müssen. Den Plan nicht umsetzen zu müssen, den Sirrah und ich geschmiedet haben und wir durch unsere gemeinsame Macht in die hinterste Ecke meines Kopfes verbannt haben, damit niemand auch nur einen Gedanken daran erhaschen kann. Ich wollte ihn nicht schmieden und habe es nur getan, damit Sirrah mir vertraut. Ich ...

Während ich daran zurückdenke, blitzen die Bilder vor meinem inneren Auge auf, als hätte ich sie die ganze Zeit vergessen.

Wir beide blieben vor dem Verlobungsfest in Nastras kurz im Zimmer zurück und trafen eine Entscheidung. Falls wir es sind, die Lunas den Tod bringen, brauchten wir einen Fluchtplan. Ursprünglich wollten wir nach Lishan fliehen, weil Sirrah dort Orte kennt, an denen nie jemand nach uns suchen würde. Doch als wir in der Schenke in Königgsund Mirfak überzeugen wollten, sich uns anzuschließen, schlug er vor nach Iniqas zu reisen. Wir mussten also erst nach Tali kommen, um von hier aus nach Iniqas zu gelangen, wo wir vorerst sicher sind, weil man in Iniqas nur von Tali aus anlegen darf. Das Boot wird zwar wirklich an jemanden übergegeben, aber nur damit ihre Männer die anderen zurück nach Nimue bringen. Weg von uns. Wir mussten dafür sorgen, dass wir die anderen loswerden. Vor allem Lior, sollte sich herausstellen, dass wir Lunas gefährlich werden. Nur so können wir sicher sein. Vorerst in Iniqas, bis wir von dort aus weiterreisen. Lior würde nicht aufgeben, also würde er einen Weg finden, nach Iniqas zu gelangen. Aber bis er das geschafft hat, haben wir Zeit, um entweder nach Lishan zu fliehen oder in die unbekannten Lande weiter westlich zu fliehen. Erst Frya erzählte uns von diesen Landen. Sie kommt von dort.

Ich weine weitere bittere Tränen. Zusammen mit Mirfak haben wir mich meine Erinnerungen an diesen Plan erneut vergessen lassen. Die Gefahr, dass Lunas als Seher ihn irgendwann entschlüsselt, war zu groß. Jetzt allerdings, da ich mich erinnere, wird mir klar, was das bedeutet. Ich werde ihn verlieren. Ich werde Lior verlieren.

Vor allem ist das der Grund, warum ich mich so sehr gewehrt habe, ihn zu lieben. Ihn vollends an mich heranzulassen.

Die Tür drückt sich gegen meinen Rücken, als Sirrah, Nisha und Mila eintreten.

»Geht es dir gut?«, fragt Nisha irritiert. Sie hat mich noch nie weinen gesehen. Wahrscheinlich dachte sie, dass ich nicht einmal weinen kann.

»Ja«, lüge ich und reibe mir die geschwollenen Augen. Ich muss das hinter mir lassen. Ihn hinter mir lassen und mich darauf konzentrieren, dass wir morgen funktionieren. Am liebsten würde ich jetzt direkt zusammen mit Mila, Nisha, Sirrah, Mirfak, Frya und Alderamin fliehen. Aber Lior und die anderen hier in Tali zu lassen würde ihnen nur die Möglichkeit geben, uns schneller zu folgen, als sie es von Nimue aus können.

Wir legen uns hin. Mila und Nisha in das Bett, Sirrah und ich auf den Boden.

»Es ist das Richtige«, flüstert Sirrah mir zu.

Ich entgegne nichts. Stattdessen fließen mir wieder Tränen über die Wangen, bis ich in einen unruhigen Schlaf falle. Lior besucht mich nicht.

Als wir vor Sonnenaufgang wach werden, stehe ich auf und hole etwas Wasser, damit wir uns zumindest das Gesicht waschen können.

Es fühlt sich an, als wäre ich gar nicht anwesend. Auch nicht, als wir hinuntergehen und zusammen mit den anderen zum Treffpunkt laufen. Lior sucht immer wieder meinen Blick, ich tue allerdings so, als würde ich mich um Nisha und Sternschnuppe kümmern.

Vor allem aber halte ich mich von Lunas fern, damit er hoffentlich meine Gefühle nicht wahrnehmen kann.

Mirfak reicht dem Schiffsburschen, mit dem wir verhandelt haben, den Beutel mit Golden und wir gehen an Deck. Immer wieder blitzen die Bilder aus meiner anderen Zukunft auf, wenn ich Lior die Wahrheit gesagt hätte. Vor allem hier an Bord. Lior hat mir nicht einmal wirklich zugehört. Er wollte nicht mit mir reden.

Als wir bereits eine ganze Weile gesegelt sind und ich mich in die Kajüte zurückziehe, folgt Lior mir und sieht mich fragend an.

»Was ist los, Shedir?« Seine Stimme klingt so ehrlich und gelöst, dass ich die Tränen zurückhalten muss.

Ich atme tief ein und aus. Die Waffen, die wir abgeben mussten, sind hinter mir in den Schränken versteckt. So hat Mirfak es mit seinem Freund ausgemacht. Ich bin versucht Lior zu sagen, was ihn erwartet, aber er würde mich einschläfern, so wie auch die anderen.

»Nichts«, sage ich also und zucke mit den Schultern.

»Narbenmädchen«, raunt er fordernd und kommt mir näher. »Ich merke doch, dass etwas ist.«

»Es ist einfach seltsam, dass wir jetzt alle zusammen sind. Und traurig, weil das hier vorbei ist«, suche ich nach einer Ausrede.

»Wir finden sicher ein neues Abenteuer.«

Ich lache belegt. Das werden wir. Aber nicht zusammen. Eher im Gegenteil, ich bin mir sicher, dass Lior uns jagen wird. Dafür muss er aber erst einmal zurück nach Iniqas kommen. Aber auch das wird er schaffen. Doch wenn es so weit ist, sind wir nicht mehr dort.

»Land in Sicht!«, ruft jemand von oben und ich weiß genau, was ich zu tun habe. Aber wie soll ich das machen, ohne mich selbst zu verraten? Wie soll ich Lior fesseln und knebeln, damit er niemanden einschläfern kann?

Betreten sehe ich zu Boden. Er rückt noch mehr auf und ich greife nach dem Lichtsauger, der sich in einem Sack an meiner Hüfte befindet. Bei den Göttern und vor allem den Sternen. Ich hoffe, dass es einen Weg für uns gibt. Nach alldem.

Bemüht unbeschwert zu wirken, sehe ich auf, stelle mich auf Zehenspitzen und küsse Lior. Ich empfinde so viel und kurz fühlt es sich an, als würde ich ihn nicht verraten und auch er mich nicht.

Aber das ist nicht die Realität.

Ich spüre noch ein letztes Mal seine Zunge an meiner und seine Hand in meinem Nacken, bevor ich mit der freien Hand nach ihm greife, den Lichtsauger herausnehme und ihn um seine Hand binde.

»Was?«, fragt er irritiert, lacht aber. Er glaubt selbst jetzt nicht daran, dass ich ihn verraten könnte. Die Schlange sucht sich ihren Weg und bindet sich auch um die andere Hand. In diesem Moment stecke ich ihm ein zusammengeknülltes Tuch in den Mund und binde ein dickes Seil darum. Er beginnt, sich zu wehren, aber es ist zu spät. Ich schubse ihn und er verliert den Halt.

Sein Blick ist verständnislos auf mich gerichtet, während er versucht, sich aufzusetzen. Ich knie mich vor ihn und binde ihm unter Tränen die Beine zusammen.

»Ich habe unsere Zukunft gesehen, Lior«, erkläre ich schluchzend. Er schüttelt den Kopf und wirft mir panische, flehende Blicke zu. Ich würde alles darauf verwetten, dass meine Mimik in diesem Kerker ähnlich aussah.

»Ich habe gesehen, was passiert wäre, hätte ich dir die Wahrheit gesagt«, wispere ich. »Du hast uns eingesperrt, du … hast mir nicht geglaubt.«

»Shedir!«, höre ich durch das Tuch hindurch. Aber es ist nicht deutlich genug, seine Stimme nicht in der Lage, mich einzuschläfern.

»Du bist es, der ihn töten wird, Lior. Und weil ich das gesehen habe und wie sehr es dich gebrochen hat, hat sich die Zukunft verändert und ich werde es sein, die ihn tötet.« Ich setze mich auf meine Unterschenkel und sehe ihn an. Tränen stehen in seinen Augen. »Ich weiß, dass du mir nicht glaubst, weil du denkst, dass du ihn niemals töten würdest, aber ich habe es gesehen. Und …« Ich schließe die Augen, bevor ich ihn wieder ansehe. »Ich hoffe, dass sich durch das hier etwas an Lunas' Schicksal ändert, aber ich befürchte dennoch, dass du es sein wirst. Es tut mir leid.« Ich beuge mich vor und küsse ihn auf die Wange. Er lässt es zu. »Ich musste mich entscheiden. Und ich habe das hier gewählt. Wenn wir in Iniqas anlegen, wird die Kapitänin mit ihren Männern das Schiff übernehmen und euch nach Nimue bringen. Sobald sie dort sehen, dass ihr an Bord seid, lassen sie euch anlegen.«

Ich erhebe mich. Am liebsten würde ich hierbleiben. Bei ihm. Aber ich weiß, was dann passiert. Kurz habe ich auch überlegt, Lunas mit uns gehen zu lassen oder ihn zur Not zu zwingen, damit Lior keine Chance hat ihn zu töten. Aber mit Lunas an unserer Seite würde er uns nur noch erbitterter jagen. Also habe ich entschieden, dass meine Familie wichtiger ist. Sie zu beschützen und Lior und Lunas ihrem eigenen Schicksal zu überlassen. Auch wenn das bedeutet, dass Lior seinen eigenen Bruder tötet.

»Das, was ich für dich fühle, ist das, was für mich bisher am nächsten an das herankommt, was ich Liebe nennen würde.«

Als ich gehen will, kommen gepresste, unverständliche Töne aus seinem Mund. Ich sehe noch ein letztes Mal in seine silbrigen Augen. Was auch immer er sagen will, es würde nichts ändern. Denn hier geht es nicht mehr nur um mich.

Das Schiff ruckelt und es dauert nicht lange, bis oben Tumult ausbricht. Ich gehe hinauf, ohne Lior noch einmal anzusehen oder auf die Geräusche zu achten, die er macht.

Als ich oben ankomme, haben die Männer der Kapitänin bereits San, Kaori, und Lunas festgenommen.

Sie alle starren mich voller Hass und Entsetzen an.

»Ihr werdet sicher nach Nimue gebracht«, sage ich, was ihre Stimmung nicht aufheitert. »Wir werden hierbleiben.«

»Shedir!«, zischt Lunas.

Ich sehe ihn an. Aber im Gegensatz zu Lior habe ich nicht das Gefühl, ihm Rechenschaft schuldig zu sein. Nur das eine will ich klarstellen. »Würde ich dich töten wollen, Lunas, dann würde ich es jetzt und hier tun. Stattdessen lasse ich dich gehen. Such deinen Mörder also woanders!« Ein kleiner Teil in mir würde ihn immer noch gerne vor seinem Tod retten. Ein anderer ist sich allerdings sicher, dass seine Rettung unseren

Untergang bedeuten würde. Die Gestalt in dem Sternensee hat mich nicht umsonst vor ihm gewarnt. Und meine Verantwortung gilt nicht mehr ihm, sondern den Asteria. Ich wende mich an die Kapitänin. »Bringt sie runter und erst wenn ihr das Land von Nimue erkennen könnt, holt ihr ihn hier hoch, damit die Wachen sehen, wer anlegen will.«

Sie nickt und ich folge den anderen über eine Planke an den Steg, hinter dem sich ein tropischer Wald erstreckt. Sollten Lior und Lunas die Kapitänin und ihre Männer zusammen mit den Wachen in Nimue zwingen sie zurückzubringen, werden sie hier nicht anlegen dürfen. Iniqas wird sich wehren. Und das würde den Tod für sie bedeuten. Eine solche Gefahr würden sie nicht eingehen.

»Manuk, übernimm das Steuer!«, befiehlt jemand hinter mir.

Ich stocke und drehe mich um. Sehe zu der jungen blonden Frau, die zum Steuer läuft. Ich weiß, wer sie ist. Aber das darf für mich nichts ändern. Ich darf nicht egoistisch handeln. Also gehe ich über die Planke und bleibe auf dem Steg stehen, bis das Schiff am Horizont verschwindet. Erst dann erlaube ich mir zu schreien. Zu weinen.

Zusammenzubrechen und die Sterne zu verfluchen.

Es dauert eine ganze Weile, bis Mila mir ihre Hand auf die Schulter legt und ich mich erhebe und zu Sirrah sehe. Hinter ihr wachsen wunderschöne Palmen am Rande des Sandstrandes.

»Wir müssen schnellstmöglich einen Plan machen. Lior wird nicht lange brauchen, bis er es nach Iniqas schafft.«

Ich will ihr gerade zustimmen, als ich ein Geräusch hinter mir im Wasser höre. Als ich mich umdrehe, entdecke ich unzählige vermummte Männer, die unter dem Steg hervorschwimmen und auf ihn klettern. Mila schreit und ich wende mich ihr zu. Zwischen den tropischen Bäumen stürmen noch mehr Vermummte hervor und nehmen Mirfak, Nisha und Frya gefangen. Sternschnuppe faucht und wehrt sich, doch auch ihn bekommen sie zu fassen und binden seine Flügel fest und das Maul zu.

Ich will meinen Sternenstaub heraufbeschwören, aber da packt mich bereits jemand von hinten und bindet meine Hände am Rücken zusammen. Sie schreien sich Kommandos zu. Ich erkenne die Sprache. Es ist Lishanesisch.

Als auch Sirrah und Alderamin gefesselt sind, tritt ein großer junger Mann vor und schiebt seinen Mundschutz vom Gesicht. Eindeutig ein Lishaner. Sirrah keift hinter ihm in ihrer Sprache irgendwelche Worte. Mir wird schwindelig.

Er legt den Kopf schief und beobachtet mich, bis meine Kräfte offenbar so sehr schwinden, dass ich mein Leuchten nicht weiter verbergen kann. Er reflektiert mein Licht und auf unserer Haut wird das Sternbild der Cassiopeia deutlich. Mein Sternbild.

»Du bist also Shedir«, schnurrt der Mann beinahe akzentfrei und leckt sich genüsslich über seine Lippen. Fast so, als wäre ich ein Festmahl, auf das er schon so lange gewartet hat. Sein Mundwinkel zuckt siegessicher in die Höhe.

»Ich bin Ajnur, Kronprinz von Lishan. Und ich erhebe Anspruch auf die Königin des Himmels.« Er hebt die Hand und winkt etwas zu uns. Doch erst, als er meine Schultern packt und mich zum Meer dreht, erkenne ich ein gigantisches Schiff, an dessen Bug ein riesiger hölzerner Drache prangt.

Wie haben sie uns gefunden? Und wie ist es ihnen gelungen, so nah an das Ufer von Iniqas fahren zu dürfen? Es ist Kriegsflotten und Königsschiffen verboten.

Doch wie auch immer sie es geschafft haben – sie sind hier. Und wir sind ihre Gefangenen. Statt meine Freunde zu retten, habe ich sie erneut in Gefahr gebracht.

»Raja Ajnur!«, ruft einer der Männer und kommt mit Sternschnuppe auf uns zu. Ich winde mich unter den Fesseln.

Nisha kreischt und kratzt den Vermummten, der sie festhält. »Es ist ein … seht selbst.« Er hebt ihn in die Höhe. Die Augen des Prinzen weiten sich. Dann starrt er mich an. »Wer ist sein Hüter?«, fragt er mit bebender Stimme. Nishas Schreie lenken seine Aufmerksamkeit auf sie. Er greift nach seinem Schwert.

»Ich. Ich bin es.«

Herablassend sieht er mich an. »Du bist ein Asteri.«

Er zieht sein Schwert und deutet auf Nisha.

»Lasst ihn in Ruhe!«, brüllt sie und verrät damit endgültig, zu wem Sternschnuppe gehört.

Ajnur schreitet auf sie zu. Langsam. Mörderisch. Ich kämpfe gegen die Fesseln. In ihnen schlummert Magie, sonst könnte ich sie mit meinem Sternenstaub verbrennen. Aber ich bin machtlos.

»Was tut ihr da?«, schreie ich, doch der Prinz lässt sich nicht beirren. Sirrah und auch die anderen winden sich. Aber niemand hat eine Chance gegen diese lishanische Armee.

Als der Prinz bei Nisha ankommt, habe ich kurz das Gefühl, die Zeit würde stillstehen. Dann holt er aus und rammt ihr das Schwert in die Brust. Ich erstarre. Sternschnuppe kreischt bestialisch und voller Trauer. Schmerz überrennt mich. Ihre Augen sind weit aufgerissen. Dann schwindet das Leben aus ihren Iriden und ihre Lider senken sich, kurz bevor ihr kleiner schmächtiger Körper zu Boden sinkt. Alles ist still. Vor allem in mir.

»Übergebt ihre Leiche dem Meer«, weist der Prinz an, wischt sein Schwert ab und kommt wieder zu mir. Ich sehe dabei zu, als wäre das hier nicht echt. Es darf nicht echt sein. Dann schubst er mich Richtung Schiff und als ich das Platschen hinter mir höre, begreife ich, wie echt das hier ist. Nisha ist tot. Und der Prinz wird uns nach Lishan an seinen Hof bringen.

Er stößt mich auf ein kleines Boot, das uns zu dem riesigen Schiff bringen soll, doch ich springe ins Wasser und kämpfe mich zu der Stelle, an der ich das Klatschen von Nishas Körper auf dem Wasser gehört habe. Das Meer ist sogar so nah an der Küste tief und meine Hände gefesselt. Aber ich muss sie da rausholen. Ich darf sie nicht zurücklassen. Ich habe es versprochen. Ich habe ihr versprochen auf sie aufzupassen. Ich …

Jemand packt mich und zieht mich aus dem Wasser. Ich schreie, beiße und trete um mich. Bis ein dumpfer Schlag auf meinen Kopf mir das Bewusstsein nimmt. Und ich in der Dunkelheit versinke. Ohne Nisha. Und ohne ihn, der mich in meinem Traum besucht.

ENDE VON BAND 1

Triggerwarnung

Sexueller Missbrauch
Drogen- und Alkoholkonsum
Physische Gewalt

ACHT REICHE, SIEBEN TODSÜNDEN UND NUR EINE WAHRHEIT

Dana Müller-Braun
**FALLEN KINGDOM 1:
GESTOHLENES ERBE**
Klappenbroschur
384 Seiten
ISBN 978-3-551-58495-3
Auch als E-Book erhältlich

IN JARASKAI HERRSCHEN SEIT JEHER die Fürsten der sieben Todsünden. Nur ein Fürstentum – das Reich der Wahrheit – wurde geschaffen, um ihre Macht einzudämmen. Als dieses angegriffen wird, ist es Naviens Pflicht, ihre jüngere Schwester zu schützen. Denn als Heroe von dämonischem Blut muss sie ihr Leben für das der Thronerbin geben. Ohne zu wissen, welcher der Fürsten den Putsch geplant hat, gibt sie sich als Prinzessin aus und verhilft so ihrer Schwester zur Flucht. Doch ausgerechnet einer der Fürsten bringt nicht nur Naviens Herz, sondern auch ihre Pläne aus dem Takt. Denn der hochmütige Liran scheint ihre wahre Identität zu kennen ...

WWW.CARLSEN.DE

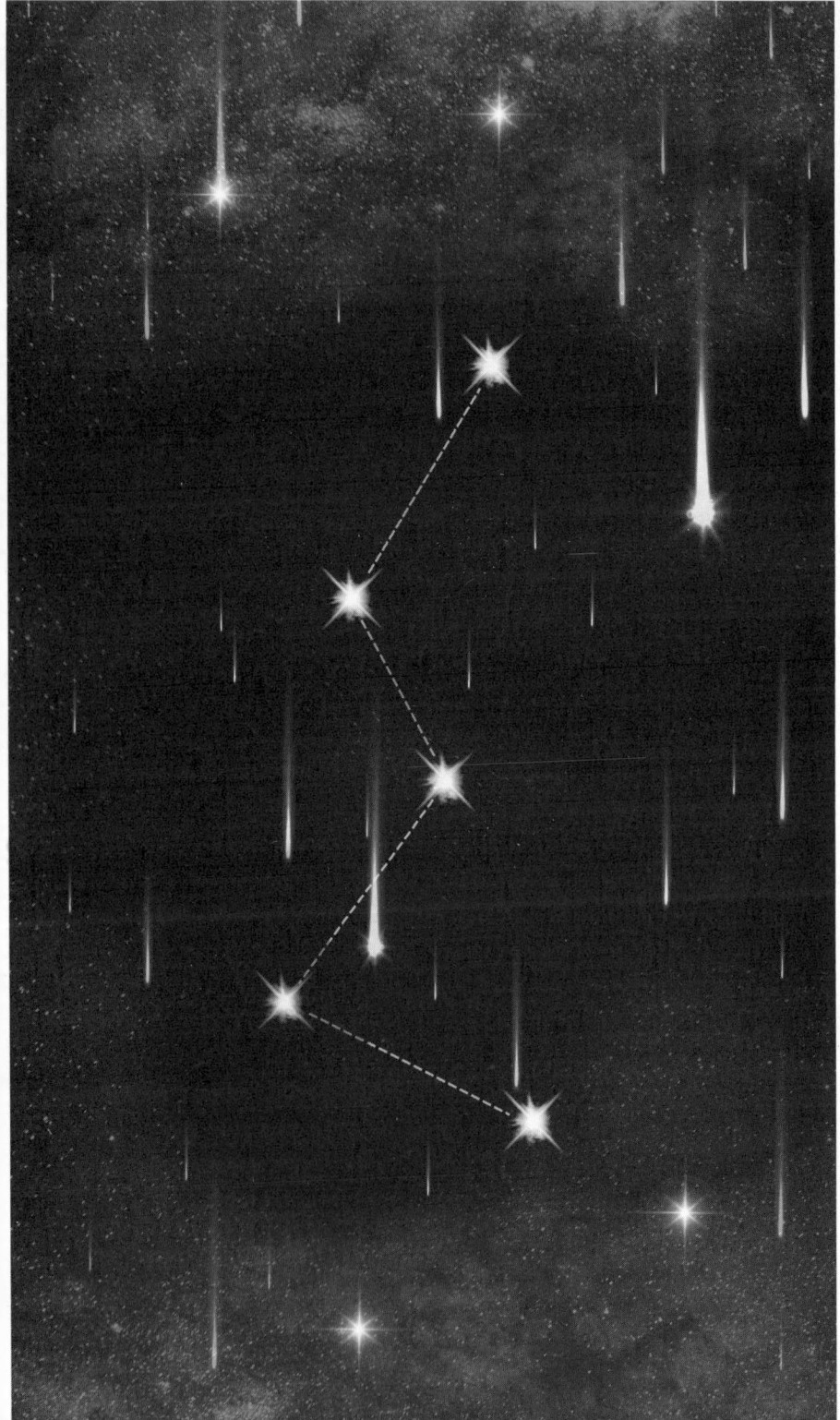